Susanne Scheibler

Zauberhafte Isabelle / Im Zeichen der Sonne

Susanne Scheibler

Zauberhafte Isabelle

Im Zeichen der Sonne

Ludwig der XIV. und seine letzte Liebe

NAUMANN & GÖBEL

Sonderausgabe der Naumann & Göbel
Verlagsgesellschaft mbH, Köln

Zauberhafte Isabelle

Im Zeichen der Sonne

Deutsche Erstausgabe 1973 unter dem Titel
Isabell und der Sonnenkönig
Schutzumschlaggestaltung:
Wiebke Vormstein, Köln
Fotosatz: HEVO GmbH, Dortmund
Gesamtherstellung:
Freiburger Graphische Betriebe, Freiburg
Printed in Germany

ISBN 3-625-20302-2

Zauberhafte Isabelle

1

Die Kutsche rumpelte über den ausgefahrenen Weg. Es war rasch dunkel geworden. Ein leichter Wind trieb ein paar Wolken über den Himmel. Im Wageninneren war es heiß und stickig. Gilberte hätte gern ein wenig frische Luft hereingelassen. Aber dann würde die Herzogin erwachen, und im Augenblick war Gilberte froh, daß ihre Herrin schlief und sich nicht mit ihr unterhalten wollte.

Gilberte fand es schöner, still dazusitzen und an Paris zurückzudenken. An das Leben am Hofe König Karls IV., die Feste und Turniere und die prächtigen Säle des königlichen Palastes. Ein Jammer, daß diese Zeit vorüber war und man nun nach Schloß Beaumont zurückkehrte, wo die Tage so träge und monoton dahinflossen. Wenigstens empfand es Gilbertes neunzehnjährige Jugend so.

Der Kutscher ließ ein paarmal seine Peitsche über die vier Pferderücken sausen. Außer ihm saßen noch zwei Männer auf dem Bock, kräftige Gestalten in weiten Mänteln, die Gesichter braungebrannt. Sie gehörten zu den insgesamt zehn Bogenschützen, die die Herzogin nach Paris begleitet hatten. Die anderen waren heute morgen mit dem übrigen Gefolge nach Beaumont vorausgeritten, um die Ankunft Johanna von Valances zu melden.

Die Kutsche schwankte nun einen Hohlweg hinunter. Jeannot stieß plötzlich einen zornigen Fluch aus. Die Pferde wieherten und versuchten, zur Seite auszubrechen.

Die Herzogin schreckte aus dem Schlaf hoch. »Was ist los?«

Im gleichen Augenblick ging ein harter Ruck durch das Gefährt, und es legte sich schräg auf die Seite. Knirschend brach ein Rad. Jemand schrie: »Herunter vom Kutschbock, aber schnell, wenn euch euer Leben lieb ist!«

»O Madame«, flüsterte Gilberte zitternd. »Ein Überfall! Das sind Banditen!«

Johanna von Valance blickte aus dem Fenster. Sie gewahrte sechs, nein, acht schattenhafte Gestalten, die aus dem dichten Strauchwerk zu beiden Seiten auf die Straße sprangen. Quer über dem Weg lag ein Baumstamm. Der Kutscher Jeannot kletterte als erster vom Bock. Einer der Banditen versetzte ihm einen Faustschlag. Jeannot taumelte zur Seite. Er hatte noch seine Peitsche in der Hand und hob sie, um seinem Angreifer einen Schlag zu versetzen. Ein anderer fiel Jeannot in den Arm. Eine stählerne Klinge blitzte auf, dann stieß Jeannot einen gurgelnden Schrei aus und stürzte.

Das Folgende ging sehr rasch. Die acht Banditen fielen über die beiden Bogenschützen her. Es gab ein wildes Handgemenge. Die Leute der Herzogin wehrten sich wacker, aber die Übermacht war zu groß. Robert fiel als erster, ein Messer zwischen den Rippen. Dann warf Bastien plötzlich die Arme hoch. Er versuchte vergeblich, auf den Füßen zu bleiben, und brach zusammen.

Gilberte schrie gellend auf, als nun die Tür der Kutsche aufgerissen wurde und rohe Männerfäuste sie ins Freie zerrten. Die Wolken hatten den Mond freigegeben. Sein Licht beschien die drei Toten, die auf dem Boden lagen. Zwei der Banditen waren gleichfalls verletzt worden. Einer blutete aus einer Wunde am Arm, der andere lehnte abseits an einem Baumstamm und hielt sich stöhnend die Seite.

Alle acht waren verwegen aussehende Gestalten in abgerissener Kleidung. Ihre Gesichter waren maskiert.

Die Herzogin war ebenfalls aus der Kutsche geholt worden. Jemand hatte ihr die Haube heruntergerissen. Zwei andere nahmen ihr johlend den Schmuck ab: die Ringe, den goldenen Gürtel, der mit Edelsteinen besetzt war, die Ohrgehänge und Ketten. Sogar die perlenverzierten Diamantagraffen an den Schuhen wanderten in die Taschen der Straßenräuber. Ein Bandit mit braunem Lederkoller und einem großen schwarzen Schlapphut spannte die Pferde aus. Aus der Kutsche wurde die Truhe mit den Kleidern geholt und die Schatulle, in der die Herzogin Geld und noch mehr Schmuck aufbewahrte.

»Los, zieh das aus«, befahl einer der Banditen und griff nach Gilbertes blauem Kleid. Sie wehrte sich, und der dünne Stoff zerriß unter den rohen Fäusten.

Die Männer lachten. »Seht euch mal die Kleine an. Ein niedlicher Happen!«

Gilberte wollte davonlaufen, aber ein großer Mann mit halblangen schwarzen Haaren hielt sie fest. Seine Augen funkelten unter den schmalen Schlitzen der Larve. »Hier geblieben, mein Täubchen! So was wie dich hat mir gerade noch gefehlt!«

Angstvoll versuchte sie, seinen frechen Händen auszuweichen. Da tauchte der Bandit mit dem Lederkoller auf, der zuvor die Pferde ausgespannt hatte. Er riß Gilbertes Angreifer zurück. »Dafür haben wir keine Zeit. Los jetzt!« Seine Stimme klang befehlsgewohnt. Offenbar war er der Anführer der Bande.

Der Schwarzhaarige murrte: »Wir können sie doch mitnehmen. Und die Alte auch. Vielleicht gibt's noch ein zusätzliches Lösegeld. Sie soll doch eine Herzogin sein. Ich habe gehört, wie du gestern mit Grand Jacques darüber...«

Weiter kam er nicht. Der Mann mit dem Lederkoller versetzte ihm eine gewaltige Ohrfeige. »Lösegeld? Genauso gut können uns auch die Soldaten des Königs wie die Hasen jagen und am nächsten Baum aufknüpfen. Wir verschwinden, habe ich gesagt!«

Und sie verschwanden tatsächlich. Sie nahmen die Pferde mit, den Schmuck, das Geld – alles, was nur irgend wie von Wert erschien, selbst die Überkleider der Herzogin. Johanna von Valance hatte zwar heftig protestiert, als sie sich ihres mit Perlen und Goldfäden bestickten Gewandes aus schilfgrüner Lyoneser-Seide entledigen mußte aber genützt hatte es nichts.

»O Madame«, sagte Gilberte schluchzend, nachdem die Schritte der Banditen und das Trappeln der Pferdehufe in der Nacht verklungen waren, »was haben wir für Glück gehabt. Ich dachte, ich sterbe vor Angst, noch bevor diese Lumpen Hand an mich legen konnten.«

Die Herzogin näherte sich den drei am Boden liegenden Gestalten, beugte sich zu ihnen hinunter und untersuchte sie flüchtig. »Tot«, murmelte sie. »Alle drei...«

Gilberte weinte heftiger. »Der arme Jeannot. Er war immer so fröhlich. Und Bastien...«

»Schweig!« sagte die Herzogin. »Zum Jammern ist es zu spät. Laß uns lieber überlegen, wie wir hier fortkommen. Am besten warten wir den Sonnenaufgang ab.«

»O nein«, flüsterte Gilberte zitternd. Sie warf einen scheuen Blick zu den Toten hinüber. »Ich fürchte mich, Madame...«

»Unsinn. Die Lebenden, die uns etwas hätten tun können, sind fort. Und die Toten können uns nichts anhaben.«

Dessen war Gilberte freilich nicht so sicher. Sie hatte zu viele schreckliche Geschichten gehört von den Geistern der Verstorbenen, die des Nachts umherirrten, weil sie keine Ruhe fanden. Wahrscheinlich würden das auch Jeannot und die beiden Bogenschützen tun, nachdem sie auf so schreckliche Weise umgekommen waren! Es sei denn sie hatten selbst im Tode noch zu viel Respekt vor ihrer Herrin, so daß sie es nicht wagten, ihr als Geister unter die Augen zu treten.

Dieser Gedanke beruhigte Gilberte ein wenig.

2

Immer, wenn Isabelle am Morgen vor die Tür trat, freute sie sich über den Blick, der sich ihr bot: die Wälder am Horizont, die noch im Morgennebel verschwimmende Linie der Hügel, die Felder und Wiesen. Das Dorf lag in einer Senke. Isabelle konnte von ihrem höhergelegenen Platz nur die Dächer und die Kirchturmspitze sehen.

Manchmal hatte Isabelle dann das Gefühl, den hölzernen Wasserzuber einfach fallen lassen zu müssen, die Arme auszubreiten und barfuß, mit wehendem Rock und aufgelöstem Haar in diesen Morgen hineinzulaufen, so weit ihre Füße sie trugen, um dann irgendwo hinter einer Weißdornhecke zu liegen und in den Himmel zu träumen, der an diesem Tag wieder genau so tiefblau war wie Isabelles Augen.

Isabelle seufzte. Sie hatte wenig Zeit zum Träumen. Der Gasthof »Zum schwarzen Schwan« lag an der Straße nach Avignon. Es kamen viele Reisende durch, Händler, Soldaten, vornehme Herrschaften mit Gefolge – und manchmal auch fahrendes Volk, das Madame Margot je nach Laune mit groben Scheltworten fortschickte oder gnädigerweise in der leerstehenden Scheune kampieren ließ.

Ja, Madame Margot und ihre Launen! Es war nicht einfach, sie zu ertragen. Es gab Tage, an denen Isabelle am liebsten auf und davon gegangen wäre. Aber wohin? Zurück ins Kloster von St. Claude, wo die Nonnen sie vor siebzehn Jahren in einer regnerischen Aprilnacht als hilfloses, schreiendes Bündel auf der Türschwelle gefunden hatten?

Es war Isabelle nicht schlecht gegangen im Kloster. Aber das Leben dort war ihr zu ernst, zu eingeengt. Und die Schwestern in der strengen Ordenstracht der Karmeliterinnen waren ihr immer ein wenig wie steinerne Standbilder erschienen, ähnlich den Heiligenfiguren, die unten im Dorf die Brücke über die Isère flankierten.

Entschlossen nahm Isabelle den hölzernen Zuber wieder auf. Nein, ins Kloster zurück wollte sie nicht. Und wenn sie woanders hinging... Nun, es war fraglich, ob sie es dort besser anträfe als im »Schwarzen Schwan«. Irgendein Haar in der Suppe fand sich immer.

Als Isabelle vom Brunnen ins Haus zurückkehrte, kam Madame Margot gerade die Stiege aus ihrer Schlafkammer herunter. Vielleicht war sie früher einmal hübsch gewesen. Aber das mußte lange her sein, eine ganze Ewigkeit. Jetzt war Margot Bertrand nur noch fett. Auf dem Kopf trug sie eine weiße Haube, unter der das grauschwarze Haar unordentlich hervorquoll. Ihr mächtiger Körper steckte in einer Jacke aus grobem Tuch und einem Rock, dessen Saum sie hochgebunden hatte.

Auf Isabelles Morgengruß hatte Margot nur ein mürrisches Knurren. Sie schlurfte in die Küche und stocherte in dem mächtigen Herd herum, dessen Feuer sommers wie winters nie ausging. »Ist die Suppe fertig?«

»Gewiß.« Isabelle stellte den Wasserzuber ab und nahm eine der irdenen Schalen vom Bord. Da hinein schöpfte sie aus einem rußgeschwärzten Eisenkessel die Morgensuppe, die jeden Tag den Auftakt zu Madame Margots Frühstück bildete. Es folgten Hasenpastete und ein Stück Kapaun in Weinsoße. Madame Margot aß schmatzend und mit größtem Wohlbehagen. Zwischendurch wischte sie sich die fettigen Finger an ihrem Rock ab.

Isabelle beschäftigte sich unterdessen mit dem Aufräumen und Säubern der Schankstube, in der – sehr zu des Mädchens Unbehagen – bereits Messire Paul, Margots Ehemann, vor einem Humpen Wein saß.

Früher hatte Isabelle den schmächtigen Mann mit dem Gesicht eines traurigen Eichhörnchens recht gern gehabt. Er war der einzige, der hin und wieder einen kleinen Schwatz mit ihr hielt oder sie lobte, wenn sie etwas besonders gut gemacht hatte. Aber allmählich war aus dem mageren, kindhaften, scheuen Ding, das Madame Margot vor drei Jahren aus dem Karmelitenkloster geholt hatte, ein bildschönes Mädchen geworden. Ein Mädchen mit einem straffen jungen Körper, geschmeidigen Bewegungen und dem zarten, makellosen Teint der Rothaarigen.

Ein großes Wundern überkam Paul Bertrand, als er Isabelle betrachtete, wie sie da, von der Morgensonne beschienen, auf dem Boden kniete. Wie war es nur möglich, daß ein solches Geschöpf in seinem Hause lebte? Wo mochte es herkommen? Wer mochten seine Eltern gewesen sein?

Isabelle hatte inzwischen ihre Arbeit beendet, ging zur Hintertür und leerte den Wassereimer mit kräftigem Schwung. Dann kam sie zurück und schlenkerte ihre nassen Hände. »Ihr eßt ja gar nichts, Messire Paul. Habt Ihr keinen Appetit?«

Bertrand starrte sie noch immer an. Was für schöne Zähne sie hatte! Und dieser rote Mund... Die Kehle wurde ihm trocken. Er streckte die Hand aus. »Setz dich zu mir, dann schmeckt es mir besser.«

Sie wollte zurückweichen, aber er hielt sie fest und zog sie zu sich heran. In seinem schmächtigen Körper steckte erstaunlich viel Kraft, und ehe es sich Isabelle versah, saß sie neben ihm auf der Bank. »Ich bitte Euch, Messire, laßt mich los! Was soll Madame Margot denken?«

»Madame Margot ist nicht hier!« Bertrand grinste und versuchte, Isabelle zu küssen.

Sie wehrte sich nach Leibeskräften. »Nicht! Seid doch vernünftig! Wie oft soll ich Euch noch sagen...« Sie stieß gegen den Tisch. Der Humpen mit Wein kippte um und kollerte auf den Boden. Diesen Moment benutzte das Mädchen, um aufzuspringen. »Seht Ihr, das kommt davon. Der gute Wein! Und ich habe gerade saubergemacht. O Messire, warum könnt Ihr mich auch nicht in Ruhe lassen! Eines Tages wird Madame Margot dahinterkommen, und natürlich wird sie mir die Schuld geben und mich hinauswerfen.«

»Pah, in dem Fall bin ich auch noch da«, sagte Paul Bertrand großspurig.

Trotz allem mußte Isabelle lachen. »Als ob Ihr gegen Eure Frau aufzumucken wagtet!« Sie hob den Humpen auf, holte einen Lappen vom Schanktisch und begann, den verschütteten Wein aufzuwischen.

Bertrand beugte sich nach vorn. »Im Ernst, Isabelle, warum läufst du mir immer davon? Ich könnte dir...«

Er verstummte, weil in diesem Augenblick Madame Margot eintrat. Sie blieb auf der Schwelle stehen und stemmte die fetten Arme in die Hüften. »Was könntest du, Paul Bertrand?«

»Ich... oh... ich sprach nur gerade mit Isabelle darüber, daß ich nächste Woche zum Markt nach St. Claude fahre. Ich könnte ihr etwas mitbringen, wenn sie etwas braucht.«

»Sie braucht nichts«, sagte Madame Margot streng und streckte ihr Doppelkinn vor. »Außerdem hältst du das Mädchen mit deinem Geschwätz von der Arbeit ab. Es könnte schon längst fertig sein.«

»Ich bin fertig, Madame!« Isabelle richtete sich auf. »Soll ich jetzt die Quitten pflücken?«

»Meinetwegen. Aber schlaf nicht ein dabei. Und steck dir deine Zöpfe auf. Wie du wieder aussiehst mit deinen halb aufgelösten Haaren! Wie ein liederliches Frauenzimmer!« Madame Margot sah Isabelle nach, wie sie mit ihrem wiegenden Schritt zum Schanktisch ging und den Lappen zurückbrachte. Bei allen Heiligen, dieses Ding wurde alle Tage reizvoller. Man mußte ein Auge auf sie haben, und auf Messire Paul!

In diesem Augenblick pochte es an die Vordertür.

»Wer kann das sein?« fragte Paul und stand auf.

Die Ankömmlinge waren Gilberte und die Herzogin. Sie wankten mit zerrissenen Schuhen und wirren Haaren in die Schankstube. Die Herzogin war in eine Decke gewickelt, unter der ihre staubigen Unterkleider hervorsahen. Sie sank sofort erschöpft auf eine Bank.

»Wer seid Ihr? Was wollt Ihr?« fragte Madame Margot barsch, während ihr Mann von einer zur anderen blickte.

Gilberte nannte ihre Namen und erzählte, was ihr und ihrer Herrin in der vergangenen Nacht passiert war. »Jetzt sind wir schon seit dem Hellwerden unterwegs«, schloß sie, »und sind keiner Menschenseele begegnet. Gott, waren wir froh, als wir endlich Euer Haus sahen.«

»Ja, wir sind weit und breit die einzige Herberge auf dem Weg nach Avignon«, nickte Paul und machte einen Kratzfuß nach dem anderen in Richtung der Herzogin. »Schrecklich, diese Banditen, man sollte sie alle aufhängen! Aber nun erholt Euch von dem Ausgestandenen. Ich werde Euch sofort ein Bad bereiten lassen und ein kräftiges Essen. Und mein bestes Zimmer sollt Ihr auch...« Er brach ab, weil er einen vernichtenden Blick von Madame Margot auffing.

»Du bist doch ein Dummkopf, Paul Bertrand! Woher willst du wissen, ob uns die beiden nicht ein Lügenmärchen auftischen? Oder habt Ihr Geld, um die Zeche zu bezahlen?«

Die Herzogin hob den Kopf. »Natürlich nicht. Meine Kammerfrau sagte Euch doch, daß wir ausgeraubt worden sind. Ich wollte Euch bitten, einen Boten nach Schloß Beaumont zu senden, damit man uns hier abholen kommt. Dann werdet Ihr Euer Geld erhalten.«

»Oder Ihr seid inzwischen bei Nacht und Nebel verschwunden«, sagte Madame Margot störrisch. Ihre fetten Hängebacken bebten. »Ich kenne die Herzogin nicht. Aber seit wann reist eine Dame von Stand ohne Gefolge, nur mit einem Kutscher und zwei Knechten durch das Land? Ihr müßt zugeben, daß das reichlich sonderbar klingt.«

»Aber es ist die Herzogin«, rief Isabelle in diesem Augenblick. Sie hatte sich bis jetzt in dem dämmrigen Hintergrund des Hauses gehalten, wo weder die Herzogin noch Gilberte sie bemerkt hatten. Nun kam Isabelle nach vorn. Die Sonne, die durch eines der spitzbogigen Fenster fiel, ließ ihr Haar kupfern schimmern. »Bitte, bleibt«, sagte sie zu Johanna von Valance und wandte sich dann wieder an Madame Margot. »Ich kenne sie, weil sie einmal in St. Claude die Ostermesse besuchte. Dort habe ich sie gesehen.«

Paul Bertrand war es gewöhnt, daß Isabelle von seinen Gästen angestarrt wurde. Die auffallende Schönheit des Mädchens erregte bei jedem, der es zum erstenmal sah,

Staunen. Aber so wie die Herzogin und ihre Kammerfrau hatte noch niemand auf Isabelles Anblick reagiert. Gilberte war zurückgewichen und bekreuzigte sich. »Jesus Maria... nein! So etwas gibt es nicht!«

Die Herzogin war leichenblaß geworden. Sie hielt sich am Tisch fest. »Beatrice«, murmelte sie und schloß die Augen, so, als müsse sich Isabelle, wenn sie sie wieder öffnete, gleich einer Geistererscheinung in Luft auflösen.

Isabelle stützte sie. »Was ist Euch, Madame? So setzt Euch doch. Messire Paul, schnell, einen Schluck Wasser.«

Die Herzogin winkte ab. »Nein, nein, es ist schon vorüber.« Sie hatte die Augen wieder geöffnet und starrte Isabelle an. »Wer... wer bist du, mein Kind?«

Das Mädchen machte einen Knicks. »Ich heiße Isabelle St. George und bin hier Magd. Meinen Nachnamen habe ich von den frommen Schwestern des Karmel, weil sie mich am Tage des heiligen Georg vor der Tür ihres Klosters gefunden haben.«

»Ein Findelkind also?«

»Ja, Euer Gnaden. Geht es Euer Gnaden wirklich besser? Oder soll ich Euch eine Kompresse machen? Im Kloster hab' ich etwas Krankenpflege gelernt...«

»Bemüh dich nicht, mein Kind. Ich fühle mich ganz wohl. Es waren wohl nur die Strapazen der vergangenen Stunden. – Herr Wirt?«

»Ja, Madame?« Paul Bertrand kam eilfertig herangewieselt.

»Bekommen wir jetzt ein Zimmer und etwas zu essen? Oder habt Ihr immer noch Bedenken?«

»Gewiß nicht, Euer Gnaden. Ihr müßt meiner Frau verzeihen, sie ist immer ein wenig mißtrauisch. Kein Wunder, wenn so viele schlechte Menschen in der Welt herumlaufen. Mörder und Diebe, die sich nicht scheuen, friedliche Reisende zu überfallen und auszuplündern.«

»Wenn ich Euer Gnaden nun das Zimmer zeigen darf? Es ist unser bestes!« Madame Margot schwenkte jetzt um wie eine Wetterfahne. Ihr rotes Gesicht war eitel Wohlwollen. »Euer Gnaden werden doch über Nacht bleiben?«

»Vermutlich«, erwiderte die Herzogin. »Es sei denn, man holt uns noch heute nachmittag hier ab. Aber das wird kaum möglich sein. Ein guter Reiter braucht bestimmt vier bis fünf Stunden nach Beaumont.«

»Ich werde sofort einen Knecht losschicken«, versprach Madame Margot. »Und du, Isabelle, kümmere dich um heißes Wasser für ein Bad und ein kräftiges Essen.«

3

»Beim Himmel, Madame, mir schwirrt der Kopf! Wie ist das nur möglich, eine solche Ähnlichkeit! Im ersten Augenblick glaubte ich, die Toten stünden aus ihren Gräbern auf.« Gilberte lehnte sich mit dem Rücken gegen die eisenbeschlagene Tür, die Madame Margot soeben von draußen hinter sich geschlossen hatte. »Aber Ihr wart auch ganz fassungslos.«

»Wahrhaftig, das war ich«, sagte die Herzogin. »Ich habe noch nie solch ein Spiel der Natur erlebt. Dieses Mädchen gleicht Beatrice de Marville wie ein Ei dem anderen. Nur die Stimme klingt ein wenig tiefer.«

»Wenn Seine Gnaden der Herzog sie gesehen hätte... Ich glaube, ihr Anblick hätte ihn mit einem Schlage von seiner Trauer geheilt. Wißt Ihr was, Madame Johanna? Wir sollten das Mädchen mitnehmen und ihm präsentieren.«

»Meinst du, Gilberte? Wäre ein solcher Anblick nicht vielmehr schmerzlich für ihn?«

»Aber nein, Madame, warum? Wie lange ist Gräfin Beatrice jetzt tot? Drei Jahre und noch etwas darüber. Und in all den Jahren hat Euer Sohn keine Frau mehr angeschaut. Es wird Zeit, daß sich das ändert. Er ist Euer einziger Sohn, und wenn er nicht bald daran denkt, sich zu vermählen, werdet Ihr niemals Enkelkinder haben und keinen Erben für die Herzogskrone.«

»Mein Sohn ist dreißig Jahre alt. Er kann auch noch in zwei oder drei Jahren heiraten.«

»Wer sagt Euch, daß er bis dahin anderen Sinnes ist als heute? Er scheint entschlossen, seiner toten Braut die Treue zu halten! Und je mehr er sich in diesen Gedanken verrennt, desto schwerer wird es für ihn, sich eines Tages davon zu lösen.«

Johanna von Valance seufzte. Gilberte sprach nur das aus, was sie selbst in vielen bangen Tagen und Nächten gedacht hatte. Seit Beatrice de Marville drei Wochen vor der Hochzeit einem Lungenfieber erlegen war, lebte Roger nur noch in der Erinnerung. Anfangs hatte die Herzogin seine Trauer um das schöne und liebenswürdige Mädchen voll verstanden, ja, sogar geteilt. Aber nachdem nun so viel Zeit dahingegangen war, fand sie sie unnatürlich und beängstigend. In Paris gab es ein Mädchen, das die Herzogin sehr gern als Gattin ihres Sohnes gesehen hätte. Gwendoline hieß es, die einzige Tochter des Grafen von Morgan. Sie war Hofdame bei der Königin und schien Johanna von Valance durchaus geeignet, die Erinnerung an eine Tote aus Rogers Herzen zu verdrängen. Wie kam Gilberte nur auf den Gedanken, dies könne eine Küchenmagd viel besser und viel gründlicher erreichen?

»Du übertreibst«, sagte Madame Johanna unwirsch. »Gesetzt den Fall, der Herzog bekommt dieses Mädchen zu Gesicht. Gesetzt, die Ähnlichkeit mit Beatrice fällt ihm auf – wie, denkst du, soll es weitergehen? Soll sich mein Sohn in sie verlieben? Soll eine Küchenmagd am Ende die Herzogskrone von Valance erhalten? Oder sollen Rogers Söhne den Querbalken des Bastards in ihrem Wappen führen?«

»Weder – noch, Madame! Verzeiht, doch denkt Ihr nicht ein wenig weit voraus? Ich meinte nur...« Gilberte brach ab und lächelte halb schlau, halb zaghaft. »Es dauert mich, wie Euer Sohn in dieser ungesunden Trauer sich vergräbt, und mehr noch, wie Ihr Euch darüber sorgt. Ist es nicht so, daß Euer Sohn die Tote höher stellt als alle Lebenden? Für ihn ist sie die Schönste, Edelste, ein überirdisches Geschöpf, das keinen Fehler hatte. Er vergißt dabei, daß Beatrice, als sie noch lebte, ein Mensch war wie wir anderen auch. Ein Mensch mit Schwächen, Launen! Liebenswert durchaus, doch keineswegs das makellose Denkmal, das er von ihr in seinem Herzen errichtet hat. Wir müssen dieses Denkmal stürzen, Euer Gnaden! Und dafür scheint mir jenes Mädchen gut.«

»Ich glaube, ich verstehe, was du meinst. Du hoffst, der Herzog würde sich in sie verlieben als in das Abbild seiner Beatrice – und dann erkennen, daß sie nur ein Mädchen ist wie tausend andere auch.«

»Genau so ist es, Euer Gnaden! Das Gegengift für Beatrice ist sie selbst. In unserem Falle also Isabelle. Kein totes Denkmal, sondern ein Geschöpf aus Fleisch und Blut, doch schön genug, um jedem Manne Appetit zu machen. Ist aber dieser Appetit erst einmal da, will man nicht jeden Tag dasselbe essen. In dem Punkt sind alle Männer gleich! Hat Isabelle erst Eurem Sohn gefallen, wird er entdecken, daß es auch noch andere hübsche Mädchen gibt, und sich gewiß nicht länger sträuben, eines von ihnen zu seiner Herzogin zu machen und zur Mutter seiner Kinder.«

Die Herzogin runzelte grübelnd die Stirn. »Dein Plan hat vieles für sich. Du vergißt nur eins: Isabelle! Ob sie so einfach mit uns kommen wird?«

»Fragt sie doch, Madame! Ich bin sicher, wenn sie nur einen Funken Verstand hat, schnürt sie noch heute ihr Bündel. Erzählt ihr nur die traurige Geschichte von der toten Beatrice. Sie wird gerührt sein und sich ungemein geschmeichelt fühlen, daß Ihr sie ausersehen habt, Euren Sohn zu trösten.« Gilberte lachte. In ihren schweren Kirschenaugen tanzten kleine vergnügte Lichter.

Doch die Herzogin war immer noch nicht ganz bekehrt. »Ich weiß nicht, Kind. Die Rolle, die du ihr da zuteilst... Diese Isabelle macht einen guten Eindruck. Gewiß ist sie ein braves Mädchen, erzogen von den frommen Karmeliterinnen...«

»Wer hindert sie daran, so brav zu bleiben? Ihr sagt es selbst, Madame: Sie spielt nur eine Rolle. Wie weit sie dabei geht, das liegt allein bei ihr. Denn Herzog Roger würde nie...« Gilberte verstummte, weil es klopfte.

»Das Bad ist fertig, Euer Gnaden«, rief Isabelle auf dem Flur. Gilberte und die Herzogin wechselten einen raschen Blick.

Dann ging Johanna von Valance die Tür öffnen. »Komm einen Augenblick herein, mein Kind.«

Zögernd folgte Isabelle der Aufforderung.

Die Herzogin blieb an der Tür stehen, ohne den Blick von ihr zu wenden. Sie versuchte, sich Isabelle in anderen Kleidern vorzustellen, die Haare schön frisiert –

wahrhaftig, dann mußte die Ähnlichkeit mit Beatrice vollkommen sein. Gilberte hatte recht. Die Sache war zumindest des Versuches wert.

Johanna von Valance deutete auf einen Stuhl. »Setz dich, mein Kind. Ich möchte etwas mit dir besprechen.«

4

Im Verlauf des Tages hatte Isabelle alle Hände voll zu tun. Es war, als ob sich sämtliche Durchreisende verabredet hätten, im »Schwarzen Schwan« abzusteigen oder Rast zu machen.

Isabelle lief treppauf, treppab, richtete Schlafkammern her, holte Wein und Bier aus dem Keller und schleppte Teller und Schüsseln mit dampfenden Braten, Pasteten und Ragouts, auf deren Zubereitung sich Madame Margot wie keine zweite verstand. Zwischendurch mußte Isabelle sogar die Pferde der Reisenden versorgen, weil Antoine, der Knecht, ja nach Beaumont geritten war und Messire Paul von seiner Frau in die Küche befohlen wurde, um ihr beim Rupfen der Hühner und Fasane zu helfen.

Im allgemeinen liebte Isabelle den Trubel, den die vielen Gäste mit sich brachten. Man hörte viel Neues, und die Stunden flogen nur so dahin. Heute allerdings wäre Isabelle lieber mit sich allein gewesen. Was sie auch tat, sie war nicht bei der Sache. Immer wieder spukte ihr die Unterredung mit der Herzogin im Kopf herum, aber so viel Isabelle auch grübelte, sie kam zu keinem Ergebnis, was sie tun sollte.

Auf ihr Schloß wollte die Herzogin sie mitnehmen? In ihre Dienste sollte Isabelle treten – aber nicht etwa als Magd, o nein! Sie sollte Unterricht im Lesen und Schreiben erhalten, feine Handarbeiten machen, ein wenig musizieren und der Herzogin Gesellschaft leisten. Und dies alles nur, weil sie, Isabelle, einer Toten ähnlich sah, die der Herzogin und ihrem Sohn sehr nahe gestanden hatte!

Das alles hörte sich großartig und phantastisch an. Ein anderes Mädchen als Isabelle wäre vielleicht mit Freuden und ohne das geringste Zögern darauf eingegangen. Aber nicht sie.

Bisher hatte noch niemand Isabelle mit Samthandschuhen angefaßt. Und das Leben im »Schwarzen Schwan« hatte sie gelehrt, mißtrauisch zu sein. Sie stand allein auf der Welt und wußte, daß es im Ernstfall keinen Menschen gab, auf dessen Hilfe sie sich verlassen konnte. Sie wußte auch, daß man zu viel Freundlichkeit ebenso wenig trauen durfte wie offener Feindseligkeit. Und die Freundlichkeit der Herzogin war Isabelle irgendwie unheimlich.

Gegen Mitternacht – im »Schwarzen Schwan« war allmählich Ruhe eingekehrt – kam Antoine zurück. In seiner Begleitung befanden sich ein Dutzend Reiter, die eine Sänfte mit sich führten. Ihr Anführer brachte Kleider für die Herzogin und Gilberte sowie eine Geldbörse, um die Zeche zu bezahlen.

Die Herzogin und ihre Kammerfrau hatten den ganzen Tag in ihrem Zimmer verbracht. Isabelle hatte sie nicht mehr zu Gesicht bekommen. Sie hörte nur noch von Madame Margot, daß Johanna von Valance morgen früh bei Sonnenaufgang aufbrechen wollte. Bis dahin mußte sich Isabelle also entschieden haben.

Sie war todmüde, als sie endlich ihre einfache Kammer über dem Hühnerstall aufsuchte. Aber dann konnte sie trotzdem nicht einschlafen. Sie lag im Bett, die Arme hinter dem Nacken verschränkt, und starrte auf den mondhellen Himmel, der durch die offene Fensterluke hereinschaute. Draußen rauschten die Bäume. Ab und zu schnaubte ein Pferd im Stall.

Wie vertraut das alles war, die Stimmen der Nacht, der. Blick aus dem Fenster, die ärmliche Einrichtung der Kammer! Es war ein Stückchen Zuhause. Nicht wie im Kloster, wo man Isabelle aus Barmherzigkeit aufgezogen und sie gelehrt hatte, immer dankbar dafür zu sein. Sondern ein Zuhause, für das sie arbeitete und auf das sie deshalb ein Anrecht hatte. Irgendwie schien Isabelle dieser Unterschied sehr wichtig.

Was soll ich nur tun? dachte sie. Gehen oder bleiben?

Ein Geräusch schreckte sie auf. Sie richtete sich im Bett auf. Da kam doch jemand die Treppe herauf? Ganz deutlich hörte sie das Knarren der hölzernen Stufen und einen schnaufenden Atem. Paul Bertrand?

Den ganzen Abend hatte er mit ein paar reisenden Händlern in einer Ecke der Schankstube gesessen. Isabelle hatte immer wieder die Krüge mit Wein und dem starken, mit Wacholder, Nelken und spanischem Pfeffer gewürzten Bier nachfüllen müssen. Dabei hatte Messire Paul jedesmal nach ihr greifen und sie auf seinen Schoß ziehen wollen. Sie hatte Mühe gehabt, seinen zudringlichen Händen zu entkommen.

Und jetzt stand er vor ihrer Kammertür. »Isabelle, mein Engel, mach auf. Ich bin es, Paul... der gute Messire Paul. Laß mich rein, Isabelle.«

Zuerst wollte sie keine Antwort geben. Aber als Messire Pauls Stimme immer lauter wurde, sprang sie aus dem Bett und lief auf bloßen Füßen zur Tür. »Seid Ihr denn von allen guten Geistern verlassen, Messire Paul? Geht sofort schlafen. Ihr weckt ja das ganze Haus.«

»Mach die Tür auf«, lallte Paul Bertrand. »Dann bin ich auch ganz still.«

»Ich denke nicht daran. Laßt mich in Ruhe!«

»Aber Isabelle... ich will doch nur 'n bißchen lieb zu dir sein. Es macht mich ganz krank, daß du so abweisend zu mir bist. Laß mich rein, Isabelle, mein Täubchen!«

Im Grunde war es fast komisch, Messire Pauls weinseliges Säuseln. Wenn es nur nicht so laut gewesen wäre! Isabelle versuchte vergeblich, ihn durch Zureden und Schimpfen in sein Bett zurückzuschicken. Er fuhr fort, an die Tür zu hämmern und Einlaß zu begehren.

Da hörte man plötzlich unten im Flur Madame Margots Stimme: »Hab' ich dich endlich erwischt, du liederlicher Kerl! Na warte, das sollst du mir büßen.« Die dicke Wirtin stampfte im wallenden Nachtgewand die Treppe herauf.

Isabelle schob den Riegel zurück und öffnete die Tür. Sie ahnte, welches Gewitter sich gleich auf den benebelten Kopf des armen Messire Paul entladen würde, und hatte trotz allem Mitleid mit ihm. Vielleicht gelang es ihr, seine erzürnte Ehehälfte etwas zu beruhigen.

Aber Madame Margot dachte gar nicht daran, sich beruhigen zu lassen. Sie schnaubte vor Wut, und ihr Zorn richtete sich genauso gegen Isabelle wie gegen ihren auf

Abwege geratenen Ehemann. Messire Paul, den der Schreck über das Auftauchen seiner Frau sichtbar ernüchtert hatte, duckte sich wie ein geprügelter Hund, als sie auf ihn losfuhr.

»Du dachtest wohl, ich schliefe, was. Du dachtest, ich bin blind und hätte nicht gemerkt, wie du schon seit Tagen um das Frauenzimmer da herumschleichst wie ein liebeskranker Kater. O du erbärmlicher Hundesohn! Du doppelzüngiger, schiefmäuliger Teufel! Verschwinde! Mach, daß du hier wegkommst, ehe ich dich die Treppe hinunterwerfe!«

Und Messire Paul verschwand. Verschwand mit schlotternden Knien und ohne noch einen Blick auf Isabelle zu werfen.

Madame Margot aber wandte sich nun an das Mädchen: »Das hast du dir fein ausgedacht! Hinter meinem Rücken meinem Mann schöne Augen zu drehen! Hast dich wohl schon als Wirtin im 'Schwarzen Schwan' gesehen, du unverschämtes Ding!«

»Aber Madame, ich kann doch nichts dafür. Messire Paul war betrunken. Und ich habe nie...«

»Schweig! Natürlich hast du ihm Augen gedreht. Und wie du immer um ihn herumscharwenzelt bist. Messire Paul hier – und Messire Paul da! Ein bißchen die Hüften schwenken, ein dreister Blick, ein verstohlenes Lächeln! Oh, ich weiß Bescheid. Aber jetzt ist es genug. Du packst noch heute deine Sachen und verschwindest.«

»Madame, ich bitte Euch...«

»Kein Wort mehr!« Die dicke Wirtin versetzte Isabelle einen groben Stoß, daß sie über die Türschwelle in ihre Kammer zurückstolperte. »Mach, daß du mir aus den Augen kommst.«

Wahrscheinlich hätte Madame Margot noch eine ganze Flut von Beschimpfungen losgelassen, aber die Luft wurde ihr knapp. Sie preßte die Hand auf ihren wogenden Busen und stampfte stöhnend die Treppe hinunter. Isabelle schloß die Tür hinter sich und lehnte sich von innen dagegen.

Jetzt war die Entscheidung also gefallen, ganz ohne ihr eigenes Zutun. Madame Margot warf sie hinaus, also würde sie mit der Herzogin gehen.

Isabelle brauchte nicht lange, um ihr Bündel zu schnüren. Sie besaß nur zwei Kleider und einen schwarzen wollenen Umhang. Schuhe, Strümpfe, ein wenig Wäsche und das Gebetbuch, das ihr die Schwestern vom Heiligen Karmel zum Abschied geschenkt hatten. Fertig!

Doch nein, da war noch etwas: ein flaches, von einer Schnur umwundenes Paket, das Isabelle unter der Matratze ihres Lagers aufbewahrte. Es enthielt winzige, spitzenbesetzte Kindswäsche, ein dreieckiges Umschlagtuch aus naturfarbener Wolle, einen Lederbeutel und ein zusammengerolltes Stück Pergament.

Die Kleidungsstücke hatte Isabelle getragen, als man sie vor siebzehn Jahren vor dem Karmeliterinnenkloster fand. Das schreiende Kind war in das Tuch gewickelt gewesen. In dem Lederbeutel hatten die erstaunten Nonnen einen überaus kostbaren Halsschmuck entdeckt.

»Verkauft den Schmuck«, hatte auf dem Pergament gestanden. »Der Erlös ist für das Kloster bestimmt, wenn ihr mein Kind behaltet und aufzieht. Es ist auf den Namen Isabelle getauft. Um Christi Barmherzigkeit willen, seid gut zu ihm.«

Isabelle konnte nicht lesen. Aber sie hatte sich von Mater Angélique die Worte so oft vorsagen lassen, bis sie sie auswendig kannte. Die einzigen Worte, die Isabelle St. George von jener unbekannten Frau wußte, die sie geboren hatte...

Als Isabelle das flache Bündel unter der Matratze vorholte; war ihr nach Weinen zumute. Das hatte nichts mit ihrer Mutter zu tun. Isabelle dachte nicht oft an sie, höchstens mit einem leisen Verwundern. Was mochte sie für eine Frau gewesen sein, daß sie ihr Kind in der Nacht vor den Stufen eines Klosters ausgesetzt hatte? Isabelle haßte sie nicht deswegen. Aber sie sehnte sich auch nicht nach ihr, wenn sie sich in manchen Stunden ihrer Verlassenheit bewußt wurde so wie jetzt. Es war nicht schön, heimatlos zu sein und nirgendwo hinzugehören.

Die Tränen tropften auf das Päckchen, und Isabelle biß sich auf die Lippen. Sie hätte gerne gebetet, aber irgendwie erschienen ihr die lateinischen Gebete, die sie die Karmeliterschwestern gelehrt hatten, nicht passend für das, was sie Gott zu sagen gehabt hätte.

Etwa dies nämlich: Wenn wir auch alle deine Kinder sind, so will ich dir doch nicht zumuten, ständig auf mich aufzupassen. Das tue ich schon selbst, soweit ich's kann. Ich bin nicht gerade dumm, und dafür bin ich dir sehr dankbar. Trotzdem ist es möglich, daß ich manchmal etwas falsch mache. Davor bewahre mich doch bitte. Du hast gewollt, daß ich allein bin und niemanden um Rat fragen kann. Vergiß das bitte nicht. Dann wirst du mir auch helfen, wenn es nötig ist.

Nein, das war sicherlich nicht das richtige Gebet. Ob Gott denn nur Lateinisch verstand?

Isabelle wischte sich die Tränen ab. Sie legte das Päckchen zu den übrigen Sachen, knüpfte alles zu einem Bündel zusammen und verließ die Kammer. Sie würde unten an der Wegbiegung auf die Sänfte der Herzogin warten.

5

Roger Herzog von Valance, Pair des Königs von Frankreich und unumschränkter Herr seines Herzogtums sowie der Grafschaften Beaumont und Romans, saß in einem hohen Eichenstuhl, in dessen Rückenlehne das geschnitzte Wappen seines Hauses eingelassen war. Durch die grünlichen bleigefaßten Fensterscheiben sickerte spärliches Sonnenlicht. Die Wände des einfenstrigen Kabinetts waren mit burgunderrotem flandrischen Tuch bespannt, in das wiederum das Wappen der Herzöge von Valance mit goldenen Fäden eingestickt war. Ein Sonnenstrahl ließ es aufleuchten.

Der Herzog nahm von seinem mit Gänsekielen, aufgerollten Pergamenten, Schreibtäfelchen und Griffeln bedeckten Tisch ein Schriftstück und beugte den dunklen Kopf darüber. Entgegen der herrschenden Mode trug er das wellige Haar kurzgeschnitten und keinen Bart. »Hier führt eine Madame de Grunelle Klage, der Profos von Arigny habe ihr dreitausend Livres Erbschaftssteuer abverlangt. Madame de Grunelle schreibt, daß sich aber die Steuer auf fünf Sou pro Livre in ihrem Bezirk beläuft.

Demnach hätte sie wesentlich weniger an die Staatskasse abzuführen.«

»Mag sein, Euer Gnaden. Aber ich kenne die Grunelles. Sie haben Schulden wie andere Leute Haare auf dem Kopf. Madame de Grunelle wird auch eine geringere Erbschaftssteuer schuldig bleiben, wenn man sie nicht gewaltsam eintreibt.« Der Mann, der das sagte, hieß Philippe de Crêve und war der Kanzler Herzog Rogers. Er stand auf der anderen Seite des breiten Schreibtisches in einem schwarzgelben Wams und ebensolchen Beinkleidern und hielt das Barett mit den Reiherfedern ehrerbietig vor der Brust.

Der Herzog runzelte nachdenklich die Stirn. Als er aufstand, sah man erst, wie groß er war, breitschultrig, mit schmalen Hüften. Seine Kleidung war schlicht, aber ausgesucht kostbar. »Sagtet Ihr nicht, daß Ihr im kommenden Monat nach Brecour reisen wolltet, um dem dortigen Gerichtstag beizuwohnen? Nun, Brecour ist nur ein paar Stunden von Arigny entfernt. Wenn ihr Eure Angelegenheiten in Brecour erledigt habt, macht einen Umweg und laßt Euch die Sache von Madame de Grunelle vortragen. Und denkt daran, daß ich keine unnötigen Härten wünsche – und keine Unkorrektheiten meiner Beamten.«

»Gewiß, Monseigneur«, erwiderte Herr de Crêve mit einer Verneigung.

Auf dem Schloßhof wurde es laut, Schritte klangen auf, dann Pferdegetrappel. Eine Stimme brüllte ein paar Kommandos.

Der Herzog trat an das Fenster und schaute hinunter. Eine Reiterschar verließ den Hof. Ihre Lanzen und Helme blinkten in der Sonne. Die Männer trugen Kettenhemden, aber ihr Anführer hatte einen goldfarbenen Brustpanzer umgeschnallt. Der große rot-weiße Federbusch seines Helms wehte im Wind. Die Satteldecke seines Rappen trug die gleichen Zeichen.

Ein Lächeln zuckte um des Herzogs schmalen Mund auf. »Unser guter Ritter de Chalors hat sich wieder einmal herausgeputzt, als gälte es ein Turnier.«

Philippe de Crêve nickte belustigt. »Seine Putzsucht kennt keine Grenzen – wie bei einem Frauenzimmer. Es erstaunt mich immer wieder, daß er dennoch ein so guter Soldat ist. Wenn es jemandem gelingt, diese Schurken, die Ihre Gnaden, die Herzogin, überfallen haben, aufzustöbern und ihrer gerechten Strafe zuzuführen, dann ihm.«

Der Herzog blickte zum Himmel auf. »Die Sonne steht schon hoch. Wenn meine Mutter am Morgen aufgebrochen ist, wird sie bald hier sein. Laßt mich jetzt allein, Messire Philippe. Ich habe noch zu arbeiten.«

Der Kanzler entfernte sich. Lautlos schloß sich die Tür des Kabinetts hinter ihm. Herzog Roger kehrte an den Schreibtisch zurück. Er las und schrieb noch eine Weile. Dann verließ auch er den kleinen stillen Raum, in den er sich am liebsten zurückzog, wenn er zu arbeiten oder über etwas nachzudenken hatte.

Vor der Tür warteten zwei Pagen im blau-goldenen Wams, den Farben des Hauses Valance. Der Herzog gab ihnen einen Wink zurückzubleiben und durchquerte allein eine lange, von zwölf Fenstern erhellte Galerie. Über eine schmale Treppe gelangte er in einen anderen Teil des Schlosses, das wehrhaft und gewaltig von einer runden Hügelkuppe in das liebliche Tal zwischen Rhone und Isère hinabschaute. In diesem Trakt lagen die Gemächer, die Roger von Valance einst für seine geliebte Braut Beatrice hatte einrichten lassen.

Es war seit ihrem Tode nichts daran verändert worden. Die Mägde mußten die Räume sauberhalten, täglich frische Luft hereinlassen, ja sogar Blumen und wohlriechende Essenzen in die bereitstehenden Schalen aus italienischem Marmor, Lapislazuli und kostbaren Mosaiken verteilen. Und so sahen die Gemächer aus, als sei ihre Bewohnerin nur für eine kleine Weile fortgegangen und könne jeden Augenblick wiederkehren.

Der Herzog durchschritt den Vorsaal, dessen Wände mit flämischen Gobelins bedeckt waren, und eine Reihe von Zimmern. Dann gelangte er durch eine niedrige Tür in ein Turmgemach. Seit drei Jahren verging kein Tag, an dem er nicht zu einer Stunde trauervollen Gedenkens in dieses Zimmer kam, von dem Beatrice einmal gesagt hatte, daß sie es zu ihrem Lieblingsaufenthalt machen werde. Beatrice...

Ihr Bild hing zwischen zwei Fenstern. Ein florentinischer Meister hatte es angefertigt. In sanften, warmen Farben zeigte es die Anmut der schönen jungen Gräfin. Beatrice de Marville trug ein Kleid aus apfelgrüner Seide, reich besetzt mit Spitzen aus Brabant. Ein hermelinverbrämter Mantel bedeckte die kindhaft schmalen Schultern. Über der Haube funkelte ein Diadem. Die schweren Flechten waren wie zwei Vasenhenkel zu beiden Seiten des Gesichtes aufgesteckt.

Der Herzog blieb vor dem Bild stehen, seine männlichschönen Züge trugen den Ausdruck düsterer Trauer. Bei Gott, sie war die bezauberndste Frau gewesen, die es gab. Nie würde sich eine andere an Schönheit, Geist und Anmut mit ihr messen können, nie eine andere sein Herz besitzen.

Roger von Valance war immer ein schwerblütiger Mensch gewesen. Natürlich hatte er als Jüngling seine Abenteuer gehabt, allein schon deshalb, weil er nicht als Außenseiter und Sonderling vor seinen gleichaltrigen Gefährten dastehen wollte, die sich mit ihren amourösen Erlebnissen spreizten wie die jungen Hähne, wenn der Frühling kommt.

Aber derlei Dinge hatten Roger niemals sonderliche Befriedigung gewährt, eher einen müden Überdruß. Doch dann war er Beatrice begegnet, und von diesem Tag an hatte sich die Welt für ihn verändert.

Es war eine Liebe gewesen mit aller Verzauberung und Glückseligkeit, die ein Menschenherz fühlen mag. Oder schien ihm das nur in der Erinnerung so?

Nein, dachte Roger. Man sagt zwar, daß die Erinnerung vergoldet. Doch nur am Anfang, wenn sie frisch und lebhaft ist. Später erlischt der Glanz, die trügerischen Farben werden blasser, und alles stirbt im Dunkel des Vergessens.

So war es mit dem ersten wilden Schmerz nach Beatrices Tod geschehen. Er war eingemündet in das sanfte Grau der Traurigkeit. Doch jene Liebe, die der Herzog einst empfunden hatte, starb nicht, und mit ihr blieb die glückliche Vision vergangener Seligkeit.

Herzog Roger wußte, daß seine Mutter nicht die Hoffnung aufgab, ihn eines Tages dennoch vermählt zu sehen. Er wußte auch, daß Pflicht und Herkunft ihm das abverlangten – und trotzdem schien es ihm unmöglich. Er hatte ein volles Maß an Glück besitzen wollen, hatte es fast schon in den Händen gehalten, als man es ihm wieder nahm. Sollte er sich nun mit den Brosamen begnügen?

Herzog Roger wandte sich ab. Als er auf die große Galerie zurückkehrte, meldete ihm ein Hauptmann der Wache, daß die Herzogin vor einer halben Stunde eingetroffen sei und ihn erwarte.

6

»Übrigens«, sagte Johanna von Valance, »habe ich ein junges Mädchen von meiner Reise mitgebracht.«

Der Herzog blickte sie mit mäßigem Interesse an. »Ach ja? Aus Paris?«

»Nein, aus jenem Gasthof, wo ich zuletzt nächtigte. Doch das ist eine lange Geschichte, sie würde Euch nur ermüden. Fest steht, daß dieses Mädchen ein durchaus liebenswertes Geschöpf ist. Ich möchte es gern bei mir behalten... wenigstens vorerst.«

Jetzt runzelte der Herzog doch die Stirn. »Ihr wißt, daß ich mich nie in Eure Angelegenheiten mische. Aber wie kommt Ihr auf solch eine Idee? Ein Mädchen aufzunehmen, das Ihr erst gestern kennengelernt habt! Ist das nicht etwas voreilig? Wer ist sie denn, wo kommt sie her?«

»Sie heißt Isabelle«, erwiderte die Herzogin vage. »Was soll ich Euch viel von ihr erzählen? Ihr werdet sie morgen kennenlernen und dann vielleicht begreifen, warum ich mich spontan entschloß, sie mitzunehmen.«

Johanna von Valance hatte eine ganz bestimmte Vorstellung, wie und wann Roger Isabelle zum erstenmal sehen sollte, nämlich bei der Abendtafel, wenn der große Rittersaal im flackernden Licht der Kerzen lag. Dann mußte die Ähnlichkeit mit Beatrice doppelt zutage treten. Auch mußte das Mädchen anständige Kleider bekommen. Die Herzogin hatte bereits Anweisung gegeben, daß man etwas für Isabelle heraussuchte. Vor allem aber war es unerläßlich, ihr bessere Manieren beizubringen. Herzog Roger legte Wert auf Etikette. Er würde sich nie für ein Geschöpf mit dem ungehobelten Benehmen einer Küchenmagd begeistern. Wenn ihm Isabelle gefallen sollte, mußte sie wie ein Fräulein aus gutem Hause auftreten können.

Johanna von Valance beschloß, morgen vormittag ihren Haushofmeister François de Balard zu Isabelle zu schicken, der mit der notwendigen Unterweisung beginnen konnte.

7

Isabelle erwachte am nächsten Morgen schon sehr früh, wie sie es vom »Schwarzen Schwan« gewöhnt war. Die Sonne war noch nicht aufgegangen, sondern überzog den Himmel gerade mit dem rosigen Hauch der Morgenröte. Isabelle blinzelte, dehnte und reckte sich und bestaunte das Nachtgewand, das Gilberte ihr gestern gebracht hatte. Es war aus zarter Spitze, so weiß wie frischgefallener Schnee, und Isabelle hatte fast nicht gewagt, es anzuziehen. Du lieber Gott, so etwas Kostbares – und nur zum Schlafen, wo es sowieso niemand sah. Was für eine unglaubliche Verschwendung!

Aber eine herrliche Verschwendung, dachte Isabelle. Sie schlug die Decken zurück und stieg die kleine Eichentreppe hinunter, die vor dem hohen Bett stand, damit man hinein- und hinausgelangen konnte.

Eilig machte Isabelle Toilette und schlüpfte in eines der Kleider, die Gilberte ihr zusammen mit Wäsche und feinem Schuhwerk gebracht hatte. Die Kleider waren ein wenig zu weit gewesen, und Isabelle hatte den Abend damit verbracht, sie zu ändern.

Andächtig strich sie über den Stoff. Sie hatte noch nie so schöne Kleider besessen. Dasjenige, das sie jetzt trug, war aus fliederfarbener Seide, mit modisch hoher Taille und bauschigen Ärmeln, deren Fülle mit dunkelvioletten Bändern zusammengerafft war.

Tiefe Stille herrschte im Schloß. Nur von draußen klang der gleichmäßige Schritt der Bogenschützen auf den Zinnen und im Geviert des Schloßhofes herein.

Isabelle setzte sich in einen Sessel, nachdem sie sich gekämmt und die zum Kleid passende Flügelhaube aufgesetzt hatte. Kam denn niemand, um sie zur Herzogin zu rufen oder ihr irgendeine Arbeit aufzutragen? Sie war das Nichtstun nicht gewöhnt und fing an, sich zu langweilen. Ob sie versuchen sollte, die Küche zu finden, um dort ein wenig zu helfen? Es war undenkbar, daß noch alle Mägde schliefen. Außerdem verspürte Isabelle allmählich Hunger.

Sie stand auf und verließ das Zimmer. Die langen Flure von Beaumont lagen wie ausgestorben. Über eine Wendeltreppe gelangte Isabelle schließlich ins Freie. Die Sonne beschien einen viereckigen kleinen Innenhof, in dessen Mitte ein von wilden Rosen umwucherter Brunnen stand. Dahinter ging es durch einen Torbogen in den Park. Und dort endlich entdeckte Isabelle einen jungen Mann. Er trug einen Hut aus geflochtenem Stroh und einen einfachen blauen Kittel. Offenbar war er der Gärtner.

Isabelle raffte ihren Rock und lief ein wenig rascher. »He du«, rief sie, und der junge Mann blieb stehen.

Halb neugierig, halb ehrerbietig blickte er die Näherkommende an. »Was kann ich für Euch tun, Mademoiselle?«

»Oh, eigentlich nichts«, erwiderte sie munter. »Aber ich laufe schon seit einer kleinen Ewigkeit durch dieses Schloß und begegne keinem Menschen. Du bist der erste, deshalb rief ich dich an.«

Der Gärtner, Pierre hieß er, war erst seit einem Jahr in Beaumont und hatte Beatrice de Marville nie gesehen. Deshalb erschreckte oder erstaunte ihn Isabelles Ähnlichkeit mit ihr auch nicht. Er fand nur, daß er noch nie ein schöneres Mädchen erblickt hatte, und seine kecken braunen Augen strahlten sie bewundernd an.

»Eigentlich wollte ich ja in die Küche«, fuhr Isabelle fort. »Aber ich wette, daß ich noch lange über Treppen und Gänge laufen würde, ohne sie zu finden. Dieses Schloß ist sehr groß.«

»Das ist es. Aber wenn Ihr wollt, kann ich Euch führen. Oder habt Ihr nur einen Auftrag für die Köchin? Dann gehe ich und richte ihn an Eurer Stelle aus.«

»Ach was, ich hatte nur Langeweile und ein wenig Hunger.«

»Soll ich Euch ein paar reife Sommeräpfel pflücken?« fragte Pierre eifrig. Er war noch sehr jung und liebte es, den Damen gegenüber ritterlich zu sein. Julian de Chalors war sein großes Vorbild, den er aus der Ferne bewunderte und in Ton und Sprache ständig nachzuahmen suchte. Die Mägde lachten Pierre deswegen oftmals aus und trieben allerlei Schabernack mit ihm.

Isabelle aber fand ihn reizend. Er pflückte ihr die schönsten Äpfel, die sie auf einer Steinbank unter den Bäumen aßen. Die Sonnenstrahlen fielen durch das Laubdach und spielten in ihren Haaren, daß sie wie Kupfer glänzten.

»Setz dich doch auch«, meinte Isabelle und biß in einen saftiggelben Apfel. »Und erzähle mir ein wenig vom Schloß. Ich bin erst seit gestern hier, und man möchte doch wissen, was einen erwartet. Hast du den Herzog schon gesehen?«

»Freilich.«

»Und wie ist er? Gütig oder streng? Wie sieht er aus?«

»Er ist immer sehr ernst. Manche sagen, er sei stolz und hochmütig. Aber das glaube ich nicht. Er ist ein großer Herr und hat viele Dinge im Kopf. Da kann er nicht immerzu lachen und mit den Leuten reden. Findet ihr nicht?«

»Mag sein«, gab Isabelle zu.

»Aber er ist sehr mutig und geschickt im Waffenhandwerk. Ich hörte, wie Messire de Chalors einmal sagte, daß der Herzog fast jedes Turnier, an dem er teilnahm, gewonnen hätte und so stark sei, daß er ein Hufeisen mit bloßen Händen zusammenbiegen könne.«

»Aha«, sagte Isabelle mit mäßiger Begeisterung. Ritterspiele und ähnliche Demonstrationen männlicher Kraft interessierten sie nicht besonders. Ihr praktischer Sinn sah darin nur Zeitverschwendung.

»Ja, und außerdem...« Pierre brach ab und sprang auf. »Entschuldigt, Mademoiselle, ich muß gehen. Dort kommt Meister Jacques, unser Obergärtner. Wenn er sieht, daß ich mit Euch schwatze, wird er wütend. Er hat mir aufgetragen, die Rosenstöcke zu beschneiden und

Unkraut zu jäten. Vielleicht seid Ihr ein andermal wieder im Garten, dann können wir uns weiter unterhalten.«

Fort war er. Sein blauer Kittel verschwand hinter einer Taxushecke.

Isabelle stand nun auch auf, um zum Schloß zurückzugehen. Und dort begegnete sie Roger von Valance.

Der Herzog war bei seiner Mutter gewesen, um ihr seinen Morgengruß zu entbieten. Er wollte auf die Reiherbeize. Die Reiterkavalkade, die ihn begleiten sollte, wartete bereits im Schloßhof. Nur Armand, der kleine blonde Schildknappe, war bei ihm.

Rogers Gesicht wurde schneeweiß vor Überraschung, als er des Mädchens ansichtig wurde, das durch den dämmrigen Korridor auf ihn zukam.

Er blieb stehen und glaubte zunächst an eine Halluzination. »Beatrice«, flüsterte er mit einer Stimme, die ihm nicht die eigene zu sein schien.

Auch Isabelle verhielt den Schritt. Instinktiv wußte sie sofort, wer dieser hochgewachsene Mann war, der sie aus brennenden Augen anstarrte. Sie versank in einen Knicks. »Zu Euren Diensten, Monseigneur.«

Roger begriff. Dies war nicht Beatrice, natürlich nicht. Dies war ein fremdes Mädchen, mit fremder Stimme, einem fremden Lächeln. Und dennoch... »Wer... wer seid Ihr?« fragte er und brachte es nicht über sich, den Blick von ihr zu wenden. Diese Ähnlichkeit zu sehen war Glück und Schmerz zugleich.

»Ich heiße Isabelle und stehe in den Diensten Eurer Mutter, der Herzogin.« Wieder diese fremde Stimme, ein wenig rauh und atemlos. Nicht jenes sanfte Timbre, das Beatrice besessen und das er so geliebt hatte. Etwas machte Roger die Kehle eng.

»Du bist das Mädchen, das meine Mutter von ihrer Reise mitgebracht hat, nicht wahr?« fragte er. Er erinnerte sich an die Worte der Herzogin: »Du wirst jenes Mädchen kennenlernen, und dann wirst du begreifen, warum ich es mitnahm.«

Er begriff – o ja! Er begriff sehr gut. Und jetzt verspürte er kein Glück mehr beim Anblick Isabelles, nur noch Schmerz und einen wilden heißen Groll. Herzog Roger wandte sich zu seinem Knappen um. »Armand, ich möchte meine Mutter sprechen. Geh, hol sie her. Und sag ihr, daß sie sich beeilen soll.«

Der junge Mann entfernte sich mit raschen Schritten. Auch Isabelle wollte weitergehen, doch der Herzog hielt sie auf. »Du bleibst noch«, sagte er, und seine Augen schimmerten auf einmal kalt wie Eis. Er lehnte sich gegen die Wand und verschränkte die Arme über der Brust. Man sah ihm an, wie zornig und erregt er war.

Dann kam die Herzogin. Sie gewahrte Isabelle und warf ihrem Sohn einen raschen Blick zu. »Ihr habt das Mädchen also schon gesehen? Das tut mir leid. Ich wollte mir die Überraschung für eine bessere Gelegenheit aufsparen.«

»Tatsächlich, Madame? Nun, ich muß Euch sagen, daß Euch keine größere Geschmacklosigkeit einfallen konnte! Was, um alles in der Welt, habt ihr Euch davon versprochen, ausgerechnet dieses Mädchen herzubringen?«

»Nun, das liegt doch auf der Hand. Habt Ihr Isabelle denn nicht richtig angesehen?«

»Eben darum! Vielleicht findet Ihr es sehr erheiternd, wenn ich Euch gestehe, daß ich sie zuerst sogar mit 'Beatrice' angesprochen habe. Eure 'Überraschung' ist Euch also voll und ganz gelungen. Und nun schafft dieses Mädchen fort. Ich will es nicht mehr sehen.«

»Aber Roger«, sagte Johanna von Valance verwirrt. »Ich verstehe Euch nicht. Isabelle ist doch...«

»...eine Bauerndirne, die Ihr wie ein adliges Fräulein herausstaffiert habt, um die Verhöhnung einer Toten vollkommen zu machen. Madame, ich habe Euch in allen Dingen, die Euren Haushalt betreffen, freie Hand gelassen. Wenn es Euch an Dienerinnen mangelt, so stellt meinetwegen noch ein Dutzend ein. Aber nicht dieses Mädchen! Bringt es zurück, wo Ihr es hergeholt habt, oder bei Gott, ich vergesse die Höflichkeit, die ich Euch als meiner Mutter schuldig bin.«

»Ihr seid sehr undankbar«, erwiderte die Herzogin gereizt. »Ich wollte Euch eine Freude machen, als ich Isabelle herbrachte...«

»Eine Freude?« höhnte Roger. »Wahrhaftig, Madame, Ihr kommt auf seltsame Gedanken. Als ob man einen Menschen, der etwas verloren hat, damit trösten könnte, wenn man ihm eine Kopie des so schmerzlich entbehrten Gegenstandes vorhält. Eine schlechte Kopie, wohlgemerkt!«

Plötzlich kam er auf Isabelle zu. Er ergriff ihren Arm und zerrte sie an das Licht, das durch eines der Fenster fiel. »Oder seid Ihr etwa der Ansicht, dies sei eine gute Kopie von Beatrice? Freilich ist eine gewisse Ähnlichkeit da, doch nur so, wie ein wertloses Stück Glas einem Diamanten gleicht. Nein, ich will sie hier nicht sehen. Ihr Anblick beleidigt mich.«

»Laßt mich los, Herr«, sagte Isabelle. Tränen schossen ihr in die Augen. »Ihr tut mir weh.«

Herzog Roger gab sie auch sofort frei, als hätte er sich die Finger verbrannt. Immer mehr steigerte er sich in seinen ungerechten Zorn hinein. Er verzieh sich nicht, daß er Isabelle für eines Herzschlags Länge im Dämmerlicht des Korridors tatsächlich für Beatrice gehalten hatte. Und er verzieh es Isabelle nicht. Er empfand es tatsächlich als bittere Verhöhnung, daß es ein Mädchen gab, das seiner toten Liebe glich.

»Und diese Stimme«, höhnte er. »Wollt Ihr etwa auch behaupten, diese Stimme habe Ähnlichkeit mit Beatrice? Beim Himmel, dies ist die abscheulichste Komödie, die ich je erlebt habe. Und sie ist schlecht gespielt, sehr schlecht! Ihr hättet Euren Schützling besser dressieren sollen. Schaut sie Euch nur an, Madame, wie sie dasteht, zitternd, heulend, ohne eine Spur von der Anmut, wie Beatrice sie besessen hat. Selbst die Kleider, in die Ihr sie gesteckt habt, nützen nichts. Wo habt Ihr nur Eure Augen gehabt, Madame, dieses armselige, ungebildete Ding jemals mit Beatrice...«

»Ach, zum Teufel mit Eurer Beatrice!« fuhr Isabelle da auf. Beherrschung war nie ihre starke Seite gewesen, und im Augenblick war sie mindestens so empört und außer sich wie der Herzog. Noch nie hatte ein Mensch sie so erniedrigt! Isabelles ganzes Wesen, ihr natürlicher Stolz und ihr Temperament bäumten sich gegen eine solche Behandlung auf. Sie wich keinen Schritt zurück, als Roger jetzt auf sie zukam.

»Was hast du da gesagt?« Er sah aus, als wolle er Isabelle im nächsten Augenblick erwürgen.

Selbst die Herzogin bekam es mit der Angst. Freilich fand auch sie Isabelles Benehmen unerhört, dennoch wollte sie nicht, daß dem Mädchen etwas geschah. »Knie nieder«, sagte sie darum, »bitte Seine Gnaden um Verzeihung. Und Ihr, Roger, mein Sohn, bedenkt, daß sie in der Tat nur ein dummes ungebildetes Ding ist. Wenn Ihr darauf besteht, wird sie noch heute das Schloß verlassen.«

»Und ob ich das werde!« rief Isabelle mit blitzenden Augen. »Freiwillig sogar, man braucht mich gar nicht dazu zu zwingen. Aber vorher, Herr Herzog, werdet Ihr mich noch anhören. Es stimmt, ich bin eine Bauernmagd. Ich kann weder lesen noch schreiben, und von den Dingen, die ein vornehmes Fräulein wissen muß, habe ich nicht die geringste Ahnung. Was ich eben gesagt habe, tut mir leid. Es war nämlich falsch. Es hätte heißen müssen: Zum Teufel mit Euch, Herzog Roger!«

»Das ist ... Armand!« Johanna von Valances Stimme bebte. »Führ dieses Mädchen weg, rasch.«

Der Herzog hob die Hand. »Noch nicht, Frau Mutter. Ich möchte doch anhören, was man mir zu sagen hat. Oder warst du schon fertig, Isabelle?«

»Nein!« Sie schüttelte den Kopf, daß sich ihre roten Flechten lösten. Mit einem raschen, zornigen Griff riß sie sich die Haube herunter. »Das verdammte Ding ist mir zu eng. Es drückt! Ihr könnt es wiederhaben, Madame, und die schönen Kleider auch. Euer Sohn hat ganz recht, das alles paßt nicht zu mir. Es war dumme Eitelkeit, daß ich so etwas überhaupt angezogen habe. Denn ich – ich bin nicht Beatrice. Ich habe nie behauptet, sie zu sein. Ich bin Isabelle, und das will ich auch bleiben. Und was nun mein Gesicht betrifft, Herzog, und meine Gestalt, so habe ich mir beides nicht ausgesucht. Ich kann also nichts dafür, und es ist unbillig von Euch, mir deshalb Vorwürfe zu machen.«

»Weiter«, antwortete Herzog Roger ruhig, »nur weiter. Sag, was du denkst.«

»Vorhin«, fuhr Isabelle fort, »habe ich einen Eurer Gärtner getroffen. Ich fragte ihn nach Euch, und er sagte mir, daß Ihr ein großer Herr seid, den er sehr bewundere. Nun, ich bewundere Euch nicht. Und einen großen Herrn habe ich mir anders vorgestellt. Im Kloster hat man mich gelehrt, daß Größe Güte ist und Weisheit. Ihr aber, Ihr seid nichts als hochmütig, anmaßend und von schlechtem Benehmen.«

»Beim Himmel, sie muß den Verstand verloren haben«, murmelte die Herzogin. So hatte noch niemand gewagt mit ihrem Sohn zu sprechen. Aber trotz aller Entrüstung, die Johanna von Valance für eine solche Respektlosigkeit empfand – widerwillig mußte sie Isabelles Mut anerkennen. Wenn sie nicht gerade eine Küchenmagd gewesen wäre, hätte es Madame Johanna vielleicht sogar Vergnügen bereitet, daß jemand ihrem Sohn so unverblümt die Meinung sagte. Diese verstiegene Vergötterung einer Toten ging wirklich zu weit.

»Jawohl, von schlechtem Benehmen, sag' ich«, wiederholte Isabelle. »Ihr habt vorhin darüber gespottet, daß ich geheult und gezittert habe. Wahrhaftig, das tat ich. Aber nicht aus Angst, sondern aus Empörung. Ihr habt mich eine schlechte Kopie Eures Fräuleins Beatrice genannt, ein Stück Glas neben einem Diamanten. Beides mag für Euch zutreffen, für mich nicht. Denn Glas ist ein toter Gegenstand. Ihr könnt es beschimpfen, wie Ihr wollt; es hört und versteht's ja nicht. Ich aber habe Ohren und Verstand und deshalb bringt es mich auf, wie Ihr redet. Und wenn Euer Fräulein Beatrice wirklich so ein Engel war, wie Ihr sagt, würde sie Euer Benehmen genauso wenig gutheißen wie ich. – So, und nun bin ich fertig. Nun könnt Ihr mich meinetwegen auspeitschen lassen oder in Eure Verliese werfen. Es ist mir egal. Ich wäre erstickt, wenn ich Euch das nicht gesagt hätte!«

Sie stand vor ihm, schwer atmend, und über ihre Wangen liefen Tränen. Vorhin im Park war sie so fröhlich gewesen, so zuversichtlich. Im Licht des jungen Morgens hatten sich all ihre Ängste und Zweifel aufgelöst wie Nebelschleier vor der Sonne. Und dann war ihr der Herzog begegnet, und er hatte genauso ausgesehen, wie sie ihn sich vorgestellt hatte. Kühn, schön und traurig. Als er stehenblieb und »Beatrice« flüsterte, hatte Isabelle geglaubt, er würde im nächsten Augenblick auf sie zueilen und sie in die Arme nehmen. Sie hatte es gefürchtet und gleichzeitig herbeigesehnt. Das war das Merkwürdigste daran gewesen.

War es deshalb, daß seine Verachtung so schmerzte? Er hatte irgend etwas sehr Schönes zerstört, das so flüchtig wie der Glanz einer fallenden Sternschnuppe gewesen war.

Isabelles Lippen bebten. Sie wandte sich ab und lief davon, den Weg zurück, den sie vorhin gekommen war. Sie bedachte nicht, daß ihr Zimmer in entgegengesetzter Richtung lag und sie eigentlich dorthin wollte, um das jetzt so verhaßte schöne Kleid auszuziehen und wieder in ihre alten Sachen zu schlüpfen, bevor sie Beaumont verließ. Sie dachte gar nichts, außer daß sie aus der Nähe dieses Mannes kommen wollte, der sie so tief gedemütigt hatte. Tränenblind erreichte sie die Wendeltreppe und lief die Stufen hinunter.

Sie achtete nicht, wohin ihr Fuß trat, und noch weniger darauf, daß der lange Rock des Kleides ihren Schritt behinderte. Als sie stolperte, verfing sich ihr Schuh im Saum. Isabelle versuchte, sich an der Wand festzuhalten, aber ihre Finger glitten an dem Mauerwerk ab. Sie verlor das Gleichgewicht und stürzte. Dabei schlug sie so unglücklich auf dem Hinterkopf auf, daß sie das Bewußtsein verlor.

8

Die auf dem Korridor Zurückgebliebenen hörten Isabelles erschrockenen Aufschrei und ihren Fall. Der Herzog war der erste, der zur Treppe lief. Er fand Isabelle mit geschlossenen Augen und bleichem Gesicht auf den Stufen liegend. Sie war glücklicherweise nicht tief gefallen. Die starke Biegung der Treppe hatte ihren Sturz aufgefangen.

Der Herzog beugte sich über Isabelle und versuchte sie aufzurichten. »Sie ist ohnmächtig«, sagte er kurz, als Armand neben ihm auftauchte. Dann hob er Isabelle auf die Arme und trug sie die Treppe hinauf.

Die Herzogin war oben stehengeblieben. Armand wollte Roger das bewußtlose Mädchen abnehmen, aber der winkte ab. »Ich trage sie selbst. Wo ist ihr Zimmer?«

Die Herzogin warf einen nachdenklichen Blick in sein Gesicht, sagte aber nichts, sondern ging schweigend voran.

Der Herzog befahl Armand, die alte Brigitte zu holen, eine Dienerin seiner Mutter, die sich ein wenig auf Krankenpflege verstand, dann folgte er Madame Johanna. Isabelles Kopf ruhte an seiner Schulter. Ihr Haar berührte seine Wange. Beatrices Haaren hatte immer der Duft von Jasminparfüm angehaftet. Das Haar dieses Mädchens war unparfümiert, aber es strömte einen frischen, ursprünglichen Geruch aus nach Luft, Sonne und Gras. Und es war sehr weich...

Die Herzogin öffnete die Tür zu Isabelles Zimmer und blieb auf der Schwelle stehen. Roger legte das Mädchen auf das Bett. Er blickte auf sie hinunter und sah, daß ihre Wangen noch immer naß von Tränen waren. Und für eines Herzschlags Länge mußte er das Bedürfnis unterdrücken, darüber zu streicheln und das salzige Naß abzuwischen.

»Brigitte wird gleich hier sein«, sagte die Herzogin von der Tür her. »Aber was soll nun mit dem Mädchen geschehen? Wenn es sich ernstlich verletzt hat...«

Der Herzog wandte sich um. »Was meint Ihr? Ach so – ja...«

Johanna von Valance trat näher. »Ich muß Euch um Verzeihung bitten, mein Sohn. Ihr habt recht gehabt. Es war wirklich ein Fehler, dieses Mädchen herzubringen. Aber wer hätte ahnen können, daß es sich Euch gegenüber so aufführt? Ob krank oder nicht – sie hat eine empfindliche Strafe verdient. Zumindest wird man sie, sobald sie aus ihrer Ohnmacht erwacht, davonjagen.«

Herzog Roger schwieg. Er blickte Isabelle an. Des Mädchens linker Arm hing über die Bettkante hinunter. Der Herzog ergriff ihn und legte ihn sacht auf die Decke. Dabei spürte er, wie rauh und verarbeitet diese Hand war. Nicht wie bei Beatrice, die so wunderschöne Stickereien aus leuchtend bunter Seide und goldenem Garn anfertigen konnte und deren zarte Finger nur dazu geschaffen schienen, mit schönen Dingen umzugehen. Ach, Beatrice...

»Oder sollen wir das Mädchen noch hier behalten?« fragte die Herzogin, die ihren Sohn genau beobachtet hatte. »Damit Ihr in Ruhe über eine Strafe für seine Unbotmäßigkeit nachdenken könnt?«

Roger wandte sich ab. »Macht, was Ihr wollt, Madame. Wenn Euch so viel an dem Mädchen liegt, soll es meinetwegen bleiben. Nur seht zu, daß ich ihm so wenig wie möglich begegne.« An der Tür blieb er noch einmal stehen. »Wenn... wenn sie ernstlich verletzt sein sollte, ruft einen Arzt. Ich will, daß sie rasch wieder gesund wird, weil... nun ja, ich hasse kranke Leute unter meinem Dach. Von einer Bestrafung will ich absehen, um Beatrices willen. Sagt ihr, Madame, sie habe klug daran getan, mich in ihrer Rede an Beatrice zu erinnern, die so sanft und gut war, daß sie keinem Menschen – und hätte er es tausendmal verdient – weh tun konnte.« Damit ging er hinaus und schloß die Türe hinter sich.

Johanna von Valance lächelte. Sie blickte auf Isabelle hinunter und dachte, daß dieses Mädchen ein Geschenk des Himmels war. Was andere Frauen nicht mit lockenden Augenaufschlägen und verführerischem Lächeln erreicht hatten, schaffte dieses kratzbürstige Geschöpf im Handumdrehen mit einer geharnischten Strafpredigt. Wirklich erstaunlich...

9

Die Tage vergingen. Es war September geworden. Ein warmer, sonniger September, in dem nur die kühleren Nächte daran erinnerten, daß der Sommer dem Herbst schon brüderlich die Hand gereicht hatte.

Isabelle hatte fast zwei Wochen im Bett gelegen. Anfangs hatte sie sich sehr elend gefühlt, benommen und von Kopfschmerzen geplagt. Außerdem hatte sie sich bei ihrem Sturz den Fußknöchel verrenkt. Die alte Brigitte kam jeden Tag und machte ihr stark riechende Kräuterkompressen. Auch Gilberte ließ sich hin und wieder sehen. Von ihr hatte Isabelle erfahren, daß sie im Schloß bleiben durfte. Sie hatte die Nachricht mit sehr gemischten Gefühlen entgegengenommen, wußte sie doch, daß sie sie einer Entscheidung Herzog Rogers verdankte. Und gerade Roger von Valance wollte Isabelle für nichts auf der Welt dankbar sein müssen.

Eines Tages dann kam Pierre sie besuchen. Er klopfte an ihre Zimmertür, und Isabelle rief, in der Annahme, es sei Gilberte: »Herein!« Sie war aufgestanden und saß in einem Lehnstuhl am Fenster.

Pierre schob sich mit rotem Gesicht und einem verlegenen Lächeln durch die Tür. »Ich habe von Brigitte gehört, daß Ihr krank seid. Da habe ich sie gebeten, Euch die Weintrauben, die sie bei Messire Jacques für Euch bestellt hat, selbst bringen zu dürfen. Die alte Brigitte ist nämlich meine Tante. – Wie geht es Euch, Mademoiselle?«

»O danke«, erwiderte Isabelle. »Recht gut, seit ich aufstehen kann. Nur mit dem Fuß will es noch nicht so richtig.«

Pierre starrte sie an. In dem Kleid, das sie heute trug – es war aus braunem flandrischen Tuch, mit weißer Nähspitze besetzt – erschien sie ihm noch schöner als damals im Garten. Sie hatte keine Haube aufgesetzt und trug die Haare zu einem dicken Zopf geflochten, der ihr bis zur Taille reichte.

Über ihrem Anblick vergaß Pierre das Körbchen Trauben, das er in der Hand trug. Erst als Isabelle ihn aufforderte, es auf den Tisch zu stellen, kam er damit heran. »Sie sind ganz frisch und süß. Wenn Ihr sie gegessen habt, bringe ich Euch neue.«

»Du sollst doch nicht immer 'Ihr' zu mir sagen«, rügte ihn das Mädchen. »Ich heiße Isabelle.«

»Ich weiß. Ich habe Brigitte danach gefragt. Isabelle ist ein sehr schöner Name.«

»Findest du?« Sie lächelte, und Pierre fand, daß sie wunderschöne weiße Zähne hatte.

Eine Weile schwiegen beide.

»Ja, ich glaube, ich muß jetzt gehen«, meinte Pierre endlich. »Wenn... wenn du willst, komme ich ein anderesmal wieder.«

Isabelle warf einen sehnsüchtigen Blick aus dem geöffneten Fenster. Seit sie sich besser fühlte und aufstehen durfte, fand sie es immer langweiliger, allein im Zimmer zu sein und nichts Vernünftiges zu tun zu haben. Gilberte hatte ihr zwar eine Stickerei gebracht, eine Altardecke, in die Szenen aus dem Paradies eingestickt werden sollten. Isabelle mühte sich viele Stunden des Tages damit ab, aber es machte ihr wenig Freude. Vielleicht ging ihr die Arbeit im Freien ein wenig leichter von der Hand?

»Ich komme mit«, sagte Isabelle kurzentschlossen und holte die Stickerei aus der bemalten Truhe. »Ich habe Lust, ein wenig auf der Bank unter den Apfelbäumen zu sitzen.«

Sie blieben noch eine gute Weile beisammen. Pierre saß neben Isabelle und schaute zu, wie sie den Apfel vom Baum der Erkenntnis mit grün-goldenen Fäden in den Stoff stickte. »Das wird sehr schön«, sagte Pierre bewundernd, obwohl es ein recht kläglicher, schief geratener Apfel war.

»Ich weiß nicht«, erwiderte Isabelle. »Er sieht aus, als ob er sauer schmeckte. Vielleicht sollte ich noch etwas rotes Garn nehmen.« Sie tat es und warf gleich darauf die Stickerei ärgerlich zur Seite. »Jetzt gleicht er einem roten Wollknäuel. Ich glaube, ich muß alles wieder auftrennen. O Pierre, ich habe nie gewußt, wie schwer es ist zu sticken.«

Da fiel ein Schatten über den Weg. Isabelle hob den Kopf und zuckte zusammen, denn vor ihr stand Roger von Valance. Er war allein, nur seine beiden Windhunde begleiteten ihn.

Pierre stand auf und machte eine hastige Verbeugung. »Euer Diener, Herr.«

Der Herzog betrachtete sein frisches, von der Sonne gebräuntes Gesicht. »Bist du der Gärtner?«

»Ja, Herr. Pierre Lavelle heiß' ich.«

Die Hunde schnüffelten im Gras herum. Roger rief ihnen einen kurzen Befehl zu, worauf sie sich gehorsam hinlegten. Dann wandte er sich an Isabelle. »Wie ich sehe, bist du wieder gesund.«

»Ja.« Isabelle wünschte sich, sie hätte in ihre Stimme mehr Festigkeit gelegt. Aber es gelang ihr nicht. Sie fühlte sich vor dem ernsten Blick des Herzogs wie ein bei einer Unart ertapptes Kind. Hatte er nicht gesagt, er wünsche sie so wenig wie möglich zu sehen? Sie nahm ihre Stickarbeit von der Bank und stand auf. »Wenn Ihr gestattet, möchte ich wieder ins Schloß zurück, Monseigneur.«

»Nein, bleib. Laß uns allein, Bursch.«

Pierre entfernte sich mit einer Verbeugung. Dabei warf er Isabelle einen bedauernden Blick zu. Der Herzog blieb vor ihr stehen. Er betrachtete ihren gesenkten Kopf und die Stickerei, die sie nervös zwischen den Fingern zerknüllte. »Was soll das werden? Zeig mal her.«

Gehorsam wickelte sie den Stoff auseinander. Er warf einen kurzen Blick auf die halbfertig gestickten Motive und runzelte die Stirn. »Das gefällt mir nicht.«

Pierre hatte es sehr schön gefunden. Am liebsten hätte sie das dem Herzog gesagt. Aber dann siegte ihre Ehrlichkeit. »Mir auch nicht, Herr. Aber ich plage mich fürchterlich damit herum.«

»Das soll wohl Adam im Paradiese sein?« fragte er und tippte mit dem Zeigefinger auf die Decke. »Ich finde, er gleicht dem Hofnarren meiner Mutter. Hast du Tino, den Zwerg, schon gesehen?«

»Nein, Monseigneur. Ich war die ganzen Tage allein in meinem Zimmer.«

»Bist du gern allein?«

»Überhaupt nicht. Es ist sterbenslangweilig. Aber ich war ja krank.«

Plötzlich setzte er sich neben sie. Er blickte in das Laubdach über sich, durch das der Himmel lugte. »In Zukunft wirst du dich wohl vor der Wendeltreppe in acht nehmen, was? Ich glaube, du bist ziemlich unbeherrscht. Wenn du nicht so davongerannt wärest, wäre das alles nicht passiert.«

»Kann sein.«

Er warf ihr einen raschen Blick zu. Sie hielt die Lider gesenkt. Ihre langen Wimpern lagen wie zwei kleine braun-goldene Halbmonde auf der von der Stubenluft blaß gewordenen Haut. In dieser Haltung, den Stickrahmen auf dem Schoß, glich sie mehr denn je Beatrice.

»Gefällt es dir in Beaumont?« fragte Roger unvermittelt.

Sie wußte nicht, was sie von seiner Freundlichkeit halten sollte, und wappnete sich mit kühler Zurückhaltung. »Ich habe noch nicht viel davon gesehen. Außerdem...«

»Was – außerdem?«

»Es ist mir unangenehm, mein Hiersein einer Laune von Euch zu verdanken«, platzte sie heraus. »Und da wir gerade davon reden, Monseigneur... man hat mir gesagt, ich solle mich hüten, Euch unter die Augen zu treten. Ihr wolltet mich so wenig wie möglich sehen. Das paßt mir nicht. Ich meine, Ihr seid natürlich der Herr und könnt befehlen...«

»Es freut mich, daß du wenigstens das anerkennst«, sagte er ironisch.

»...aber ich kann mich nicht jeden Tag vor Euch verstecken wie ein Dieb. Weder kann ich jedesmal, bevor ich ein Zimmer betreten will, durch das Schlüsselloch schauen, ob Ihr nicht zufällig darinnen seid, noch an jeder Wegbiegung erst um die Ecke spähen, um sicher zu sein, daß Ihr nicht gerade des Weges kommt. Natürlich könnte ich jedesmal Hals über Kopf davonrennen, sobald ich nur einen Zipfel Eurer Kleidung sehe, aber dann gehe ich jede Wette ein, daß ich über kurz oder lang wieder irgendeine Treppe hinunterfalle.«

»Es gibt noch eine Möglichkeit«, sagte der Herzog ernsthaft. »Ich könnte mir eine Narrenkappe aufsetzen, mit vielen kleinen Glöckchen daran. Dann hört jedermann schon von weitem das Klingeln.«

Sie runzelte die glatte Stirn. »Macht Euch nur lustig über mich. Ich jedenfalls sehe keine Möglichkeit, Euch stets und ständig aus dem Weg zu gehen. Deshalb ist es wohl besser, ich packe mein Bündel und verschwinde. Dann habt Ihr Eure Ruhe – und ich auch.«

Er schwieg eine Weile und sah sie an. Dann lächelte er unerwartet. »Wollen wir nicht Frieden schließen, Isabelle? Tun wir einfach so, als wären wir uns heute zum ersten Mal begegnet.«

»Und... und Eure Anordnungen?«

»Die hat es nie gegeben. Genauso wenig wie eine gewisse aufrührerische Rede, die darin gipfelte, daß ein Herzog von Valance und Pair des Königs von Frankreich fürchterlich beschimpft wurde.«

Sie starrte ihn eine Weile aus runden Augen an. Dann begann sie zu lachen. »Ach, warum tut ihr das nur! Meine Ansicht über Euch war fix und fertig. Und nun kommt Ihr her und werft alles wieder um.«

»Aber ist es nicht besser so?«

»Viel besser«, bestätigte sie mit einem tiefen Seufzer.

10

Es war einige Zeit später. Herzogin Johanna von Valance stand am Fenster und blickte in den Regen. Ein grauer Dunstschleier hing über dem Tal und dämpfte die herbstlichen Farben des Waldes: Als die Tür geöffnet wurde, wandte sich die Herzogin um. »Ah, Ihr seid es, Balard.«

Der Eintretende, ein etwa fünfzigjähriger Mann mit einem schmalen, spärlich behaarten Schädel und gelblicher Gesichtsfarbe, verbeugte sich. »Ihr habt mich rufen lassen, Madame?«

Die Herzogin deutete auf einen hochlehnigen Stuhl vor dem Kamin. »Setzt Euch. Ich wollte allein mit Euch sprechen. Es handelt sich um Isabelle.«

François de Balard, ehemals Domherr zu Avignon und jetzt Haushofmeister Madame Johannas, wartete, bis seine Herrin auf einem etwas erhöht stehenden Sessel mit geschnitzten Armlehnen Platz genommen hatte.

Die Herzogin hielt ihre Hände über das Kaminfeuer. Rötlicher Flammenschein zuckte über ihr scharfgeschnittenes Gesicht. »Es ist kalt geworden. Wir werden einen frühen Winter bekommen, fürchte ich. Ja, wie gesagt – es geht um Isabelle. Wie lange unterrichtet Ihr sie jetzt?«

»Es werden zwei Monate sein, Madame.«

»Und wie seid Ihr mit ihren Fortschritten zufrieden?«

Das Gesicht Balards belebte sich. »Außerordentlich, Madame. Das Mädchen besitzt ein erstaunlich rasches Auffassungsvermögen, gepaart mit einem wachen, kritischen Verstand. Sie liest schon erstaunlich gut und schreibt noch besser. Außerdem ist sie sehr wißbegierig. Ich muß gestehen, die Unterrichtsstunden mit ihr sind mir eine liebe Gewohnheit geworden.«

»Obwohl Ihr Euch zuerst so dagegen gewehrt habt?« fragte die Herzogin mit einem halben Lächeln. »Wenn ich mich recht erinnere, sagtet Ihr mir damals, daß Ihr kein Schulmeister seid.«

»Ich gebe zu, daß mein Urteil voreilig war. Isabelle zu unterrichten, ihren Geist, der alles Neue so begierig aufnimmt, zu formen ist eine Aufgabe, die mir Freude macht.«

»Kurz und gut – Ihr haltet viel von ihren Fähigkeiten? Dann deckt sich das mit meiner Ansicht.« Johanna von Valance deutete auf ein Tischchen, auf dem ein Schachbrett aus Jaspis und Jade stand, dessen Figuren aus Bergkristall und Onyx gefertigt waren. »Denkt Euch nur – ich habe ihr vor kurzem das Schachspielen beigebracht, und gestern hat sie mich bereits beim Spiel geschlagen. Dreimal hintereinander.«

»Ich weiß, sie hat es mir voller Stolz erzählt. Hinterher allerdings machte sie sich Gedanken, ob Ihr ihr diesen Sieg verübeln könntet. Natürlich habe ich ihr das ausgeredet.«

»Sie erzählt Euch wohl viel?« fragte die Herzogin. »Spricht sie auch über Herzog Roger mit Euch?«

»Anfangs ja. Aber wenn ich es recht bedenke – in letzter Zeit hat sie ihn kaum mehr erwähnt.«

»Aber sie kommt doch häufig mit ihm zusammen?«

»Ich glaube schon, Madame. Gerade eben sah ich sie zum Beispiel mit Seiner Gnaden unter den Arkaden des Innenhofes beim Tontaubenschießen. Und gestern traf ich beide in der Galerie, als Isabelle dem Herzog einen langen Vortrag über die Aufzucht junger Ferkel hielt.«

»Worüber?« fragte Madame Johanna entgeistert.

Der Haushofmeister lächelte und strich sich seinen schütteren Kinnbart. »Über die Aufzucht junger Ferkel. Es hatte den Anschein, als ob Seine Gnaden sehr interessiert zu hörten.«

Die Herzogin lachte. »Nein, wirklich? Also, diese Isabelle ist erstaunlich. Ein solches Thema vor meinem Sohn, der in einer Sitzung des Kronrates in Paris einschlief, weil König Karl zu lange über eine Sache sprach, die Roger nicht interessierte.« Sie beugte sich in ihrem Sessel nach vorn. »Sagt selbst, Messire François – die Wandlung, die mit dem Herzog vorgegangen ist, seit er Isabelle kennt, ist doch erstaunlich.«

»Gewiß, der Herzog ist heiterer geworden, und es ist offensichtlich, daß er dem Mädchen sehr zugetan ist. Aber wer wäre das nicht?«

»Und Isabelle?« fragte die Herzogin. »Ihr seid ein kluger Mann, Balard, und versteht, in den Herzen der Menschen zu lesen. Was, glaubt Ihr, empfindet Isabelle für meinen Sohn?«

»Ich hoffe, nichts anderes als die Sympathie, die ihr Herzog Roger entgegenbringt«, erwiderte Balard vorsichtig.

»Ihr hofft?«

»Was sonst, Madame? Wäre es nicht ein Unglück für Isabelle, wollte sie sich etwa in den Herzog verlieben? Ein Gefühl, das er nicht erwidern kann und will...«

»Warum nicht, Balard? Sie sagen selbst, daß sie ein reizendes Mädchen ist. Und sie gleicht Beatrice. Ich bin der Ansicht, daß dies der einzige Grund ist, warum sich mein Sohn so viel mit ihr beschäftigt. Er liebt Beatrice in ihr. Ich hoffte, daß es so kommt, und habe Isabelle nur deshalb hergebracht.«

Der ehemalige Domherr blickte Johanna von Valance aufmerksam an. »Ich verstehe, Madame. Ihr wollt...«

»Ich will, daß mein Sohn endlich diese unnatürliche Vergötterung einer Toten aufgibt. Er hat drei Jahre wie ein Mönch gelebt. Wahrscheinlich würde er damit fortfahren, hätte mir das Schicksal nicht Isabelle in den Weg geführt. Balard, dieses Mädchen ist ein Geschenk des Himmels. Es ist das erste weibliche Wesen, das der Herzog seit Beatrices Tod überhaupt anschaut. Kommt mir jetzt also nicht mit Prüderie oder frommen Sprüchen, wenn ich hoffe, daß er sie zu seiner Geliebten macht.«

Von draußen aus dem Schloßhof hörte man den Galopp eines Pferdes. Balard trat an das Fenster. »Ich glaube, ein Kurier ist eingetroffen. Er scheint einen weiten Weg hinter sich zu haben, denn seine Kleider sind triefend naß und schmutzig.«

»Woher kommt er?«

»Ich weiß nicht, ich kann weder seine Farben noch sein Wappen erkennen.«

Das Hufgeklapper war verstummt. Kurz darauf näherten sich von draußen aus der Halle Schritte, und der Kämmerer der Herzogin trat ein. »Madame, ein Kurier des Königs ist eingetroffen und bittet, von Euch empfangen zu werden.«

»Führt ihn herein.«

Der Kurier folgte dem Kammerherrn auf dem Fuße. Er hatte sich nur seines regennassen Mantels entledigt. Darunter trug er das Wams in den Farben des Königs. Das eingestickte Wappen der Capetinger leuchtete auf seiner Brust. Er ging auf die Herzogin zu und beugte sein Knie. »Madame, Seine Majestät der König von Frankreich entbietet Euch seinen Gruß.« Damit löste er von seinem Gürtel den Behälter, der die Botschaft Karls IV. enthielt.

Johanna von Valance erbrach das königliche Siegel und zog ein Pergament heraus. Sie entrollte es und las. »Ihr, Messires«, sagte sie dann, und um ihren strengen Mund lag ein Lächeln, »seid die ersten, die die freudige Nachricht vernehmen sollen. Der König wird nach Beaumont kommen, um in unseren Wäldern zu jagen. Ich hoffe, ihr wißt diese hohe Ehre zu schätzen und trachtet mit mir danach, den wohledlen Gästen den Aufenthalt so angenehm wie möglich zu machen. Es lebe der König.«

11

Es stimmte, was die Herzogin gesagt hatte: Isabelle und Herzog Roger waren häufig beisammen, beinahe jeden Tag. Es stimmte auch, daß Isabelles Fröhlichkeit wie nichts sonst geeignet war, den grüblerischen Ernst aus Rogers Zügen wegzulachen, und daß er heiterer und ausgeglichener als je zuvor erschien.

Der bevorstehende Besuch des Königs hatte das Mädchen in große Aufregung versetzt, und sie wurde es nicht müde, Herzog Roger nach Karl IV. auszufragen. Ob er wirklich ein so schöner Mann sei, wie man sich allgemein erzählte, und ob es stimme, daß seine erste Frau, Blanche von Burgund, ihn mit einem Schildknappen des Grafen von Valois betrogen habe. »Sagt, Herr, seid Ihr ihr früher, als sie noch König Karls Gemahlin war, bei Hofe begegnet?«

»Einige Male«, erwiderte Roger.

»Und wie sieht sie aus? Blond oder dunkelhaarig?«

»Blond. Sie hat sehr schöne braune Augen und ist von zierlicher Gestalt. Ihre Kleider waren immer ungemein prächtig.«

»Der König soll sie sehr geliebt haben.« Isabelle seufzte. »Armer König. Er hat nicht viel Glück in der Liebe gehabt. Seine zweite Frau starb im Kindbett, nicht wahr? Und die dritte... habt Ihr Königin Johanna schon einmal gesehen?«

»Vor Jahren, als sie noch nicht Königin war und sicher auch nicht daran dachte, es jemals zu werden. Aber jetzt hör um Himmels willen auf mit deinen Fragen. Morgen wirst du den König und die Königin selbst sehen. Dann wird deine Neugierde befriedigt werden.«

Sie waren allein in einem kleineren Gemach, das sich an einen der offiziellen Empfangssäle anschloß. Durch die bunten, bleigefaßten Scheiben sickerte spärliches Tageslicht. Es war bereits empfindlich kalt geworden, und in dem großen Kamin an der Stirnseite des Raumes loderte ein halber Baumstamm auf rötlicher Kohlenglut.

»Ich bin nicht neugierig«, widersprach Isabelle. Der Feuerschein malte wunderliche Lichter auf ihr Haar und den schmalen, goldbraunen Nacken. »Aber man will doch wissen, ob es stimmt, was sich die Leute so erzählen.«

Ihr Gespräch wurde durch den Eintritt von Ritter Julian de Chalors unterbrochen. Wie immer war er mit ausgesuchter Eleganz gekleidet. Er zog sein Barett mit den dunkelroten Reiherfedern, verneigte sich und meldete, daß soeben eine Schar fahrender Sänger und Musikanten eingetroffen sei. »Sie bitten darum, Euch eine Probe ihres Könnens geben zu dürfen, Monseigneur. Wenn sie gut sind, werdet Ihr sie vielleicht für den Besuch des Königs hier behalten.«

Roger wandte sich an Isabelle. »Willst du sie hören?«

»Und wie gern! Beim Himmel, es ist eine Ewigkeit her, seit ich das letzte Mal Musik gehört habe.«

»Dann führt sie herein, Herr Julian«, ordnete Herzog Roger an.

Die fünf Spielleute trugen bunte Gewänder und hatten braune, von Wind und Wetter gegerbte Gesichter. Den Herzog begannen ihre Darbietungen bald zu langweilen, aber er gewahrte das Entzücken, mit dem Isabelle ihren Liedern und Balladen lauschte, und hatte nicht das Herz, das Konzert zu beenden.

Draußen war es vollends dunkel geworden. Ein Diener kam herein und entzündete die Kerzen. Isabelle saß auf einer mit Damast bespannten Truhe, den Kopf gegen die Wand gelehnt, und summte die Melodie eines Liedes mit. »Kennst du auch die Worte?« fragte Roger leise.

Sie nickte. »Von der Liebe kann ich nichts Gutes mehr singen, denn niemand will mir Liebe entgegenbringen, niemand, an dem mir gelegen ist...«

Sie hatte eine warme, unverbildete Altstimme. »Sing weiter«, forderte der Herzog sie auf, als sie still wurde.

Zögernd schaute Isabelle ihn an. Dann tat sie, worum er sie bat. »Bald werde ich in der Fremde sein in großer Angst und großer Pein...«

Sie sah bezaubernd aus, wie sie da saß und sang, und Herzog Roger verspürte eine jähe brennende Sehnsucht. Sehnsucht nach Beatrice, die er so viele Monate lang beweint hatte? Oder nach Isabelle, die lachendes, atmendes, warmes Leben war? Er sah eine kleine Ader an ihrem Halse pochen und hätte nur die Hand auszustrecken brauchen, um ihr Haar zu berühren, an dessen Duft er sich sonderbarerweise in diesem Augenblick wieder genau erinnerte. Der Duft nach Erde, Gras und Sonne war es gewesen.

Die alte Weise, zu der Wilhelm von Aquitanien einst die Worte geschrieben hatte, verklang. Die Musikanten verneigten sich vor Isabelle. »Ihr habt eine sehr schöne Stimme, Fräulein«, meinte einer von ihnen, ein junger gutgewachsener Bursch mit hohen Stulpenstiefeln. »Es macht Freude, Euch zuzuhören. Kennt Ihr auch die Ballade von König Artus und...«

»Genug«, sagte Herzog Roger in diesem Augenblick. »Meinetwegen spielt bei der Abendtafel auf. Laßt Euch inzwischen etwas zu essen und zu trinken geben.« Er griff nach dem Bronzeglöckchen auf dem Tisch und läutete. Armand, sein Knappe, trat ein. Der Herzog gab ihm Anweisung, sich der Spielleute anzunehmen. »Und laß mein Pferd satteln, ich will ausreiten.«

Die Musikanten verneigten sich ehrerbietig, bevor sie Armand folgten.

»Soll ich Euch begleiten, Herr?« fragte Julian de Chalors, der Herzog Rogers ergebenster Vasall war.

»Nein, ich will allein sein.«

»Und draußen regnet es«, murmelte Ritter Julian bekümmert, als Roger hinausgegangen war. »Hol's der Teufel, ich dachte, es wäre endlich vorbei mit dem Trübsinn und den dunklen Launen. Eines Tages werde ich ihm noch einen Zaubertrank brauen lassen, und wenn er mich hundert Livres kostet, nur damit der Herzog wieder zu dem Mann wird, der er einmal war.«

»Was denn für einen Zaubertrank?« wollte Isabelle wissen.

Der Ritter schaute sie nachdenklich an. »Nun, es gibt da allerlei. Beispielsweise ein paar Tropfen Blut aus deinem rechten Arm, meine Schöne. Dazu ein wenig Eisenkraut, Liebstöckel und Zittergras, das man alles zusammen bei Neumond auf einem Buchenholzfeuer verbrennen läßt. Die Asche davon dem Herzog unter das Essen gemischt – und ich wette, daß er, noch ehe der Mond wieder voll wird, in heftiger Liebe zu dir entbrennt.«

Isabelle lachte. »Ihr seid mir vielleicht einer, Herr Julian! Wollt hier – mir nichts, dir nichts – den Herzog in mich verliebt machen und denkt nicht mit einem Wimpernschlag daran, ob mir das gefiele.«

»Ja, würde es dir denn nicht gefallen?«

Sie schwieg und wurde rot. Dann schüttelte sie heftig den Kopf. »Nein! Und ich verstehe nicht, wie Ihr überhaupt auf solch einen Gedanken kommt. Laßt das ja nicht die Herzogin hören. Ich fürchte, sie wäre fähig, mich sofort aus dem Schloß zu jagen, wenn sie fürchten müßte, daß ich und Herzog Roger...«

Jetzt war es Julian de Chalors, der lächelte. Er tupfte Isabelle mit dem Finger auf die Nase. »Schäfchen! Der Himmel erhalte dir deine Unbefangenheit.«

»Was soll denn das nun wieder heißen?«

»Nichts – außer daß du reizend bist. Das weiß auch Madame Johanna. Sei unbesorgt, sie würde dich niemals davonjagen, am allerwenigsten wegen Herzog Roger.« Der Ritter grinste und machte eine übertrieben tiefe Verbeugung. »Vergeßt mich nicht in den Tagen Eures Glanzes, meine Schöne.«

Dann setzte er sein Barett auf und stolzierte davon. Die Reiherfedern auf seinem Kopfe wippten. Isabelle blickte ihm verständnislos nach.

12

Den Sinn seiner Worte begriff sie erst am Abend, als sie mit Pierre zusammentraf. Sie kam gerade von François de Balard, der mit einer heftigen Erkältung im Lehnstuhl am Kaminfeuer saß. Isabelle wollte ihm einen Tee aus getrockneten Kamillenblüten und frischem Fenchel zubereiten, von dem sie wußte, daß er in einer Ecke des Gemüsegartens wuchs.

Der Regen hatte aufgehört, ab und zu blitzte eine fahle Mondsichel hinter ziehenden Wolken hervor. Der Wind zerrte an Isabelles Umschlagtuch und ließ das schwache Flämmchen in ihrer Laterne unruhig hin- und hertanzen. Eilig lief das Mädchen über den Gartenweg und erschrak, als plötzlich eine Gestalt aus dem Schatten einer Baumgruppe auftauchte. »Ach, du bist es, Pierre«, rief sie dann erleichtert. »Was tust du denn zu solch später Stunde noch im Freien?«

Pierre zuckte die Schultern. »Ich wollte ein wenig frische Luft schnappen, wenn Ihr gestattet.«

»He, was ist denn mit dir los?« lachte sie. »Hast du deine gute Laune für fünf Sou verkauft? Oder hat man dich um dein Erspartes geprellt?«

Trotz des Dienstes bei der Herzogin und der Unterrichtsstunden bei Messire de Balard hatte Isabelle viel freie Zeit. Sie war inzwischen häufig mit Pierre zusammengetroffen und gut Freund mit ihm geworden. Deshalb verwunderte sie sein Benehmen und mehr noch seine kurzangebundene Antwort, es wäre gar nichts mit ihm los, außer daß er müde sei und schlafen wolle.

»Schade«, sagte Isabelle. »Ich dachte, du könntest mich begleiten. Ich brauche frischen Fenchel für den armen Messire de Balard. Er hustet sich die Seele aus dem Leib und beschwört Gott und alle Heiligen, ihn bis morgen gesund zu machen, wenn der König und die Königin kommen. Sonst muß Messire de Crêve statt seiner König Karl die goldenen Schlüssel von Beaumont überreichen. Und das gönnt Messire François dem Kanzler nicht. Du weißt ja, daß sie sich ewig in den Haaren liegen.«

»Hm«, brummte Pierre. Er ließ einen raschen Blick über Isabelle gleiten. »Werdet Ihr morgen mit an der Tafel des Königs sitzen?«

»Um Gottes willen, nein, wie käme ich dazu? Aber der Herzog hat mir erlaubt, dem Mahl von der Galerie aus zuzuschauen.«

»Aha!« Pierres Stimme klang sonderbar gequetscht.

Isabelle hob die Lampe und leuchtete ihm ins Gesicht. »Pierre, was hast du?« rief sie dann erschrocken. »Warum machst du so ein finsteres Gesicht? Und was ist das da?«

»Nimm die Lampe weg«, sagte er unwirsch, plötzlich wieder in das vertraute Du zurückfallend. »Was geht dich mein Gesicht an! Ich... ich habe mir die Unterlippe aufgeschlagen.«

»Du? Mir scheint, das hat ein anderer besorgt. Hast du dich etwa geprügelt? Deine Wange ist auch geschwollen und ganz grün und blau.«

»Laß mich in Ruhe, sag' ich! Ja, ich habe mich geprügelt. »Aber das ist schließlich meine Sache, oder nicht?«

»Natürlich«, erwiderte sie lächelnd. »Jetzt verstehe ich auch, warum du so mißgestimmt bist. Hast du arge Schmerzen?«

»Nein. Jedenfalls nicht so arge wie Hugo, dieser hinkende Bastard!«

»Du hast dich mit Hugo geprügelt? Ich denke, ihr seid Freunde. Was ist denn passiert.«

»Willst du das wirklich wissen?« Pierres braune Augen funkelten.

»Sonst würde ich ja nicht fragen.«

»Es war deinetwegen. Ich war dumm genug zu glauben, Hugo habe schmutzige Lügen über dich erzählt. Er hat sich über dich lustig gemacht und wollte mit mir wetten, daß die Herzogin dich versteckt halten würde, falls die Königin mit all ihren Hofdamen herkommt.«

»Wieso? Das verstehe ich nicht!«

»Es wäre freilich nur wegen einer einzigen Hofdame. Gwendoline de Morgan hat Gräfin Beatrice nämlich noch gekannt. Und wenn sie dich, womöglich mit dem Herzog zusammen, sieht, wird sie wissen, was die Glocke geschlagen hat. Verständlich, daß die Herzogin das verhindern will, wo sie doch ganz darauf versessen ist, Gräfin Gwendoline zu ihrer Schwiegertochter zu machen.«

»Schwiegertochter?« wiederholte Isabelle. »Herzog Roger soll also heiraten?«

»Damit mußtest du doch rechnen. Oder hast du dir eingebildet, er werde deinetwegen ewig unvermählt bleiben? Das, mein Fräulein, hat noch keine Geliebte zuwege gebracht.«

»Pierre«, sagte Isabelle fassungslos. »Du glaubst...«

»Ich habe es nicht glauben wollen! Deswegen habe ich Hugo ja so verprügelt.«

»Dann hast du recht daran getan«, versetzte Isabelle in plötzlichem Zorn. »Ah, ich hätte nicht übel Lust, selbst zu ihm zu gehen und einen Besenstiel auf seinem dummen Bauernschädel zu zerschlagen.«

»Tu doch nicht so«, erwiderte Pierre. »Alle im Schloß wissen, warum du hergekommen bist. Nur ich wußte es nicht – bis heute. Ich würde es auch jetzt nicht glauben, hätte es mir die alte Brigitte, meine Tante, nicht vor einigen Tagen ausdrücklich bestätigt.«

»Was bestätigt? Daß ich Herzog Rogers Geliebte bin?«

»Freilich! Du siehst aus wie Beatrice, du trägst schöne Kleider wie Beatrice – also bist du der vollkommene Ersatz für eine Tote, an deren Liebe sich der Herzog nicht mehr erfreuen kann.«

»Aber ich bin nicht seine Geliebte!« Isabelles Ärger war so schnell verraucht, wie er gekommen war. Eine sonderbare Hilflosigkeit hatte sich ihrer bemächtigt. Sie fühlte sich nackt und bloß Pierres Zorn und dem Spott der anderen preisgegeben.

»Erzähl das, wem du willst! Man sieht dich ja täglich mit dem Herzog. Nur ich war blind und hab' es nicht gemerkt. Ich war sogar so dumm, mir einzubilden...« Pierre brach ab und trat einen Schritt näher. »Ja, so dumm war ich! Lach ruhig über mich. Ich habe dich geliebt. Ich habe in der Nacht wach gelegen und von dir geträumt, deinem Lächeln, deiner Stimme, dem Schimmer deines Haares. Und dies alles, während du in den Armen des Herzogs... ach, geh doch zum Teufel! Ich hasse und verachte dich! Und ich wünschte, ich wäre dir nie begegnet.«

Er war sehr jung und sehr unglücklich. Unter normalen Umständen hätte Isabelle vielleicht Mitleid mit ihm empfunden. Aber im Augenblick war sie selbst viel zu sehr durcheinander. »Du bist gemein«, rief sie schluchzend. »Ich hätte nie gedacht, daß du so gemein sein und so häßliche Dinge reden kannst. Wenn ich mich nicht schämte, würde ich es dem Herzog erzählen und dann zuschauen, wie du von seinen Knechten fünfzig Stockhiebe für dein freches Mundwerk bekommst.«

»Erzähl es ihm nur«, höhnte Pierre. »Am besten heute nacht noch, wenn du in sein Schlafgemach schleichst! Über kurz oder lang ist deine Herrlichkeit sowieso zu Ende. Dann wirst du die Stockhiebe bekommen – von Gwendoline de Morgan, wenn du es nicht vorziehst, vorher zu verschwinden.«

In diesem Augenblick holte Isabelle aus und versetzte ihm zwei schallende Ohrfeigen. »Da! Und noch einmal: da!«

Pierre starrte sie an. Seine Arme sanken herab. Er wandte sich um und lief ohne ein weiteres Wort davon.

»Pierre!« rief Isabelle ihm nach. »Komm zurück. Es tut mir leid. Warum hast du mich auch so wütend gemacht!«

Aber Pierre, ihr fröhlicher Kamerad, ihr erster wirklicher Freund, den sie in Beaumont gefunden hatte, antwortete nicht mehr. Isabelle war allein.

13

Herzog Roger kam erst in der Nacht zurück. Es war um die gleiche Stunde, in der Isabelle ihr Bett verließ, einen Mantel überwarf und auf den Korridor hinaustrat. Sie konnte nicht schlafen, und der Kopf schmerzte sie vom vielen Grübeln.

Von der Galerie aus führte eine kleine Tür auf einen Altan. Dorthin wollte sie, um in der frischen Nachtluft den erhitzten Kopf zu kühlen. Der Herzog begegnete ihr auf dem Weg. Sie hörte seinen Schritt und wollte sich in eine Mauernische drücken bis er vorüber war.

Aber Roger von Valance hatte sie schon gesehen. »Isabelle, was tust du hier, mitten in der Nacht?«

»Ich kann nicht schlafen«, erwiderte sie scheu. An seinem Atem merkte sie, daß er getrunken hatte. Unwillkürlich raffte sie den Mantel fester über der Brust zusammen, als sie sah, wie des Herzogs Blick über ihre Gestalt glitt.

»Warum nicht?« fragte er mit einem halben Lächeln. »Bist du aufgeregt, weil morgen der König kommt?«

»Nein, es ist etwas anderes. Ich mußte über viele Dinge nachdenken. Und dann habe ich mir Sorgen gemacht, weil Ihr so lange ausbliebt.«

Ihre Augen, diese großen wundervollen Augen! Wie sich das Licht der Kerzen darin spiegelte... Es sah aus, als brenne ein Feuer in einem tiefen blauen See.

»Ich kann auf mich selbst aufpassen«, erwiderte Herzog Roger barscher als beabsichtigt.

Sie zuckte zusammen. »Gewiß, verzeiht. Ihr werdet müde sein und schlafen wollen. Ich halte Euch nur auf.«

Schlafen? dachte er. Nein, er konnte nicht schlafen. Der Ritt und der Wein, den er in einer Schenke getrunken hatte, hatten nicht vermocht, die Unruhe zu vertreiben, die in ihm war. Vielleicht, wenn er jetzt nicht wieder Isabelle begegnet wäre... »Leiste mir noch ein wenig Gesellschaft«, bat er plötzlich. »Erzähle mir etwas. Oder stell mir ein paar Fragen... du hast doch sonst so viele auf dem Herzen.«

Sie schwieg und wickelte sich eine Locke ihres langen Haares um den Finger.

»Du sagtest, du hättest über viele Dinge nachdenken müssen. Was für Dinge?«

»Es wird Euch nicht interessieren, Herr. Oder – noch schlimmer, es wird Euch böse machen.«

Plötzlich war seine Hand da. Sie umfaßte ihr Kinn und zwang Isabelle, ihn anzusehen. »Sag es mir.«

Als sie in seine Augen schaute, merkte sie, daß er mehr getrunken haben mußte, als sie anfangs gedacht hatte. »Es... es ist wegen Beatrice de Marville«, entgegnete sie zögernd. »Alle sagen, daß ich ihr so ähnlich bin. Ihr aber habt mich einmal eine schlechte Kopie von ihr genannt. Was ist nun wahr?«

Er schwieg und ließ sie los. Dann zog er plötzlich eine Fackel aus der Halterung. »Komm mit.«

Sie folgte ihm schweigend. Er ging ziemlich rasch, und Isabelle hatte Mühe, mit ihm Schritt zu halten. Das Fackellicht tanzte auf den grauen Steinwänden.

Der Herzog durchschritt den Vorsaal zu Beatrices Zimmern. Er öffnete die Tür zu dem Turmgemach. »Warte«, sagte er und zündete mit der Fackel sechs Kerzen an, die in einem silbernen Kandelaber steckten. Dann trat er vor Beatrices Bild. »Das ist sie. Schau sie dir genau an. Das Bild ist sehr ähnlich.«

Wortlos trat Isabelle näher. Das Zimmer war kalt, und sie fror. Oder kam das von der sonderbaren Erregung, die sie empfand?

Sie starrte das Bildnis Beatrice de Marvilles an, betrachtete jede Einzelheit. Sie wußte nicht genau, was sie erwartet hatte, aber auf jeden Fall nicht so viel Liebreiz, wie dieses zarte gemalte Gesicht ausstrahlte. Es war ein rührendes Gesicht, und der Meister, der das Gemälde geschaffen hatte, mußte ein großer Künstler gewesen sein. Er hatte Beatrices Seele mit hineingemalt.

Isabelle sah es und verstand. Verstand auf einmal den ganzen tödlichen Schmerz, den Roger von Valance erlitten hatte, als spüre sie ihn in ihrer eigenen Brust.

Der Herzog hatte die Fackel in eine Halterung neben dem Bild gesteckt und trat neben Isabelle. Sie wagte nicht, ihn anzusehen, weil sie fürchtete, dann in Tränen auszubrechen. Dabei weinte sie wahrhaftig nicht leicht, und sie wußte auch jetzt nicht, warum ihr so sehr danach zumute war. Aus Mitleid mit ihm? Oder weil sie tief in ihrem Herzen gewünscht hatte, Beatrice de Marville wäre weniger schön, weniger anmutig – weniger unersetzlich für Roger von Valance gewesen?

»Nun?« fragte der Herzog neben ihr.

Sie senkte den Kopf. »Sie ist ganz anders als ich – und viel schöner. Es ist Unsinn, was die Leute sagen.«

»Isabelle, du weinst ja!«

Sie hob die Hand und wischte sich mit einer heftigen Bewegung die Tränen ab. »Ja, wie dumm, nicht wahr? Aber sie war so jung, und Ihr habt sie geliebt. Nichts und niemand wird sie Euch ersetzen können.«

»Nein«, sagte er. Und wußte im gleichen Augenblick, daß das nicht stimmte. Es war eine bittere Erkenntnis, denn hatte er nicht geschworen, Beatrice die Treue zu halten über das Grab hinaus? Hatte er nicht die Erinnerung an sie lebendig gehalten in seinem Herzen und keiner anderen Frau gestattet, ihm nahe zu sein? Aber dieses Mädchen hier...

Es sah ihn an aus Beatrices Augen, mit Beatrices Lächeln, mit ihrer Gestalt, ihrem schimmernden Haar. »Du bist ihr sehr ähnlich«, sagte er rauh. »Ich habe es lange Zeit nicht wahrhaben wollen. Aber es stimmt.« Er ließ sich in einen Sessel fallen, ohne den Blick von Isabelle zu wenden. »Ich bin ein bißchen betrunken, weißt du? Gerade nur so viel, daß man sich Dinge einbilden kann, die es nicht gibt. Man kann sich fortstehlen aus einer häßlichen Wirklichkeit in das Land der Träume.«

»Herr«, sagte sie beunruhigt, »es ist spät. Ihr habt einen langen Ritt hinter Euch und solltet zu Bett gehen.«

»Ich könnte mir zum Beispiel«, fuhr er fort, ohne ihren Einwand zu beachten, »ich könnte mir jetzt einreden, du seiest Beatrice. Was hältst du davon?«

Nichts, wollte sie sagen. Denn ich bin nicht Beatrice, ich bin Isabelle. Und wenn Ihr das auch vergeßt, so werde ich es nimmermehr vergessen können.

Aber sie schwieg und stand nur da in ihrem weißen Nachtgewand und den aufgelösten Haaren. Und das Herz tat ihr weh.

Herzog Roger streckte die Hand nach ihr aus. »Komm her...«

Sie gehorchte, als hätte ein fremder Wille Macht über sie gewonnen. Rogers Arme schlossen sich um ihren Leib. Er verharrte stumm, die Stirn gegen den Stoff ihres Gewandes gelehnt. Dann zog er sie zu sich hinunter und küßte sie.

Es war Isabelles erster Kuß, und er war ganz anders, als sie ihn sich je erträumt hätte. Es ging ihm kein liebes Wort voraus, keine Zärtlichkeit. Dieser Kuß war Leidenschaft, Gewalt, Schmerz, Zorn...

Und dennoch wehrte sich Isabelle nicht dagegen. Denn es war der Kuß des Mannes, den sie liebte. Ohne daß sie es wollte und wußte, war dies über sie gekommen. Sie zitterte in seiner Umarmung. Sie hatte Angst vor der Macht, die er über sie besaß, und mehr noch vor der drängenden Sehnsucht ihres Herzens. Sie versuchte, an Pierre zu denken, an Beatrice, an jene Gräfin Gwendoline, die morgen kommen und Roger nach dem Willen seiner Mutter heiraten sollte – aber dies alles verschwamm, wurde wesenlos vor dem Verlangen, das sie durchglühte und das sie glücklich und unglücklich zugleich machte. Sie legte die Arme um Rogers Hals, ihre Lippen öffneten sich...

Da ließ der Herzog sie los. »Geh«, murmelte er heiser, »geh rasch.«

Und sie gehorchte: Tränen schossen in ihre Augen, als sie aus dem Turmgemach stolperte. Und während sie über die langen Korridore zu ihrem Zimmer zurückkehrte, sehnte sie sich zum erstenmal nach dem »Schwarzen Schwan« zurück, nach ihrer ärmlichen Kammer über dem Hühnerstall, nach Messire Pauls traurigem Eichhörnchengesicht und Madame Margots scheltender Stimme. Wie unkompliziert war damals das Leben gewesen!

14

Am nächsten Morgen kam der König. Er kam sehr früh, gerade als eine trügerische Novembersonne ihre ersten blassen Strahlen über die sanften Hügel des Rhonetales schickte, aber in Beaumont war man für seinen Empfang gerüstet.

Trotz Hustens und schnupfengeröteter Nase war Messire François de Balard noch in der Nacht aufgestanden und hatte die zauberhaft geschmückten Gemächer inspiziert, die für den König und seine Gemahlin bestimmt waren. Seit Tagen brannte in allen Kaminen ein kräftig loderndes Feuer, um die Kälte aus den Steinwänden zu vertreiben. In der Küche war man mit der Zubereitung der köstlichsten Gerichte beschäftigt. Ochsen, Spanferkel und Wildbret wurden an großen Spießen über einem offenen Feuer gebraten, die Köche und Küchenmägde hatten raffiniert gewürzte Fischragouts, Fleischpasteten, Zuckerwerk, Fruchtkonfekt und Torten zubereitet. Und der herzogliche Mundschenk war höchstpersönlich in den riesigen Weinkeller hinuntergestiegen, um zu bestimmen, welcher Wein den Majestäten als Willkommenstrunk kredenzt werden sollte.

Isabelle erwachte vom Klang der Hörner, die die Ankunft der Gäste meldeten. Aus der Ferne antworteten die königlichen Herolde mit ihren Fanfaren. Dazwischen dröhnten die Kirchenglocken von Tourcelles, der unterhalb von Beaumont gelegenen Stadt. Das dünne Glöckchen der Schloßkirche gab Antwort. Es war das Signal für alle in Beaumont, die an diesem aufregenden Morgen noch schliefen, aus dem Bett zu springen und sich eiligst anzukleiden.

Isabelle hatte nie lange für ihre Morgentoilette gebraucht. Sie fand sich bei der Herzogin ein, die sich, umgeben von einem Schwarm Kammerfrauen und Edeldamen, in gelassener Würde ankleiden ließ.

Johanna von Valance trug ein dunkelviolettes Samtkleid, darüber einen hermelinverbrämten Mantel aus starrer, golddurchwirkter Seide. Über der Haube, die Kinn und Wangen eng umschloß, funkelte die Herzogskrone, mit blutroten Rubinen und riesigen Saphiren besetzt. Mit ihrem ganzen Gefolge begab sich die Herzogin in den Schloßhof hinunter, wo sich unterdessen auch Roger eingefunden hatte. Die Rüstungen seiner Ritter, die prächtigen Gewänder der Edelleute und Schildknappen, die Waffen der Kriegsknechte blitzten im Licht der Morgensonne. Aus den Fenstern des Schlosses wehten Tücher in den Farben des Königs und der Herzöge von Valance.

Isabelle hielt sich etwas abseits. Ihr Blick suchte Roger, und er erschien ihr in seinem kostbaren Gewand, umgeben von allem Glanz seiner Macht, so fern wie ein unerreichbarer Stern. War das wirklich der gleiche Mann, der sie heute nacht geküßt hatte? Der gleiche, mit dem sie im Arkadenhof Ball gespielt, auf Tontauben geschossen und am prasselnden Kaminfeuer lange Gespräche geführt hatte? Alles dies erschien ihr auf einmal wie ein Traum, aus dem sie traurig erwacht war.

In einiger Entfernung, an der äußeren Ringmauer, entdeckte Isabelle Pierres blonden Haarschopf in dem Gewimmel der Knechte und Mägde. Sie bahnte sich einen Weg zu ihm. Pierre zuckte zusammen, als sie neben ihm auftauchte und die Hand auf seinen Arm legte.

»Pierre«, sagte sie leise, »es tut mir leid, das von gestern. Wir wollen es beide vergessen. Bitte, Pierre, bleib mein Freund. Ich habe das sehr nötig.«

Seine Antwort wurde vom Schmettern der Trompeten übertönt. Aber sie sah, wie sich der trotzige Zug um seinen Mund lockerte und er ihr scheu zulächelte.

Da ritt der Zug des Königs in den Schloßhof ein, voran die Herolde mit ihren Fanfaren und die Bannerträger. Karl IV. saß auf einem arabischen Vollblut, dessen weißes Fell unter dem goldstarrenden Sattelzeug kaum zu sehen war. Der Zelter der Königin folgte ohne seine Reiterin dicht dahinter. Ein Knappe führte ihn am Zügel.

Königin Johanna, von den Strapazen des langen Rittes ermüdet, hatte sich in ihre schwarz-goldene, von zwei Maultieren getragene Sänfte zurückgezogen.

Isabelle schätzte, daß sich das Gefolge auf etwa fünfzig Personen belief. Hinter den Edelleuten folgten die sechs Hofdamen der Königin, ebenfalls zu Pferde, und Isabelle überlegte, ob sich Gwendoline de Morgan darunter befinden mochte. Der Zug kam zum Stehen, als Roger dem Truchseß den goldenen Becher mit Wein abnahm und sich damit dem König näherte. Messire François folgte ihm, vor Aufregung noch gelber im Gesicht als gewöhnlich, auf einem roten Samtkissen die goldenen Schlüssel von Schloß Beaumont tragend, um sie Karl IV. zu überreichen. Er tat es kniend, nachdem Roger seinen Willkommensgruß entboten und der König einen Schluck Wein getrunken hatte.

Isabelle konnte nicht verstehen, was Herzog Roger und König Karl miteinander sprachen, aber der König lächelte. Er war ein hochgewachsener Mann mit rötlich-blonden Locken, die ihm bis auf den Kragen fielen. Sein Gesicht war so schön mit seinem ebenmäßigen Schnitt und den großen blauen Augen, daß es fast unmännlich gewirkt hätte, wenn nicht der athletische Körperbau diesen Eindruck wieder verwischt hätte.

Johanna von Valance hatte sich unterdessen der Sänfte der Königin genähert. Die Gemahlin Karls IV. schlug die schwarz-goldenen Vorhänge zurück und stieg aus. Das war das Signal für eine allgemeine Begrüßung. Unter dem königlichen und dem herzoglichen Gefolge waren viele, die einander von Paris oder den anderen königlichen Residenzen her kannten. Da und dort gab es Händeschütteln und freundschaftliche Umarmungen. Isabelle beobachtete, wie sich Johanna von Valance einem blonden Edelfräulein zuwandte, das gerade von einer prächtig gesattelten Fuchsstute abgestiegen war.

Isabelle hatte scharfe Augen. Sie sah genau das zufriedene Lächeln, das um die Lippen ihrer Herrin spielte, und deutete es richtig. Dies also war Gwendoline de Morgan, die Frau, die Herzog Roger nach dem Willen seiner Mutter heiraten sollte. Der Neid mußte es ihr lassen, sie war schön. Eine zierliche Blondine mit weißem Teint und graziösen Bewegungen. Isabelle hatte sich ziemlich weit nach vorn gedrängt. Sie stand neben den steinernen Löwen, die die Stufen zum Portal flankierten. Gwendoline und die Herzogin mußten an ihr vorbei.

Und da geschah es, daß ein Windstoß sich in Gwendolines blauem Schleier verfing, der ihre Haube zierte. Unwillkürlich machte die Gräfin eine Bewegung, um ihn festzuhalten, und wandte dabei den Kopf. Ihr Blick streifte Isabelle, gleichgültig zuerst, dann veränderte jähes Staunen das hübsche Puppengesicht.

»Wer ist das?« fragte Gwendoline und griff nach dem Arm der Herzogin, die an ihrer Seite ging. Ihre Stimme war hell und wohllautend. Sie paßte zu der zarten Erscheinung. Nur die Augen standen im Widerspruch dazu. Sie waren groß und sehr blau, aber so hart und kalt wie Saphire. Wenigstens empfand Isabelle es so.

Sie wußte, daß sie sich eigentlich hätte verbeugen und ihren Namen nennen müssen – aber da war etwas in ihr, ein geheimer Widerstand, der ihren Nacken steif machte und ihre Lippen stumm. Ernsthaft und ohne für eine Sekunde die Lider niederzuschlagen, erwiderte sie den saphirblauen Blick Gwendoline de Morgans.

»Sie ist eine meiner Dienerinnen«, sagte die Herzogin im gleichen Augenblick. Ihre Stimme klang eine Spur unsicher. Wahrscheinlich begriff sie erst jetzt, daß es nicht klug gewesen war, Isabelle während Gwendolines Besuch hier zu behalten. »Aber kommt ins Haus, der lange Ritt wird Euch angestrengt haben.«

Isabelle sah Gwendoline erst am Abend wieder – und da nur aus der Ferne. Das Mädchen stand mit noch einigen Schaulustigen auf der Galerie und blickte in den großen Rittersaal hinunter, in dem Herzog Roger mit seinen Gästen tafelte.

Die Königin, in einem Gewand aus starrem Brokat und einer riesigen diamantenfunkelnden Flügelhaube, saß zu seiner Rechten. Und links von ihm Gwendoline de Morgan. Hunderte von Kerzen erhellten den Saal. Isabelle sah genau, wie Gwendoline immer wieder danach trachtete, Roger von Valance in ein Gespräch zu ziehen. Sie sah, wie er manchmal lächelte, und Isabelles Herz weinte dabei.

Aber wie töricht war es, um einen Mann wie Herzog Roger zu weinen, für den sie allenfalls ein Zeitvertreib gewesen wäre. Oder – noch schlimmer, ein Ersatz für die tote Beatrice.

»Eine schlechte Kopie«, murmelte Isabelle vor sich hin, als sie die Galerie verließ und draußen auf dem Korridor in einen Spiegel schaute. Sie schnitt eine Grimasse und streckte sich die Zunge heraus. Aber das half auch nicht gegen ihren Kummer.

15

Am nächsten Morgen brach der Herzog mit seinen königlichen Gästen zur Jagd auf, und die Herzogin begleitete ihn. Den ganzen Vormittag hörte Isabelle die Jagdhörner und das Kläffen der Hundemeute, bis sich der Lärm in der Ferne verlor. Die Stunden schlichen dahin, als ob sie Bleigewichte an den Füßen hätten. Messire de Balard war zwar im Schloß zurückgeblieben, aber er litt immer noch unter seiner Erkältung und hatte keine Lust, die tägliche Unterrichtsstunde mit Isabelle abzuhalten. Pierre war auch nirgends aufzufinden, und so verbrachte Isabelle die Zeit bis zum Abend, indem sie der alten Brigitte half, Wachskerzen zu ziehen. Eine Beschäftigung, auf die sich Isabelle zwar verstand, die ihr aber wenig Freude bereitete.

Die Jagdgesellschaft kehrte erst am nächsten Tag zurück. Man hatte die Nacht in der ebenfalls zum Herzogtum Valance gehörenden Festung La Rondal verbracht. Es war schon dämmrig draußen. Isabelle befand sich in der Kapelle und schmückte den Altar für die morgige

Sonntagsmesse. Sie legte eine Decke aus bestickter Seide und kostbarer Spitze auf, polierte die silbernen und goldenen Gefäße und versorgte die schweren, prunkvollen Leuchter mit frischen Kerzen. Da hörte sie von draußen Pferdegetrappel und den fröhlichen Lärm der Heimkehrenden.

Seit jener Nacht im Turmzimmer hatte Isabelle kein Wort mehr mit Herzog Roger gesprochen. Jetzt fühlte sie eine schmerzlich drängende Sehnsucht, ihn wenigstens zu sehen, aus der Ferne nur und ohne daß er davon wußte. Sie nahm ihre Lampe auf und eilte hinaus. Vor dem Portal verbarg sie sich im Schatten einer vorspringenden Säule.

Fackellicht erhellte den Schloßhof und tanzte über das holprige Pflaster. Die Jäger hatten reiche Beute heimgebracht. An langen Stangen festgebunden, trug man das erlegte Wild ins Schloß. Zuerst entdeckte Isabelle den Herzog nicht in all dem Menschengewimmel. Dann aber sah sie ihn. Er stand ein wenig abseits und sprach mit Gräfin Gwendoline. Ihr purpurroter Mantel leuchtete, und auf der Faust trug sie den Lederhandschuh mit dem Jagdfalken. Das Königspaar und Madame Johanna hatten schon das Schloß betreten, Knechte führten die Pferde und die Hundemeute fort.

Und da geschah es, daß der Hengst des Königs toll wurde, weil ihm einer der Windhunde unversehens kläffend vor die Hufe lief. Der Hengst wieherte erschrocken, bäumte sich auf und keilte mit den Hufen aus. Der Page, der ihn führte, ließ unglückseligerweise die Zügel fahren.

Das nervöse und leicht reizbare Tier galoppierte über den Hof, den edlen Kopf zurückgeworfen und hell und zornig wiehernd. Die Umstehenden wichen ihm behende aus.

Da aber warf ein Mann sich in den Weg. Wie ein schmaler schwarzer Schatten war er aufgetaucht, und Isabelle erkannte, daß es Roger war. Das goldgestickte Herzogswappen mit den Türmen funkelte auf seinem schwarzen Wams. Er wollte dem rasenden Tier in die Zügel fallen, wurde aber durch einen Hufschlag zu Boden geworfen. Dann galoppierte der Hengst über ihn hinweg auf den Torbogen zu, der zur Zugbrücke und dann ins

Freie führte, und verschwand in der Nacht. Der Herzog blieb reglos auf dem Pflaster liegen.

Isabelle hatte hell und entsetzt aufgeschrien, als Roger stürzte. Sie flog förmlich die Stufen hinunter und erreichte den Herzog, gerade als auch sein Knappe Armand sich über ihn beugte und ihn vorsichtig auf den Rücken drehte.

Auch Gräfin Gwendoline kam heran und jammerte, als sie einen Blick in Rogers bleiches Gesicht warf: »O Gott, was für ein Unglück! Ist er... ist er tot?«

Isabelle kauerte am Boden und hatte seinen Kopf in ihren Schoß gebettet. »Natürlich nicht«, sagte sie aufgebracht. »Was für ein Unsinn! Er ist verletzt und ohnmächtig.«

Das Wams des Herzogs war an der Schulter zerrissen. Blut sickerte aus einer Wunde.

»So steht doch nicht so hier herum!« rief Isabelle angstvoll. »Ich brauche Verbandszeug, aber rasch! Und eine blutstillende Salbe.«

Gräfin Gwendolines Augen wurden schmal. »Was ist das für ein Ton? Haben in Valance neuerdings Dienstmägde Befehle zu erteilen?«

Statt einer Antwort wandte Isabelle sich an den Knappen. »Armand...«

Der Bursche war schon aufgesprungen. »Ich hole etwas, Fräulein Isabelle. Braucht Ihr auch Wasser, um die Wunde auszuwaschen?«

»Ja, bitte.«

Nach weniger als drei Minuten war er zurück. Isabelle nahm ihm die Leinentücher und die Schüssel mit Wasser ab. Gerade als sie anfing, die blutende Wunde vorsichtig zu säubern, regte sich der Herzog und schlug die Augen auf. Er blickte in Isabelles über sich geneigtes Gesicht, und für eines Herzschlags Länge verzog sich sein Mund zu einem verwirrten Lächeln.

»Dem Himmel sei Dank!« rief Gräfin Gwendoline. »Ihr lebt, mein Freund! Oh, ich dachte, mein Herz bliebe stehen, als Ihr am Boden lagt.«

Das Lächeln des Herzogs verschwand. Er versuchte sich aufzurichten.

»Ich bitte Euch, Herr, bleibt liegen«, bat Isabelle, »bis ich Eure Wunde verbunden habe. Ihr verliert eine Menge Blut.«

Er machte eine unwillige Bewegung. »Unsinn, mir fehlt nichts weiter. Ich war nur etwas benommen.« Dann stand er auf, langsam zwar und etwas taumelig, und die fest zusammengepreßten Lippen verrieten, daß er Schmerzen hatte. »Was ist mit dem Pferd des Königs? Hat man es eingefangen?«

»Noch nicht, Herr«, antwortete Armand. »Aber wenn Ihr ein paar Männer auf die Suche schickt – weit wird der Hengst nicht kommen. Er muß ja noch erschöpft sein von dem langen Ritt hierher.«

»Kümmere dich selbst darum«, befahl der Herzog. »Und nimm genügend Knechte mit, damit ihr den Wald systematisch absuchen könnt.« Sein Blick streifte Isabelle, die immer noch mit der Schüssel voll Wasser und den Leinentüchern am Boden kauerte. Er sah ihr verstörtes Gesicht und dachte daran, wie er sie neulich in der Nacht geküßt hatte. Eigentlich hatte er viel zu oft daran gedacht, selbst auf der Jagd und gestern abend in La Rondal...

Stirnrunzelnd starrte er das Mädchen an. Zum Teufel, er hätte sie damals, als er sie zum erstenmal gesehen hatte, doch fortschicken sollen. Sie allein war schuld an seiner Unruhe und Zerrissenheit.

»Was hockst du hier noch herum?« fragte er barsch. »Du siehst doch, daß ich dich nicht brauche. Die kleine Schramme an der Schulter heilt von selbst. Oder denkst du, ich bin ein altes Weib, das für jeden Kratzer Salben, Pflaster und Bandagen braucht?«

Isabelle schwieg verletzt und stand auf.

Gräfin Gwendoline lächelte zuckersüß. » Kommt ins Haus, lieber Freund. Ich fürchte fast, ich muß um Euren Arm bitten. Der Schrecken, Euch am Boden liegen zu sehen, war zu arg. Mir zittern noch die Knie. Wir wollen Gott danken, daß alles so gut abgelaufen ist.«

Im Davongehen hörte Isabelle sie noch sagen: »Ich habe gar nicht gewußt, daß Ihr ein so gestrenger Herr sein könnt. Das junge Ding war natürlich ein bißchen vorlaut, und ihre Ängstlichkeit geht zu weit. Aber sie hat es ohne Zweifel gut gemeint. Rührend, wie sie aufgeschrien hat, als Ihr stürztet. Man könnte meinen, die arme Kleine wäre in Euch verliebt.«

Isabelle stand da und ballte die Fäuste. Das war das Schlimmste! Ausgerechnet Gwendoline de Morgan mußte sich zu ihrer, Isabelles, Fürsprecherin aufschwingen. Und wenn ich ihm alles verzeihe, dachte Isabelle, dies nicht! Ach, was bin ich nur für eine Närrin! Von allen Männern auf der Welt muß ich mich ausgerechnet in den arrogantesten und unverschämtesten verlieben.

16

Sie kehrte in die Kapelle zurück und beendete dort ihre liegengelassene Arbeit. Sie hätte gerne geweint, aber sie sagte sich, daß das auch nichts nütze, und verbiß sich die aufsteigenden Tränen. Statt dessen trödelte sie noch eine Weile herum und steigerte sich immer mehr in eine gesunde Wut hinein. Auf Gräfin Gwendoline, auf Herzog Roger und auf sich selbst.

Auf dem Rückweg ins Schloß begegnete ihr Gilberte. Die Kammerfrau der Herzogin war ausgeschickt worden, Isabelle zu suchen. »Endlich finde ich dich! Wo um alles in der Welt hast du dich nur herumgetrieben? Ich laufe schon die ganze Zeit herum und schaue mir die Augen nach dir aus. Madame Johanna will dich sehen. Beeile dich, sonst setzt es Schelte.«

»Man kann nicht an zwei Orten zugleich sein«, entgegnete Isabelle mürrisch. »Wo finde ich Madame Johanna?«

»Bei Gräfin Gwendoline.« Gilbertes schwarze Kirschenaugen waren voller Spott. »Du weißt doch wohl, daß unsere Herrin die Gräfin sehr ins Herz geschlossen hat. Benimm dich also höflich und bescheiden.«

Die Herzogin und die Gräfin waren währenddessen in ein Gespräch vertieft, das sich um Isabelle drehte. Gwendoline lehnte am Fenster und drehte nachdenklich einen Ring mit einem großen Smaragd an ihrem Finger. »Seltsam, als ich diese Isabelle zum ersten Male sah, hätte ich sie für eine Schwester Beatrice de Marvilles gehalten. Diese Ähnlichkeit muß doch einen Grund haben.«

Johanna von Valance zuckte die Schultern. »Ich halte es für ein Spiel der Natur. So etwas gibt es doch.«

»Aber daß sie gerade ein Findelkind ist!« Gräfin Gwendoline lachte plötzlich. »Ich habe eine Schwäche für romantische Geschichten. Möglicherweise ist Isabelle wirklich eine Schwester Beatrices. Ein Kind der Sünde freilich, die Frucht eines heimlichen Abenteuers. Gräfin Agnes de Marville war eine schöne Frau, die ihr Gatte schon in jungen Jahren zur Witwe machte. Es wäre zu verstehen, wenn sie... Keine Frau ist im Grunde dazu geschaffen, allein zu bleiben, und gegen Liebe ist bekanntlich kein Kraut gewachsen. Isabelle ist aus der Nähe von St. Claude, sagtet Ihr? Hatten die Marvilles dort nicht einen Landsitz?«

»Doch – ja!« Madame Johanna nickte zögernd. Doch sie müßte keine Frau gewesen sein, wenn die Sache jetzt nicht angefangen hätte, sie zu interessieren. »Isabelle hat mir einmal die Sachen gezeigt, in denen man sie als Neugeborenes vor dem Klosterportal gefunden hat. Es war sehr feine Spitzenwäsche. Außerdem hat ein kostbarer Halsschmuck dabeigelegen und ein Brief ihrer Mutter.«

Isabelles Eintritt unterbrach die Unterhaltung.

Madame Johanna winkte sie zu sich heran. »Da bist du ja, mein Kind. Hat dir Gilberte gesagt, worum es sich handelt?«

»Nein, Madame. Sie sagte nur, daß Ihr nach mir verlangt hättet.«

»Nun, die Kammerfrau der Gräfin de Morgan ist plötzlich von einer heftigen Kolik befallen worden. Sie liegt zu Bett. Du wirst an ihrer Stelle Madame Gwendoline beim Ankleiden und Frisieren helfen.«

»Ich?« fragte Isabelle überrascht.

»Warum nicht?« entgegnete Gwendoline. »Deine Herrin sagte mir, daß du mit derlei Arbeiten vertraut bist.«

»Gewiß, aber es gibt sicherlich unter den Dienerinnen Ihrer Gnaden eine Menge Mädchen, die geschickter sind als ich.«

Gwendoline lachte. »Wie bescheiden sie ist! Das hast du gar nicht nötig, Mädchen. Madame Johanna hat dich eben über den grünen Klee gelobt. Deswegen wollte ich dich auch näher kennenlernen.«

Johanna von Valance erhob sich. »Sie wird sich Mühe geben, dessen bin ich sicher. Trotzdem hätte ich Euch lieber eine meiner erfahrenen Frauen geschickt. Margarete, zum Beispiel, die sich vortrefflich aufs Frisieren versteht, oder Berthe...«

»Ihr seid sehr gütig«, lächelte Gwendoline de Morgan, »aber ich habe Euch um Isabelle gebeten, und dabei soll es bleiben.«

Die Herzogin ging. Sie wirkte ein wenig nervös. Offenbar gefiel es ihr nicht, daß sich die Gräfin derart auffallend für Isabelle interessierte.

Nachdem sich die Tür hinter Madame Johanna geschlossen hatte, warf sich Gwendoline in einen Sessel. Gegenüber der Wand hing ein Spiegel, in dem sie sich betrachten konnte. »Komm her, Mädchen, nimm mir die Haube ab. Sie ist ein wenig eng und macht mir Kopfweh.«

Isabelle tat, wie ihr geheißen. Sie merkte, daß Gwendoline sie durch den Spiegel neugierig beobachtete.

»Hast du dich über den Unfall Herzog Rogers wieder beruhigt? Du warst ja völlig aufgelöst vor Angst.«

»Nicht mehr als alle anderen, die es angesehen haben«, erwiderte Isabelle ausweichend.

»Nun, ich weiß nicht. Den Herzog hat deine Fürsorge jedenfalls gereizt. Ist er öfter so grob zu dir?«

Isabelle schwieg. Sie hatte die schwere, perlenverzierte Haube abgenommen und legte sie auf eine Truhe.

Gwendoline rieb sich die Schläfen. »Sehr gesprächig bist du nicht. Schade, ich unterhalte mich gern mit anderen Leuten. Und du interessierst mich besonders. Kannst du dir denken, warum?«

»Nein, Madame. Soll ich Euch jetzt die Haare bürsten?«

»Meinetwegen. Aber sei vorsichtig, ich habe wirklich Kopfweh. Die Bürste liegt dort drüben auf dem Taburett. – Übrigens schwindelst du nicht sehr geschickt. Du weißt natürlich ganz genau, warum ich mich für dich interessiere. Ich habe Beatrice de Marville sehr gut gekannt.«

Noch immer schweigend, begann Isabelle die schweren silberblonden Zöpfe der Gräfin aufzuflechten. Sie hatte wunderschönes Haar. Es fiel ihr in dichten Wellen bis über die Taille.

»Vorhin«, sagte Gwendoline nach einer Weile, »habe ich Madame Johanna über dich ausgefragt. Ich finde, man sollte seine Rivalinnen genau kennen.«

Isabelle ließ die Bürste sinken und blickte hoch. Gwendolines sanftes Puppengesicht mit den saphirblauen Augen war völlig ausdruckslos.

»Wir sind doch Rivalinnen, nicht wahr? Oder weißt du noch nicht, daß ich Herzogin von Valance werden möchte?«

»Doch«, sagte Isabelle leise. »Man hat es mir erzählt.«

»Ich erreiche meistens, was ich will.« Gwendoline lächelte unschuldig. »Und ich teile nicht gern. Heiraten kann dich der Herzog zwar nicht, aber auch als seine Geliebte wärest du mir im Wege. Deshalb muß ich ein Mittel finden, dich auszuschalten, wenn es an der Zeit ist. Und ich glaube, ich habe es gefunden. Es war wirklich klug, Madame Johanna nach dir auszufragen. Wenn sich meine Vermutungen bewahrheiten sollten, wirst du den Rest deines Lebens im Kloster verbringen.«

»Ich möchte wahrhaftig wissen, wie Ihr das erreichen wollt«, entgegnete Isabelle. Sie war beinahe erleichtert, daß Gwendoline aufhörte, wie die Katze um den heißen Brei zu schleichen. Ihre Freundlichkeit war Isabelle viel unheimlicher gewesen.

»Ganz einfach!« Gwendoline lächelte noch immer. »Ich vermute, daß du eine Schwester Beatrices bist – ein Bastard freilich, dessen man sich schamhaft in dunkler Nacht vor einer Klostertür entledigt hat.« Sie lehnte sich in ihrem Sessel zurück und faltete die schönen schlanken Hände. »Gesetzt den Fall nun, daß ich recht behalte und du tatsächlich Gräfin Agnes' Tochter bist, so bleibst du freilich weiterhin ein Bastard, doch wegen deiner vornehmen Abstammung wichtig genug, daß man verpflichtet ist, sich deiner anzunehmen. Was aber ist der beste Weg, ein solches Mädchen zu versorgen? Ein Kloster, wo es gleichzeitig Buße tun kann für die Sünden seiner Eltern. Es wäre nicht das erste Mal, daß König Karl so etwas verfügt. Ich habe einen gewissen Einfluß auf die Königin und könnte sie leicht dazu bringen, ihren Gemahl um diesen neuen Beweis seiner gütigen Fürsorge für ein armes Mädchen zu bitten.«

Isabelle senkte den Kopf. Sie begriff das Körnchen Wahrheit in Gwendolines Worten. Es war durchaus üblich, daß man illegitime Kinder hochgestellter Persönlichkeiten in einem Kloster unterbrachte. Und wenn der König selbst so etwas bestimmte und womöglich noch Geld aus seiner Privatschatulle für das Kloster stiftete, gab es kaum ein Mittel, abzulehnen. Außer, man zog es vor, vor dieser zweischneidigen Großzügigkeit davonzulaufen.

»Noch ist ja nicht heraus, wer meine Eltern waren«, sagte Isabelle trotzig. »Es sind alles nur Vermutungen von Euch.«

»Gewiß«, gab Gwendoline freundlich zu. »Aber man kann die Wahrheit vielleicht erfahren. Fest steht, daß deine Mutter lesen und schreiben konnte und aus reichem Hause stammte. Das beweist der Schmuck, den sie dir mitgab. Du bist also das Kind einer vornehmen Dame – nicht irgendeines Frauenzimmers von der Straße. Gräfin Agnes de Marville hat sich nach Beatrices Tod in ein Kloster zurückgezogen und den Schleier genommen. Es wird nicht schwierig sein, eine Probe ihrer Handschrift zu erhalten. Die muß man dann mit jenem Brief vergleichen, den man bei dir gefunden hat.«

»Niemals!« rief Isabelle da aus. »Niemals werdet Ihr jenen Brief meiner Mutter zu Gesicht bekommen. Er gehört mir, und ich gebe ihn nicht her. Kein Mensch hat das Recht, sich ungebeten um meine Angelegenheiten zu kümmern, am allerwenigsten Ihr!«

»Das wird die Zeit bringen.« In die Augen der Gräfin trat der Schimmer amüsierter Überlegenheit. »Du hast ein hitziges Temperament, Mädchen, das du besser zügeln solltest. Herzog Roger schätzt an Frauen ein sanftes Wesen.«

»So wie Ihr es habt, nicht wahr?« fragte Isabelle bitter.

»Gewiß, das habe ich dir voraus. Du hingegen hast mir voraus, daß du Beatrice gleichst und seine Geliebte bist. Sicherlich nicht eine bessere Geliebte, als ich es wäre – aber mir ist da Zurückhaltung auferlegt. Ich bin keine Bauerndirne, die sich ihm an den Hals werfen kann. Der Weg zu mir führt nur über den Traualtar.«

Ein winziges Lächeln huschte über Isabelles Lippen. Es wäre jetzt so einfach gewesen, der Gräfin die Wahrheit zu sagen – nämlich daß außer einem einzigen Kuß zwischen ihr und Herzog Roger nichts gewesen war. Und daß vermutlich auch nie etwas geschehen würde. Aber Isabelle schwieg. Sie begriff, daß Gwendoline eifersüchtig auf sie war und sie sogar ein wenig fürchtete. Das war ein herrliches Gefühl – wert, es noch eine Weile auszukosten.

Isabelle warf den Kopf in den Nacken. »Habt ihr eigentlich gar keine Angst, ich könnte dem Herzog von dieser Unterhaltung zwischen uns erzählen?«

»Was dürfte er davon nicht wissen? Wenn du ihm sagst, daß ich ihn liebe, wird er sich geschmeichelt fühlen wie jeder Mann, selbst wenn er mich nicht wiederliebt. Und wenn du weiterhin erzählst, daß ich nach deiner Herkunft Fragen stellte und versprach, bei der Königin ein gutes Wort für dich einzulegen, damit du dein weiteres Leben in der Gott wohlgefälligen, sorgenfreien Abgeschiedenheit eines Klosters verbringen kannst – so wird er mir das sicher nicht als Boshaftigkeit auslegen. Solltest du aber versuchen, mich schlecht zu machen, wird er es für Eifersucht halten und erst recht nichts darum geben.« Gwendoline lachte leise. »Du siehst also, es kann mir gar nichts passieren. Komm jetzt und kämme mir die Haare. Wir haben eine Menge Zeit verschwatzt, es ist spät geworden. Ich muß daran denken, mich umzukleiden. Und gib dir sehr viel Mühe, Isabelle. Ich möchte schön sein an der Abendtafel – und für Herzog Roger.«

17

Und sie war schön! Eine Märchenfee in funkelndem Geschmeide, mit milchweißer Haut und reizenden Grübchen in den Wangen, wenn sie lachte. Die anderen Damen wirkten neben Gräfin Gwendoline wie graue Spatzen, obwohl auch sie überaus kostbare Gewänder trugen.

Isabelle wartete währenddessen in den Gemächern der Gräfin. So war es ihr aufgetragen worden, denn wenn das Fest vorüber war, mußte sie Gwendoline noch beim Auskleiden helfen. Diesmal ging Isabelle nicht auf die Galerie, um in den Rittersaal zu schauen. Sie wußte ohnehin, wie es dort aussah. Sie konnte sich jede Einzelheit vorstellen. Und Gräfin Gwendoline würde schon dafür sorgen, daß sich Herzog Roger vorwiegend mit ihr beschäftigte.

Doch das stimmte nicht ganz. Freilich war der Herzog höflich zu Gwendoline, wie es ja als Gastgeber seine

Pflicht war. Aber so sehr sich die Gräfin auch bemühte, es gelang ihr nicht, in seinen dunklen Augen jenes kleine Flämmchen anzuzünden, das tieferes Interesse, Verliebtheit oder sogar Begehren verriet.

Es ist zum Verzweifeln, dachte sie, während sie in ihrem Stör mit Orangensoße stocherte und die Gabel zierlich, wie es die Etikette vorschrieb, zum Munde führte, aber ich komme einfach keinen Schritt weiter mit ihm!

Dabei war Gwendoline de Morgan durchaus in der Lage, einem Manne den Kopf zu verdrehen. Sie hätte sich schon einigemale überaus vorteilhaft verheiraten können. Allerdings hielt keiner ihrer Bewerber den Vergleich mit Herzog Roger aus. Er war unbestreitbar der kühnste, vornehmste – und auch reichste. Zudem zweifelte die ehrgeizige Gwendoline keine Sekunde daran, daß ihm eine glänzende Karriere bei Hofe bevorstand, wenn es nur gelang, ihn aus seiner selbstgewählten Isolation herauszureißen.

»Wie ich gestern hörte«, sagte Gwendoline aus diesen Gedanken heraus, »wird Madame Johanna, sobald der Winter vorüber ist, nach Paris kommen. Diesmal werdet Ihr sie doch bestimmt begleiten, mein Freund?«

Der Herzog zuckte die Schultern. »Vielleicht, ich weiß noch nicht.«

»Oh, Ihr müßt kommen. Ihr habt so viele Freunde in Paris, die ihr nicht länger vernachlässigen dürft. Bitte, versprecht, daß Ihr kommen werdet.«

Ein flüchtiges Lächeln huschte um seinen Mund. »Ich verspreche nie etwas, von dem ich nicht weiß, ob ich es hinterher halten kann. Lassen wir es also bei einem 'vielleicht', Madame.«

»Ihr seid abscheulich. Aber gut – ich will mich mit der Hoffnung trösten. Ihr habt ja nicht nein gesagt. Das wird mir den Abschied morgen abend leichter machen.« Gwendoline lächelte süß, aber innerlich wurde sie immer zorniger. Nicht einmal die vorzüglichen Speisen und der Wein schmeckten ihr noch.

Herzog Roger war wieder schweigsamer geworden. Er hatte sich die verletzte Schulter zwar doch noch von Armand verbinden lassen, aber jetzt verspürte er Schmerzen darin. Wenn es bis morgen nicht besser war, würde er an dem für den Vormittag geplanten Lanzenstechen nicht teilnehmen können – ein ärgerlicher Gedanke!

Der Herzog leerte seinen Humpen und winkte dem Mundschenk, daß er ihn neu mit Wein fülle. Und da geschah es, daß der Mundschenk, als er sich mit einer Verbeugung wieder entfernen wollte, über Gräfin Gwendolines langen Überwurf aus marmorierter Seide stolperte und ein Stück der goldenen Borte am Saum abriß. Hochrot im Gesicht entschuldigte sich der arme Mann für seine Ungeschicklichkeit, und Gwendoline nickte ihm huldvoll zu. »Schon gut, es war ja nur ein Versehen.« Sie wußte, es hätte einen schlechten Eindruck auf Herzog Roger gemacht, wenn sie den Mundschenk angefahren hätte, obwohl ihr sehr danach zumute war.

Sie stand auf. »Ich werde den Schaden gleich beheben lassen. Nur bitte, Monseigneur, habt die Güte und begleitet mich zu meinem Zimmer. Schloß Beaumont ist so groß, daß ich fürchte, mich in den langen Fluren zu verlaufen.«

Der Herzog erhob sich bereitwillig. »Gern, Madame. Aber wäre es nicht besser, eine Dienerin mit Nähzeug herzurufen, um Euch den Weg zu sparen?«

»Und dann bringt sie das falsche Garn! O nein, ich gehe lieber selbst. Außerdem wird es mir gut tun, dem Trubel hier für eine Weile zu entfliehen.«

Während des Weges durch das Schloß drängte sich Gwendoline wie unabsichtlich ein paarmal ziemlich dicht an Herzog Rogers Seite. Doch er tat, als bemerke er es nicht, und ihre zornige Enttäuschung wuchs.

Als sie ihr Zimmer erreichten, blieb der Herzog zurück. »Ich warte hier im Vorsaal auf Euch.«

Sie nickte schweigend und schloß die Tür hinter sich. Isabelle saß in einem Sessel beim Schein einer halb heruntergebrannten Kerze und war eingeschlafen. Unsanft rüttelte Gwendoline sie an der Schulter. »He, wach auf, du faules Ding.«

Isabelle schreckte hoch. »Ihr seid es! Ist das Fest zu Ende?«

»Noch lange nicht«, erklärte Gwendoline mit einem bösen Lächeln. Endlich brauchte sie sich nicht mehr zusammenzunehmen und hatte jemanden, an dem sie ihren Zorn auslassen konnte. »Es fängt erst an. Sobald der König die Tafel aufgehoben hat, spielen die Musikanten zum Tanz auf. Und ich werde mit Herzog Roger tanzen, die ganze Nacht hindurch.« Sie hob den zerrissenen Überwurf ihres Kleides hoch. »Hier, näh das an. Aber beeile dich, der Herzog wartet vor der Tür. Nähzeug findest du in der Schatulle am Fenster.«

Isabelle gehorchte schweigend. Sie kniete am Boden und nähte Stich um Stich die abgerissene Borte fest, während Gwendoline fortfuhr, sie durch Schilderungen des Festes zu peinigen.

Sie fand nach ihrem eigenen Mißerfolg bei Herzog Roger eine grimmige Befriedigung darin, vor Isabelle von der angeblichen Galanterie des Herzogs zu schwärmen, wie oft er ihr zugetrunken und was er für Komplimente über ihre Schönheit gemacht habe. »Und im Frühling will er nach Paris kommen, um mich wiederzusehen. Hat es dir jetzt die Sprache verschlagen? Oder drückt dir der Neid die Kehle zu? He, gib Antwort.«

Isabelle hob den Kopf. »Ich beglückwünsche Euch, Madame, zu Eurem Erfolg. Und ich bedaure den Herzog. Er müßte Euch einmal so sehen, wie Ihr wirklich seid. Dann wäre er vermutlich rasch geheilt, sofern es überhaupt wahr ist, was Ihr über seine Verliebtheit sagt.«

»Das... das ist unerhört! Du bezichtigst mich der Lüge? Ausgerechnet du... du Hure!«

»Madame«, sagte Isabelle mit zusammengebissenen Zähnen. »Ich muß mich doch wundern, daß eine Gräfin de Morgan ein solches Wort überhaupt kennt.« Sie kniete immer noch am Boden, die eine Hand aufgestützt. Und Gwendoline, außer sich vor Wut, trat nach dieser Hand. Mit voller Wucht traf der Absatz ihres Schuhes Isabelles Finger. Sie wurde weiß vor Schmerz. Aber sie gab keinen Laut von sich. Langsam stand sie auf und betrachtete die Hand, die zu bluten anfing.

»Das hast du für deine frechen Reden!« keifte Gwendoline.

Noch immer starrte Isabelle auf ihre Hand. Und in dem Maße, wie der Schmerz sich steigerte, erfaßte sie ein heißer, wilder Zorn. Solange sie hier war, hatte man ihr Beherrschung und Zurückhaltung gepredigt. Besonders

Messire de Balard hatte sich redliche Mühe gegeben, ihr damenhafte Anmut anzuerziehen, und sie hatte sich angestrengt, eine folgsame Schülerin zu sein. Aber jetzt brach die alte ungestüme Isabelle wieder durch, das Mädchen aus dem »Schwarzen Schwan«, das weder Tod noch Teufel fürchtete, wenn man ihm zu nahe trat.

In der rechten Hand hielt Isabelle immer noch die Nadel, mit der sie die goldene Borte angenäht hatte. Und diese Nadel hob sie jetzt. Es ging blitzschnell; die überraschte Gwendoline, auf einen solchen Angriff nicht gefaßt, kam gar nicht mehr dazu, zurückzuweichen.

Isabelle fuhr ihr ein paarmal mit der spitzen Nadel durch das Gesicht, rechts und links, über beide Wangen. »So, das ist für die Hure! Und das für Euren Fußtritt. Und dies und dies und dies für alles, was Ihr sonst an Gift und Bosheit in Euch aufgespeichert habt!«

Gwendoline schrie auf. Sie bedeckte das Gesicht, in dem die Nadel blutige Spuren hinterlassen hatte, mit den Händen. »Hilfe!« schrie die Gräfin. »Hilfe! Hilfe! Herzog Roger...«

Die Tür flog auf, und Roger von Valance stand auf der Schwelle. »Was, zum Teufel...«

Gwendoline flüchtete sich schluchzend in seine Arme. »Diese Hexe! Das ganze Gesicht hat sie mir zerschnitten! O Roger, mein Freund, rettet mich vor dieser Wahnsinnigen.«

Für eines Herzschlags Länge war der Herzog fassungslos. Mechanisch hielt er Gwendoline fest, während sich sein Blick auf Isabelle heftete. »Ist das wahr? Hast du wirklich...«

Isabelle warf den Kopf zurück. »Ja, Herr. Und der Teufel soll mich holen, wenn es mir leid tut. Sie hat es verdient, denn sie hat mich die ganze Zeit beschimpft. Und zu guter Letzt hat sie sogar nach mir getreten!«

»Sie lügt!« fuhr Gräfin Gwendoline auf. »Glaubt ihr kein Wort! Ich habe sie aus Versehen ein wenig mit dem Fuß angestoßen, da ist sie wie eine Furie auf mich losgegangen. Sie muß den Verstand verloren haben.«

Der Herzog führte sie zu einem Sessel. »Ich bitte Euch, beruhigt Euch. Ich verstehe das alles nicht.«

»Schickt sie fort«, schluchzte Gwendoline, die sich immer mehr in der Rolle der verfolgten Unschuld gefiel.

»Ich habe Angst vor ihr. Wer weiß, was sie mir noch alles antut. Schickt sie fort!«

Der Herzog gab Isabelle einen Wink. »Geh, warte in deinem Zimmer, bis ich dich rufen lasse.« Seine Stimme war wie Eis, und nach all dem Zorn und der Aufregung kamen Isabelle jetzt doch die Tränen.

Ohne ein Wort der Erwiderung stürmte sie hinaus und warf die Tür hinter sich zu.

18

Allerdings lief sie nicht in ihr Zimmer, sondern hinaus in den Garten. Es war kalt und regnete – ein feiner, mißmutiger Nieselregen, der bis auf die Haut ging, den Isabelle aber kaum spürte.

Sie bereute nicht, was sie getan hatte – im Gegenteil. Wenn sie an Gwendolines zerkratztes Gesicht dachte, das sie vermutlich noch eine Reihe von Tagen mit sich herumtragen würde, überkam Isabelle sogar ein Lachen. Aber es erstickte bald wieder in Tränen, weil trotzdem alles so hoffnungslos und verfahren war. Herzog Roger würde der Gräfin glauben und sie, Isabelle, bestrafen. Und wie Madame Johanna reagieren würde – daran mochte sie gar nicht denken.

Vielleicht ist es besser, ich gehe gar nicht mehr ins Schloß zurück, überlegte Isabelle. Gut möglich, daß man mich sowieso davonjagt. Allmählich wurde ihr kalt. Und jetzt spürte sie auch den Regen. Von fern sah sie die hellen Fenster des Schlosses und hörte hin und wieder sogar Gelächter und Musikfetzen herausdringen. Man tafelte also immer noch.

Ich bleibe hier, bis alles dunkel ist, beschloß Isabelle. Dann gehe ich zurück und hole mein Bündel. Morgen früh kann ich schon auf der Straße nach Lyon sein.

Sie mußte nicht mehr allzu lange warten, bis die Lichter hinter den Fenstern von Beaumont erloschen. Zuerst wurde es im großen Rittersaal dunkel, dann in den anderen Räumen, soweit Isabelle sie von ihrem Platz aus sehen konnte. Vorsichtshalber ließ sie noch eine weitere halbe Stunde verstreichen, dann verließ sie den Garten.

Aber die kleine Seitenpforte, durch die sie sonst immer ins Schloß geschlüpft war, war verschlossen. Was nun? Daß das Hauptportal in jeder Nacht verriegelt wurde, wußte Isabelle. Außerdem wollte sie nicht an den Wachen vorbei, die möglicherweise den Auftrag hatten, sie zu Madame Johanna oder Herzog Roger zu bringen. Aber Isabelle erinnerte sich, daß sie einmal in dem unbewohnten nördlichen Flügel eine kleine, halb von Weinlaub zugewachsene Tür entdeckt hatte, die windschief in den Angeln hing und deren verrostetes Schloß verriet, daß sie lange nicht benutzt worden war.

Und wirklich – jene sicherlich vergessene Tür war nicht verschlossen. Isabelle drückte sie auf und stand in einem kleinen, vom Mondlicht matt erhellten Vorraum. Eine weitere Tür im Hintergrund führte über zwei Stufen auf einen finsteren Korridor mit nackten Steinwänden. Isabelle war recht unbehaglich zumute, aber dann überwand sie sich und lief weiter. Sie hielt sich dicht an der Wand, um in der Dunkelheit nicht die Orientierung zu verlieren. Wenn dieser Gang immer weiter geradeaus führte, mußte sie ihrer Berechnung nach auf direktem Wege in den bewohnten Teil des Schlosses gelangen, und zwar in den Seitenflügel, wo ein Teil der Bediensteten untergebracht war. Von dort war es dann nicht mehr schwer, sich zurechtzufinden.

Aber da bog der Gang plötzlich scharf nach rechts ab und endete vor einer Tür. Isabelle drückte die Klinke hinunter und landete in einem Saal, der durch mehrere spitzbogige Fenster matt erhellt war. Als sie einen Blick hinauswarf, sah sie, daß sie sich genau an der Rückfront des Schlosses befand. Eine ausgetretene Treppe führte auf eine Art Empore. Auch hier war es durch die in regelmäßigen Abständen angebrachten Fenster etwas heller. Der Korridor, von dem sonderbarerweise keine einzige Tür abging, machte viele Biegungen, und dann sah Isabelle endlich am Ende einen matten Lichtschein.

Der nächtliche Weg durch diesen dunklen, unbekannten Teil des Schlosses hatte sie ein wenig ängstlich gemacht. Sie hätte ihn nicht um alles in der Welt noch einmal zurückgehen mögen. Deshalb lief sie eilig und erleichtert auf den Lichtschein zu, der durch eine Türritze fiel.

Ihrer Schätzung nach war sie die ganze Zeit in westlicher Richtung gelaufen und mußte den Gebäudetrakt, in dem die Soldaten und Wachen ihre Quartiere hatten, erreicht haben.

Aber das war ein Irrtum, Isabelle begriff es im gleichen Moment, als sie die Tür öffnete.

Vor ihr lag ein hoher Raum, dessen Wände übermannshoch mit kunstvoll geschnitzten Hölzern verkleidet waren. Der Steinboden war verschwenderisch mit Fellen und großen Teppichen bedeckt. An der Stirnseite befand sich ein riesiges Bett mit zurückgeschlagenen Brokatvorhängen. Ein Nachtlicht hing in einer vergoldeten Silberampel, die mit drei schweren Ketten an dem Deckengewölbe befestigt war.

Das Licht flackerte ein wenig in dem Luftzug, der durch das Öffnen der Tür entstand. Das veranlaßte den Mann, der – nur mit einem seidenen Hemd und einer dunklen enganliegenden Hose bekleidet – auf dem Betstuhl neben dem Bett kniete, sich umzudrehen.

Isabelle, durchnäßt und zitternd, wie gelähmt vor Überraschung, starrte ihn mit offenem Mund an. Es war der König.

19

Karl IV. schien nicht weniger erschrocken zu sein als sie. Er sprang auf und machte einen raschen Schritt zum Tisch, wo sein goldfunkelndes Wehrgehänge lag. Dann aber erkannte er an Isabelles entsetzten Augen, daß sie nicht minder überrumpelt war als er und keinesfalls gekommen, ihm ein Leid zu tun. Er ließ die Hand, die schon nach dem Schwert greifen wollte, wieder sinken. »Wer bist du? Wie kommst du hierher?«

Seine Stimme, nicht einmal zornig, sondern nur maßlos erstaunt, löste Isabelles Erstarrung. »Sire«, murmelte sie, »ich... ich..« Unfähig, einen klaren Gedanken zu fassen, unfähig, sich auch nur für ihr Eindringen zu entschuldigen, wünschte sie sich nichts als ein Mauseloch, in das sie sich verkriechen konnte.

Der König kam auf sie zu und ergriff ihren Arm. Dann schloß er die Tür, durch die sie hereingekommen war. Sie fügte sich nahtlos in die geschnitzten Ornamente der Täfelung ein. Der König betrachtete sie kopfschüttelnd. »Jetzt sieht man nicht das geringste. Aber du hast davon gewußt, was?«

»Nein, o nein, Sire«, erwiderte Isabelle entsetzt. »Das schwöre ich Euch. Sonst wäre ich doch nie...«

»Du wolltest also nicht zu mir?«

Sie schüttelte heftig den Kopf. »Ich habe mich verlaufen. Von dieser Tür wird kein Mensch im Schloß eine Ahnung haben, sonst hätte man sie doch verschlossen.«

Der Blick seiner auffallend großen blauen Augen war noch immer mißtrauisch. Er zog Isabelle tiefer in das Zimmer, um sie bei Lichtschein genauer anzusehen. »Du bist ja ganz naß. Warst du im Freien?«

»Im Garten«, antwortete sie kläglich. »Ich bin weggelaufen, weil ich doch Gräfin Gwendolin...«

»Bist du etwa das Mädchen, das der Gräfin mit einer Nähnadel die Augen ausstechen wollte?«

»Was? Hat sie das behauptet?« Isabelle vergaß vor Empörung ganz, daß es der König war, vor dem sie stand. »O diese Lügnerin! Das Gesicht zerkratzt hab' ich ihr ja! Damit sie ein paar Tage lang ein Andenken an mich hat und es sich das nächstemal überlegt, wenn sie die Lust ankommt, nach einem Menschen wie nach einem Hund zu treten. Die Augen ausstechen... hat man so etwas schon gehört!«

Der König lächelte plötzlich. »Nicht so laut! Oder willst du meine Wachen alarmieren? Ich finde, du hast heute schon genug Aufsehen erregt.«

»Verzeihung, Sire«, murmelte Isabelle sofort. »Aber da soll einem Menschen nicht die Galle überlaufen.« Sie wischte sich das Gesicht ab, über das die Nässe aus ihren Haaren rann.

Der König sah es und meinte: »Komm ans Feuer, da kannst du dich trocknen. Du siehst wie eine nasse Katze aus.«

»So fühle ich mich auch.« Sie warf ihm einen scheuen Blick zu. »Aber ist es nicht besser, wenn ich gehe? Es ist spät, ihr werdet schlafen wollen. Und überhaupt...«

»Hast du Angst vor mir?« fragte Karl IV. lächelnd.
Sie wurde rot. »Ihr seid der König. Wie kämet ihr dazu, die Zeit mit mir zu verschwatzen? Es ist schlimm genug, daß ich Euch gestört habe.«
»Ich brauche wenig Schlaf«, sagte er und dachte an die vielen Nächte, die er schon ruhelos in seinem Schlafgemach umhergewandert war, verfolgt von quälenden Gedanken. Es waren die Nächte, in denen ihm die Bürde seines Königtums zu schwer erschien. Nächte der Angst, in denen er sich an den Fluch der Templer erinnerte, die sein Vater, König Philipp, einst auf dem Scheiterhaufen brennen ließ. Er, Karl, hatte als junger Prinz dem schrecklichen Schauspiel beigewohnt. Und in jenen Nächten, da ihn der Schlummer floh, meinte er die Stimme des zum Flammentod verurteilten Großmeisters der Templer wieder zu hören, der König Philipp und seine Nachkommen bis in die dreizehnte Generation verflucht hatte.
Karls Vater war wenige Monate darauf gestorben. Seine beiden älteren Söhne waren ihm rasch gefolgt. Er, Karl, war nun der letzte. Und er fragte sich, wann ihn der Fluch der Templer ereilen mochte und auf welche Weise. Durch Schwert, durch Gift, durch Krankheit?
Dabei liebte er das Leben, liebte die Sonne, die Fröhlichkeit, den Geruch der Erde nach dem Regen, einen Ritt durch taufeuchten Wald und über Äcker, die im ersten jungen Saatgrün standen. Und er liebte es auch, sich hin und wieder mit einfachen unverbildeten Menschen zu unterhalten – so wie mit diesem Mädchen hier, das so unversehens zu ihm hereingeschneit war. Es hatte gute, ehrliche Augen.
»So setz dich doch«, sagte der König. »Ich bin wirklich nicht müde.«
Für Isabelle war es wie ein Traum. Sie saß hier im Zimmer des Königs beim flackernden Feuer, draußen rauschte der Regen – und der König unterhielt sich mit ihr. Er fragte sie, weshalb sie sich mit Gwendoline gestritten habe, und schien Isabelles Version der Geschichte sogar zu glauben. Er erkundigte sich nach ihrem früheren Leben und warum sie nach Beaumont gekommen war. Und er schaute sie nachdenklich und freundschaftlich an, als sie von ihrer Liebe zu Roger von Valance sprach. Ja, es war

sonderbar – auch darüber konnte sie in dieser verrückten, verzauberten Nacht sprechen, obwohl sie doch geglaubt hatte, es niemals einem Menschen anvertrauen zu können. Aber so ist das eben mit den Träumen! Sie sind oft wahrhaftiger als die Wirklichkeit, weil Lüge und Verstellung darin keinen Raum haben.

»Und nun willst du fortgehen von Beaumont?« fragte der König endlich. Isabelles Haare und Kleider waren längst trocken geworden, und die rötliche Glut des Kohlenbeckens glimmte nur noch. Er erhob sich und legte ein paar Kohlen nach.

Isabelle zuckte die Schultern. »Soll ich warten, bis man mich hinauswirft? Und das wird sicherlich geschehen.«

»Natürlich hast du dich nicht sehr fein benommen. Man zerkratzt keiner Gräfin de Morgan mit einer Nähnadel das Gesicht. Aber ich will dir etwas verraten: Ich kann die schöne Gwendoline auch nicht leiden. Und im Grunde gönne ich ihr die paar Schrammen. Ich wünschte, ich könnte das Gleiche tun, wenn mich die Leute durch ihr scheinheiliges Getue ärgern. Aber ich bin der König und kann mir das nicht leisten. Man hat so abscheulich viel Rücksichten zu nehmen.«

»Ihr, Sire?« fragte sie naiv »Aber ihr seid doch der mächtigste Mann in Eurem Reich. Was Ihr wollt, muß geschehen.«

»Hast du eine Ahnung«, erwiderte er seufzend. Er schwieg eine Weile und dachte nach. Dieser knapp dreißigjährige Mann, dem das Volk den Beinamen »der Schöne« gegeben hatte, besaß ein weiches, gutmütiges Herz. Das Schicksal hatte ihn ohne Zweifel auf den falschen Platz gestellt, als es ihn zum König von Frankreich machte – in einer Zeit, in der Härte, List und Gewalt triumphierten. Es war sein ganz persönliches Mißgeschick, daß er in der Königswiege und nicht im Hause eines kleinen Landedelmannes geboren worden war. Sein schlichtes Wesen, dem alle höfischen Ränke und politischen Intrigen im Grunde so fern waren wie der Mond, hätte volles Genügen gefunden in einem einfachen, beschaulichen Leben, an der Seite einer liebevollen Gattin, als Vater einer Schar wohlgeratener Kinder.

Aber dies war ihm versagt geblieben. Er hatte Blanche, seine erste Gattin, abgöttisch geliebt und war nie über ihren Betrug hinweggekommen. Seine zweite Frau, Maria von Luxemburg, war gestorben, und mit ihr das Kind, das sie ihm hatte schenken sollen. Und Königin Johanna, die er im kommenden Frühjahr in Paris krönen lassen wollte?

Sie war eine angenehme, bequeme Frau, deren Ergebenheit ihm sicher war. Aber auch sie hatte ihm noch nicht den Thronerben geboren. Und ihr stilles, unauffälliges Wesen war nicht geeignet, sein Herz zu entflammen. Er hatte nur einmal geliebt – Blanche. Und selbst heute noch genügte die Nennung ihres Namens, die bloße Erinnerung an ihre blonde zauberhafte Schönheit, ihn alle Schmerzen seiner verratenen Liebe von neuem empfinden zu lassen.

O ja, er wußte, was es hieß, unglücklich zu lieben. Und deshalb empfand er für jenes Mädchen Isabelle, das ihm eine Nacht lang ihr wunderlich buntes Schicksal erzählt hatte, ein Gefühl der Vertrautheit, eine spontane Zuneigung, wie sie sich häufig unter Leidensgefährten einstellt. Er lächelte ihr zu. »Wenn du keine Strafe zu erwarten hättest, würdest du dann hier bleiben wollen?«

»Vielleicht«, sagte sie. »Ich weiß nicht.«

»Ich finde, du solltest bleiben, schon Herzog Rogers wegen. Sonst passiert es am Ende doch noch, daß er sich in den Netzen verfängt, die die hübsche Gwendoline nach ihm auswirft. Und das hältst du doch für ein großes Unglück, was?«

»O ja, Sire.« Sie hatte schon wieder Tränen in den Augen, aus Kummer, Müdigkeit und echter Sorge. »Gwendoline ist bestimmt die falsche Frau für ihn. Aber was kann ich schon dagegen tun?«

»Ich glaube, eine ganze Menge«, erwiderte der König lächelnd. »Herzog Roger ist weder blind noch dumm. Ich habe immer viel auf sein gesundes Urteil gegeben. Es sollte mich wundern, wenn es ihn diesmal im Stich ließe... Nun, wir werden sehen.« Er legte Isabelle die Hand auf die Schulter. »Geh jetzt. In ein paar Stunden wird es Tag, und du siehst aus, als wolltest du im nächsten Augenblick vor Müdigkeit umsinken. Und mach dir keine Sorgen mehr. Ich werde mit dem Herzog reden. Man wird dich nicht bestrafen.«

»Ich... ich danke Euch, Sire, Ihr seid sehr gütig.« Isabelle versank in einem tiefen Knicks. »Beim Himmel, diese Nacht werde ich in meinem ganzen Leben nicht vergessen. Und wenn ich morgen früh aufwache, werde ich mich fragen, ob ich nicht alles nur geträumt habe.«

Der König hob sie auf und lachte. »Es war sehr hübsch, mit dir zu plaudern, Isabelle. Vielleicht sehen wir uns einmal wieder.« Und dann zog er, einem raschen Impuls folgend, einen Ring mit einem roten Stein vom Finger. »Hier, behalte ihn als Erinnerung. Morgen früh beim Erwachen wird er dir sagen, daß du diese Nacht wirklich erlebt hast.«

»O Sire«, stammelte sie überwältigt, doch der König winkte ab.

»Genug, geh schlafen jetzt. Nein, nicht durch die Geheimtür. Du willst doch in dein Zimmer? Also mußt du schon hier entlang.«

Die Wachen im Vorsaal schreckten aus ihrem Schlummer auf, als sich die Tür zum Schlafgemach des Königs öffnete. Und dann sahen sie mit offenem Mund, wie der König Isabelle hinausließ und ihr lächelnd eine gute Nacht wünschte.

20

Isabelle schlief bis in den hellen Vormittag, ahnungslos, daß ihr nächtliches Erlebnis bereits in aller Munde war und daß man ihm einen ganz anderen Sinn unterlegte, als es der Wahrheit entsprach.

Sie erwachte von den Fanfaren, die drunten im Schloßhof den Beginn des Lanzenstechens kündeten. Unter normalen Umständen hätte Isabelle gern diesem ritterlichen Spiel zugeschaut, aber heute scheute sie sich davor, Gräfin Gwendoline oder Herzog Roger zu begegnen. Also blieb sie in ihrem Zimmer und schlich sich nur einmal hinaus, um sich in der Küche etwas zu essen und zu trinken zu besorgen.

Man ließ Isabelle den ganzen Tag über allein. Niemand kam, um ihr eine Arbeit aufzutragen oder sie zur Herzogin zu rufen. Isabelle vertrieb sich schließlich die Langeweile, indem sie ein paar Seiten aus einem Gedichtband der Maria von Frankreich säuberlich abschrieb – etwas, worum Messire de Balard sie schon vor etlichen Tagen gebeten hatte. Als die Dämmerung über den grünen Wäldern von Beaumont heraufzog, reiste der König ab. Isabelle stand am Fenster ihres Zimmers und schaute dem Zug nach, bis er ihren Blicken entschwunden war.

Es mochte etwa drei Stunden später sein, als Isabelle zu Herzog Roger gerufen wurde. Schon bei ihrem Eintritt sah sie, daß er fürchterlicher Laune war. Er saß an einem schweren Eichentisch, vor sich eine Kanne Wein und einen Becher, den er sich immer wieder vollschenkte.

Lange Zeit sagte Roger kein Wort, sondern blickte Isabelle nur an. Dann deutete er auf einen Stuhl. »Setz dich. Oder muß ich jetzt Madame sagen? Nun also – Madame! Würdet ihr die Güte haben, Platz zu nehmen?«

Sie gehorchte mit zitternden Knien. Der Ausdruck von Rogers Augen flößte ihr Angst ein.

»Wißt Ihr, daß ich Euch schon gestern nacht rufen ließ?« fragte er endlich. »Und als man Euch nicht fand, habe ich mir Sorgen gemacht. Wie findet Ihr das, Madame? Doch sicher sehr komisch. Also lacht und hört auf, mich so furchtsam anzustarren. Ich habe dem König versprochen, Euch nichts zu tun, und das werde ich auch halten.« Er nahm den Krug auf und goß sich seinen Becher wieder voll. Seine Hände waren unsicher, und er verschüttete etwas Wein auf der Tischplatte. »Der König war ein sehr warmer Fürsprecher für Euch. Ihr müßt großen Eindruck auf ihn gemacht haben. Aber anscheinend doch nicht groß genug, daß er Euch nach Paris mitnahm. Tut Euch das sehr leid?«

»Nein – warum? Ich wollte ja hier bleiben... wenn ihr es nicht anders beschlossen habt.«

Er stützte das Kinn in die Hand und starrte sie aus rotgeränderten Augen an. »Tatsächlich? Wie überaus edelmütig von Euch! Oder hat Euch der König enttäuscht? Ist er kein so guter Liebhaber, wie Ihr erwartet habt?«

Jetzt erst begriff sie, was er meinte. Seltsam, es war doch so naheliegend, aber sie war tatsächlich nicht darauf gekommen, bevor der Herzog es aussprach. »Ihr glaubt...«

Sie verstummte und brach in schallendes Gelächter aus. »Nein, das ist zu verrückt! Was habe ich nur an mir, daß ich fortwährend irgendwelcher Dinge verdächtigt werde, die ich nie begangen habe? Erst hält man mich für Eure Geliebte – und jetzt für die des Königs.«

Ihr Lachen irritierte ihn. Dann gewann sein Zorn wieder die Oberhand. Er sprang auf und packte sie an den Schultern. »Willst du etwa abstreiten, heute morgen aus den Gemächern des Königs gekommen zu sein? Die Wachen haben erzählt, es sei ein sehr schönes rothaariges Mädchen gewesen. Es gibt nur eine in Beaumont, auf die diese Beschreibung paßt, und das bist du.«

»Aber ich streite es ja gar nicht ab. Natürlich war ich beim König. Wir haben uns die halbe Nacht lang unterhalten.«

»Unterhalten – freilich!« höhnte er. »Und heute morgen kommt der König zu mir und bittet mich, den Streich, den du Gräfin Gwendoline gespielt hast, auf sich beruhen zu lassen.«

Allmählich wurde auch Isabelle zornig. »Ja – und? Habt Ihr ihn da auch so angefahren wie mich? Habt Ihr ihn vielleicht einen Lügner genannt, als er Euch von unserer harmlosen Unterhaltung berichtete? Oder reicht Euer Mut nur so weit, dies einer Dienerin Eurer Mutter an den Kopf zu werfen?«

»Hör auf«, sagte der Herzog leise und drohend: »Reize mich nicht noch mehr!«

Sie schüttelte seine Hände ab. »Ihr könnt mich nicht einschüchtern! Es ist jetzt sowieso alles einerlei. Ich habe es satt, fortwährend meine Unschuld zu beteuern. Sind denn in diesem Schloß alle verrückt geworden? Ich bin nicht des Königs Geliebte, genauso wenig wie die Eure! Aber das glaubt mir ja niemand!«

Er ging an den Tisch zurück und setzte sich. Eine Weile war es still. »Nein, ich glaube es auch nicht«, sagte Roger dann. Seine Stimme klang brüchig. »Niemand kommt ungerufen in das Schlafzimmer des Königs. Er muß dich selbst dorthin befohlen haben. Und aus was für einem Grund, wenn nicht... aus diesem?«

»Ich will es Euch erklären«, erwiderte Isabelle. »Aber wenn Ihr mir dann immer noch nicht glaubt...«

»Sprich«, forderte er sie auf, und Isabelle begann, das ganze wunderliche Abenteuer dieser Nacht zu schildern. Der Herzog hörte schweigend zu. »Eine Geheimtür also«, sagte er, als sie geendet hatte. »Wie sonderbar! Wieso hat niemand sie jemals bemerkt?«

»Das weiß ich nicht. Aber ich kann sie Euch zeigen. Jetzt gleich, wenn Ihr wollt.«

Er winkte ab. »Nein, laß, es ist nicht so wichtig. Ich glaube dir auch so.«

Ihr Gesicht strahlte auf. »Das war ein hartes Stück Arbeit. Beim Himmel, Ihr habt mich angeschrien wie Madame Margot in ihren besten Tagen.«

Er erwiderte ihr Lächeln nicht. Wieder blickte er sie an. Und dann stand er plötzlich auf und kam zu ihr. Die Kerzen, die auf dem Tisch brannten, warfen seinen Schatten riesengroß und schwarz gegen die Wand.

»Verzeih«, sagte Herzog Roger leise. Und dann zog er Isabelle von ihrem Stuhl hoch und nahm sie in die Arme. Er barg sein Gesicht in ihrem Haar. »Verzeih, aber es hat so geschmerzt, daß ich glaubte, verrückt zu werden.«

Sie stand ganz still und wagte kaum zu atmen. Ein ungeheures Glücksgefühl machte ihr die Kehle eng. Er hatte gelitten – ihretwegen. Er war eifersüchtig gewesen. Dann... liebte er sie ja! »Roger«, flüsterte sie bebend, »Roger...«

»Sag nichts«, bat er und bog ihren Kopf zurück. Sie schloß die Augen, als er sie küßte. Und diesmal war es ein Kuß, wie sie ihn sich erträumt hatte, voller Zartheit und Sehnsucht, alle Süßigkeit der Welt lag darin. Isabelles Herz wurde ganz weit und demütig. Alle Fragen, alle Zweifel und Ängste waren fort. Sie gehörte diesem Mann, der sie in den Armen hielt. Was auch geschehen würde, es war alles gut und richtig, denn sie liebten einander.

Und Roger von Valance? Begriff er, daß Isabelle ihm in dieser Stunde ihr ganzes Herz entgegentrug, ohne alle Vorbehalte? Begriff er, wie sehr sie sich in seine Hand gab und was für ein verletzliches Ding solch ein Menschenherz ist, wenn es liebt, und daß man so behutsam mit ihm umgehen mußte wie mit einer gläsernen Kostbarkeit?

Oh, er war ein tapferer Mann und ein gütiger Fürst. Aber er hatte zu lange in der Welt seiner Männergedanken gelebt, in der Welt seiner eigenen Wünsche und Sehnsüchte. Er küßte Isabelle und spürte, wie sie seiner fordernden Sehnsucht nachgab. Ihr junger Körper drängte sich gegen ihn. Und sie wehrte sich auch nicht, als er sie aufhob und zu dem Diwan trug, der mit zyprischen Teppichen und kostbaren Brokaten bedeckt war. Isabelle spürte, wie Herzog Roger in ihren Armen bebte. Das Feuer seiner Leidenschaft sprang auf sie über. Das Gemach mit seinen farbenprächtigen Gobelins, den flackernden Kerzen und der rötlichen Kohlenglut im Kamin schien zu schwanken, mit ihr in einen wilden Wirbel gerissen.

Isabelle zog den dunklen Kopf des Mannes zu sich herunter und barg ihr Gesicht an seiner Schulter, um den Schrei zu ersticken, der voller Sehnsucht und Verlangen von ihren Lippen brach.

21

Die Kerzen waren heruntergebrannt, das Kohlenfeuer in sich zusammengesunken. Aus der Ferne klangen die Rufe der Wachen durch die Nacht und kündeten die zweite Morgenstunde.

Isabelle lag mit geschlossenen Augen da. Ihr Haar war wie ein Fächer um sie ausgebreitet.

Der Herzog ließ die weiche, rotgoldene Pracht durch seine Hände gleiten und wurde es nicht müde, Isabelle anzuschauen. »Du bist so schön«, murmelte er. »Und gestern nacht bin ich fast wahnsinnig geworden bei dem Gedanken, daß all diese Schönheit dem König gehören sollte.«

»Denkt nicht mehr daran«, flüsterte Isabelle. »Es ist vorüber, und ich bin die Eure, jetzt und allezeit.«

»Ja, es ist vorüber.« Mit einem tiefen Seufzer streckte er sich neben ihr aus und legte die Arme um sie. »Wie töricht war es von mir, mich so lange zu quälen. So viele Wochen, in denen ich mich nach dir gesehnt habe. Aber ich redete mir doch ein, es sei ein Verrat an Beatrice...«

»Auch daran sollt Ihr nicht mehr denken.«

Er küßte ihre geschlossenen Augen und die weiche Rundung ihrer Schulter. »Bei jedem anderen Mädchen wäre es Verrat gewesen«, beharrte er, »aber nicht bei dir, die du wie Beatrice aussiehst. Für mich bist du sie – Beatrice, die wieder zu mir zurückgekehrt ist.«

Er merkte nicht, wie sie in seinen Armen ganz steif wurde. Und er merkte auch nicht, wie verändert ihre Stimme klang, so als sei aller Glanz daraus entschwunden.

»Und nur deshalb liebt ihr mich? Nur weil ich Eurer Beatrice gleiche?«

»Es ist wie ein Wunder«, sagte er lächelnd. »Du hast ihre Augen, ihr Haar, ihre Gestalt... Ich brauche dich nur ansehen und kann mir einbilden, daß sie mir durch dich neu geschenkt wurde.«

Eine heruntergebrannte Kerze flackerte noch einmal auf und erlosch. Isabelle rührte sich nicht. Sie war völlig ruhig, aber in ihr breitete sich eine entsetzliche Kälte aus, die alles erstarren ließ. »Ihre Augen, ihr Haar, ihre Gestalt«, wiederholte sie. »Das ist es, was Euch so rasend machte, als ihr mich für des Königs Geliebte hieltet, nicht wahr? Niemand außer Euch sollte die Reize Eurer Beatrice sehen. Und ich habe mir eingebildet...«

Ihre Stimme brach. Sie ließ den Kopf zurücksinken, aber sie weinte nicht. Sie begehrte auch nicht auf und wurde zornig, wie es sonst ihre Art war. Dazu war sie zu tief verletzt, zu tief beschämt, zu tief gedemütigt. Er hatte sie in den Armen gehalten und an Beatrice gedacht!

»Was hast du?« fragte Herzog Roger, als sie sich von ihm löste. Sie schaute ihn an und erinnerte sich der Liebesworte, die er ihr zugeflüstert und die ihr nicht gegolten hatten, nicht Isabelle. Oh, das war schlimmer als der Tod.

Sie stand plötzlich auf und raffte ihr Kleid vom Boden. »Ich bitte Euch, hört auf, mich anzusehen. Ich kann es nicht ertragen. Ich werde morgen früh das Schloß verlassen.«

»Was?« fragte er entgeistert.

»Ich gehe fort von Euch, und ich will Euch nie wieder sehen.«

»Aber warum? Was, zum Teufel, ist in dich gefahren? Hast du Launen bekommen?«

Launen! Sie schlug die Hände vor das Gesicht. Lust zu lachen überkam sie, weil er so gar nichts begriff. Und gleichzeitig hätte sie weinen mögen über das, was ihr geschehen war. Aber das Lachen blieb ihr im Halse stecken, und die Tränen starben, ehe sie geboren waren.

»Ich ertrage es nicht, das Leben einer Toten zu leben«, sagte sie endlich leise. »Ich ertrage es nicht, in Euren Armen zu liegen und zu wissen, daß Ihr an sie denkt. Denn ich bin Isabelle und nicht Beatrice. Ich werde niemals Beatrice sein, außer in Euren Träumen. Träumt sie allein, Herzog.«

»Isabelle«, rief er, als sie zur Tür ging, »so warte doch! Du kannst doch nicht davonlaufen. Natürlich weiß ich, daß du nicht Beatrice bist, aber...«

»Nichts wißt Ihr, gar nichts. Ich habe Euch geliebt, mehr vielleicht, als Eure Beatrice Euch jemals hätte lieben können. Aber jetzt hasse ich mich selbst. Ich hasse mein Gesicht, meinen Körper, ich hasse alles an mir, was Euch an Beatrice erinnert. Und nun lebt wohl. Entbietet Madame Johanna meine Grüße. Ich werde morgen schon fort sein, wenn sie aufwacht.«

Herzog Roger blickte auf die Tür, die sich hinter ihr schloß. Für ihn war bis vor wenigen Minuten noch alles in Ordnung gewesen, er hatte sich glücklich gefühlt wie seit langem nicht. Und jetzt machte Isabelle ihm Schwierigkeiten. Er überlegte, ob er ihr nacheilen und sie zurückholen sollte, aber dann ließ er es sein. Sie würde schon von allein wieder zur Vernunft kommen.

Roger hielt es für ausgeschlossen, daß Isabelle wirklich ging. Was hätte sie denn für einen Grund? Er hatte nichts gesagt oder getan, was sie kränken mußte. Denn daß er sie mit Beatrice verglichen hatte, war doch wahrhaftig kein Anlaß, verletzt zu sein.

Ach ja, Frauenlaunen. Für einen Mann waren sie oftmals schwer zu begreifen!

22

Isabelle verließ Beaumont in den frühen Morgenstunden. Es war noch dunkel, und sie nahm nichts mit außer den Dingen, die sie schon im »Schwarzen Schwan« besessen hatte, und dem Ring des Königs. Die Wachen kannten sie und ließen sie ohne langes Fragen passieren. Aber mitten auf der Zugbrücke kehrte sie noch einmal um. Pierre! Wenigstens ihm wollte sie Lebewohl sagen.

Als sie an Pierres Zimmertür klopfte, dauerte es eine Weile, bis seine verschlafene Stimme von drinnen Antwort gab. »Komm heraus«, bat sie, »ich bin es, Isabelle.«

Er erschien, nur mit Hemd und Hose bekleidet, ein brennendes Talglicht in der Hand, und musterte das Mädchen aus runden, verwirrten Augen. »Was ist geschehen?«

»Ich gehe fort«, sagte sie, und immer noch war jene seltsame Leere in ihr, die sie am Weinen hinderte. »Aber ich wollte wenigstens dir adieu sagen, Pierre.«

Er stellte das Licht in einer Fensternische ab. »Heißt das, daß du für immer gehst? Aber warum? Hat man dir etwas getan?«

»Frag mich nicht. Ich kann es dir nicht erklären. Aber ich muß gehen. Ich will nach Paris. Dort wollte ich schon immer einmal hin.« Sie strich sich eine Haarsträhne aus der Stirn. »Ach, Pierre, es tut mir so leid, das mit der Ohrfeige. Hat sie sehr weh getan?«

»Nein«, versicherte er großmütig. »Und überhaupt ich fürchte, ich habe dich dazu herausgefordert. Ich war ziemlich durcheinander.«

Sie lächelte ein müdes, trauriges Lächeln. »Es war sehr ritterlich, daß du dich meinetwegen mit Hugo geprügelt hast. Ich werde dir das nie vergessen, du bist ein guter Freund. Und nun leb wohl, Pierre. Denk manchmal an mich, ja?«

Er war noch schlaftrunken und verstand gar nicht richtig, daß dies ein Abschied für immer war. Erst als sie sich abgewandt hatte und auf den Schloßhof trat, fiel die Benommenheit von ihm ab. »Isabelle«, rief er und rannte ihr nach, »Isabelle, warte!«

Sie blieb stehen. Der Himmel im Osten überzog sich mit dem mißmutigen Grau der ersten Morgendämmerung. Irgendwo piepste verschlafen ein Vogel. »Was ist, Pierre?« fragte Isabelle.

»Ich komme mit dir«, stieß er hervor. »Bitte erlaube es mir. Es dauert nicht lange, bis ich mein Bündel gepackt habe.«

Wie seine braunen Augen bettelten! Und wie jung er noch war! Isabelle kam sich plötzlich uralt neben ihm vor. »Nein«, sagte sie ruhig, »es hat keinen Zweck. Du mußt hier bleiben, Pierre.«

»Aber ich will nicht. Isabelle, du kannst doch nicht allein nach Paris...«

»Und deine Blumen, Pierre? Die Rosen, auf die du so stolz bist, weil du sie selbst gezogen hast? Jetzt kommt der Winter. Aber im Frühling wirst du dich nach deinen Rosen sehnen. Du wirst dir Gedanken machen, ob Meister Jacques oder Hugo sie recht versorgen. Du wirst Heimweh bekommen.«

Er schüttelte heftig den Kopf. »Die Rosen sind nicht wichtig. Du bist es. Isabelle, ich habe neulich viel dummes Zeug geredet. Aber eines von allem ist wahr...«

»Still«, bat sie. »Ich weiß, daß es wahr ist. Und es tut mir so leid, Pierre.«

Das Licht in seinen Augen erlosch. »Ich verstehe. Freilich kannst du mich nicht lieben. Das verlange ich ja auch gar nicht. Ich will nur bei dir sein dürfen...«

Er wußte nicht, was er sich damit auflud. Aber sie wußte es. Dennoch schwankte sie einen Augenblick. Es wäre für sie so tröstlich gewesen, einen Menschen zu haben. Sie schaute Pierre an, sein gutes, ehrliches Gesicht... Nein, sie konnte es nicht tun. Er verdiente es nicht, daß er unglücklich wurde.

»Leb wohl, Pierre. Glaub mir, es ist besser so, auch wenn es dir jetzt weh tut. Eines Tages wirst du über deinen Kummer lachen.«

»Nie«, sagte er erstickt.

Sie brachte ein kleines Lächeln zustande. »Du bist doch ein Mann, Pierre.« Dann nahm sie ihr Bündel auf und ging rasch, mit weit ausgreifenden Schritten davon.

Pierre stand traurig da und blickte ihr nach, bis sie unter dem mächtigen Torbogen der Zugbrücke verschwunden war.

Das brennende Talglicht stand noch immer in der Fensternische, als Pierre ins Haus zurückschlich. Er nahm es mit in seine Kammer und löschte es aus. Dann warf er sich auf sein Strohlager und barg das Gesicht in den Händen. Er weinte.

23

Und die Tage vergingen, sie rundeten sich zu Wochen und Monaten. Das Jahr 1325 hielt seinen Einzug. Noch lag die französische Landschaft in winterlichem Schweigen. Aber der Frühling kam bald, zeitiger als sonst, und von da an schien der Himmel über Paris so blau wie nie zuvor, die Luft so seidig und die Sonne so golden, als habe es niemals Regen und Sturm, Kälte und Nebel gegeben.

Es waren herrliche Tage für Paris, voller Sorglosigkeit und Lebensfreude. Die englische Königin Isabella, eine Schwester Karls IV., war in ihre Heimat gekommen. Jene schöne, unglückliche Frau, von der die Balladendichter und Sänger so viele rührende Lieder zu singen wußten. Sie war der Willkür ihres ungeliebten Gatten entflohen und hatte hier in Paris das Glück gefunden. Oh, man sprach überall von der englischen Isabella und ihrem Geliebten, Lord Mortimer. Nicht nur im Palast des Königs und den Häusern der Reichen, sondern auch in den winkligen Gassen hinter dem Temple und Notre Dame, wo die Armen lebten.

Im Stadtviertel Saint Eustache, zwischen schmalbrüstigen Häusern, die sich mit ihren spitzen Giebeln eng aneinanderduckten, gab es die Herberge »Zum guten Englebert«. Hier hatte Isabelle Unterschlupf gefunden, seit sie an einem grauen Wintertag nach Paris gekommen war.

Sie hatte lange für ihren Weg gebraucht. Teils hatte sie ihn zu Fuß zurückgelegt, in Wind und Regen, teils auf Bauernkarren, die sie jeweils ein Stück mitgenommen hatten. Sie hatte in Ställen und Scheunen geschlafen, manchmal auch in einer Herberge. Manchmal hatten ihr gute Leute um Gotteslohn Obdach und Essen gegeben, manchmal hatte sie dafür arbeiten müssen.

Es war auch vorgekommen, daß man sie zum Bleiben aufgefordert hatte, aber sie war immer weitergegangen, sobald ein paar Sou in ihrer Tasche klimperten. Sie wollte so viele Meilen wie möglich zwischen sich und Herzog Roger legen; sie wollte nach Paris.

Ach, als ob eine räumliche Entfernung die Leuchtkraft der Erinnerungen schmälern könnte! Als ob nicht alles, was ihr widerfahren war, mit ihr wanderte auf staubiger Straße, in Wind und Regen, bei Nacht und bei Tag!

Dann war sie in Paris. Die Stadt schien ihr seltsam vertraut, als habe sie hier schon einmal gelebt. Isabelle wußte, weshalb das so war. Herzog Roger hatte ihr viel von Paris erzählt. Sie wußte, wie Notre Dame aussah, bevor sie sie gesehen hatte. Sie kannte den Temple, die Judeninsel, den viereckigen Turm des Louvre, die Kirchturmspitze von Sainte Chapelle und die Seinebrücken.

Die Herberge »Zum guten Englebert« befand sich in der Gasse der Gewürzhändler, nicht weit vom Seineufer entfernt. Es war ein Gasthaus wie viele in Paris, mit ausgetretenen Stufen, die in die Schankstube hinunterführten, einem steinernen Deckengewölbe, rohen Holztischen und Wandborden, auf denen Messing- und Zinngeschirr schimmerte.

Sein Besitzer, Messire Englebert, hatte schon vor etlichen Jahren das Zeitliche gesegnet. Jetzt führte seine Witwe, Madame Héloïse, das Regiment. Sie war eine prachtvolle Frau, warmherzig und mütterlich. Isabelle hatte großes Glück gehabt, daß sie bei ihr Arbeit und Brot fand. Allerdings hatte auch Madame Héloïse mit Isabelle Glück gehabt, denn eine Magd, die lesen und schreiben konnte und außerdem so tüchtig war, schneite einem nicht alle Tage ins Haus.

Das einzige, was Madame Héloïse ein wenig verdroß, war Isabelles Schweigsamkeit in allem, was ihr früheres Leben betraf. Man konnte fragen, was man wollte, man bekam einfach nicht mehr aus ihr heraus als die magere Tatsache, daß sie ein Findelkind war und zuletzt bei vornehmen Herrschaften gedient hatte. Wer das war und weshalb Isabelle dort weggegangen war, verriet sie nicht. Und Madame Héloïse gab es schließlich auf, in sie zu dringen. Das Mädchen mochte schon einen Grund haben, warum es so hartnäckig schwieg. Vielleicht eine Liebesgeschichte?

Je länger Madame Héloïse Isabelle kannte, desto mehr neigte sie zu dieser Vermutung. Isabelle war ein schönes Mädchen, und es fehlte ihr nicht an Bewunderern unter den Gästen des »Guten Englebert«. Aber Isabelle war allen gegenüber von der gleichen freundlichen Zurückhaltung.

Sie hatte sich verändert. Sie war nicht mehr das ungestüme junge Mädchen von einst, das sein Herz auf der Zunge trug und bei dem Lachen und Weinen, Freude und Zorn so nahe beieinander lagen. Ruhiger geworden war sie, stiller – wie ein Vogel, dem man die Flügel beschnitten hatte. Aber sie war tapfer. Sie gestattete sich nicht, sich an nutzlose Grübeleien und verzweifeltes Selbstmitleid zu verlieren. Freilich dachte sie viel an Roger, und die Sehnsucht gab den Erinnerungsbildern eine unvergleichliche, schmerzliche Süßigkeit. Freilich liebte sie ihn noch und vergaß niemals die eine, einzige Nacht, in der sie eine glückliche Frau gewesen war, bevor sie die tiefste Enttäuschung ihres Lebens erfuhr.

Aber sie wollte lernen, mit all dem zu leben, mit der Liebe und mit dem Schmerz. Sie wollte nicht bitter darüber werden.

Und Roger von Valance? Wie war sein Leben in all diesen Tagen, Wochen und Monaten? Was empfand er, als er an jenem grauen Novembermorgen erwachte und erfuhr, daß Isabelle tatsächlich gegangen war?

Er war ein Mann – und deshalb fühlte er sich zunächst ungerecht behandelt. Er war ein Herzog, gewöhnt, daß jedermann sich unter seinen Willen beugte. Und nun war da ein Mädchen, das mit ihm machte, was ihr gerade einfiel. Erst war sie die zärtlichste Geliebte, die man sich denken konnte, und plötzlich verließ sie ihn bei Nacht und Nebel.

Nein, der Herzog begriff das nicht. Er sprach mit seiner Mutter darüber. Er hoffte, bei Madame Johanna Unterstützung zu finden, Bedauern, daß man ihm so übel mitgespielt hatte, und die Bestätigung, daß er mit seinem Zorn auf Isabelle im Recht war. »Sagt selbst, Madame, habt Ihr so viel Undankbarkeit von diesem Mädchen erwartet? ihr habt es aus einem recht armseligen Leben hierhergeholt. Ihr habt es gekleidet, unterrichten lassen, mit Wohltaten überhäuft. Und wie vergilt sie Euch das!«

Sonderbarerweise blieb Johanna von Valance ganz gelassen. Sie schwieg und beobachtete ihren aufgeregten Sohn, der in dem Gemach auf und ab wanderte. »Ich weiß nicht«, sagte sie schließlich, »ob es tatsächlich nur Wohltaten waren, die Isabelle hier empfing.«

»Was denn sonst? Denkt doch nur an den Streich, den sie sich zuletzt geleistet hat – mit Gwendoline de Morgan. Normalerweise hätte Isabelle eine empfindliche Strafe verdient. Aber es geschieht nichts. Im Gegenteil, als sie sich endlich bequemt, wieder aufzutauchen, zeigt man sich froh und erleichtert, daß sie überhaupt noch kommt. O Madame, ich glaube, wir waren viel zu gütig mit ihr. Ein wenig mehr Strenge hätte nichts geschadet. Dann würde sie es jetzt gar nicht wagen, uns zu trotzen.«

»Ihr habt also Isabelle ausdrücklich befohlen zu bleiben? Und dennoch ist sie weggelaufen?«

»Ich habe gar nichts befohlen. Wie hätte ich denn ahnen können, daß sie ihr albernes Gerede wahr macht? Ich hielt es für eine Laune, für Überspanntheit – was weiß ich! Sie sagte, sie würde ihr Gesicht und ihren Körper hassen, weil er mich an Beatrice erinnert. Wie kann man so etwas Verrücktes denn ernst nehmen? Sagt doch selbst, Madame!«

Im Gesicht der Herzogin spiegelte sich Betroffenheit. »Das hat sie gesagt? Dann steht es schlimmer, als ich dachte. Sie tut mir leid, das arme Ding.«

»Wer? Isabelle?«

»Gewiß. Ich fürchte, wir haben sie alle unterschätzt. Sie hat mehr Würde als mancher, der in Samt und Seide geboren ist.«

Ärgerlich warf sich Roger in einen Sessel. »Ihr verteidigt sie also noch?«

»Ich bedaure sie. Sie liebt Euch, Roger, mein Sohn. Und sie ist nicht dumm genug, um nicht zu wissen, wie viel oder wie wenig sie Euch bedeutet.«

Der Herzog sprang wieder auf. »Sie liebt mich? Nun seit wann läuft man dann davon? Es war doch alles gut zwischen uns. Sie hätte ein herrliches Leben gehabt...«

»Ach, Roger! Begreift Ihr denn nicht? Das, was Ihr ihr geben konntet, genügte ihr nicht. Und wenn ich mich in ihre Lage versetze, muß ich ihr recht geben. Mir hätte es auch nicht genügt.«

»Ja, was denn, Madame! Hätte ich sie etwa heiraten sollen?«

»Davon ist keine Rede, und darum geht es ihr auch nicht. Es geht ihr einzig und allein um Euch. Ich sage ja, wir haben Isabelle unterschätzt. Gewiß gibt es Hunderte von jungen Mädchen, die mit der Rolle zufrieden gewesen wären, die Ihr ihr anbotet, die sich vielleicht sogar noch geschmeichelt gefühlt hätten. Aber nicht Isabelle. Das meinte ich auch, als ich vorhin sagte, sie habe nicht nur Wohltaten von uns empfangen.«

»Dann holt sie doch zurück!« rief der Herzog zornig. »Geht, laßt sie suchen und bringt sie wieder her. Dann könnt Ihr alles gut machen, was Ihr angeblich an ihr gesündigt habt.«

»Sie ist ja nicht vor mir davongelaufen«, erwiderte Johanna von Valance, »sondern vor Euch. Also müßtet Ihr sie schon zurückholen.«

»Ich? Nein!« erklärte er aufgebracht. »Sie soll bleiben, wo der Pfeffer wächst. Ein Mädchen von so unberechenbarem Charakter und aufbrausendem Wesen! Wer weiß was ihr als nächstes einfiele, um mich zu kränken.«

»Nun, dann seid doch froh, daß sie fort ist«, sagte die Herzogin amüsiert.

Er betrachtete sie mit gerunzelten Brauen. »Ich muß mich schon sehr über Euch wundern, Madame. Ich dachte, bei Euch Verständnis zu finden. Aber statt dessen redet Ihr immer nur davon, wie Euch Isabelle dauert. Es ist, als ob sie Eure Tochter wäre – und nicht ich Euer Sohn.«

Die Herzogin schwieg. In gewissem Sinne hatte Roger recht, sie hatte Isabelle sehr gern. Das war ihr nie so aufgegangen wie in den Tagen, da Gwendoline de Morgan hier war. Unwillkürlich hatte Johanna von Valance die beiden Frauen miteinander verglichen, und der Vergleich war absolut zu Isabelles Gunsten ausgefallen. Gewiß hatte der sanfte Liebreiz Gwendolines etwas für sich – und anders kannte ja Madame Johanna die blonde Gräfin nicht. Aber neben Isabelle erschien sie farblos. Isabelle war temperamentvoll, stolz, von guter Rasse. Was wäre sie für eine prächtige Frau geworden.

Aber es war unsinnig, darüber nachzudenken. Heiraten mußte Roger jemanden wie die Gräfin de Morgan. Madame Johanna seufzte. Schade, dachte sie. Und dann meinte sie aus diesen Gedanken heraus: »Vielleicht ist es gut, daß Isabelle gegangen ist.«

»Nicht nur vielleicht«, erwiderte Roger gekränkt. »Je länger ich darüber nachdenke, desto willkommener erscheint mir diese Lösung. Ich glaube, sollte es sich Isabelle eines Tages einfallen lassen, zurückzukehren, würfe ich sie eigenhändig hinaus. Und nun laßt uns dieses unerquickliche Thema beenden. Ich wünsche nicht mehr daran erinnert zu werden.«

24

Aber er wurde daran erinnert – Tag für Tag. Er selbst war es, der die Gedanken an Isabelle heraufbeschwor. Und je mehr Zeit verging, desto geringer wurde sein Zorn.

Er begann sich Sorgen zu machen. Vielleicht litt sie Not. Vielleicht hatte sie kein Dach über dem Kopf, hungerte und fror. Oder vielleicht hatte – der Himmel möge es verhüten – ihr Elend sie auf die schiefe Bahn geworfen, und sie war ein schlechtes Frauenzimmer geworden. Diese Vorstellung bereitete Herzog Roger viele unruhige Stunden.

Dann wieder erinnerte er sich an die Gespräche, die er mit Isabelle geführt hatte, an ihre erfrischende Natürlichkeit, ihre Aufrichtigkeit, ihr ansteckendes Lachen. Freilich hatte sie ihn manchmal auch geärgert, aber wenigstens war es nie langweilig mit ihr gewesen.

Und jetzt langweilte er sich! Er ritt aus, er jagte, er las viel und verbrachte regelmäßig einen Teil des Abends bei seiner Mutter. Aber all dies bereitete ihm keine Freude. Mit Isabelle auf Tontauben zu schießen oder ihre Meinung über die Aufzucht junger Ferkel anzuhören war viel unterhaltsamer gewesen.

Einmal ging er heimlich in ihr Zimmer, das sie in Beaumont bewohnt hatte. Es stand jetzt leer, und niemand hatte sich die Mühe gemacht, die Sachen, die sie zurückgelassen hatte, fortzuräumen. Ihre Kleider lagen noch in der großen bemalten Truhe, die Hauben und all die anderen Dinge, die sie von Madame Johanna geschenkt bekommen hatte.

Der Herzog stöberte ein wenig darin herum. Er erinnerte sich, wann Isabelle dieses oder jenes Gewand, diesen oder jenen Überwurf getragen und wie sie darin ausgesehen hatte. Sie hatte immer reizend ausgesehen...

Und dann entdeckte er am Boden der Truhe die Altardecke, die sie einmal angefangen und nie zu Ende gestickt hatte. Er holte sie heraus und breitete sie auseinander.

Der Apfel, den Eva in der Hand hielt, sah immer noch wie ein rotes Wollknäuel aus und Adam wie der Hofnarr von Madame Johanna. Es war wirklich keine schöne Stickerei, aber der Herzog betrachtete sie, als sei sie eine auserlesene Kostbarkeit. Dann legte er sie plötzlich in die Truhe zurück, warf den Deckel zu und verließ hastig den Raum. Er flüchtete sich in das Turmgemach hinüber, wo Beatrices Bildnis hing.

Es war schon dämmrig, und der Herzog schlug Feuer und entzündete die Kerzen. Draußen heulte der Wind um die Mauern. Roger von Valance blickte auf das Bildnis. Er versuchte, sich an Beatrice zu erinnern, an ihr Lächeln, ihre Stimme, ihre sanfte Anmut. Aber es gelang ihm nicht. Es war ganz sonderbar: Je länger er auf die gemalten Züge blickte, desto mehr verglich er sie mit Isabelle. War Isabelle nicht sogar schöner gewesen? Ein lebendiger, warmer, atmender Körper, den er in seinen Armen gehalten hatte... Roger glaubte, die Glätte ihrer Haut, die weiche Fülle ihres Haares noch unter seinen Fingerspitzen zu spüren.

Nein, es hatte keinen Zweck mehr, sich etwas vorzumachen. Er liebte Isabelle, und er wollte sie wiederhaben. Er hätte sie nie, nie fortgehen lassen dürfen. Was für ein Narr war er gewesen!

Am nächsten Morgen beauftragte er den Ritter Julian de Chalors, nach Isabelle zu suchen. Vielleicht war sie gar nicht weit? Vielleicht war sie dorthin zurückgekehrt, wo seine Mutter sie damals getroffen hatte? Wie hieß das Dorf doch gleich? Possy! Und der Gasthof, wo sie als Küchenmagd gearbeitet hatte? »Zum schwarzen Schwan«...

»Außerdem gibt es noch eine weitere Möglichkeit«, sagte Herzog Roger zu Julian. »Das Karmeliterinnenkloster von St. Claude, wo sie aufgewachsen ist. Fragt überall nach ihr, ich bitte Euch. Und wenn Ihr ihre Spur findet, bringt mir auf dem schnellsten Wege Nachricht.«

Aber Ritter Julian kam nach tagelangem Umherstreifen, Forschen und Fragen unverrichteter Dinge zurück. Niemand hatte etwas von Isabelle gehört. Sie war wie vom Erdboden verschwunden. Und seinen Gärtner Pierre zu fragen, auf den Gedanken kam Herzog Roger nicht.

25

Die vier Männer, die an jenem Frühlingsabend in die Herberge »Zum guten Englebert« kamen und nach einem Nachtquartier fragten, sahen durchaus nicht ungewöhnlich oder gar verdächtig aus. Sie wirkten wie Leute, die eine lange Reise hinter sich hatten und sich nach einem guten Essen, einem Bad und einem weichen Bett sehnten. Das einzige, was vielleicht etwas seltsam anmutete, war ihre fremdartige Aussprache des Französischen. Aber auch dafür hatten die vier eine Erklärung. Sie seien zwar Franzosen, sagten sie, hätten aber einen Großteil ihres Lebens in England verbracht. Jetzt seien sie in die Heimat zurück gekehrt, um neue Geschäftsverbindungen zu knüpfen und vielleicht sogar eine Niederlassung ihrer Handelskompagnien zu gründen.

»Womit handelt Ihr denn, Messires?« fragte die allzeit neugierige Madame Héloïse und erhielt den Bescheid: »Oh, mit fast allem, was man kaufen und verkaufen kann. Gewürze aus Arabien, flandrische Tuche, Kettenpanzer aus England, Lederwaren aus Cordova und Schwerter aus Deutschland.«

»Nur Zaubertränke und Hexenelixiere werdet Ihr nicht bei uns finden«, sagte ein anderer der vier Reisenden, ein großer ungeschlachter Mann mit grau-roten Haaren und einem gewaltigen Kinnbart. »Wir sind ehrliche Männer und gute Christen und wollen mit der Schwarzen Magie nichts zu tun haben.«

Die Fremden gingen zeitig zu Bett und waren den ganzen nächsten Tag unterwegs. Kurz vor dem Angelusläuten kamen zwei von ihnen zurück. Es waren der Rotbärtige und ein schmächtiger kahlköpfiger Mann unbestimmbaren Alters. Sie setzten sich an einen Tisch in der Gaststube und bestellten Wein und etwas zu essen.

Sie blieben den ganzen Abend dort sitzen, auch, als sich der Schankraum zu vorgerückter Stunde leerte. Offensichtlich warteten sie auf ihre beiden Gefährten.

»So geht doch zu Bett«, sagte Isabelle schließlich zu Madame Héloïse, die sich vor Müdigkeit kaum mehr auf den Beinen halten konnte. »Ich bleibe schon auf, falls die Herren noch etwas zu trinken wollen.«

Nach einigem Hin und Her entschloß sich Madame Héloïse tatsächlich, Isabelles Rat zu befolgen. Das Mädchen brachte den Männern noch eine neue Kanne Wein. Dann setzte es sich in einen Winkel der Gaststube ans Spinnrad. Die beiden Männer nahmen kaum Notiz von ihr. Sie hatten Madame Héloïse Wein ziemlich reichlich zugesprochen und hatten erhitzte rote Gesichter. Ihre Stimmen wurden laut. Sie sprachen englisch miteinander.

Das war wohl das erste, das Isabelle mißtrauisch machte. Hatten die Vier nicht erzählt, sie seien Franzosen? Nun also – da unterhielt man sich doch in seiner Muttersprache, wenn man unter sich war!

Während Isabelle den Kopf über den Spinnrocken gebeugt hielt, schnappte sie ein paar Brocken der Unterhaltung auf. In Beaumont hatte Messire de Balard sie auch ein wenig in englischer Sprache unterrichtet – nicht viel, dazu war die Zeit zu kurz gewesen. Aber einiges verstand Isabelle doch. Sie wurde aufmerksam, als der Name Roger fiel.

Freilich unterhielten sich die beiden Männer nicht über Roger von Valance, sondern einen englischen Lord gleichen Namens, der hier in Paris lebte. Und da wußte Isabelle auch, wer gemeint war: Lord Roger Mortimer, jener Ritter, der aus dem Tower nach Paris geflohen war und der Geliebte der Königin Isabella von England sein sollte. Was aber hatten diese Männer, die angeblich in Handelsgeschäften unterwegs waren, mit Roger Mortimer zu tun?

In einem Gasthof, wo täglich viele Menschen zusammenkommen und ihre Meinungen über diese und jene Neuigkeit austauschen, erfährt man viel. Isabelle wußte, daß der englische König Isabella mehrfach aufgefordert hatte, mit ihrem Sohn, dem vierzehnjährigen Thronfolger Prinz Eduard, nach London zurückzukehren. Sie wußte, daß er sich in der gleichen Angelegenheit auch an Karl IV. gewandt und sich bei Gott und aller Welt über den Ungehorsam seiner Gemahlin beschwert hatte. Ganz Paris lachte über Eduard II. von England, dem seine Frau davongelaufen war, nachdem sie jahrelange Demütigungen an seiner Seite ertragen hatte. Und ganz Paris gönnte der schönen Isabella das Glück in den Armen Roger Mortimers. Und nun saßen hier zwei Männer in der Gaststube und unterhielten sich über das gleiche Thema, aber mit unfreundlichen Worten und finsteren Mienen.

»Eine verdammte Wölfin«, nannte der Rotbärtige Königin Isabella. Und der andere schlug auf den Tisch und erklärte, daß Roger Mortimer längst den Tod verdient habe. Die beiden waren wirklich ziemlich betrunken, sonst hätten sie nicht so laut gesprochen. Aber wahrscheinlich fühlten sie sich auch ganz sicher; denn wann hätte man jemals gehört, daß eine französiche Magd in einem französischen Gasthaus Englisch verstand?

Kurz darauf erschienen die beiden anderen Fremden. In ihrer Begleitung befand sich ein hagerer, grauhaariger Mann, der zwar einfach gekleidet war, aber in seinem ganzen Auftreten verriet, daß er aus vornehmem Hause stammte.

Offenbar war jener Unbekannte wirklich Franzose, denn die Unterhaltung wurde vom Moment seines Erscheinens an auf französisch weitergeführt. Isabelle erhielt den Auftrag, noch eine Kanne Wein zu bringen. Als sie damit an den Tisch trat, blinzelte der Rotbärtige ihr zu. »Du kannst jetzt gehen, Mädchen, wir brauchen dich nicht mehr. – Na los, verschwinde!« setzte er polternd hinzu, als Isabelle noch zögerte. »Unser Bett finden wir allein.«

Isabelle wünschte den Herren daraufhin eine gute Nacht, bat sie, die Haustür wieder zu verriegeln, wenn sie ihren Besucher hinausgelassen hätten, und gähnte ostentativ, als sie die Schankstube verließ. Aber sie dachte nicht daran, in ihr Zimmer hinaufzugehen. Statt dessen gelangte sie über eine Hintertreppe in den Weinkeller Madame Héloïses. Ohne Licht tastete sie sich an den zahlreichen Fässern entlang, ängstlich bemüht, kein Geräusch zu machen. Allmählich gewöhnten sich ihre Augen an die Finsternis, und sie sah den viereckigen Spalt an der Decke, durch den etwas Licht hereinfiel.

Dort war eine Falltür, die von der Schankstube in den Weinkeller hinunterführte. Wenn man nichts von ihrer Existenz wußte, war sie von oben kaum zu sehen. Sie wurde auch selten benutzt, nur wenn Madame Héloïse eine neue Weinlieferung bekam und die großen Fässer mittels einer Rutsche direkt von der Schankstube in den Keller gerollt wurden.

Gedämpftes Stimmengemurmel war von oben zu hören. Schritt für Schritt schlich Isabelle die Stufen hinauf, bis sie direkt unter der Falltür stand. Die Stimmen waren jetzt besser zu verstehen, besonders die laute, polternde des Rotbartes.

»Also gut«, sagte er in seinem kehligen Französisch, »ich übernehme Roger Mortimer. Er wird mein Messer im Rücken haben, schneller als ein Falke aus der Luft zustoßen kann. Ihr anderen greift euch den Knaben. Wenn der Lord fällt, wird das Durcheinander so groß sein, daß zunächst niemand auf den Prinzen achtet. Das müßt ihr ausnützen. Werft ihn einfach über die Brücke – und dann hinterher! Wir können uns doch darauf verlassen, daß das Boot wartet, Herr?«

Der zuletzt gekommene Franzose gab die Antwort. »Es ist alles abgemacht. Meine Leute sind mit dem Kahn unter der Pont-au-Change. Sie werden den Prinzen aus dem Wasser fischen und Euch dazu. Er bekommt eine Decke übergeworfen, die seine prunkvollen Gewänder verbirgt. Wenn Ihr Euch an die Abmachungen haltet, kann nichts schief gehen.«

»Ich weiß nicht recht«, sagte ein anderer. »Ich bin dagegen, daß wir die Sache ausgerechnet bei der Krönung machen. Ganz Paris wird zusammenlaufen, um den Zug zu sehen. Wir werden keine drei Schritte weit kommen.«

»Habt Ihr eine Ahnung!« Das war wieder der Franzose. »Die Gelegenheit ist nie so günstig wie da. Die Seigneurs und ihre Damen haben genug zu tun, hoheitsvoll daherzuschreiten, die Gaffer werden das Schauspiel genießen, und die Berittenen und die Bogenschützen kommen erst am Ende des Zuges. Bis sie zur Stelle sind, seid Ihr längst über alle Berge.«

»Hoffentlich«, brummte der Vorige.

»Wenn Ihr Angst habt, könnt Ihr es ja bleiben lassen, Freund Stanford«, spottete der Rotbärtige. »Aber habt Ihr König Eduard nicht geschworen, diesem Hund Mortimer das Lebenslicht auszublasen und den jungen Prinzen zu seinem Vater zurückzubringen?«

»Schluß jetzt!« Die Stimme des Franzosen klang ärgerlich. »Es bleibt dabei, übermorgen, wenn der Krönungszug die Pont-au-Change erreicht hat. Das Boot bringt Euch ein Stück flußabwärts, dort warten meine Reiter...«

Isabelle hatte genug gehört. Zitternd vor Erregung verließ sie ihren Lauscherposten. Eine Verschwörung, dachte sie, beim Himmel, ich bin einer Verschwörung auf die Spur gekommen! Lord Mortimer soll ermordet und der englische Thronfolger entführt werden. In drei Tagen, während der Krönung Königin Johannas.

Isabelle schwindelte es, die Beine drohten unter ihr nachzugeben. Kraftlos lehnte sie sich gegen eines der riesigen Fässer. Ruhig, befahl sie sich selbst, ganz ruhig. Nimm dich zusammen. Und überlege lieber, was jetzt geschehen muß.

Es war eine laue Mainacht. Eine schmale Mondsichel stand am Himmel und verbreitete matte Helligkeit. An der Rückfront der Herberge »Zum guten Englebert« klirrte ein Fenster. Eine schmale Gestalt schwang sich heraus und kletterte behende am Spalier herunter. Die Glocken von Paris kündeten die Mitternachtsstunde.

26

In den königlichen Gemächern brannten die Kerzen. Karl IV. saß an der Breitseite des großen Tisches, die Füße auf einem purpurroten Kissen, hinter ihm ein riesiger Gobelin mit den eingestickten königlichen Lilien, der fast die ganze Wand einnahm.

Der König war gereizt. Wie lange würde es denn noch dauern, bis sich der Großkämmerer Ludwig von Bourbon und der Kanzler Jean de Cherchemont über die Reihenfolge einigten, in der die großen Seigneurs am Krönungstag in die Kathedrale Notre Dame einziehen sollten?

Karl IV. entschloß sich endlich dafür, einzugreifen. Er stand auf. »Es ist lange her, daß all meine Pairs am Hof versammelt waren. Wie Wir erfahren haben, wird auch der Herzog von Valance an der Krönung Unserer Gemahlin teilnehmen, ebenso die Herzöge von Burgund und Nevers. Wir möchten Unserer Freude darüber Ausdruck geben. Deshalb ist es Unser königlicher Wille, daß die Pairs der Krone an erster Stelle in Notre Dame einziehen.«

Er sagte: »Unser königlicher Wille«, und damit gab es keine Diskussion mehr. Der König war der erste, der den Saal verließ. Gefolgt von seinen Knappen und Fackelträgern durchschritt Karl der Schöne die Galerie, die seine Privatgemächer von denen der Königin trennte. Am Ende der Galerie führte eine breite Steintreppe in die unteren Räume des Palastes. Karl blieb stehen, als er von dort plötzlich hastige Schritte und lautes Rufen vernahm. Der König gab einem Knappen einen Wink. »Geht und schaut nach, was dort los ist.«

Der Knappe war rasch wieder zurück, gefolgt von einem Hauptmann der Wache. Der Soldat beugte sein Knie. »Sire, ich bitte um Vergebung für den Lärm. Aber da ist ein Frauenzimmer in den Palast eingedrungen. Sie ist den Wachen am Portal entwischt und will zu Euch. Wahrscheinlich eine Verrückte. Sie behauptet, eine wichtige Botschaft zu haben, die sie nur Euch persönlich anvertrauen will.«

»Hat sie ihren Namen genannt?« fragte König Karl mehr amüsiert denn neugierig.

»Nein, Sire. Aber sie hat einen Ring und wollte mir weismachen, daß sie ihn von Euch erhalten habe.«

»Was für einen Ring?«

Im gleichen Moment erscholl von unten eine Frauenstimme: »Laßt mich los! Ich will zum König! Loslassen, habe ich gesagt...«

Karl IV. runzelte die Stirn. Das war doch... Er beugte sich nach vorn, um den Ring zu betrachten, den der Hauptmann ihm auf dem Handteller hinhielt. Der goldgefaßte Rubin funkelte im Lichtschein. »Das Mädchen ist sehr hübsch und rothaarig, nicht wahr? Bringt es her, Hauptmann.«

Zwei Soldaten führten Isabelle die Treppe hinauf. Sie war erhitzt, und ihre Augen funkelten. Erst als sie des Königs ansichtig wurde, glättete sich ihre Miene. »Dem Himmel sei Dank, Sire! Ich fürchtete schon, diese Tölpel würden mich nie zu Euch lassen.«

»Isabelle«, sagte König Karl lächelnd. »Nicht wahr, so heißt du doch?«

Sie strahlte auf. »Ihr habt Euch sogar meinen Namen gemerkt? Dann hätte ich den Ring gar nicht mitzunehmen brauchen. Aber ich dachte, ihr würdet Euch sonst nicht an mich erinnern.«

»Freilich erinnere ich mich. Aber wie kommst du hierher? Ich wähnte dich in Beaumont.«

Das Strahlen in ihren Augen erlosch. »Ich bin schon lange nicht mehr dort. Sire, ich muß Euch etwas sehr Wichtiges sagen. Es geht um Leben und Tod.«

In den vergangenen Monaten hatte Karl kaum an Isabelle gedacht. Aber als sie ihm jetzt gegenüberstand, fühlte er sofort wieder die alte Sympathie für sie. Er gab seiner Begleitung einen Wink. »Wartet hier.« Dann öffnete er rechter Hand eine Tür und brachte Isabelle in ein kleines Kabinett, das von drei Kerzen spärlich erhellt war. »Deinem Gesicht sehe ich an, daß es wirklich etwas sehr Wichtiges ist. Also sprich, was hast du auf dem Herzen?«

»Es geht nicht um mich, Sire. Ich bin zufällig hinter ein schreckliches Geheimnis gekommen. Es klingt alles sehr phantastisch und abenteuerlich. Deshalb bin ich auch direkt zu Euch gekommen. Auf der Gendarmerie hätte man mich bestimmt ausgelacht. Aber Ihr kennt mich und wißt, daß ich nichts zusammenfasele...«

Die Wachen hatten sich unterdessen wieder auf ihre Posten zurückgezogen. Nur die beiden Knappen und die Fackelträger warteten noch auf der Galerie.

Wenig später wurde die Tür zum Kabinett aufgerissen, der König erschien auf der Schwelle. »Alain! Guillaume!«

Die beiden Knappen kamen im Laufschritt heran. Das Gesicht des Königs war bleich und erregt. »Befehl an den Hauptmann der Bogenschützen: Er begebe sich mit seinen Männern unverzüglich in den Stadtteil St. Eustache. Isabelle, wie heißt die Herberge?«

Das Mädchen erschien hinter dem König. »'Zum guten Englebert', Sire, in der Straße der Gewürzhändler.«

»Danke. – Ihr habt es gehört, Messires. 'Zum guten Englebert'. Dort haben vier Männer Quartier genommen, die sich als reisende Geschäftsleute aus London ausgeben. Sie sind zu verhaften und unverzüglich in den Kerker zu werfen. Und dann ruft mir den Kronanwalt, Simon de Bucy. Ich will ihn unverzüglich sehen.«

»Sire«, fragte Isabelle, »soll ich Eure Soldaten nicht führen, damit sie den Weg rascher finden?«

Der König schüttelte den Kopf. »Nein, du bleibst. Diese vier Schurken werden sich vielleicht nicht widerstandslos festnehmen lassen. Es könnte ein Handgemenge geben, und ich will nicht, daß du in Gefahr gerätst.«

27

Es war am nächsten Vormittag. Isabelle hatte die Nacht im Schloß verbracht, in eben jenem Gemach, in dem die Unterredung mit dem König stattgefunden hatte. Gegen Morgen war sie, noch in ihren Kleidern, in einen unruhigen Schlummer gesunken, aus dem sie aufschreckte, als zwei Soldaten sie zum König holten.

Karl IV. empfing Isabelle in einem mit rotem Leder ausgeschlagenen Raum mit kuppelförmiger Decke. Der König sah übernächtigt, aber zufrieden aus. Soeben hatte ihn der Kronanwalt verlassen, der dem nächtlichen Verhör der Festgenommenen persönlich beigewohnt hatte. Die vier Männer hatten anfänglich hartnäckig geleugnet, wessen man sie anklagte. Erst als man ihnen die Folter androhte, hatten sie den geplanten Mordanschlag auf Lord Mortimer und die Entführung des jungen Prinzen Eduard gestanden. Sie hatten dann sogar ihre Helfershelfer in Paris genannt, die man inzwischen ebenfalls verhaftet hatte.

»Du siehst also«, sagte der König zu Isabelle, »es ist alle Gefahr gebannt, und wir sind dir zu großem Dank verpflichtet.«

Sie lächelte und wurde ein wenig verlegen. »Ich bin froh, daß ich Euch nützlich sein konnte, Sire.«

Er blickte auf ihren gesenkten Scheitel hinunter. In der Nacht, während sie auf die Festnahme der Verschwörer warteten, hatten sie noch lange miteinander gesprochen. Der König wußte, warum Isabelle aus Beaumont fortgelaufen war, und sie tat ihm leid. Er hätte ihr gerne geholfen, aber das konnte er nicht, bevor er nicht Roger von Valance wiedergesehen hatte. Möglicherweise hatte der Herzog Isabelle längst vergessen. Nun, heute würde er eintreffen, um an der Krönungszeremonie teilzunehmen. Danach würde man vielleicht mehr wissen...

Es ist nur recht und billig, dachte der König, wenn ich etwas für das Mädchen tue. Sie hat es verdient. Und ich mag sie. Es ist etwas an ihr, daß man ihr aufrichtig zugetan sein muß.

Er erinnerte sich auch an die Geschichte ihrer Herkunft, die sie ihm in Beaumont im Zusammenhang mit Gräfin Gwendolines Drohungen erzählt hatte. Nein, bei Gott, dieses prachtvolle Geschöpf war zu schade, um hinter Klostermauern dahinzuwelken. Man mußte sich etwas anderes einfallen lassen. Ob man das Rätsel, wer ihre Eltern waren, lösen konnte?

»Sei nicht so bescheiden«, sagte Karl lächelnd. »Du hast mehr Mut und Umsicht bewiesen als mancher meiner Ritter. Ich werde mit Madame Isabella, meiner Schwester, darüber reden, denn sie ist dir zu noch größerem Dank verpflichtet. Wir werden überlegen, wie wir dir deine Tat am besten lohnen können.« Und er hatte dabei schon einen Plan. Allerdings hing alles von Herzog Roger ab...

Isabelle knickste. »Zerbrecht Euch nicht den Kopf, Sire, wir sind jetzt quitt. Denn vergeßt nicht, Ihr habt auch mir einmal aus einer argen Patsche geholfen. Erlaubt Ihr, daß ich jetzt in den 'Guten Englebert' zurückkehre? Madame Héloïse weiß gar nicht, wo ich bin. Sie wird sich Sorgen machen.«

Karl machte ein enttäuschtes Gesicht. »Ich dachte, du würdest hier bleiben? Was willst du denn jetzt noch in dem Gasthof?«

»Arbeiten, Sire. Madame Héloïse braucht mich. Allein wird sie nicht fertig. Sie ist in letzter Zeit ein wenig kränklich, müßt Ihr wissen, und die Aufregung von heute nacht wird sie sehr mitgenommen haben. Nein, nein, ich muß mich um sie kümmern.«

»Und wenn ich dich nun bitte zu bleiben?« fragte der König und dachte an Roger von Valances Ankunft. Oder war es besser, Isabelle im Augenblick tatsächlich gehen zu lassen, bis man im Fall des Herzogs klarer sah? Wenn Isabelle ihm nichts mehr bedeutete, würde ein Wiedersehen nur schmerzlich für sie sein.

»Schon gut, ich bitte dich nicht«, sagte Karl aus diesen Erwägungen heraus. »Aber eines mußt du mir versprechen: Wenn ich dich rufe, wirst du kommen. Gib mir dein Wort darauf.« Er lächelte und sah plötzlich gar nicht wie ein König, sondern wie ein großer Junge aus.

Sie lächelte zurück. »Gut, Sire, ich verspreche es.«

Er reichte ihr die Hand. »Wir sehen uns bestimmt bald wieder, Isabelle. Weißt du übrigens schon, daß ich Vater werde?« setzte er mit naivem Stolz hinzu.

Ein heller Schimmer flog über ihr Gesicht. »Das ist schön, Sire. Gewiß seid Ihr sehr glücklich.«

Glücklich? Vielleicht war er es – jetzt. Der Gedanke an das Leben, das die Königin unter dem Herzen trug, hatte die schmerzliche Erinnerung an Blanche verblassen lassen. Sie war eine gute Frau, seine Johanna. Karl fühlte zärtliche Sympathie, als er sich ihr unhübsches, ein wenig bäuerliches Gesicht vorstellte. Doch ja – er war recht glücklich. Und deshalb wollte er, daß es andere auch waren. Isabelle zum Beispiel.

28

Isabelle fand Madame Héloïse in heller Aufregung vor, umgeben von einer Schar nicht minder aufgeregter Nachbarinnen. »O Isabelle«, rief sie, als sie des Mädchens ansichtig wurde, und brach in Schluchzen aus. »Dem Himmel sei Dank! Jetzt sage mir nur, wo du gewesen bist! Ich dachte schon, diese Lumpenkerle hätten dir ein Leid zugefügt. Zuzutrauen wäre es ihnen. Und so etwas hat unter meinem Dache gelebt! Oh, ich bin eine geschlagene Frau! Man wird mit Fingern auf mich zeigen und sagen: 'Seht, das ist Madame Héloïse, die Mörder und Banditen beherbergt!'«

»Aber so beruhigt Euch doch«, unterbrach Isabelle das Lamento ihrer Brotherrin. »Kein Mensch wird so etwas sagen.«

»Ach, du weißt ja noch gar nicht, was geschehen ist.«

»O doch, Madame. Es geschah ja auf mein Betreiben.«

»Was?« Madame Héloïse blieb der Mund offen stehen. »Du hast...«

»Ich habe zufällig ein Gespräch dieser Männer belauscht, das mir ihre schändlichen Absichten verriet. Aber das erzähle ich Euch alles später. Ihr seid ja völlig erschöpft, Madame, und müßt Euch zu Bett legen. Ich koche Euch gleich eine gute Suppe, und dann werdet Ihr Euch hoffentlich von dem ausgestandenen Schrecken erholen.«

»Nie«, behauptete Madame Héloïse. »Mein Lebtag werde ich es nicht vergessen, wie es heute nacht an die Tür pochte und die Soldaten des Königs in mein Haus eindrangen. Es ist ein Wunder Gottes, daß mich nicht der Schlag gerührt hat.«

Die Gute war in der Tat völlig außer sich und brachte keinen Löffel von der Suppe hinunter, die Isabelle ihr später brachte. »Womöglich wird man noch behaupten, ich hätte mit diesen Lumpen unter einer Decke gesteckt. Man wird kommen und mich auch in den Kerker werfen. Aber das überlebe ich nicht, Isabelle. Ich schwöre dir, die Schande wird mich umbringen.«

Erst Isabelles feierliches Versprechen, in diesem Falle noch einmal zum König zu gehen und sich für Madame Héloïse zu verbürgen, vermochte die brave Frau von dieser neuen schrecklichen Idee abzubringen. Sie tätschelte Isabelles Hand. »Du bist ein gutes Mädchen. Wenn ich dich nicht hätte...« Sie verstummte und riß die Augen auf. Erst jetzt ging ihr die ungeheuerliche Tatsache auf, daß Isabelle beim König gewesen war. »Wie... wie bist du denn überhaupt in den Palast gekommen?« stotterte sie. »Und überhaupt – unsereiner kann doch nicht einfach hingehen und sagen: Führt mich zum König, ich will ihn sprechen. Was hast du denn gemacht, daß du das erreichen konntest?«

Isabelle wich ihrem Blick aus. »Ich habe Euch doch erzählt, daß ich, bevor ich zu Euch kam, bei einer vornehmen Dame bedienstet war. Nun, dort war der König einmal zur Jagd. Er kannte mich.«

»Ach so«, murmelte Madame Héloïse ehrfürchtig. Sie hätte zu gern noch weitere Fragen gestellt, aber ein Blick in Isabelles verschlossenes Gesicht belehrte sie, daß das zwecklos war. Wenn Isabelle so aussah, war nichts aus ihr herauszubekommen, das wußte Héloïse.

Was war sie nur für ein sonderbares, rätselhaftes Mädchen, diese Isabelle! So schön, so klug – und der König empfing sie, als ob es die selbstverständlichste Sache der Welt wäre! Madame Héloïse schüttelte den Kopf. Und so etwas ist Magd bei mir, dachte sie. Ach ja, es gab so viele Geheimnisse um Isabelle, und es war ein Jammer, daß man auch nicht ein Zipfelchen davon lüften konnte.

»Wirst du dir morgen den Krönungszug anschauen?« fragte Héloïse schließlich.

Isabelle schüttelte den Kopf. »Nein, ich bleibe bei Euch. Es werden sowieso so viele Menschen zusammenlaufen, daß man gar nichts zu sehen bekommt.« Aber das war nicht der eigentliche Grund, warum Isabelle es vorzog, im »Guten Englebert« zu bleiben. Es hätte zu weh getan, bei der Krönung all die bekannten Gesichter wiederzusehen. Die Königin, Gwendoline de Morgan und all die anderen, die Isabelle von Beaumont her kannte. Schon die Begegnung mit dem König war schmerzlich genug gewesen.

Und so kam es, daß am folgenden Morgen, als die Glocken aller Kirchen zur Krönungsmesse riefen, Isabelle in der Schankstube der Herberge »Zum guten Englebert« saß, den schwarz-weißen Kater Madame Héloïses, Patou, auf dem Schoß, und keine Ahnung hatte, daß zur gleichen Stunde Roger von Valance an der Seite seiner Mutter zum großen Tedeum in Notre Dame einzog.

Der Glockenklang füllte die Luft, ein Sonnenstrahl huschte durch die Butzenscheiben und ließ Patou die grünen Augen zusammenkneifen. Ein paar Tränen fielen auf sein glänzendes Fell...

29

Es war vier Tage nach der Krönung. Aber noch dachte niemand im königlichen Palast an Abreise, denn die Festlichkeiten wurden über den ganzen Monat fortgesetzt.

Karl IV. saß Roger von Valance gegenüber und hob den ziselierten Becher. »Ich trinke auf Euch, mein Freund. Ihr habt mich lange auf Euren Besuch warten lassen, fast zu lange. In Zukunft muß das anders werden. Ich brauche Männer wie Euch und überlege schon die ganze Zeit, wie man Euch enger an Paris und an den Hof fesseln kann.«

Roger lehnte sich in seinem geschnitzten Stuhl zurück. »Ihr seid sehr gütig, Sire, und daß Ihr mich Euren Freund nennt, macht mich glücklich, aber...«

»Kein Aber«, sagte Karl der Schöne lächelnd. »Es ist mein Wunsch und Wille, Euch in Zukunft öfter hier zu sehen. Vielleicht solltet Ihr heiraten, Herzog. Eine junge Frau würde Euch schon beibringen, daß man mindestens zweimal im Jahr nach Paris reisen muß.« Er beobachtete Roger genau und merkte mit Befriedigung, wie sich dessen Gesicht verschloß. »Der Gedanke gefällt Euch wohl nicht?«

»Nicht sehr, Sire, denn ich habe nicht die Absicht, mich zu verheiraten.«

»Nun, das ist schade, denn ich kenne jemanden, der mit Freuden Eure Gemahlin würde. Ihr solltet Euch die Sache wirklich überlegen.«

Roger schwieg eine Weile und betrachtete angelegentlich den Mosaikboden zu seinen Füßen. Dann hob er den Kopf. »Sire, ich bin sehr ungeschickt darin, höfische Floskeln zu gebrauchen. Vergebt mir, wenn ich ohne Umschweife rede – aber falls Ihr die Gräfin de Morgan im Sinn habt, so muß ich Euch sagen, daß sie mir herzlich gleichgültig ist. Ich habe nicht die geringste Lust, sie zu meiner Herzogin zu machen.«

»Zu Eurer Beruhigung«, sagte Karl der Schöne, »ich denke an ganz jemand anderen. Freilich entstammt mein Schützling keinem so alten Adelsgeschlecht wie Madame Gwendoline. Aber ich bin diesem jungen Mädchen sehr gewogen und möchte es gut verheiraten. Übrigens brächte es Euch als Morgengabe die beiden Grafschaften von St. Claude und Fleury in die Ehe. Ich erinnere mich, daß Euer Vater wegen dieser Grafschaften, die er seinem Herzogtum einverleiben wollte, einen Feldzug verlor. Ihr bekämt sie auf einfachere und unblutige Weise.«

Roger wollte etwas entgegnen, doch der König fuhr lächelnd fort: »Ich will Euch nicht drängen, mein Freund. Aber ich bin sicher, wenn Ihr Madame Isabelle de St. Claude erst einmal gesehen habt, werdet Ihr darauf brennen, sie zu heiraten. Sie ist bezaubernd. Ach... bei Isabelle fällt mir ein – hieß nicht auch jenes junge Ding so, das ich bei Euch in Beaumont kennengelernt habe?«

»Gewiß«, sagte Roger mit steifen Lippen.

»Ein reizendes Geschöpf. Wie geht es ihr? Sie ist doch noch bei Euch?«

»Nein, Sire.«

»Oh, das bedaure ich. Ich hatte damals den Eindruck, daß die Kleine sehr an Euch hing. Habt Ihr sie fortgeschickt?«

Der Herzog stürzte seinen Becher Wein in einem Zug hinunter. »Sie ging von selbst, weil... Sire, erlaßt es mir, die Einzelheiten zu erzählen. Es war ein Mißverständnis, das Isabelle aus Beaumont vertrieb. Ich ließ sie suchen, weil mir viel daran lag, es aufzuklären. Aber es war vergebens; ich weiß nicht, wo sie ist.«

Der König hatte genug gehört. Und was Herzog Roger nicht aussprach, verriet sein zerquälter Gesichtsausdruck. »Nun ja, wer weiß, vielleicht seht Ihr sie eines Tages unvermutet wieder. Das Schicksal arrangiert oft wunderliche Zufälle. Und morgen bei der Abendtafel sollt Ihr erst einmal Madame Isabelle de St. Claude kennenlernen. Wirklich, diese junge Gräfin liegt mir sehr am Herzen. Sie hat mir und meinem Hause vor kurzem einen großen Dienst erwiesen, und ich habe lange darüber nachgedacht, wie ich ihn ihr vergelten kann. Jetzt endlich weiß ich es.«

30

Am nächsten Nachmittag hielt eine dicht verhängte Sänfte vor dem »Guten Englebert«. Ein junges Frauenzimmer stieg aus, das einen Mantelsack über dem Arm trug. Es kam in die Gaststube und verlangte Isabelle zu sprechen.

Die Besucherin entpuppte sich als eine Kammerfrau aus dem Schloß, Clementine mit Namen. Sie hatte ihren Mantelsack auf einen Tisch gelegt und verneigte sich ehrerbietig, als Isabelle mit vom Herdfeuer gerötetem Gesicht die Schankstube betrat. »Madame, ich habe Euch eine Botschaft unseres allergnädigsten Herrn, des Königs, zu überbringen.«

Madame Héloïse sank fassungslos auf den nächsten Stuhl, während Isabelle ziemlich gelassen blieb. Der König hatte ja gesagt, daß er sie rufen lassen wollte. Nur daß es so rasch geschah, damit hatte Isabelle nicht gerechnet.

»Der König schickt Euch durch mich ein Kleid und ein wenig Schmuck. Ich soll Euch behilflich sein, es anzulegen, und Euch frisieren. Dann soll ich Euch ins Schloß begleiten, wo Ihr erwartet werdet.«

»O Gott, o Gott«, sagte Madame Héloïse überwältigt. »Isabelle, der König! Und schau nur, dieses Kleid! So etwas hab' ich mein Lebtag nicht gesehen!«

Es war auch wirklich ein märchenhaftes Kleid aus starrer golddurchwirkter Seide, das Mieder und die Ärmel mit roten Rosen bestickt, in denen viele kleine Diamanten funkelten. In der Taille war es Isabelle ein wenig zu weit, aber das hatte die geschickte Clementine bald geändert. »Ihr seht wie eine Königin darin aus«, sagte sie, als Isabelle angekleidet war. »Ein Jammer, daß wir nur so einen kleinen Spiegel haben, in dem Ihr Euch gar nicht richtig betrachten könnt.«

Dann mußte Isabelle sich niedersetzen, und Clementine begann, ihr reiches Haar zu frisieren. Sie flocht Perlen und goldene Schnüre hinein und legte ihr zum Schluß die passenden Ohrgehänge und den Halsschmuck an. »Jetzt fehlen nur noch ein paar Ringe für die Hände«, sagte sie bedauernd. »Schade, wenigstens einen Ring müßtet ihr tragen.«

»Oh, den habe ich«, sagte Isabelle lächelnd, stand auf und holte den Ring des Königs aus ihrer Schatulle. Sie betrachtete ihn eine Weile, bevor sie ihn an den Finger steckte. Und wieder – so wie damals, als sie ihn erhielt, überfiel sie das Gefühl, einen Traum zu erleben. Einen herrlichen, verrückten Traum, in dem die Wunder etwas ganz Alltägliches und Selbstverständliches waren.

Als Isabelle dann, fertig geschmückt und angezogen, die Treppe herunterkam, stand Madame Héloïse im Flur und starrte ihr sprachlos entgegen. Dann begann sie plötzlich unvermittelt zu weinen.

»Aber Madame Héloïse!« sagte Isabelle lachend. »Was ist denn in Euch gefahren?«

Die Gute schluchzte noch lauter. »Oh, ich weiß, ich sehe Euch zum letzten Mal. Ihr werdet nicht wiederkommen. Aber darum weine ich nicht, obwohl ich Euch bitter vermissen werde. Es ist nur... Ihr seid so schön, so vornehm. Und ich habe Euch die Fußböden schrubben und die schweren Körbe vom Markt heimtragen lassen. Euch, die Ihr doch ohne Zweifel eine hochgeborene Dame seid.«

»Was für ein Unsinn! Ich bin so wenig hochgeboren wie Euer Kater Patou. Der König ist sehr gütig und will mir eine Freude machen, das ist alles. Morgen ist die Geschichte zu Ende, und ich stehe wieder in meinen alten Kleidern bei Euch am Herd.«

Clementine drängte zum Aufbruch, und mit ihr bestieg Isabelle die Sänfte, um sich zum Palast des Königs bringen zu lassen.

Und die Wunder dieses Tages waren noch nicht zu Ende.

Der König erwartete Isabelle in jenem Kabinett, in dem sie auch neulich mit ihm gesprochen hatte. Ihren Dank für das Kleid und den Schmuck wehrte er ab. »Beides ist ein Geschenk meiner Schwester. Ich habe ihr erzählt, wovor du sie bewahrt hast. Übrigens wirst du Madame von England und Lord Mortimer nachher vorgestellt werden.«

Er ging um Isabelle herum und betrachtete sie befriedigt von allen Seiten. »Du siehst noch schöner aus, als ich es mir vorgestellt habe. Und nun setz dich, ich habe dir etwas zu sagen.«

Er machte eine Pause und blickte in ihre erwartungsvollen Augen, in denen sich das Licht der Kerzen spiegelte. Etwas wie Rührung bemächtigte sich seiner. Er wandte sich ab und räusperte sich. »Ja, weißt du... ich habe nämlich Nachforschungen angestellt, was deine Herkunft betrifft. Wir sprachen ja einmal darüber, daß du möglicherweise eine Schwester Beatrice de Marvilles bist. Davon ging ich aus und sandte einen Boten in die Benediktinerabtei von Vincennes, wo Gräfin Agnes nach dem Tode ihrer Tochter den Schleier genommen hat. Nun, Agnes de Marville ist tot, sie starb in den letzten Tagen des vergangenen Jahres. Aber mein Vertrauensmann hat in Erfahrung bringen können, daß die Gräfin auf ihrem Sterbebett von einer Tochter gesprochen hat, die sie zwei Jahre nach dem Tode ihres Gatten gebar. Sie habe dieses Kind, da es die Frucht eines heimlichen Liebesverhältnisses gewesen sei, ausgesetzt. Wo, hat sie nicht erwähnt, aber ich bin ziemlich sicher, daß es im Kloster von St. Claude war. Agnes de Marville war deine Mutter, Isabelle.«

Das Mädchen schwieg und blickte in die Kerzenflammen. Meine Mutter, dachte sie, aber sie empfand nichts dabei, weder Freude noch Schmerz. Sie hatte nie eine Mutter gehabt. Es gab nur eine Frau, die sie geboren und vor die Tür eines Klosters gelegt hatte. Aber das war so lange her...

Der König trat zu ihr und legte ihr die Hand auf die Schulter. »Sprachst du nicht einmal davon, daß deine Mutter einen Brief hinterlassen habe? Nun, dies ist der sicherste Weg, die volle Wahrheit herauszufinden. Es existieren in Vincennes Aufzeichnungen der Gräfin de Marville. Man braucht nur die Handschriften zu vergleichen.«

Isabelle lächelte ein wenig. »Meinetwegen müßt Ihr es nicht tun, Sire. Verzeiht, aber mir scheint das nicht so wichtig, genau zu wissen, wer ich bin.«

»Ich überlasse es dir.« In den Augen des Königs war warme Freundlichkeit. »Im Grunde ist es ja auch wirklich nicht so wichtig, denn zur Gräfin de Marville kannst du dadurch sowieso nicht werden. Der Titel und alle Güter sind an einen Vetter von Gräfin Beatrice gefallen. Aber sag – wie würde dir der Titel einer Gräfin von St. Claude und Fleury gefallen?«

»Ich verstehe nicht, Sire...«

Der König ging zu einem kleinen Tischchen, das vor dem Fenster stand, und holte eine Pergamentrolle. »Hier, lies es selbst.«

Isabelle entrollte das Pergament und buchstabierte etwas mühsam: »Wir, Karl, von Gottes Gnaden König von Frankreich und Navarra, tun hiermit allen lebenden und künftigen Generationen kund und zu wissen, daß Wir in Anbetracht der großen Dienste, die Uns Unsere liebwerte Freundin Isabelle erwiesen hat, sie in den Adelsstand erheben. Sie nenne sich fortan Gräfin von St. Claude und Fleury und Wir machen ihr und ihren Nachkommen zum Geschenk die ebenso genannten Grafschaften mit allen Einkünften, die ihr daraus zufließen. Dies ist Unser königlicher Wille, und er gelte vom heutigen Tage an. Gegeben im Jahre des Herrn 1325, am 28. Mai.«

Das Pergament entglitt Isabelles Händen. Sie starrte den König an. »Sire, das ist nicht wahr! Das könnt Ihr doch nicht tun!«

»Und warum nicht?« fragte er lächelnd. »Ich bin der König. Einmal hast du gesagt, was ich will, müsse geschehen. Nun also, ich will es.«

»Aber ich... eine Gräfin! Das ist unmöglich, Sire. Seht mich doch an!«

»Du wirst eine meiner hübschesten Gräfinnen sein. Und nun Schluß mit der Debatte, es wird Zeit, dich dem Hof vorzustellen. Oder willst du noch einen Schluck Wein zur Stärkung?

»Nein. Aber bitte, Sire, zwickt mich in den Arm, sonst glaube ich, daß ich träume.«

»Man zwickt keine Gräfin«, sagte Karl der Schöne lachend. »Also, Madame Isabelle, gebt mir Euren Arm. Man erwartet uns.«

31

Sie sah die Gesichter nur wie durch einen Nebelschleier. Sie hörte die Namen, die man ihr nannte, und vergaß sie wieder. Sie verneigte sich, sie lächelte, sie ging am Arm des Königs, und die Kerzen, die an den Wänden in riesigen Kandelabern aufgestellt waren, tanzten einen wilden Sternenreigen.

Irgendwann öffnete sich dann die Tür des großen Prunksaales, und der Oberhofmeister verkündete mit hallender Stimme: »Die Königin.«

Königin Johanna kam mit ihren Damen. Und da geschah es, daß der Nebelschleier zum erstenmal ein wenig zerriß. Isabelle erkannte Gräfin Gwendoline. Sie ging als letzte und hatte Isabelle an der Seite des Königs noch nicht gesehen.

»Der Herzog und die Herzogin von Valance!« rief der Oberhofmeister als nächstes. Und dies... dies mußte wieder ein Traum sein. Denn Roger war ja in Beaumont. Wie käme er hierher, in den Palast des Königs?

Aber da stand er in der Tür, im seidenen Wams, auf das sein Wappen gestickt war. Eine breite goldene Spange hielt den bodenlangen Pairsmantel über der Brust zusammen. Golden waren auch das Wehrgehänge, mit großen Edelsteinen besetzt, und die Herzogskrone auf seinem Haupt. Johanna von Valance, nicht minder prächtig gekleidet, war an seiner Seite. Aber das nahm Isabelle gar nicht wahr. Sie sah nur Roger, und sie war schneeweiß im Gesicht. Der König, der sie beobachtete, drückte beruhigend ihren Arm.

Roger kam auf sie zu. Sein Blick streifte das Mädchen an des Königs Seite, ohne Erkennen zunächst... dann stockte sein Fuß. Seine Augen weiteten sich. Er war noch etwa zehn Schritte von Isabelle entfernt. Auch Madame Johanna hatte sie jetzt gesehen. Ihre Lippen öffneten sich zu einem kleinen erstaunten Laut...

Isabelle wankte. Manchmal hatte sie von einem solchen Wiedersehen geträumt. Sie hatte es gefürchtet – und gleichzeitig herbeigesehnt. Aber da es sie jetzt völlig unvorbereitet traf, blieb nur die Furcht. Der Schmerz, den sie um Roger von Valance erlitten hatte, war noch zu frisch, zu gegenwärtig. Die Demütigung, die sie aus Beaumont fortgetrieben hatte, brannte noch in ihr. Und das, was in der letzten Stunde auf sie eingestürmt war, tat noch ein übriges.

Isabelle handelte völlig kopflos, ohne Überlegung. Der König machte eine kleine Bewegung, um sie festzuhalten, aber er erreichte sie nicht mehr. Isabelle lief davon. Sie lief an dem noch immer wie erstarrten Roger vorbei, auf das Portal zu, erreichte den Korridor, das Treppenhaus. Die Wachen, die sie passierte, blickten ihr mit verblüfften Gesichtern nach. Aber niemand hielt Isabelle auf.

Sie gelangte ins Freie. Sekundenlang lehnte sie sich atemlos und erschöpft gegen eine der überlebensgroßen Statuen in der Galerie Mercière, dann hastete sie weiter. Fort, nur fort! Dorthin, wo es keinen Roger von Valance gab! Niemanden, der ihr noch einmal sagen konnte: »Du siehst aus wie Beatrice. Ich brauche dich nur anzuschauen, um mir einzubilden, sie sei zu mir zurückgekehrt...

In der Herberge »Zum guten Englebert« waren alle Fenster dunkel, die Tür war verriegelt. Isabelle hämmerte dagegen. »Madame Héloïse! Madame Héloïse!«

Nach einer Weile wurde im Obergeschoß des Hauses ein Fensterladen geöffnet. Der Kopf der Wirtin vom »Guten Englebert« erschien. »Was ist denn das für ein Lärm? Die Wirtschaft ist heute geschlossen.«

»Aber ich bin es doch, Isabelle. Laßt mich hinein.«

»Alle Heiligen!« Die Wirtin verschwand. Kurz darauf kam sie eilig die Treppe heruntergeschlurft. Der eiserne Riegel klirrte, als er zurückgeschoben wurde. Madame Héloïse trug eine Kerze und leuchtete Isabelle ins Gesicht. »Du bist es also wirklich!«

»O Madame Héloïse!« Es war, als hätte Isabelles Kraft nur bis hierher gereicht. Atemlos, in Tränen aufgelöst, fiel sie der guten Frau um den Hals.

Madame Héloïse führte sie in die Gaststube. »Aber was ist denn geschehen? Was hat man Euch getan?«

Isabelle sank auf eine Bank und schlug die Hände vor das Gesicht. »Hört um Gottes willen auf, mich wie eine Dame von Stand anzureden. Ich... ich kann nicht mehr. O Madame Héloïse, ich bin ja so unglücklich!«

»Kindchen!« Die rundliche Wirtin stellte die Kerze auf einem Mauersims ab und nahm Isabelle in die Arme. Sie wiegte sie wie einen Säugling hin und her. »Wein dich nur aus, das hilft. Und wenn du magst, dann erzählst du der guten Héloïse, was dich bedrückt. Und wenn nicht, ist es auch gut. Mein Gott, du zitterst ja! Kein Wunder bei diesem dünnen Kleid. Warte, ich hole dir einen Mantel.«

Allmählich ebbte Isabelles verzweifeltes Weinen ab. Madame Héloïse war rührend zu ihr. Sie hüllte Isabelle in einen Mantel, machte ihr einen Krug heißen Gewürzweines und flößte ihn ihr Schluck für Schluck ein. »Nicht wahr, jetzt ist dir schon wärmer? Du hast auch wieder ein bißchen Farbe bekommen.«

Isabelle lehnte den Kopf an die Wand. Der Wein tat seine Wirkung. Das Zittern hörte auf, und die schreckliche Anspannung ließ nach. Sie atmete tief. »Ihr seid so gut zu mir, Madame Héloïse. Ich weiß nicht, wie lange ich durch die Straßen gelaufen bin. Einfach immer weiter – ohne zu denken. Aber dann hatte ich plötzlich das Gefühl, als wäret ihr die einzige Zuflucht, die mir geblieben ist, und ich wollte zu Euch...«

Draußen auf der Gasse wurde Hufgeklapper laut. Isabelle hob den Kopf. »Hört doch...«

Aber die Pferdehufe trabten am Haus vorbei. Es wurde wieder still. Isabelle schloß die Augen. »Wie dumm von mir zu erschrecken. Freilich wird er mir nicht nachkommen. Er weiß ja auch gar nicht, wo ich bin. Und wenn es ihm der König sagte, so wäre es ihm bestimmt nicht wichtig genug.«

»Ja, ja«, summte Madame Héloïse, »schon gut. Ganz still jetzt, Kindchen, du bist daheim, und nichts kann dir mehr geschehen.«

In diesem Augenblick klopfte es an die Tür. Isabelle wurde ganz blaß. Sie umklammerte Madame Héloïse Hände. »Wenn er das ist, laßt ihn nicht herein, bitte. Oder sagt ihm, ich sei nicht hier.«

»Gewiß, Kindchen. Aber wen meinst du denn?«

»Den Herzog«, flüsterte Isabelle. »Roger von Valance...«

Das Klopfen an der Tür wurde stärker. Madame Héloïse stand auf. »Ich gehe nachsehen. Hab keine Angst.« Sie schlurfte auf ihren Pantoffeln in den Korridor und schob die Klappe zur Seite, durch die man nach draußen sehen konnte, ohne die Tür zu öffnen. Ein Mann stand auf der Gasse. Er war wie ein Seineschiffer gekleidet, mit einem einfachen Hemd und schwarzem Lederkoller. Das war gewiß kein Herzog. Vielleicht ein verspäteter Gast, der um ein Nachtquartier fragte.

Madame Héloïse tat ihm auf. »Es ist zwar reichlich spät, aber kommt herein.«

»Danke, Madame. Seid Ihr die Wirtin? Dann sagt mir bitte, ob...« Der nächtliche Besucher verstummte. Er war dem Lichtschein nachgegangen, der aus der Schankstube fiel, und stand jetzt unter der Tür. »Isabelle, dem Himmel sei Dank!«

Das Mädchen erhob sich. Sie stand da in ihrem schönen goldenen Kleid, mit Madame Héloïse braunem Mantel um die Schultern. »Ihr seid mir nachgekommen, Herzog?« fragte sie mit zitternder Stimme. »Warum? Was wollt Ihr...«

»Dich, Isabelle«, sagte Roger einfach und schloß die Tür.

Madame Héloïse stand draußen auf dem Flur, der nur vom Mondlicht matt erhellt war. Sie war ratlos. Was sollte sie tun? Isabelle mit dem Fremden allein lassen? Oder hineingehen und ihn an die Luft setzen? Aber setze einer einmal einen Herzog an die Luft! Und so hatte Isabelle ihn eben doch genannt. Zweifelsohne war es der Herzog, vor dem sie aus dem Schloß des Königs davongelaufen war. Und zweifelsohne steckte eine Liebesgeschichte dahinter. Nein, es war wohl richtiger, die beiden dort drin allein zu lassen. Wenn Isabelle wider Erwarten Hilfe brauchte, würde sie schon rufen. Leise tastete sich Madame Héloïse die Treppe zu ihrer Schlafkammer hinauf...

Drinnen in der Schankstube aber standen sich Isabelle und der Herzog gegenüber. Es war still, so still, daß einer den Atem des anderen hören konnte. Isabelle sah Roger an. Er ist älter geworden, dachte sie, er hat sogar graue Haare bekommen. Vorhin ist mir das gar nicht aufgefallen.

Und der lange Weg, den sie vor ihm seit jener Novembernacht davongelaufen war, die Tage, Wochen und Monate, die sie ohne ihn gelebt hatte, schrumpften zusammen, wurden zu einem Nichts vor der großen, überwältigenden Erkenntnis, daß er da war. »Ich will dich, Isabelle«, hatte er gesagt, und sie las es in seinen Augen, daß er genau das auch meinte.

Er streckte die Hand nach ihr aus. »Komm zu mir zurück, Isabelle. Mein Leben ist so sinnlos, wenn du ihm keinen Sinn gibst. Meine Tage sind leer, wenn du ihnen keinen Inhalt gibst. Bitte komm zurück. Ich liebe dich.«

»Seid Ihr ganz sicher?« fragte sie mit einem zitternden Lächeln.

»Ganz sicher. Du hast mir eine harte Lehre erteilt für meine Gedankenlosigkeit, meine Blindheit, meinen Egoismus.«

»Hört auf«, sagte sie, und ihre Augen standen plötzlich voller Tränen. »Ich werde nicht dulden, daß Ihr den Mann, den ich liebe, herabsetzt.«

Da kam er auf sie zu und nahm ihr Gesicht zwischen seine Hände. »Aber es ist doch die Wahrheit, Isabelle, und du hast ein Recht, sie von mir zu hören. Ich habe immer nur an mich gedacht und dir sehr weh getan. Willst du mich trotzdem heiraten? Trotz allem, was ich getan habe – und vielleicht noch tun werde? Ich kann dir nämlich nicht versprechen, nie wieder einen Fehler zu machen. Ich bin ziemlich schwierig, weißt du, und eigensinnig und jähzornig.«

»Ich weiß«, unterbrach sie ihn mit einem Lachen, das wie ein Schluchzen klang. »Aber es macht mir nichts aus. Denn ich bin nicht viel besser. Wir werden uns sicherlich streiten und uns zornige Worte an den Kopf werfen. Ich werde auftrumpfen und mich gar nicht wie eine Herzogin benehmen... aber es wird herrlich werden, Roger.«

»Das wird es«, sagte er, beugte sich zu ihr hinunter und küßte sie. Isabelle schloß die Augen. Und sie hatte das Gefühl, als gäbe es nirgendwo auf der Welt noch einen Platz, wo sie zu Hause sein könnte, außer in Rogers Armen.

32

Der König trat auf den Wehrgang hinaus. Ein leichter Wind hatte sich erhoben und rauschte in den Baumkronen.

Karl liebte diese Mainächte, wenn alles in tiefem Schlaf lag und er allein war mit der ganzen Weite des Himmels. Er stützte die Hand auf die steinerne Brüstung und sah hinunter in den Schloßhof.

Und da sah er sie. Sie kamen durch den Torbogen, eng aneinandergeschmiegt, ein Mann und eine Frau. Ein paarmal blieben sie stehen und küßten sich. Der König konnte ihre Gesichter nicht erkennen, aber er wußte, daß es Herzog Roger und Isabelle waren, die Gräfin von St. Claude und Fleury. Es war also alles gut, und bald würde es eine Hochzeit geben.

Von dem, was ich heute getan habe, dachte der König, wird nichts in den Geschichtsbüchern stehen. Die Nachwelt würde um seine anderen Taten wissen. Die Kriege, die er geführt, die Urteile, die er gefällt hatte, die Scheiterhaufen, die in seinem Namen entzündet worden waren.

Es war ein blutiges Geschäft, König von Frankreich zu sein, und oft hatte er Angst davor. Es gab so vieles, was man falsch machen konnte. Man war nur ein Mensch, und die Bürde der Macht wog schwer. Aber manchmal gab es doch Stunden, in denen sie ein wenig leichter schien, so wie heute. Er hatte zwei Menschen sehr glücklich gemacht. Schade, daß die Erinnerung daran mit ihnen sterben würde...

Die beiden dort unten im Schloßhof gingen weiter. Sie verschwanden unter den Arkaden. Auch der König wandte sich ab. Sein Schritt hallte auf den Fliesen und weckte die Wachen auf den Galerien. Sie sprangen auf und salutierten, als er vorüberkam. Er winkte ihnen zu und verschwand hinter der kleinen Seitentür zu seinen Gemächern.

Vielleicht sollte man die Geschichte von Roger und Isabelle doch aufschreiben lassen, dachte der König lächelnd. Es ist eine hübsche Geschichte...

Im Zeichen der Sonne

1

Über Straßburg dröhnten die Glocken. Wenn Isabell sich umschaute, sah sie vor und hinter sich die endlose Zahl der auf dem Boden knienden Menschen – eine schweigende, gedemütigte Menge.

Die letzten Strahlen der scheidenden Sonne flirrten über die gewaltige Fassade des Münsters und färbten die Gestalten der in Stein gemeißelten deutschen Kaiser rot. Rot wie das Blut, das die Straßen der freien Reichsstadt an jenem 30. September des Jahres 1681 getränkt hatte.

Isabell sah, daß ihrem Vater die Tränen über das Gesicht liefen. Noch nie in ihrem siebzehnjährigen Leben hatte sie ihn weinen sehen; nicht einmal, als im vergangenen Sommer ihre schöne, fröhliche Mutter gestorben war. Und der schmerzende Kloß in Isabells Brust wuchs und wuchs, daß sie meinte, sie müsse laut herausschreien.

Sie wußte, daß die Tränen ihres Vaters nicht allein Jakob galten, seinem Ältesten, den man heute in der Frühe mit einer Franzosenkugel in der Brust nach Hause gebracht hatte.

Es war mehr geschehen, Schlimmeres, und Jakob war nur eines der vielen Opfer, die dieser Schreckenstag gefordert hatte. Mitten im Frieden hatte König Ludwig der XIV. von Frankreich Straßburg überfallen und im Handstreich genommen. Die freie deutsche Reichsstadt war französisch geworden. Und am späten Nachmittag hatten die Soldaten des Sonnenkönigs die Bevölkerung auf dem großen Platz vor dem Münster zusammengetrieben, damit sie dem neuen Herrscher den Treueeid ablegten.

Jemand sprach ihn vor, diesen Schwur, der einem vergewaltigten Volk abgepreßt wurde, und die gebeugten Menschen am Boden sprachen ihn nach. Ein dumpfes, auf- und abschwellendes Murmeln war es, in dem Ohnmacht, Groll und Klage mitschwangen.

»Wir schwören und geloben, daß wir keine weltliche Macht anerkennen als die unseres Herrn, des allergnädigsten und allerchristlichsten Königs von Frankreich.

Wir schwören und geloben, daß wir ihm untertan sein wollen als unserem von Gott eingesetzten Herrscher, ihm dienen wollen in Treue und freiwilligem Gehorsam...«

»Nein!« schrie in diesem Augenblick eine Stimme. »Nimmermehr! Brüder, Freunde – Gewalt hat uns niedergezwungen! Die Habgier eines Königs, der immer mehr blühende Städte und Dörfer, immer mehr Macht an sich reißt. Unser von Gott eingesetzter Herrscher soll er sein? Ein Dieb ist er, ein Mordbrenner!«

Isabells Vater war aufgesprungen. Vergebens versuchte das Mädchen, ihn zurückzuhalten. Meinhard Raven, der Wirt der *Silbernen Rose* war zeit seines Lebens kein sanfter, stiller Dulder gewesen. Schmerz und Empörung rissen ihn mit sich fort.

»Und wenn es mich den Kopf kostet, Freunde: Nie wird dieser Schwur, der unser Unglück besiegelt, über meine Lippen kommen. Ich weigere mich! Hört ihr's alle! Ich weigere...«

Er verstummte, weil sich Soldaten rücksichtslos durch die Menge geschoben hatten. Einer von ihnen hieb Meinhard Raven mit dem Kolben seiner Muskete über den Kopf. Der große, schwere Mann brach in die Knie. Blut floß über sein Gesicht.

Isabell schrie gellend auf. Ein paar Männer wollten Meinhard Raven zu Hilfe kommen, doch die Soldaten drängten sie mit ihren Hellebarden zurück.

Raven versuchte aufzustehen. »Jetzt seht ihr es«, keuchte er, »wie sie es mit uns machen! Mörder sind es... Mörder allesamt!«

Da waren die Soldaten auch schon über ihm. Sie rissen ihn zu Boden, schlugen auf ihn ein und traten mit ihren schweren Stiefeln in seinen Leib und sein Gesicht, bis er still war.

Isabell warf sich dazwischen. »Vater!« schrie sie. »Vater!« Rohe Fäuste packten sie. Ihre weiße Leinenbluse zerriß über der Brust. »Aus dem Weg, Hexe!« Einer der Soldaten gab ihr einen harten Stoß, so daß sie zu Boden fiel. Die anderen zerrten Meinhard Raven mit sich fort.

»Gott im Himmel, so helft ihm doch«, wimmerte Isabell. Jemand hielt sie fest, als sie ihrem Vater nachstürzen wollte.

»Es ist zu spät, Jungfer, ihm kann niemand mehr helfen.«

Isabell fuhr herum und brauchte ein paar Augenblicke, ehe sie in ihrer Verstörtheit erkannte, wer da zu ihr sprach. Frau Berthe Breidach war es, die Frau des Kupferschmieds, der ein paar Häuser neben der *Silbernen Rose* seine Werkstatt hatte. Die rundliche Frau wollte Isabell in die Arme nehmen, doch das Mädchen trommelte mit den Fäusten gegen ihre Brust. »Laßt mich, ich muß ihm nach! Mein Gott, sie werden ihn töten!«

Frau Berthe hielt sie fest. »Wir können nichts tun. Seht die Waffen, die auf uns gerichtet sind. Es wird ein Blutbad geben – es sind doch schon genug gestorben!«

»Isabell!« Ein junger Mann, fast ein Knabe noch, drängte sich an die andere Seite des Mädchens. »Die Mutter hat recht, wir können nichts tun. Nicht jetzt.«

Da erst merkte Isabell, daß ihre Bluse in Fetzen hing. Vergeblich versuchte sie, den zerrissenen Stoff über ihrer nackten, festen Brust zusammenzuraffen. Der junge Mann streifte schnell seinen kurzen Mantel ab und legte ihn ihr um.

»Kommt mit uns. Wir werden zu Hause beratschlagen, was wir tun können. Euer Vater ist ein geachteter Mann. Wenn man eine Bittschaft für ihn abfaßt...«

»Hans«, sagte Isabell erstickt und fiel unwillkürlich in das vertraute Du der Kindertage zurück, in denen Hans Breidach ihr Spielgefährte gewesen war. »Ach, Hans, weißt du es schon? Jakob ist tot... Und jetzt wollen sie auch noch Vater...«

Sie wankte und brach in die Knie. Hans Breidach fing sie auf. Er biß die Zähne aufeinander vor hilflosem Schmerz, als Isabell ihr Gesicht in die Falten seines Mantels drückte. Wenn man nur helfen könnte! Wenn man nur losschlagen könnte! dachte er.

»Es wird alles gut, Isabell«, sagte er leise. »Kein Unrecht währt ewig. Wir müssen geduldig sein und warten.«

Und jetzt endlich, in der tröstlichen Umarmung des Freundes aus der Kinderzeit, konnte Isabell weinen.

Wenige Wochen später, am 24. Oktober 1681, erreichte König Ludwig XIV. von Frankreich Straßburg. Er wurde von seinem ganzen Hofstaat begleitet. Salutschüsse und Glockengeläut empfingen ihn, als er in der vergoldeten, von acht Apfelschimmeln gezogenen Staatskarosse durch die Straßen fuhr.

In den letzten Tagen war Ruhe in der Stadt eingekehrt. Das anfängliche Entsetzen über den Gewaltstreich hatte sich in Resignation verwandelt. Die neuen Herren führten ein strenges Regiment. Es war nicht ratsam, dagegen aufzumucken.

Freilich lebte der Widerstand in den Köpfen und Herzen zahlreicher Bürger weiter. Doch es gab auch schon Stimmen, die recht franzosenfreundlich klangen und Straßburg unter Ludwigs Herrschaft eine neue Blüte prophezeiten.

Trotzdem waren die Hochrufe etwas dünn, mit denen der König von der Straßburger Bevölkerung empfangen wurde. Die meisten Menschen standen schweigend am Straßenrand, und in vielen Gesichtern spiegelte sich ungläubiges Staunen über die Prachtentfaltung des französischen Hofes, von der man wohl gehört, die man jedoch noch nie zu sehen bekommen hatte.

Eine schier endlose Reihe von Karossen, Equipagen und Berittenen folgte dem Wagen des Königs. Das Sonnenlicht funkelte auf juwelenbesetzten Degengriffen, Agraffen, gold- und silberdurchwirkten Staatsroben und prächtigen Uniformen. Ludwig lächelte und hob ab und zu grüßend die ringgeschmückte Hand. Er war jetzt dreiundvierzig Jahre alt und neigte ein wenig zur Korpulenz. Aber er war immer noch ein schöner Mann mit seinem kraftvollen, edel geschnittenen Gesicht und den großen blauen Augen, die nichts vom Glanz der Jugendjahre eingebüßt hatten. Neben ihm in der Karosse saß seine Gemahlin, die spanische Infantin Maria Theresia, wie immer ernst und still und trotz ihrer prächtigen Gewänder recht unscheinbar.

Der Wagen des Herzogs von Orléans folgte. *Monsieur* – wie Philipps offizieller Titel lautete, trat nicht weniger prunkvoll auf als sein königlicher Bruder. Er war geschminkt und trug die leichtgepuderte, tadellos frisierte Allongeperücke auf seinem schwarzen Haar. Sein scharlachroter Staatsrock glitzerte von aufgestickten Edelsteinen. Aber nicht Philipp galten die Hochrufe, die plötzlich zu jubelnder Lautstärke anschwollen, sondern der Frau an seiner Seite. »Es lebe Madame von Frankreich! Hoch Ihre Königliche Hoheit Liselotte!«

Philipp von Orléans wandte sich seiner Gemahlin zu. »Wie es scheint, hat man Euch hier nicht vergessen, Madame.«

Sie nickte. »Fast auf den Tag genau sind es zehn Jahre her, daß ich hier Abschied von meinem Vater nahm.« Ein feuchter Schimmer lag in ihren Augen. Zehn Jahre...

Gerade neunzehn war sie damals gewesen, die Junge Kurprinzessin Liselotte von der Pfalz, ein Mädchen mit übermütigen Augen und einem Mund, der weit mehr zum Lachen denn zum Weinen aufgelegt war.

Hier, im damals deutschen Straßburg, war der Heiratskontrakt zwischen Liselotte und Philipp von Orléans unterzeichnet worden. Hier hatte sie ihren Vater zum letztenmal umarmt, ehe er in die geliebte pfälzische Heimat zurückkehrte.

Liselotte hatte ihn nie wiedergesehen. Im Sommer des vergangenen Jahres war er gestorben, und der Gedanke daran trieb ihr noch heute die Tränen in die Augen. Verstohlen, als sei sie bei einem Unrecht ertappt worden, wischte sie sie ab. Tränen standen der Schwägerin des Königs an einem Tag wie heute nicht an.

Liselotte wußte nicht, auf welche Weise Ludwig Straßburg an sich gerissen hatte. Am Hof von Versailles hatte man nur gesagt, die Stadt habe in früheren Zeiten zu den Gebieten gehört, die durch den Frieden von Nimwegen Frankreich zugesprochen worden waren. Deshalb sei sie jetzt an die Krone zurückgefallen.

Am Abend fand ein großer Ball im Schloß statt. Die Säle erstrahlten im Schein Hunderter von Kerzen; man tanzte, trank und amüsierte sich.

Liselotte zog sich bald zurück. Sie war müde. Mit einem erleichterten Seufzen zog sie in ihrem Ankleidezimmer die Handschuhe aus, schleuderte die hochhackigen Seidenschuhe mit den Goldschnallen von den Füßen und bat ihre Kammerfrau, ihr das hochgesteckte Haar zu lösen.

»Dieser Kopfschmuck aus Federn drückt ganz abscheulich! Und die Ohrringe zwicken. Wahrhaftig, ich verstehe die Leute nicht, denen es Vergnügen macht, sich so aufzuputzen.«

Sie verstummte ein wenig schuldbewußt, denn ihr war eingefallen, wie sehr es gerade *Monsieur* liebte, sich zu schmücken. Philipp von Orléans trieb einen wahren Kult mit seinem Äußeren. Er pflegte seine Haut mit allen möglichen Essenzen und Salben, behängte sich mit Schmuck, und seine Kleidung war voller Spitzen und Bänder. Anfangs hatte Liselotte seine Eitelkeit ziemlich lächerlich gefunden. Aber da sie bemüht war, Philipp eine gute und liebevolle Frau zu sein, hatte sie sich ein solches Herumkritisieren bald untersagt.

Das war zwar nicht immer leicht, besonders in letzter Zeit nicht. Seit der Herzog vor drei Jahren aus dem Krieg heimgekehrt war, hatte er sich sehr verändert. Es war offensichtlich, daß er seine Kinder liebte, den siebenjährigen Philipp und die fünfjährige Elisabeth Charlotte. Aber an der Zuneigung seiner Frau schien ihm nicht viel gelegen.

Liselottes frisches, rundes Gesicht verdunkelte sich, als sie an die schrecklichen Worte dachte, die er einmal zu ihr gesagt hatte: »Ich bitte Sie um Gottes willen, Madame, lieben Sie mich weniger! Es ist mir recht lästig.«

Damals war irgend etwas in Liselotte zerbrochen.

Sie seufzte. Man kann eben nicht alles haben, dachte sie. Und ich darf nicht undankbar sein. Philipp behandelt mich sehr freundlich. Wir haben nie Streit miteinander.

Sie sagte sich das oft, aber recht zu trösten vermochten sie diese Gedanken trotzdem nicht. Ein Streit, der wie ein Gewitter den Ehehimmel blankfegte, wäre ihr manchmal lieber gewesen als Philipps ewig gleichbleibende Höflichkeit.

Die Kammerfrau wollte Liselotte gerade aus der schweren, goldbestickten Atlasrobe helfen, als es an die Tür klopfte. Ein Diener meldete, daß ein Besucher um den Vorzug bitte, Madame von Frankreich seine Aufwartung machen zu dürfen. »Es ist ein Monsieur Coppenstein, Ihro Gnaden.«

Liselottes müde Augen strahlten auf, als seien zwei Kerzen dahinter entzündet worden. »Coppenstein? Ist das wahr? Wo ist er?«

»Er wartet im Vorsaal.«

»Und warum ist er noch nicht hier? Mein Gott, Coppenstein, unser Oberstallmeister aus Heidelberg... Er soll sogleich hereinkommen!«

Liselotte entließ die Kammerfrau mit einem Wink. Als der alte, grauhaarige Mann; den sie seit ihrer Kinderzeit kannte, den Raum betrat, schossen Liselotte Tränen in die Augen. Die so lange tapfer zurückgedrängte Sehnsucht nach der Heimat brach sich mit aller Macht Bahn. Schluchzend ergriff sie Coppensteins Hände. »Mein Lieber, daß ich Euch wiedersehe – das ist die erste wahrhaftige Freude seit langem. Aber so setzt Euch doch! Nein, nicht dort auf den Stuhl... kommt hierher neben mich.«

Sie zog ihn mit sich zum Sofa und blickte gerührt in sein gealtertes, aber immer noch unendlich vertrautes Gesicht. »Ich kann es noch gar nicht fassen, daß Ihr da seid. Was hat Euch nur hergeführt?«

»Ein Auftrag unserer Durchlauchtigsten Kurfürstin, Eurer Mutter«, antwortete Coppenstein. »Sie möchte Euch wiedersehen, Königliche Hoheit. Als sie von Eurer Reise nach Straßburg hörte, ist sie sofort von daheim aufgebrochen, um Euch zu treffen.«

»Meine Mutter?« wiederholte Liselotte voll ungläubigen Staunens. Sie versuchte, sich das Bild der Frau, die sie geboren und von der man sie als Kind schon getrennt hatte, ins Gedächtnis zu rufen. Es gelang ihr nur unvollkommen. Zu lange war es her, daß sich der Kurfürst Karl Ludwig von der Pfalz von seiner schönen, stolzen Gemahlin getrennt und deren Hoffräulein Luise von Degenfeld geheiratet hatte.

Luise, die nach ihrer Heirat den Titel einer Raugräfin von der Pfalz verliehen bekommen hatte, war Liselotte viel vertrauter gewesen als ihre eigene Mutter, auch wenn sie mit ihr schon seit Jahren einen regelmäßigen Briefwechsel unterhielt. Und nun hatte die Mutter eine so weite Reise unternommen, um sie wiederzusehen...

»Wo ist sie jetzt? Doch nicht schon in Straßburg?« fragte Liselotte.

»Auf einem Gut, nicht weit von hier. Ihr werdet mit der Kutsche nicht länger als zwei Stunden bis dahin brauchen.«

»Gleich morgen in aller Frühe breche ich auf. Dann schläft hier alles noch, und niemand wird mich vermissen.«

»Aber nehmt ein paar Männer zu Eurem Schutz mit. Und noch eins, Madame...« Coppenstein sah plötzlich verlegen aus.

»Wenn Ihr mit Eurer Mutter zusammentrefft, solltet Ihr nicht von Eurem Vater sprechen.«

»Sie hat ihm nicht verziehen?« fragte Liselotte betroffen. »Nicht einmal jetzt?«

»Sie sagt, der Tod macht aus einer schlechten Tat keine gute. Versucht, sie zu verstehen, Madame. Sie ist alt und verbittert. Man hat ihr sehr viel genommen.«

»Ja«, sagte Liselotte, »ja, gewiß.« Sie versuchte, sich in die Lage ihrer Mutter zu versetzen. Wenn Philipp sich eines Tages von ihr, Liselotte, trennte? Wenn man sie um das Glück betrog, ihre beiden Kinder heranwachsen zu sehen... Ein schrecklicher Gedanke!

»Ihr habt recht, Coppenstein«, sagte sie nachdenklich. »Ich werde sehr liebevoll zu ihr sein müssen.« Aber in ihr Lächeln mischte sich Beklommenheit. Liselotte wußte, daß guter Wille allein nicht genügte, um den Weg zum Herzen eines anderen Menschen zu finden – nicht einmal, wenn der andere die eigene Mutter war. Und sie hatte plötzlich ein wenig Angst vor dieser Begegnung nach über zwanzig Jahren.

Das trübe Grau der frühen Morgendämmerung lugte durch das schmale Fenster, als sich Isabell von ihrem Bett erhob. Sie hatte kaum geschlafen in dieser Nacht, der letzten, die sie in ihrem Elternhaus verbrachte. Sie hatte wach gelegen und auf den Wind gelauscht, der draußen im Apfelbaum rauschte und ab und zu einen Zweig mit klatschendem Geräusch gegen ihr Kammerfenster geschlagen hatte, auf das Bellen eines Hundes und das Rasseln eiliger Wagenräder über das Kopfsteinpflaster der Straße.

Es war nicht schön, in der Dunkelheit zu liegen und keinen Schlaf finden zu können. Aller Kummer, alle Ängste wurden riesengroß – Alpträumen gleich, die sich auf die Brust legten und das Atmen schwer machten.

Isabell war froh, daß jetzt der Morgen heraufdämmerte. Hastig kleidete sie sich an, flocht das schwere, goldbraune Haar, das ihr bis zur Taille reichte, zu einem dicken Zopf und steckte ihn am Hinterkopf auf. Dann warf sie ein Tuch um die Schultern.

Die Straße mit den hohen, schmalen Häusern war menschenleer, als Isabell aus der Haustür trat. Am Himmel verblaßten die Sterne. Eine streunende Katze verschwand in der Toreinfahrt.

Isabell fröstelte im Morgenwind. Sie zog das Tuch enger um sich, nahm ihr Bündel und lief eilig die Straße entlang. Sie blickte sich nicht mehr um, denn sie wußte, daß sie dann den Abschied nicht ertragen hätte.

Aus dem Schatten eines Hauseingangs löste sich eine Gestalt. Es war Hans Breidach. »Isabell...«

Das Mädchen blieb stehen. »Aber Hans! Hast du auf mich gewartet? Wir haben doch schon gestern Abschied voneinander genommen.«

Er schluckte. »Ich mußte dich noch einmal sehen, Isabell. Bitte geh nicht fort!«

»Ich muß doch«, sagte sie leise. »Was soll ich noch hier? Seit mir Gertrude vor zwei Wochen den Dienst aufgesagt hat, war ich ganz allein im Haus. Ich bin Gertrude nicht böse darum. Sie hat es so lange bei mir ausgehalten, wie es ging. Aber in diesen Zeiten können zwei Frauen allein kein Gasthaus führen. Und ob ich einen Knecht gefunden hätte, der bereit gewesen wäre, uns vor betrunkenen Soldaten, vor Plünderung und Gewalttat zu schützen...« Sie verstummte und senkte den Kopf. »Es gibt keine *Silberne Rose* mehr, Hans. Sie haben den Weinkeller ausgeräumt, alle Truhen und Schränke leergeplündert, die Matratzen und Polster aufgeschlitzt, ob Geld darin versteckt sei, und – als sie keines mehr fanden – in ihrer Wut selbst die Möbel zerschlagen. Aber warum erzähle ich dir das? Du weißt es doch...«

Freilich wußte er es. Und für einen flüchtigen Moment überkam ihn Groll auf Isabells Vater. Hätte er nicht um ihretwillen schweigen müssen an jenem Tag, als man ihnen den Treueid abgepreßt hatte? Die Bittschrift, die man eilends verfaßt hatte, war zu spät gekommen; zu diesem Zeitpunkt lebte Meinhard Raven schon nicht mehr. Die Soldaten des Königs machten mit Aufrührern kurzen Prozeß.

Hans Breidach schaute Isabell an. Sie war so schön mit ihrem blassen, traurigen Gesicht... Er konnte sie nicht gehen lassen!

»Und wenn es dir nun nicht gefällt bei deiner Tante in Kehl?« fragte er drängend. »Wenn sie unfreundlich zu dir ist?«

»Der Brief, den sie mir geschrieben hat, war sehr freundlich. Und wo soll ich sonst hin? Ich habe keinen Menschen außer ihr.«

»Doch...« Hans Breidach griff nach ihrer Hand. »Mich, Isabell! ich hab' dich lieb. Ich habe selbst nicht gewußt, wie sehr – bis gestern, als du kamst, um uns Lebewohl zu sagen. Es war bis jetzt immer so selbstverständlich, daß du da warst. Sag, willst du mich heiraten?«

Sie schaute ihn einen Augenblick schweigend an. Dann schüttelte sie den Kopf. »Nein, Hans...«

Sie sah, wie weh sie ihm getan hatte mit ihrer Antwort, aber sie hatte ihm keine andere geben können.

Isabell war siebzehn Jahre alt, sie wußte nicht viel von der Liebe. Da waren nur manchmal Träume gewesen von einem Mann, der eines Tages kommen und dessen Lächeln genügen würde, sie atemlos zu machen. Ein Mann, dessen Berührung sie zittern lassen und allen eigenen Willen auslöschen würde bis auf den einen: ihm anzugehören.

Der blonde Junge, der da vor ihr stand, war nicht dieser Mann.

Isabell griff nach ihrem Bündel, das die wenigen Habseligkeiten enthielt, die sie in ihr neues Leben mitnehmen wollte. »Adieu, Hans. Glaub mir, es ist besser, wenn ich gehe, auch wenn es dich jetzt traurig macht. Eines Tages wirst du über deinen Kummer lächeln.«

»Nie«, erwiderte er erstickt. Er blickte ihr nach, wie sie davonging, und zum erstenmal seit seiner Kindheit war ihm nach Weinen zumute.

Der Himmel im Osten färbte sich mit dem blassen Rot der aufgehenden Sonne, als hinter Isabell die Türme von Straßburg zurückblieben. Sie wanderte die staubige Straße entlang und spähte nach einem Bauernkarren aus, der sie vielleicht ein Stück Weges mitnehmen würde.

Sie hatte wohl noch ein wenig Geld, das sie vor den plündernden Soldaten hatte verstecken können. Es war genug, um mit der Postkutsche nach Kehl zu reisen. Aber Isabell wußte nicht, was sie bei ihrer Tante erwartete. Deshalb wollte sie die paar Taler für den Notfall zurückbehalten. Sie kannte die älteste Schwester ihres Vaters kaum. Da war nur noch eine verschwommene Erinnerung, daß die inzwischen verwitwete Frau Babette Schollmeyer vor Jahren einmal in Straßburg zu Besuch gewesen war.

Isabell hatte der Tante den Tod von Vater und Bruder in einem Brief mitgeteilt, und Frau Babette hatte umgehend geantwortet. 'Es macht mir große Sorge, daß Du nun ganz allein lebst. Willst Du nicht lieber zu mir kommen?'

Dann hatte sie noch hinzugefügt, daß sie 'gar greulich an der Gicht leide' und deshalb eine junge Hilfe gut gebrauchen könne.

Isabell seufzte. Sie war ja gern bereit, die Tante zu pflegen und zu versorgen. Hoffentlich war sie nur keine nörglige, launenhafte Kranke, der man nichts recht machen konnte.

Inzwischen war die Sonne vollends aufgegangen und vertrieb den Morgennebel, der in den Niederungen lastete. Die Straße führte jetzt durch einen Wald. Es ging ein wenig bergauf, und Isabell verlangsamte ihren Schritt. Plötzlich, an einer Wegbiegung, hörte sie Stimmen vor sich. Die jammernde einer Frau und das Weinen eines Kindes. Jemand lachte; es klang roh und mißtönend. Dann schrie ein Mann auf wie in höchster Todesnot. Ein Pferd wieherte schrill.

Isabell spürte ihr Herz hart gegen die Rippen klopfen. Sie wich in den Schatten der Bäume zurück. Ängstlich bemüht, kein Geräusch zu machen, schlich sie näher.

Hans Breidach und seine Eltern hatten sie gewarnt. Es sei gefährlich, in solchen Zeiten allein unterwegs zu sein. Überall wimmele es von Marodeuren und allerlei Gesindel. Aber Isabell hatte ihre Bedenken zerstreut. 'Bei Tage bin ich sicher. Da sind immer Leute unterwegs.'

Sie erreichte die Stelle, wo die Straße einen Knick machte. Aus schreckgeweiteten Augen starrte Isabell auf das Bild, das sich ihr bot. Mitten auf dem Weg lag ein umgestürzter Planwagen. Drei verwegen aussehende Männer mit schweren Reiterpistolen im Gürtel und breitrandigen Federhüten auf dem Kopf waren damit beschäftigt, ihn auszuplündern. Johlend schleppten sie Kisten und Kästen ins Freie, rissen das Stroh der Lagerstatt auseinander, um nach ein paar Bettelpfennigen oder verstecktem Silberzeug zu suchen. Ein Mann lag stöhnend am Boden. Aus seinem Mund sickerte ein dünner Blutfaden. Eine junge, schwarzhaarige Frau kniete neben ihm, ihr weinendes Kind an sich gepreßt. Das armselige Pferd, das den Wagen gezogen hatte, war bereits ausgespannt und wurde von einem vierten Wegelagerer weggeführt.

»Halt's Maul!« schrie er der Weinenden zu. »Sonst stopfe ich es dir und deinem Balg!«

Isabell zitterte am ganzen Leib. Sie wollte sich umwenden und davonlaufen, den Weg zurück, den sie gekommen war. In ihrer Hast achtete sie nicht darauf, wohin sie trat. Ihr rechter Fuß verfing sich im Gestrüpp, sie stolperte und stürzte. Unwillkürlich schrie sie auf, als Dornen und Zweige ihr die Haut zerkratzten.

Im nächsten Augenblick hörte sie hastige Schritte hinter sich. Eine grobe Faust packte sie und riß sie hoch.

Aus schreckgeweiteten Augen starrte Isabell auf den Mann, der sie festhielt. Er war blond und noch jung, aber sein Gesicht verriet Brutalität und Verschlagenheit. »Sieh an«, sagte er mit einem unangenehmen Lachen, »da habe ich ja einen hübschen Fang gemacht!«

Isabell wehrte sich heftig gegen den rohen Griff des Banditen, aber gegen seine Kraft kam sie nicht an. Er hielt sie an sich gepreßt und pfiff seinen drei Kumpanen, die gleich darauf zwischen den Büschen auftauchten.

»Hol's der Teufel, ein Mädchen!« schrie einer von ihnen. Er hatte ein rotes, blatternarbiges Gesicht. »Und was für eines!« Mit einem breiten Grinsen zog er vor Isabell den Hut und erwies ihr eine übertriebene Reverenz. »Mademoiselle, ich bin entzückt. Wenn alles an Euch so reizend ist wie Euer Gesicht, hab' ich heute meinen Glückstag.«

Die anderen lachten gröhlend, als der Bandit nach ihr griff. Ein kurzer Ruck, und Isabells Kleid war bis zur Taille aufgerissen. Der Blonde hielt ihr die Arme fest. Isabell stand völlig wehrlos da, den Blicken der Männer preisgegeben, und sie wußte, sie würden über sie herfallen wie wilde Tiere.

Verworrene Gedanken schossen ihr durch den Kopf. Werden sie mich töten – nachher, wenn alles vorbei ist? Oder werde ich es selbst tun, weil der Ekel mich erstickt? Kann man das jemals vergessen? Kann man je wieder die Hände eines Mannes auf seiner Haut ertragen, ohne zu schreien vor Entsetzen? Oder wird man stumpf, ausgehöhlt, empfindungslos...

Sie schrie nicht, als man sie zu Boden warf. Sie wehrte sich nur mit zusammengebissenen Zähnen, mit der Geschmeidigkeit einer Wildkatze. Und sie dachte immer wieder: Ich kann es nicht ertragen, ich kann es nicht...

Sie sah das feiste Gesicht des Blatternarbigen über sich. Sie hörte, wie der Blonde protestierte: »Laß sie! Ich habe sie entdeckt. Sie gehört mir...«

Und der andere antwortete mit einem rohen Auflachen: »Warte es nur ab, Söhnchen, du wirst sie schon noch bekommen.«

In diesem Augenblick umkrampften Isabells Finger den Griff eines Messers, das der Bandit im Gürtel trug. Es hatte sich bei dem Kampf gelockert und rutschte sofort aus der Scheide. Isabell handelte ganz mechanisch, ohne zu denken, wie ein in die Enge getriebenes Tier, das im Angriff den einzigen Ausweg sieht. Sie stieß einfach zu, stieß in diesen feisten, schweren Körper, der sie mit seinem Gewicht niederdrückte.

Der Blatternarbige brüllte auf. Er wälzte sich zur Seite und preßte die Hände gegen den Leib. Ehe die anderen recht begriffen, was geschehen war, war Isabell auf den Füßen und rannte davon, tiefer in den Wald hinein. »Das Luder!« schrie der Blatternarbige. »Bringt sie um. Sie hat mir das Messer in die Seite gerannt!«

Der Blonde riß als erster seine Reiterpistole hoch. Isabell hörte den dröhnenden Hall des Schusses. Ihr war, als glitte ein glühendes Eisen in ihren linken Oberarm. Im Laufen preßte sie die Hand dagegen und spürte, wie es heiß und klebrig zwischen ihren Fingern hervorsickerte.

In diesem Augenblick war von der Straße her Pferdegetrappel zu vernehmen. Es mußten mehrere Reiter sein, die da kamen, vielleicht sechs oder acht. Eine Kutsche folgte ihnen. Isabell hörte das Knirschen der Räder auf dem sandigen Boden.

»Verdammt!« schrie einer der Banditen. »Wir müssen verschwinden! Hier – durch das Unterholz; da holen sie uns mit den besten Pferden nicht ein.«

Hastig machten sich die drei davon, noch ehe die kleine Reiterkavalkade auf der Straße zum Halten kam. Ihren verletzten Kumpan ließen sie zurück.

Kriechend versuchte er, das schützende Gebüsch zu erreichen. »Wartet doch«, schrie er, »nehmt mich mit...« Aber niemand hörte auf ihn.

2

Der Graf Henry de Montfort war der Anführer der Eskorte, die an diesem Morgen den Wagen Liselottes von der Pfalz, der jetzigen Herzogin von Orléans, begleitete. Montfort war ein schlanker, achtundzwanzigjähriger Mann mit einem klaren, kühnen Gesicht, zu dem die träumerischen dunklen Augen einen reizvollen Gegensatz bildeten. Da er der kleinen Kavalkade vorausritt, sah er als erster den umgestürzten Planwagen auf der Straße. Die schwarzhaarige Frau kauerte noch immer im Staub bei ihrem Mann, das weinende Kind an sich gedrückt. Es war, als habe das Entsetzen sie blind und taub gemacht für alles, was um sie her geschah.

Montfort zügelte seinen Fuchs und rüttelte die Frau an der Schulter. »Was ist geschehen? Ein Überfall?« Er sprach französisch, und die Frau blickte ihn zunächst aus großen, verständnislosen Augen an. Dann schien sie den Sinn seiner Frage zu begreifen. Sie deutete zum Wald hinüber.

»Dort...« stammelte sie, »Banditen! Sie haben meinen Mann niedergestochen.«

Inzwischen waren die übrigen Reiter mit der Kutsche herangekommen. Die Männer sprangen von den Pferden. Drei von ihnen versuchten sogleich, den Planwagen aufzurichten, während sich die anderen zu Fuß an die Verfolgung der Wegelagerer machten.

Liselotte von der Pfalz hatte die lindgrünen Damastvorhänge an den Kutschfenstern beiseite gezogen und beugte sich hinaus. Henry de Montfort ritt zu ihr hin.

»Es wird hoffentlich nicht lange dauern, bis wir weiterkönnen. Bleibt solange im Wagen, Madame.«

Liselotte war viel zu tatkräftig und warmherzig, um seiner Aufforderung Folge zu leisten. Sie stieg aus und lief zu der Unglücksstelle hinüber. Der Verletzte war nicht bei Bewußtsein. Seine Frau versuchte, ihn auf die Seite zu drehen, in die ihn das Messer getroffen hatte. Das schreiende Kind – es war ein kleiner Junge von vielleicht drei Jahren – hing ihr am Rock.

Kurz entschlossen nahm Liselotte den Kleinen auf den Arm. »Aber Bübele«, sagte sie in ihrem Pfälzer Dialekt, den sie in den zehn Jahren ihres Aufenthaltes in Frankreich nicht verlernt hatte, »wer wird denn als weinen! Du bist doch kein Wickelditz mehr.«

Der Kleine starrte die fremde Dame in dem blauen Samtmantel mit offenem Mund an. Liselotte wischte ihm mit dem Taschentuch das tränenverschmierte Gesichtchen ab. »So, und jetzt bist du fein still. Es ist ja alles wieder gut.«

Seit jeher hatte Liselotte auf Kinder eine besondere Anziehungskraft ausgeübt. Das erwies sich auch jetzt. Die Tränen des Kleinen versiegten, und als Liselotte ihn hin und her wiegte, stahl sich sogar ein zaghaftes Lächeln auf das runde Kindergesicht.

Sie winkte Graf Montfort herbei. »Seid so gut und kümmert Euch um den Verletzten. Glaubt Ihr, daß man ihn mit seinem Wagen ins nächste Dorf bringen kann?«

»Ich denke schon. Er muß auf jeden Fall zu einem Arzt.«

»Holt Decken und Kissen aus der Kutsche, damit er eine bequeme Lagerstatt bekommt und das Rütteln des Wagens nicht so spürt.«

Liselotte wandte sich an die Frau, die begonnen hatte, breite Leinenstreifen von ihrem Unterrock abzureißen, um damit ihren Mann zu verbinden. »Wie heißt Sie, meine Liebe?«

»Katharina... Katharina Helfrich, Ihro Gnaden. Wir gehören zum fahrenden Volk und wollten nach Straßburg. Der König ist dort, und bei solchen Anlässen gibt es immer einen Jahrmarkt, wo unsereins ein paar Heller verdienen kann. Aber nun...« Ihre Stimme schwankte.

»Bis Straßburg kann Sie keinesfalls mit Ihrem Mann fahren. Am besten nimmt Sie sich im nächsten Gasthof ein Zimmer.« Liselotte holte ihre bestickte Geldbörse hervor und drückte sie der Frau in die Hand. »Hier – das wird Ihr eine Zeitlang weiterhelfen.«

Zwei Herren von Liselottes Eskorte, der Chevalier d'Orbise und ihr Page Eberhard von Harling, kamen von der Verfolgung zurück. »Wir haben einen der Halunken gefunden!« rief der Chevalier. »Er liegt verwundet im Gebüsch. Aber die anderen sind entkommen.«

Henry de Montfort war inzwischen zu Liselottes Kutsche gegangen und kehrte mit einer pelzverbrämten Decke und einigen Seidenkissen zurück. Und in diesem Augenblick sah er Isabell.

Sie kam aus dem Wald, Monsieur de Trouve führte sie. Das aufgesteckte Haar hatte sich gelöst. In goldbrauner, köstlicher Fülle fiel es ihr über den Rücken. Schultern und Brüste schimmerten durch das zerfetzte Kleid. Bei jedem Schritt, den sie tat, sah man ihre langen, schlanken Beine.

Henry de Montfort war als zwölfjähriger Knabe an den Hof Ludwigs XIV. gekommen. Er kannte die Schönheit einer Madame de La Vallière, einer Montespan, die raubtierhafte Anmut der Gräfin von Soissons, einer Nichte Kardinal Mazarins; er hatte mit den bezauberndsten Frauen in der Spiegelgalerie von Versailles getanzt. Aber dieses Mädchen in seinem zerlumpten Kleid und dem wirren Haar schien ihm schöner als alle, die er bisher gesehen hatte. Sie war wie die Verkörperung aller Träume, die er je von einer Frau geträumt hatte.

»Mein Gott«, entfuhr es auch Liselotte, »welch ein zauberhaftes Geschöpf! Aber sie ist ja verletzt...«

Isabell zitterte. Ihre Augen waren starr und weit aufgerissen, als begriffe sie noch gar nicht, daß sie nun in Sicherheit war. Liselotte setzte den kleinen Buben, den sie bis jetzt auf dem Arm gehalten hatte, auf den Boden und entledigte sich ihres Reisemantels.

»Danke«, murmelte Isabell mühsam, als die Herzogin ihn ihr um die Schultern legte. Sie wollte ihn über der

Brust zusammenraffen, aber ihre Glieder gehorchten ihr nicht mehr. Ihr war, als verwandle sich der Boden zu ihren Füßen in eine zähe, teigige Masse, die sich unter ihr bewegte, hinauf und hinunter. Es gab keinen Halt mehr – nichts... Nur noch die schwarze Woge einer grenzenlosen Schwäche, die Isabell mit sich riß und sie fortspülte an ein fernes Ufer, wo es keine Schmerzen mehr gab und keine Angst – nur noch barmherzige Dunkelheit.

Der Chevalier de Lorraine hielt mit seinem Fechtmeister eine Übungsstunde ab. Die Degen mit den durch kleine Kugeln gesicherten Spitzen prallten aufeinander. Es gab jedesmal einen hellen, sirrenden Ton. Der Fechtmeister Jean Cressy griff nach ein paar blitzschnell geführten Finten an. Der Chevalier wich dem gegen seine Brust geführten Stoß geschmeidig aus. Cressys Schlag ging ins Leere. Sein eigener Schwung riß ihn nach vorn. Er geriet ins Stolpern und hatte Mühe, sich auf den Füßen zu halten.

Der Chevalier lachte mit blitzenden Zähnen. Diesmal streifte seine Degenklinge um Haaresbreite Cressys Hals. Drei, vier sehr schnell geführte Quarten und Quinten drängten Lorraine wieder zurück. Cressy holte zu einem Kopfhieb von rechts aus. Der Chevalier duckte sich und vollführte eine rasche Quintparade von links. Er versuchte, Cressy den Degen aus der Hand zu schlagen. Die Klinge beschrieb einen blitzenden Halbkreis und berührte die Waffe des Fechtmeisters in einer Second-Bindung.

In diesem Augenblick tauchte ein livrierter Diener in der Tür auf und gab dem Chevalier zu verstehen, daß er ihm etwas auszurichten habe. Der ließ seinen Degen sinken. »Was gibt es, François?«

»Der Wagen von Madame de Grancey ist soeben vorgefahren. In ihrer Begleitung befindet sich der Marquis d'Effiat.«

Madame de Grancey war eine nicht mehr junge, aber immer noch sehr schöne Frau. Sie stand am Fenster, als der Chevalier de Lorraine nach einer Viertelstunde den Salon betrat. Er hatte sich umgezogen und küßte der Grancey die Hand. Dann begrüßte er den Marquis.

»Wir haben Neuigkeiten«, sagte d'Effiat. »Ein Kurier ist eingetroffen. Der König und seine Begleitung werden

Ende der Woche in Paris zurückerwartet. Im übrigen soll es Differenzen zwischen Seiner Majestät und Madame von Orléans gegeben haben.« Er lächelte maliziös. »Madame geruhte wieder einmal aus der Reihe zu tanzen. Weiß der Teufel, woher sie es erfahren hat – jedenfalls behauptete sie plötzlich, der König habe Straßburg durch einen militärischen Gewaltakt an sich gerissen und dies sei eine Schande, die zum Himmel schreie.«

Die Grancey lachte spöttisch. »Das soll sie Seiner Majestät wörtlich an den Kopf geworfen haben und einiges noch dazu. Wir kennen ja Madame Liselottes Art. Anschließend hat sie sich geweigert, an den Festlichkeiten zu Ehren des Königs teilzunehmen. Statt dessen hat sie sich einige Male ohne Erlaubnis aus Straßburg entfernt, um sich auf einem Landsitz mit ihrer Mutter zu treffen.«

»Und?« erkundigte sich de Lorraine, während er sich affektiert, mit übergeschlagenen Beinen auf einem damastbezogenen Sofa niederließ. »Wie hat der König all das aufgenommen?«

»Verständlicherweise sehr ungehalten. Als *Madame* auch zu einer Opernaufführung nicht erscheinen wollte, hat er ihre Anwesenheit kurzerhand befohlen. Daraufhin schützte sie eine Krankheit vor, von der sie allerdings augenblicklich genas, als Seine Majestät ihr seine eigenen Ärzte schicken wollte.« Der Marquis ordnete den reichen Spitzenbesatz an seinen Ärmeln. »Man weiß ja, was *Madame* von unseren Ärzten hält. Quacksalber nennt sie sie und kuriert sich lieber mit ihren abscheulichen, übelriechenden Kräuteraufgüssen, ehe sie einen von ihnen an sich heranläßt.«

»Jedenfalls«, vollendete Madame de Grancey, »erschien *Madame* an jenem Abend in der Loge des Königs, und sie soll ausgesehen haben, als ob sie an ihrem eigenen Zorn ersticke.«

»Das ist gut, das ist sogar ausgezeichnet«, meinte der Chevalier de Lorraine und läutete nach einem Lakai, um Wein und Konfekt bringen zu lassen. »Ich glaube, wir brauchen gar nicht viel zu tun – Madame Liselotte schaufelt sich ihr eigenes Grab.«

Madame de Grancey preßte die vollen Lippen zusammen. »Morgen oder übermorgen kann sie bei Seiner Majestät wieder in Gnaden aufgenommen sein. Wir kennen ja seine unerklärliche Schwäche für seine Schwägerin. Darum sollten wir schon etwas unternehmen, und die Gelegenheit dazu war noch nie so günstig.«

Bei der hohen Stellung, die Liselotte bekleidete, blieb es gar nicht aus, daß sie Neider und Feinde hatte. Aber der Marquis d'Effiat, der Chevalier de Lorraine und seine Geliebte, Madame de Grancey, waren ihre ärgsten.

Jahrelang hatten diese drei Menschen den verderblichsten Einfluß auf Philipp von Orléans ausgeübt. Damals hatte seine erste Frau Henriette noch gelebt. Die Ehe zwischen ihr und Philipp war sehr unglücklich gewesen. Der Herzog, zwar gutmütig, aber äußerst willensschwach, stand ganz im Bann seiner üblen Freunde. Er feierte wilde Gelage mit ihnen, spielte und trank. Als dann Henriette von Orléans starb, sprach man sogar davon, der Chevalier de Lorraine und der Marquis d'Effiat hätten sie vergiftet. Die Wahrheit dieses Gerüchtes ist nie bewiesen worden, dennoch hielt es sich hartnäckig viele Jahre. Es hatte sicherlich auch dazu beigetragen, daß der König damals die üble Clique vom Hof verbannte und dafür sorgte, daß sich sein Bruder so schnell wie möglich wieder vermählte. Philipps in Ungnade gefallene Freunde aber hatten Liselotte gehaßt, noch bevor sie den Fuß auf den Boden Frankreichs setzte.

Erbittert hatten die Grancey und die beiden Männer beobachtet, daß Philipps zweite Ehe anscheinend glücklich war und daß die verhaßte Pfälzerin sogar beim König in hoher Gunst stand. Erst in den letzten Jahren schien sich Philipps Zuneigung für Liselotte abgekühlt zu haben, und diese Tatsache nutzten der Chevalier, sein Freund und seine Geliebte, sich wieder bei dem Herzog einzuschmeicheln.

Der Grancey gelang es zuerst. Liselotte wußte nicht, was sich vor ihrer Heirat im Palais Royal, dem Stadtschloß der Herzöge von Orléans, abgespielt hatte. Deshalb war sie auch ganz arglos, als Philipp Madame de Grancey zur Erzieherin seiner beiden Kinder ernannte und bald darauf auch der Chevalier de Lorraine und der Marquis d'Effiat immer häufiger in *Monsieurs* Gesellschaft anzutreffen waren. Der Herzog von Orléans unterhielt einen Hofstaat von mehr als hundert Personen, im Palais Royal wimmelte es von Menschen, über deren Bedeutung oder Charakter Liselotte unmöglich immer Bescheid wissen konnte.

Der Chevalier goß jetzt Wein in die geschliffenen Kelche aus Muranoglas. »Aber was können wir tun? Wir dürfen uns zu keiner Unvorsichtigkeit hinreißen lassen. Ich habe keine Lust, noch einmal für acht Jahre vom Hof getrennt zu werden.«

»Das wird auch nicht geschehen.« Madame de Granceys Augen funkelten böse. »Wir müssen abwarten und Madame Liselotte beobachten. Ich habe schon so meine Pläne, die wir zur rechten Zeit in die Tat umsetzen werden.« Sie hob ihr Glas. »Trinken wir darauf, daß die alten, angenehmen Zeiten bald für uns wiederkehren.«

Versailles... Das war wirklich der steingewordene Märchentraum eines Königs mit seiner verschwenderischen Pracht aus Gold, Silber und Marmor, der ausgewogenen Harmonie seiner Säle, Zimmerfluchten, Treppen und Galerien.

Ein Märchentraum waren auch die von Le Nôtre geschaffenen Parkanlagen, selbst jetzt, in dieser kalten, grauen Jahreszeit, in der sich früh die Dunkelheit herabsenkte über die weißen Marmorgöttinnen zwischen Thuja- und Buchsbaumhecken, die breiten Alleen und die wasserspeienden Tritonen und Nymphen der Springbrunnen.

Welch ein Anblick müssen diese Gärten erst im Sommer sein! dachte Isabell, als sie im Dämmerschein des Abends von einem Spaziergang zum Schloß zurückkehrte.

Sie blieb auf einer der Terrassen stehen und malte sich das feenhafte Bild aus, wenn die Blumenrabatten in allen Farben glühten, die Wasserspiele im Sonnenlicht glitzerten und vergoldete Barken mit purpurroten Segeln über die künstlich angelegten Kanäle und Teiche glitten.

Isabell war seit drei Tagen in Versailles, und noch immer erschien ihr die Wandlung, die ihr Leben erfahren hatte, wie ein Wunder.

Sie war sehr krank gewesen, nachdem sie damals auf der staubigen Landstraße zusammengebrochen war. Viele Tage hatte sie im Fieber gelegen, ohne zu wissen, was mit ihr geschehen war. Da war nur noch die verschwommene Erinnerung an einen Mann, der sich mit erschrockenem Gesicht über sie gebeugt hatte. Ein schönes, klares Gesicht war es gewesen, mit warmen, dunklen Augen. Er hatte sie zu einer Kutsche getragen, und trotz ihrer Schwäche hatte sich Isabell in diesem kurzen Augenblick seltsam geborgen, beinahe glücklich gefühlt.

Später, in den flüchtigen Momenten schmerzerfüllten Wachseins, hatte sie begriffen, daß sie in einem Bett lag, in einem fremden, freundlichen, hellen Zimmer. Manchmal war eine alte, sehr vornehme Dame bei ihr gewesen und hatte sich flüsternd mit der sommersprossigen Dienstmagd unterhalten, die Isabell gepflegt hatte.

Heute wußte Isabell, wer die alte Dame gewesen war: Kurfürstin Charlotte von der Pfalz, die Mutter von Madame Liselotte. Sie wußte auch den Namen des Mannes, der sie in die Kutsche der Herzogin getragen hatte: Graf Henry de Montfort...

Isabell hatte ihn nach ihrer Genesung ein paarmal aus der Ferne wiedergesehen und hatte sich dabei jedesmal an jene glückhafte Geborgenheit erinnert, die sie in seinen Armen empfunden hatte.

Isabell schrak aus ihren Gedanken auf, als sich Schritte aus einem Seitenweg näherten. Ein Mann trat aus dem Schatten der Bäume und kam die Terrassenstufen herauf. Bei Isabells Anblick blieb er stehen.

Es war noch hell genug, daß er ihr Gesicht erkennen konnte: das bezaubernde Oval der Wangen, den sensiblen, weichgeschwungenen Mund, die großen Augen.

Isabell knickste. Der abendliche Spaziergänger war zwar einfach gekleidet in schwarze Kniehosen und einen Rock aus dunkelgrünem Tuch. Aber es ging etwas von ihm aus, das Isabell instinktiv spüren ließ: Dies war ein Herr von Stand.

Der Fremde lächelte sie an. Es war ein Lächeln, das ihr unerklärlicherweise Herzklopfen verursachte. »Hat Sie sich verlaufen, Mademoiselle? Oder sucht Sie jemanden?«

»Nein. Ich... ich habe nur einen Spaziergang gemacht.«

»Ihr gefallen die Gärten von Versailles?«

»Sie sind wundervoll«, antwortete Isabell ehrlich. »Nie im Leben habe ich etwas Schöneres gesehen.«

»Ich auch nicht«, sagte der Fremde, aber er schaute Isabell unverwandt an. Sein Blick war wie ein Streicheln. »Sie spricht französisch mit einem fremdländischen Akzent. Woher kommt Sie?«

»Aus Straßburg. Ich bin Deutsche. Nur meine Mutter war Französin. Sie stammte aus Châlons. Sie hat uns Kindern ihre Muttersprache beigebracht.«

Der Mann im grünen Tuchrock runzelte unmerklich die Brauen. »Sie ist Deutsche, sagt Sie? Weiß Sie nicht, daß Straßburg zu Frankreich gehört?«

»Und ob ich das weiß!« entgegnete Isabell bitter. »Es ist uns auf blutige Weise beigebracht worden. Meinen Bruder und meinen Vater hat es das Leben gekostet.«

»Ach...« Er schien betroffen. »Dann ist Sie wohl nicht gut auf die Franzosen und ihren König zu sprechen, wie?« Und als Isabell nicht antwortete, fügte er mit einem halben Lächeln hinzu: »Sie kann es mir ruhig sagen. Ich werde es dem König gewiß nicht weitererzählen.«

»Ihr seid wohl auch kein Freund von ihm?« fragte Isabell.

Der Fremde hob die Schultern. »Welcher König hat nur Freunde... Manchmal, das will ich nicht bestreiten, ist er mir nicht unsympathisch. Aber es gibt auch Stunden, in denen er mir recht zuwider ist.«

»Ich hasse ihn!« rief Isabell leidenschaftlich. »Ihr wart nicht dabei in Straßburg. Ihr habt nicht miterlebt, wie man uns überfallen hat. Freilich, Madame von Frankreich versucht, mir meinen Haß auszureden. Sie sagt, der König sei im Grunde ein guter Mensch, obwohl sie selbst noch vor wenigen Wochen einen großen Zorn auf ihn hatte. Aber inzwischen hat sie sich wieder mit ihm versöhnt.«

»Madame von Frankreich?« wiederholte der Unbekannte. »Steht Sie in Diensten bei der Herzogin von Orléans?«

»Ich bin Kammerzofe bei ihr. Madame hat mich aus Straßburg mitgenommen. Das heißt – genau gesagt hat sie mich auf der Landstraße gefunden, nachdem Banditen mich überfallen hatten. Ich war sehr krank danach, und Madame Liselotte hat mich auf ein Gut zu ihrer Mutter gebracht. Als es mir besser ging, hat mich die Herzogin ein paarmal besucht und mir schließlich den Vorschlag gemacht, in ihre Dienste zu treten.«

»Und das hat Sie getan?« fragte der Fremde ein wenig spöttisch. »Obwohl Ihr Frankreich so viel Abscheu einflößt?«

»Madame Liselotte war sehr gut zu mir«, antwortete Isabell einfach. »Ich wollte gern bei ihr bleiben.«

Eine Weile herrschte Schweigen. Dann griff der Fremde überraschend unter Isabells Kinn und zwang sie, ihn anzusehen. Die kleine Berührung weckte eine sonderbare Wärme in ihr.

Er war nicht mehr jung, dieser Mann, aber es ging eine faszinierende Anziehungskraft von ihm aus. Etwas, das Isabell atemlos machte und ihr das Blut in schnellen Stößen zum Herzen jagte.

In den großen, blauen Männeraugen sprang ein Funke auf. »Sie ist sehr reizend, weiß Sie das, Sie kleine Königshasserin? Und in einem sind Seine Majestät und ich uns bestimmt ähnlich: Wir lieben die Frauenschönheit...«

Im nächsten Augenblick hatte er sie an sich gezogen und küßte sie. Es war der erste wirkliche Kuß eines Mannes, den Isabell empfing. Und einen kurzen Augenblick überließ sie sich ganz der fremden Seligkeit, die diese warmen, wissenden Lippen in ihr weckten. Dann stieß sie den Fremden zurück. »Was erlaubt Ihr Euch! Oh, ich sollte Euch ohrfeigen für Eure Unverschämtheit!«

Es war weniger Zorn auf ihn, als vielmehr auf sich selbst, auf ihre eigene, schwindelnde Verwirrung, was Isabell so heftig werden ließ. Hastig wandte sie sich um und lief davon, tiefer in das Dunkel des Parkes hinein. Erst im Schatten einer Taxushecke blieb sie stehen und schaute sich mit fliegendem Atem um, ob der Fremde ihr folgte.

Er stand noch oben auf den Terrassenstufen. Seine Gestalt hob sich deutlich gegen den helleren Himmel ab.

Isabell ballte die Fäuste. Wenn er mir nachgelaufen wäre, dachte sie, bei Gott, ich hätte ihn wirklich geohrfeigt!

In diesem Augenblick tauchte auf der großen Mittelallee eine Schar Höflinge mit Windlichtern auf. Als sie des Fremden ansichtig wurden, eilten sie hastig auf ihn zu. Ihre Stimmen drangen bis zu Isabell hinüber.

»Dem Himmel sei Dank, Sire, daß wir Euch gefunden haben! Wir haben Eure Majestät mindestens eine halbe Stunde gesucht und fürchteten schon, Euch sei ein Unfall zugestoßen.«

Der Fremde lachte. »Ihr seid zu besorgt um mich, Chevalier. Hat ein König nicht das Recht, einmal allein zu sein, wenn es ihn danach verlangt?«

Sire... Eure Majestät...? Isabell stockte der Atem. Sie preßte beide Hände gegen die Schläfen. Der Mann im grünen Tuchrock war der König!

3

Liselotte von der Pfalz saß in einem kleinen, mit apfelgrünen Seidentapeten ausgeschlagenen Kabinett. Vor ihr lag ein angefangener Brief an Carl Ludwig, den Raugrafen von der Pfalz, ihren Halbbruder. Liselotte war allen Kindern ihres Vaters aus seiner zweiten Ehe zugetan, aber Carllutz – wie der junge Raugraf allgemein genannt wurde – liebte sie am meisten. Es bedrückte sie, daß er und seine Schwestern seit dem Tode des Vaters in ziemlich dürftigen Verhältnissen lebten, und sie hatte deshalb in Straßburg auch mit ihrer Mutter über dieses Problem gesprochen.

Davon berichtete Liselotte jetzt Carllutz. Hurtig kratzte ihre Feder über das Papier.

'... Ihro Gnaden, die Kurfürstin, meine Frau Mutter, ist gar nicht verbittert gegen Euch. Sie hat mir gesagt, daß sie Eure Geschwister alle liebhat... Ich habe mein Bestes getan, um Euch bei meiner Frau Mutter zu rekommandieren, ihr auch gesagt, daß sie mir den größten Gefallen von der Welt erweisen würde, sich Eurer anzunehmen...'

Liselotte brach ab, als sie eilige Schritte im Vorsaal hörte. Es klopfte.

Die Herzogin wußte sofort, daß Isabell draußen stand. Niemand sonst am französischen Hof pflegte an die Tür zu klopfen. Man kratzte nur mit dem Fingernagel an das Holz, um sich bemerkbar zu machen.

»Komm herein, Isabell!« rief die Herzogin.

Das Mädchen riß die Tür auf und schloß sie sofort wieder hinter sich. Es war blaß und atemlos. »Ihro Gnaden... Mein Gott, ich bin noch ganz durcheinander! Der König... Ich bin dem König im Park begegnet und...«

»Was – und?« Liselotte steckte den Federkiel in das Tintenfaß. »Warum sprichst du nicht weiter?«

Isabell erzählte, was sich zugetragen hatte. Nur, daß der König sie am Ende geküßt und sie ihm deshalb Ohrfeigen angedroht hatte, verschwieg sie. Sie hatte auf einmal das Empfinden, noch einmal die Berührung der weichen, warmen Männerlippen zu spüren. Ein kleiner Schauer überlief Isabell, und unwillkürlich hob sie die Hand zum Mund, als könne sie mit dieser kleinen Geste auch die Erinnerung an jenen Kuß fortwischen.

»Er war abscheulich hinterlistig, Euer vielgeliebter König!« sagte Isabell heftig. »Er hat mich dazu ermuntert, meine Meinung zu sagen, und insgeheim bestimmt darüber gelacht, daß ich ihm auf den Leim gegangen bin. Glaubt Ihr, daß er nun von Euch verlangen wird, mich fortzuschicken?«

»Ich weiß es nicht«, antwortete Liselotte ehrlich. »Man kann bei dem König nie voraussagen, was er tun wird. Nun, heute abend ist *appartement*. Da werde ich hoffentlich Gelegenheit finden, mit Seiner Majestät zu sprechen.«

Appartements waren die festlichen Abendgesellschaften, die Ludwig XIV. dreimal in der Woche gab. Er war noch nicht anwesend, als Liselotte und Philipp von Orléans die prachtvolle Flucht der sieben Empfangsräume betraten, die zur königlichen Wohnung gehörten. Im Hintergrund erklangen Geigen und Cembalos. Lakaien in blau-silberner Livree reichten Wein und erlesene Leckerbissen; um die Spieltische drängten sich die Damen und Kavaliere des Hofes.

Königin Maria Theresia winkte Philipp an ihre Seite. An ihrem Tisch wurde Hocca gespielt. Die Goldlouis häuften sich auf der mit kostbaren Intarsien ausgelegten Platte.

Liselotte ging eine Weile ziellos durch die großen Räume, grüßte hierhin und dorthin, bis sie in einer Fensternische des Dianasaals den Dauphin mit seiner Gemahlin und die Marquise von Montespan entdeckte.

Die Maitresse en titre Ludwigs sah wunderschön aus an diesem Abend. Das Kerzenlicht schmeichelte ihrem Teint und verdeckte die Spuren des beginnenden Alters. Sie trug das volle, goldblonde Haar in unzählige kleine Löckchen frisiert und mit einem Samtband zurückgehalten. Ihre Robe war aus französischer Spitze und mit Perlen bestickt.

Die Montespan war lebhaft und heiter wie meist, aber auf dem Grunde ihrer Augen entdeckte Liselotte eine dunkle Unruhe, die sich in sprühenden Zorn wandelte, als kurz darauf der König erschien. An seiner Seite ging Madame de Maintenon.

Die Witwe des Komödiendichters Scarron, die die Kinder des Königs mit der Montespan erzogen und erst kürzlich von Ludwig den Titel einer Marquise verliehen bekommen hatte, trug, wie immer, keinen Schmuck außer dem großen brillantenbesetzten Kreuz, das an einer Perlenkette von vollendeter Schönheit hing.

Liselotte hörte, wie Athénais von Montespan den Atem kurz und heftig ausstieß. Sie drehte sich zu der Marquise um und sah, daß sie Mühe hatte, die Tränen zurückzuhalten. Impulsiv legte Liselotte ihr die Hand auf den Arm. »Nehmt Euch um Gottes willen zusammen, Madame! Der König verabscheut Tränen und Vorwürfe.«

»Er war also wieder bei ihr«, murmelte die Montespan mit zusammengebissenen Zähnen. »Fast jeden Tag unterhält er sich stundenlang mit ihr. Und ich sehe ihn kaum noch! Madame, könnt ihr mir erklären, was er an ihr findet?«

Das konnte Liselotte allerdings nicht. Madame de Maintenon war drei Jahre älter als Ludwig. Sie hatte eine lange Nase und ein etwas zu großes, energisches Kinn. Wirklich schön an ihr waren nur die großen, dunklen Augen und die Anmut ihrer Bewegungen.

Liselotte mochte Françoise de Maintenon nicht. Ihre Frömmigkeit hielt sie für Heuchelei, ihre zur Schau getragene Tugendhaftigkeit für den Deckmantel, unter dem sie längst des Königs Geliebte geworden war.

»Es ist empörend«, sagte sie leise zu Athénais. »Ihr habt diese Person an den Hof gebracht, ihr habt ihr tausend Wohltaten erwiesen, und nun vergilt sie Euch dies alles so übel. Aber seid getrost, eines Tages wird der König einsehen, daß die Maintenon sein Wohlwollen nie verdient hat.«

Athénais von Montespan biß die Zähne aufeinander. Ich muß etwas unternehmen, dachte sie. Es wird Zeit, daß ich wieder einmal Madame Filastre besuche.. Mag sein, daß sie noch einen von ihren vortrefflichen Liebestränken hat.

Wenn irgend jemand Liselotte gesagt hätte, die Marquise von Montespan bediene sich schon seit Jahren allerlei Zaubermittel und besuche sogar Schwarze Messen, um den König an sich zu fesseln, sie hätte ihn empört einen Lügner genannt. Liselotte war viel zu arglos und gradlinig, um zu durchschauen, wer die hübsche, goldblonde Athénais de Montespan, die so hinreißend zu lachen und so geistreich zu plaudern wußte, wirklich war.

Irgend jemand hatte sie früher einmal den 'schönsten Körper Frankreichs' genannt. Aber zu diesem Körper gehörte ein Kopf, der von Habgier und skrupellosem Ehrgeiz beherrscht war. Athénais' ganzes Denken und Streben drehten sich nur um Geld, Schmuck, Kleider und Macht. Und jetzt kämpfte sie wie eine Tigerin darum, den Platz als königliche Favoritin zu behalten, der durch Madame de Maintenon bedroht war.

Als der König durch das Spalier der Prinzen, Herzöge und ihrer Damen auf den Billardtisch zuschritt, der im Dianasaal aufgestellt war, zwang sich Athénais zu einem Lächeln und verneigte sich tief.

»Ah, unsere liebe Marquise de Montespan«, sagte Ludwig obenhin, »reizend wie immer!« Dann wandte er sich an Liselotte, und sein Ton wurde um vieles herzlicher. »Ich hoffe, Madame, Ihr werdet mir nachher die Freude machen, an meinem Tisch eine Partie *vingt-et-un* zu spielen. Übrigens habt Ihr heute eine besonders aparte Frisur. Ist sie das Werk Eurer neuen Kammerzofe?«

»Ja, Sire... Sie ist noch jung, aber recht anstellig«, antwortete Liselotte verlegen.

Ein kleiner, amüsierter Funke blitzte in des Königs Augen auf.

»Und ein rasches Mundwerk hat sie auch. Sagt ihr, sie solle es in Zukunft vor Fremden ein wenig im Zaum halten. Nicht jeder ist so verschwiegen wie der, dem sie heute begegnet ist.« Er zog den Hut, wie er es vor jeder Dame tat, und erwies Liselotte eine leichte Reverenz. Dann wandte er sich der Dauphine Maria Anna zu. »Erlaubt, Madame, daß ich Euch Eurem Gemahl für eine kleine Weile entführe. Er ist mir noch Revanche beim Billard schuldig.«

Der Hof hielt sich nicht lange in Versailles auf. Ende Januar 1682 übersiedelte der König wieder nach Paris, und hier traf Isabell ihn zum zweitenmal. Es war während eines Balles im Palais Royal, dem Stadtschloß des Herzogs von Orléans.

Liselotte tanzte gerade mit dem König ein Menuett, als man ihr die Nachricht überbrachte, ihre Tochter Elisabeth Charlotte sei plötzlich von einem heftigen Fieber befallen worden.

Der König, der Kinder sehr liebte und der kleinen Mademoiselle von Orléans besonders zugetan war, begleitete Liselotte ins Kinderzimmer.

Die fünfjährige Elisabeth Charlotte lag mit feuerrotem Gesichtchen und schweißnassem Haar in ihrem Himmelbett. Sie klagte über Bauchschmerzen, und Liselotte, die ihre Tochter kannte, vermutete sehr richtig, daß sich die Kleine an zuviel Süßigkeiten den Magen verdorben hatte.

Madame de Grancey, die schon vor Liselotte im Kinderzimmer erschienen war, meinte, man müsse unbedingt einen Arzt holen, der dem Kind Klistiere und Brechmittel eingeben solle. Aber Liselotte winkte energisch ab. Sie hatte nie vergessen, daß ihr erstgeborener Sohn Alexandre Louis an einer solchen Behandlung gestorben war. Bei fast jeder Krankheit verordneten die Ärzte Aderlässe und Abführmittel, bis die ohnehin geschwächten Patienten an völliger Entkräftung starben.

'Kein Kind ist hier vor ihnen sicher', hatte Liselotte einmal an ihre Tante, die Herzogin Sophie von Braunschweig-Lüneburg, geschrieben. 'Allein schon fünf von der Königin haben die Herren Doctores in die andere Welt geschickt.'

Nein, solange sie es verhindern konnte, kam kein Arzt an ihre kleine Tochter heran, auch wenn der König, der sehr viel von der medizinischen Fakultät hielt, ein etwas verärgertes Gesicht machte.

Liselotte lächelte ihn verzeihungheischend an. »Glaubt mir, Sire, Mademoiselle von Orléans fehlt nichts Ernstliches. Sie hat sich mit allerhand Leckereien vollgestopft, und die rumoren jetzt in ihrem Bauch. Alles, was sie braucht, ist ein schmerzlindernder Kräutertee und eine ordentliche Schwitzpackung. Das vertreibt das Fieber.«

Sie verlangte nach angewärmten Tüchern und gab Anweisung, den Tee zuzubereiten. Der König redete währenddessen leise und tröstend auf die kleine Elisabeth Charlotte ein. Er versprach ihr eine Spazierfahrt in seiner Karosse, sobald sie wieder gesund sei, und empfahl Liselotte, noch eine Weile bei dem Kind zu bleiben. »Wenigstens, bis es eingeschlafen ist, Madame. Ich werde inzwischen *Monsieur* über das Befinden seiner Tochter beruhigen.«

Zwei Diener mit flackernden Windlichtern begleiteten den König über Korridore und Treppen in die Gesellschaftsräume. Auf der Galerie, die sich um den großen Ballsaal zog und an deren Ende eine breite Marmortreppe mit vergoldetem Geländer hinunterführte, blieben sie zurück. Hier war es taghell vom Schein der vielen hundert Kerzen, die in großen Kandelabern brannten und deren Licht die bis zum Boden reichenden Spiegel funkelnd reflektieren.

An der Balustrade, im Schatten von zwei Säulen, stand ein Mädchen und spähte hinunter in den Saal: Isabell. Sie war so in den Anblick der tanzenden Paare vertieft, daß sie erst herumfuhr, als jemand ihre Schulter berührte. Ihre Augen weiteten sich vor Schreck, als sie den König erkannte. »Sire...«

Ludwig deutete in den Saal hinunter. »Das gefällt Ihr wohl, Mademoiselle?«

Sie nickte zögernd. »Es ist sehr prächtig – aber auch ein wenig verwirrend. So viele Menschen! Madame hat erzählt, es seien über sechshundert. Ich verstehe nicht, wie man all die Namen und Gesichter im Kopf behalten kann.«

»Es ist ein bißchen schwierig. Aber im Lauf der Zeit gewöhnt man sich daran.« Ludwig betrachtete Isabell und fand, daß sie noch reizender aussah, als er sie in Erinnerung gehabt hatte. Sein Blick wanderte tiefer, über den schmalen Hals, die feste junge Brust, die das enge Mieder ihres Kleides deutlich abzeichnete, die schmale Taille. Wirklich, sie war bezaubernd!

Keine jener überzüchteten Geschöpfe, wie sie im Treibhausklima des Hofes gediehen, aber auch keine Bauernmagd mit drallen Hüften und groben Händen. Sie war gesund und frisch und voller Unschuld, und gleichzeitig von einer verführerischen Weiblichkeit.

»Wie heißt Sie eigentlich?« fragte Ludwig.

»Isabell, Sire«, antwortete das Mädchen. Es war plötzlich eine sonderbare Gespanntheit zwischen ihnen. Isabell atmete rascher. Seit jener ersten Begegnung in Versailles hatte sie mit den widerstreitendsten Empfindungen an den König gedacht.

Durch seine mittelbare Schuld waren ihr Bruder und ihr Vater gestorben. Er war ein Tyrann, dessen beispiellose Verschwendungssucht das Volk ausbeutete, ihm immer neue, immer rücksichtslosere Steuern aufzwang. In den Webereien von Reims, den Gobelinmanufakturen von Paris arbeiteten Frauen und Kinder sechzehn Stunden am Tag – und all das für diesen König, für neue Armeen, für neue Schlösser, für noch mehr Macht.

Aber dieser König, dessen Namen unzählige verfluchten und fürchteten, war vor allem anderen ein Mann, dessen Faszination sich keiner entziehen konnte, der ihm einmal begegnet war.

»Isabell«, wiederholte Ludwig leise, »das ist ein hübscher Name für eine hübsche kleine Rebellin...«

Isabell schluckte. »Sire, ich muß Euch noch um Verzeihung bitten. Hätte ich neulich gewußt, wer Ihr seid...«

Er unterbrach sie mit einem Lachen. »Ich höre sehr viele Schmeicheleien. Darum lege ich es manchmal darauf an, daß man mir Grobheiten sagt. Sie hätte also dem König von Frankreich nicht mit Ohrfeigen gedroht, wenn er Sie hätte weiterküssen wollen?«

»Nein«, gestand Isabell zögernd.

Er nahm eine Locke ihres langen, seidigen Haares und wickelte sie sich um den Finger. »Das ist zwar kein Kompliment für den Mann, der Sie geküßt hat, aber immerhin! Vielleicht erinnere ich Sie einmal an dieses Versprechen.«

Isabell senkte den Blick. »Müßt Ihr nicht auf den Ball zurück, Sire?«

Er seufzte. »Eigentlich ja. Aber ich würde viel lieber mit Ihr tanzen!«

Sie mußte lachen. »Aber ich kann das doch gar nicht! Jedenfalls nicht diese höfischen Tänze. Was ist das, was die Musikanten gerade spielen? Ein Menuett?«

»Nein, eine Gavotte.«

Eine Weile schaute Isabell in den Saal hinunter. »Es sieht sehr hübsch aus. Aber es ist gewiß schwer, all diese Schritte und Figuren zu erlernen.«

»Sie würden es bestimmt rasch begreifen. Möchten Sie es einmal versuchen?«

»Ich, Sire? Aber das ist doch unmöglich! Ich kann doch nicht hier...«

Ludwig lächelte. »Hier nicht. Aber wenn Sie sich mir anvertrauen will...« Er nahm ihren Arm und führte sie rasch ans Ende der Galerie. Dort öffnete er eine Tür und schlug die Samtportieren zurück. Der Raum dahinter war von ein paar Kerzen in silbernen Wandleuchtern matt erhellt. An den Wänden standen Sofas und niedrige Taburetts.

»Hier können sich die Damen ausruhen, wenn sie ein wenig ermüdet sind«, erklärte der König und schloß die Tür. Die Musik war noch deutlich zu hören. Er verneigte sich mit ein wenig ironischer Grandezza. »Mademoiselle, wollt Ihr mir die Ehre erweisen?« Es war herrlich und verrückt zugleich – wie ein Traum, über den man beim Erwachen den Kopf schüttelt. Der König erklärte Isabell die Schritte, die sie zu tun hatte, führte sie an der Hand und summte zwischendurch leise die Melodie mit. Tanzend entfernten sie sich voneinander, schritten wieder aufeinander zu, berührten sich an den Händen, verbeugten sich. Es war wie ein Locken und Sichversagen, ein Fliehen und Zueinander-hingezogen Werden.

Als die Gavotte zu Ende war, nahm der König Isabell in die Arme. Und diesmal wehrte sie sich nicht. Sie gestand sich ein, daß sie das gewollt hatte. Seine Lippen auf ihrer Haut, seine Hände, die zärtlich und erfahren zugleich waren und deren Berührung kleine Schauer der Erregung über ihren Körper jagten. Das, was sie jetzt empfand, war nicht die Liebe, von der sie geträumt hatte! Es war anders, dunkler, schwerer – ein Verlangen vor dessen Heftigkeit sie selbst erschrak. Ihre Lippen öffneten sich unter Ludwigs Kuß, ihr Kopf sank zurück.

Aber in diesem Moment tauchten Bilder hinter ihren geschlossenen Augenlidern auf, die sich für immer in ihre Netzhaut eingebrannt hatten: die kniende, verzweifelte Menschenmenge vor dem Straßburger Münster... Ihr Vater, den die Soldaten fortführten... Ihr Bruder, den man mit einer Kugel in der Brust nach Hause gebracht hatte... Ludwig spürte, wie Isabells Körper in plötzlicher Abwehr erstarrte. Er hob den Kopf und schaute in ihr jäh erblaßtes Gesicht. »Bitte, Sire«, sagte sie leise, »laßt mich gehen. Ich... ich kann nicht. Es ist unmöglich.«

Er gab sie sofort frei. Erst an der Tür hielt er sie mit einer Frage zurück. »Sag mir nur eines, Isabell: Wen hast du jetzt zurückgewiesen – den Mann oder den König?

Für einen Moment schaute sie ihn voll an, sein edelgeschnittenes Gesicht, die blauen, leuchtenden Augen. »Den König«, antwortete Isabell dann leise, ehe sie rasch hinausging.

4

Rötlicher Flammenschein zuckte über die mit schwarzem Samt ausgeschlagenen Wände, malte zitternde Kringel auf den spiegelnden Marmorboden, der mit seltsamen Ornamenten und Schriftzeichen rings um das sternförmige Podest bedeckt war. Das Feuer brannte in einem großen, silberschimmernden Becken. Eine Frau neigte sich darüber. Auch sie war ganz in Schwarz gekleidet. Auf dem Kopf trug sie einen Goldreif mit dem Zeichen der Pharao-Schlange.

Die Augen der Frau waren starr, mit sonderbar geweiteten Pupillen. Murmelnd bewegte sie die Lippen. Dann schwoll ihre Stimme zu einem monotonen Singsang an.

In einiger Entfernung stand Athénais de Montespan. Mit einer Mischung von Grauen und Faszination verfolgte sie die Szene.

Es war nicht leicht gewesen, Madame Filastre zu überreden, noch einmal eines ihrer Zaubermittel zuzubereiten, das die Liebe des Königs zu seiner Maitresse wieder wecken sollte. Es war gefährlich geworden, das Gewerbe der Filastre auszuüben. Seit fast drei Jahren ging eine Verhaftungswelle durch Frankreich. Die Kerker füllten sich mit Männern und Frauen, die sich der Schwarzen Magie verschrieben hatten. Aus Angst vor der Folter oder um den eigenen Kopf zu retten, verriet einer den anderen, und Madame Filastre zitterte vor dem Augenblick, an dem man auch sie ins Gefängnis werfen würde.

Aber vielleicht war es gerade dann gut, eine einflußreiche Beschützerin wie die Montespan zu haben! Diese Überlegung und ein praller Beutel Goldlouis hatten die Filastre schließlich bewogen, die Bitte der Marquise zu erfüllen.

Das Feuer in der Schale war allmählich niedergebrannt. Madame Filastre wandte sich ab und entnahm einem irdenen Tiegel eine Handvoll Kräuter, die sie auf die Glut warf. Weißer Rauch stieg auf, der einen scharfen, betäubenden Geruch verbreitete. Die Gestalt der Filastre verschwand dahinter. Nur undeutlich sah Athénais, wie die Hexe die Arme hob. In den Händen hielt sie eine grünlich schimmernde Phiole. Wieder begann sie mit ihren Beschwörungsformeln, in denen mehrmals der Name der Montespan und des Königs fiel.

Eine halbe Stunde später verließ Athénais de Montespan das Haus der Madame Filastre. Ein paar Gassen weiter wartete ihr Wagen. »Nach Paris zurück«, befahl Athénais dem Kutscher und lehnte sich aufatmend in die Polster zurück. In einem kleinen Beutel auf der Brust trug sie die Phiole mit dem Liebestrank.

Die Zimmer, die Athénais im Louvre bewohnte, lagen neben denen des Königs.

Es war an einem trüben, regnerischen Februarabend, als Ludwig allein im Salon der Montespan saß. Der König sah müde aus.

Erst gegen Mittag war er von der Jagd in Fontainebleau zurückgekehrt. Nach dem Essen hatte er eine lange, ermüdende Besprechung mit seinem Kriegsminister Louvois abgehalten. Danach hatte sich Ludwig eigentlich für eine Ruhestunde zurückziehen wollen, aber die sonderbare Unrast, die ihn gefangen hielt, hatte ihn schließlich doch hierher, zu Athénais de Montespan getrieben.

Ludwig war ein Mann zwischen zwei Feuern. Seit langem schon versuchte Madame de Maintenon, ihn von Athénais zu trennen. Doch nicht – wie fast jeder am französischen Hof vermutete –, um selbst seine Maitresse zu werden, sondern um den König zu einem frommen Lebenswandel zu bekehren. Das, was ihm Françoise de Maintenon über die Todsünde des Ehebruches gesagt hatte, war nicht spurlos an Ludwig vorübergegangen. Aber Athénais war seit fast fünfzehn Jahren seine Geliebte. Er haßte die Szenen, die sie ihm neuerdings machte, dennoch hatte er sich noch nicht so völlig von ihr gelöst, wie Madame de Maintenon es wünschte. Von ihr nicht – und von dem Gedanken an eine andere nicht!

Ludwig stand auf und wanderte unruhig auf und ab.

Als er Isabell an jenem Ballabend im Palais Royal wiedergesehen hatte, hatte er ein kleines galantes Abenteuer gesucht, weiter nichts. Doch dann hatte sie sich ihm versagt, obwohl er genau gespürt hatte, daß ihr Verlangen in seinen Armen wach geworden war.

Ludwig begriff den Grund ihrer Weigerung – und er achtete ihn sogar. Isabell besaß Mut und Stolz. Und außerdem noch eine in des Königs Augen große Tugend: Sie war aufrichtig. Wer war das schon an seinem Hof – außer Madame Liselotte vielleicht!

Der König lächelte. Er hatte viele Frauen in seinem Leben gehabt, und gerade deshalb war ihm klar, welch seltene Kostbarkeit ihm in Isabell begegnet war. Mit Kostbarkeiten aber ging man behutsam um.

Ich will sie wiedersehen, dachte er. Und ich will ihr und mir Zeit lassen. Sie ist zu schade für den flüchtigen Rausch rasch gestillter Begierde.

Er hielt in seiner Wanderung inne, als die Tür geöffnet wurde. Athénais kam herein, sorgfältig frisiert, ein Schönheitspflästerchen auf der gepuderten Wange.

»Sire, ich bitte um Vergebung, daß ich Euch warten ließ. Aber ich war Eures Besuches nicht gewärtig und mußte mich erst umkleiden. Es ist selten geworden, daß der König zu mir kommt.«

Ihr vorwurfsvoller Ton reizte Ludwig sofort. Er war hierhergekommen – halb aus alter Anhänglichkeit für die Frau, die so lange seine Nächte geteilt hatte, halb, weil er gehofft hatte, eine Stunde bei Athénais werde ihn heiterer und ausgeglichener stimmen. Sie konnte sehr witzig sein, wenn sie wollte; wie oft hatten sie früher miteinander gelacht.

»Laßt das doch, Madame«, sagte Ludwig ungehalten. »Meiner Meinung nach habt Ihr keinen Grund, Euch über mich zu beklagen.«

»Wirklich nicht? Nun, dann wollen wir auch nicht mehr davon reden. Ihr seid hier, und ich will mich daran freuen. Darf ich Euch Wein anbieten und ein wenig Konfekt?«

Ihr Stimmungsumschwung erleichterte ihn. Er sah ihr nach, wie sie eine Schale mit Zuckerwerk auf den Marmortisch stellte und dann hinausging, um den Wein zu holen. Zweifellos war sie noch immer schön, aber in diesem Augenblick erkannte Ludwig, daß sie ihre Macht über ihn verloren hatte.

Aber nicht Madame de Maintenons Vorhaltungen hatten das bewirkt, sondern ein Mädchen mit braunem Haar und bernsteinfarbenen Augen. Ein Mädchen, das jung und fröhlich war und ihm, dem reifen Mann, ein Stück der eigenen verlorenen Jugend zurückgeben konnte.

Athénais kam zurück. Sie trug ein Tablett mit einer Kristallkaraffe und zwei Gläsern, die sie schon mit Wein gefüllt hatte.

Ludwig nahm das Glas, das sie ihm reichte. Er war durstig und leerte es in vollen Zügen. Die Marquise beobachtete ihn lauernd. Als er den Kelch zurückstellte, blitzte flüchtiger Triumph in ihren blauen Augen auf. Dann setzte sie sich neben Ludwig und nahm seine Hand.

Sie war plötzlich von forcierter Lustigkeit, redete von allem möglichen und lachte viel. Der König hörte ihr zerstreut zu. Er verspürte plötzlich eine eigenartige dumpfe Benommenheit im Kopf. Athénais' Stimme tat ihm in den Ohren weh; ihm wurde übel.

Mühsam stand er auf. »Es ist sehr warm hier. Ich werde das Fenster öffnen.«
Er machte ein paar taumelnde Schritte. Dann war ihm, als explodiere in seinem Kopf ein greller Blitz. Aufstöhnend griff er sich an die Schläfen. Er hörte noch, wie Athénais aufschrie, ehe er zu Boden stürzte.

Als Ludwig wieder zu sich kam, lag er auf dem Bett der Montespan. Sein Kammerdiener Bontemps und Dr. Fagon, der königliche Leibarzt, beugten sich über ihn. Athénais stand im Hintergrund, mit schreckensblassem Gesicht, die Hände ineinander verkrampft.
Fagon fühlte Ludwig den Puls und zog ihm prüfend die Augenlider hoch. »Was ist geschehen?« fragte der König mit matter Stimme.
»Eine plötzliche Schwäche, Sire«, erwiderte Fagon. »Vielleicht hervorgerufen durch eine Reizung der Gallenblase. Ich empfehle...«
Er verstummte, weil sich Ludwig im Bett aufsetzte. Grauenvolle Übelkeit überkam ihn. Bontemps reichte ihm rasch eine Schale und stützte den König, der sich würgend erbrach. Danach fühlte sich Ludwig etwas besser. Er sank in die Kissen zurück, während ihm der Kammerdiener das Gesicht mit parfümiertem Wasser abwusch.
Ludwigs Blick suchte die Montespan. »Ich möchte einen Augenblick mit der Marquise allein sein.« Er wartete, bis Bontemps und Fagon hinter der Tür verschwunden waren. Dann winkte er Athénais heran.
»Seht mich an, meine teure Marquise. Und jetzt sagt mir die Wahrheit: Habt Ihr mich vergiften wollen?«
»Ludwig!« Sie griff nach seinen Händen. »Mein Gott, wie könnt Ihr nur so etwas Entsetzliches glauben!«
»Was war es dann, das Ihr mir in den Wein getan habt? Irgendein Zaubermittel?« Er sah den Schrecken in ihren Augen und wußte, daß er auf der richtigen Fährte war. »Es ist also wahr«, sagte er leise. »De La Reynie hat mich gewarnt, aber ich habe nicht auf ihn gehört. Wißt Ihr, daß ich alle Vernehmungsprotokolle verbrannt habe, in denen Euer Name vorkam?«
Nicolas Gariel de La Reynie war der Polizeioffizier von Paris. Er leitete die Untersuchungen gegen die in Haft ge-

nommenen Wahrsagerinnen, Hexen und Giftmischerinnen. Nach ihren Aussagen hatte Madame de Montespan in den letzten Jahren mindestens sechsmal an einer Schwarzen Messe teilgenommen und allerlei Zaubermittel und Liebestränke angewandt, um den König an sich zu fesseln. An letzterem zweifelte Ludwig nicht mehr. Er erinnerte sich, daß er häufig, nachdem er bei Athénais gewesen war, an abscheulichen Kopfschmerzen, Depressionen und Schwindelanfällen gelitten hatte – vermutlich eine Begleiterscheinung der Mittel, die sie ihm heimlich eingegeben hatte. Trotzdem hatte er sich schützend vor die Montespan gestellt. Er fürchtete den Skandal und wollte nicht, daß die Frau, die ihm vier Kinder geboren hatte, vor Gericht gestellt wurde. Athénais' Lippen zitterten. Unbändige Wut auf die Filastre erfüllte sie. Was hatte die alte Hexe in den Trank getan, den sie ihr für den König mitgegeben hatte?

Trotzdem war die Marquise weit davon entfernt, irgend etwas zuzugeben. »Euer de La Reynie hat mich seit jeher gehaßt«, sagte sie heftig. »Und von Euch ist es nicht recht, daß Ihr den Lügen solchen Gesindels glaubt, wie es entlaufene Priester und Giftmischerinnen sind!«

Der König gab keine Antwort darauf. Er schwieg lange. Dann bat er: »Ruft Bontemps herein. Ich möchte in mein Bett gebracht werden. Und, Madame, es ist wohl in Eurem eigenen Interesse, daß von diesem Zwischenfall nichts bekannt wird.«

Athénais atmete auf. Der König ließ die Angelegenheit auf sich beruhen. Das bedeutete, daß sie gerettet war.

Später, als Ludwig in seinem eigenen weiß-goldenen Bett lag, dachte er über Athénais nach. Sonderbarerweise empfand er keinen Zorn auf sie, nur eine müde Gleichgültigkeit. Sie hatte auf ihre Art gekämpft – und verloren. Offiziell mochte sie seine Maitresse en titre bleiben; die La Vallière war es auch noch viele Jahre lang dem Namen nach gewesen, um die Beziehungen des Königs zur Montespan zu verschleiern. Jetzt mochte Athénais die gleiche Rolle bei ihm und Isabell spielen.

Isabell – immer wieder Isabell!

Ludwig gestand es sich ein: Es war lange her, daß er sich so sehnlichst gewünscht hatte, nicht nur den Körper einer Frau zu besitzen, sondern auch ihre Seele. Zum Teufel mit den Ermahnungen Françoise de Maintenons! Er war noch nicht alt genug, um allein in den lustlosen Umarmungen der Königin Genüge zu finden.

Françoise verstand das nicht. Als blutjunges Mädchen hatte man sie vor die Wahl gestellt, entweder in ein Kloster zu gehen oder den viel älteren, gelähmten Scarron zu heiraten, der sie mit Sicherheit in den Jahren ihrer Ehe nicht berührt hatte. Danach hatte sie in völliger Zurückgezogenheit gelebt, in recht dürftigen Verhältnissen, bis Athénais sie als Erzieherin ihrer Kinder an den Hof gebracht hatte. Arme Françoise! Ludwig war ihr aufrichtig zugetan, aber er konnte und wollte ihretwegen auf Isabell nicht verzichten.

Ich will sie oft um mich haben, dachte er. Wir werden lange Gespräche miteinander führen, damit sie mich besser kennenlernt. Mich, den Menschen, und nicht den König.

Freilich war das nicht möglich, solange Isabell Kammerzofe bei der Herzogin von Orléans war. Oder sollte der König von Frankreich wie ein verliebter Page vor 'Madames' Zimmern warten, bis Isabell für eine Weile herauskam? Nein, sie mußte Zutritt zum Hof erlangen – und der einfachste Weg dazu war eine adlige Heirat.

In Gedanken ließ Ludwig die Kavaliere seiner Umgebung, die noch unvermählt waren, Revue passieren. Er kannte die Ehrgeizigen, die einer solchen Scheinehe um ihres persönlichen Vorteils willen sofort zustimmen würden. Lakaienseelen, die ihre Gesinnung für ein Lächeln von ihm verkauften. Einem solchen Menschen verpflichtet zu sein, widerstrebte dem König. Aber wer blieb dann noch übrig?

Ein Gesicht tauchte vor ihm auf, schmal und kühn, große, dunkle Augen mit einem offenen, freien Blick: Graf Henry de Montfort.

1676 war es gewesen, bei der Belagerung von Heurtebise. Bei einem Scharmützel mit den Soldaten Wilhelm von Oraniens war Ludwig in arge Bedrängnis geraten. Man hatte ihm das Pferd unter dem Leib weggeschossen. Ludwig war von den Seinen abgedrängt worden, und hatte mit dem Säbel in der Faust um sein Leben gekämpft.

Da hatte sich Henry de Montfort zu ihm durchgeschlagen und ihn aus der tödlichen Gefahr befreit. Als Ludwig ihm später dafür danken wollte, hatte er geantwortet: 'Ihr seid mein König, Sire, ich habe nur getan, was meine Pflicht war.'

Ludwig schloß die Augen. Henry de Montfort, dachte er, ja, das könnte der Rechte sein! Ich werde mit ihm reden.

Es war ein paar Tage später. Im Kabinett der Königin hatte sich eine größere Gesellschaft eingefunden. Man stand in kleinen Gruppen beisammen und unterhielt sich über den neuesten Klatsch; andere spielten Karten. Die Königin wagte, wie immer, sehr hohe Einsätze, die sie regelmäßig verlor. Sie ertrug es mit ihrer gewohnten Gleichgültigkeit.

Liselotte saß an einem anderen Tisch und spielte *trictrac*. Hinter ihr stand ein junger, gutaussehender Mann in einem violetten Samtrock und silbergrauen Beinkleidern. Er schaute Liselotte über die Schulter, wie sie die Karten ausgab. Sie blickte lächelnd zu ihm auf. »Ich glaube, ich werde nie eine gute Spielerin werden. Habe ich die Karten diesmal richtig verteilt, Chevalier de Sinsanct?«

Der junge Mann verneigte sich. »Aber ja, Madame.«

In der Nähe standen der Chevalier de Lorraine mit Madame de Grancey und noch ein paar anderen. De Lorraine und die Grancey hatten schon die ganze Zeit zu Liselotte hinübergeblickt und die kurze Unterhaltung mitangehört. Jetzt wechselten die beiden einen raschen Blick.

Als Sinsanct sich zu einer Gruppe junger Leute am Fenster gesellte, kam Madame de Grancey an Liselottes Tisch.

»Ihr kennt den Chevalier de Sinsanct recht gut, nicht wahr, Madame?« fragte die Grancey mit einem unangenehmen Lächeln.

Liselotte überlegte gerade, welche Karte sie ausspielen sollte, deshalb blickte sie nur flüchtig auf. »Aber natürlich! Ihr wißt doch, daß er Offizier im Jagdgefolge des Königs ist. Wir sind bei mancher Parforcejagd nebeneinander geritten.«

»Ich verstehe«, sagte die Grancey gedehnt. »Dann ist der Chevalier wohl ein besonderer Freund von Madame.«

Liselotte wurde stutzig. »Wie meint Ihr das? Was soll das heißen?«

Die Grancey ließ sich nicht einschüchtern. »Dann wart Ihr es vielleicht, die den Chevalier zu der unverschämten Bemerkung veranlaßt hat, die er mir gestern an den Kopf warf?«

»Welche Bemerkung?

»Der Chevalier de Sinsanct hat mir auf dem gestrigen Fastnachtsball einen Tanz ausgeschlagen. Er sagte, ich sei zu alt zum Tanzen. Meiner Meinung nach hätte er eine solche Beleidigung nie gewagt, wenn ihn nicht jemand dazu ermunterte.«

Liselotte wurde abwechselnd rot und blaß. »Madame de Grancey, wie könnt Ihr so etwas behaupten? Ich sollte...«

»Ihr wart es also nicht? Dann bitte ich tausendmal um Vergebung, Madame«, erwiderte die Grancey scheinheilig und ging davon. Die Herzogin blickte ihr nach. Sie verstand das alles nicht. Was hatte Madame de Grancey zu diesem Auftritt veranlaßt? Was bezweckte sie damit?

In diesem Augenblick wurden die Flügeltüren zum Vorsaal aufgerissen. Der König kam herein. Wie immer begrüßte er seine Gemahlin mit großer Freundlichkeit.

Die Königin blickte mit verklärten Augen zu ihm auf. Sie liebte Ludwig abgöttisch. Anfangs hatte sie unter seinen zahllosen Frauengeschichten Höllenqualen gelitten. Inzwischen hatte sie sich damit abgefunden. Ludwig, so sagte sich Maria Theresia, war kein Mann, den man mit gewöhnlichen Maßstäben messen durfte. Er war wie die Sonne, deren strahlendem Bannkreis sich niemand entziehen konnte – sie nicht und andere Frauen nicht.

Ludwig unterhielt sich eine Weile mit Maria Theresia. Neben ihr saß ein sehr junger Mann von schmächtiger Gestalt in strenger, dunkler Kleidung. Er wirkte wortkarg und verschlossen. Der König warf ihm einen kurzen Blick zu. »Ah, unser Prince de Savoye«, sagte er ein wenig von oben herab. »Nun, was macht das Studium der geistlichen Wissenschaften?«

Prinz Eugen von Savoyen runzelte die Brauen. Dann antwortete er mit überraschender Festigkeit: »Ich fürchte, Sire, Ihr werdet nicht mit mir zufrieden sein. Meine Liebe gilt dem Kriegshandwerk und nicht dem geistlichen Stand. Wenn Eure Majestät mir ein Dragonerregiment zur Verfügung stellten...«

Der König lachte. »Weiter nichts? Nein, nein, mein kleiner Abbé, diesen Gedanken schlagt Euch aus dem Kopf. Ich habe Euch für die geistliche Laufbahn bestimmt, denn ich halte es für besser, wenn Ihr für Euren König betet, statt für ihn zu streiten.«

Prinz Eugen wurde bleich vor Zorn, aber er erwiderte nichts. Es ist ja doch sinnlos, dachte er. Der König mag mich nicht; er hat mich nie gemocht. Aber er kann mich nicht zwingen, Priester zu werden. Eher verlasse ich diesen Hof und dieses Land.

Ludwig hatte indessen in der Tür des angrenzenden Salons Henry de Montfort entdeckt. Er ging zu ihm hin. »Graf de Montfort, auf ein Wort.«

Verwundert folgte Henry dem König in ein kleines, einfenstriges Kabinett. Hierher zog sich Ludwig gern zu vertraulichen Unterredungen zurück. Wie immer, wenn er ein etwas heikles Thema anzufassen hatte, ging er ohne Umschweife auf sein Ziel los.

»Ich habe mich nach Euch erkundigt, Graf de Montfort. Wie ich höre, lebt Ihr in recht bescheidenen Verhältnissen. Ihr seid der fünfte Sohn Eures Vaters, und Eure Einkünfte sind gering. Man hat mir erzählt, daß Ihr Schulden habt.«

Flüchtige Röte huschte über Henry de Montforts Gesicht. »Ich werde sie bezahlen, Sire.«

Der König lehnte sich in seinem vergoldeten Armsessel zurück. »So habe ich das nicht gemeint. Ihr seid nicht der einzige an meinem Hof, der Schulden hat. Die einen verspielen ihr Geld, andere geben es für Equipagen, Pferde, Kleider oder ihre Geliebten aus. Ich kenne Euch als ehrenwerten Mann. Wenn Ihr in Bedrängnis geraten seid, so gewiß nicht durch Leichtsinn.«

»Nein, Sire«, antwortete Henry verlegen. »Aber als Hofkavalier von *Madame* bin ich gezwungen, einen gewissen persönlichen Aufwand zu treiben, der...«

»Schon gut«, unterbrach Ludwig ihn. »Das alles ist mir bekannt. Aber sagt, habt Ihr nie daran gedacht, Eure Vermögenslage durch eine vorteilhafte Heirat zu verbessern?« Er lachte, als er Henry de Montforts überraschtes Gesicht sah. »Also nicht! Nun dafür habe ich es an Eurer Stelle getan. Kurz herausgesagt: Ich möchte Euch mit einer jungen Dame vermählen, der ich sehr gewogen bin. Am Tage der Eheschließung erhaltet Ihr die Grafschaft St. Etienne mit allen Einkünften – und dazu eine Leibrente von siebentausend Pfund jährlich.«

Henry war blaß geworden. Er begriff den Hintersinn von Ludwigs Worten. Eine junge Dame, der der König sehr gewogen war...

Sollten sich alle bei Hof geirrt haben, die auf Madame de Maintenon als neue königliche Favoritin gesetzt hatten? Gab es noch eine andere?

Henry de Montfort entstammte einer zwar verarmten, aber sehr alten Adelsfamilie Frankreichs. Alles in ihm sträubte sich gegen die Vorstellung, einer Frau seinen Namen zu geben, die die Geliebte eines anderen war – selbst wenn es sich bei diesem anderen um seinen Souverän und König handelte.

»Sire«, erwiderte er stockend, »ich weiß Eure Güte wohl zu schätzen. Aber ich habe mir immer gewünscht, nur aus Liebe zu heiraten.«

Der König runzelte die Stirn. »Macht Euch nicht lächerlich, Graf! Euren Worten nach könnte man Euch für einen Kleinbürger halten. Für Männer Eures Standes mögen viele Gründe bei einer Eheschließung in Betracht kommen – Liebe spielt dabei die geringste Rolle. Übrigens gehört die künftige Gräfin von Montfort wie Ihr zum Haushalt von *Madame*. Es ist Mademoiselle Isabell Raven.«

Es war Henry, als habe er einen Schlag ins Gesicht erhalten. Isabell war des Königs heimliche Geliebte?

Henry hatte den Augenblick nie vergessen, wie sie damals mit zerrissenem Kleid und wirrem Haar auf der staubigen Landstraße auf ihn zugekommen war. Als er sie auf den Polstern von 'Madames' Kutsche niederlegte, hatte ihr Haar seine Wange gestreift. So weich war es gewesen...

Als sie krank gewesen war, hatte er sich oft bei *Madame* nach Isabells Ergehen erkundigt, bis ihn Liselotte einmal geneckt hatte: 'Eure Besorgnis um Jungfer Isabell ist recht auffällig. Verdreht dem armen Mädchen nur nicht den Kopf. Für eine Affäre ist es mir zu schade!'

Zu schade? Ja, vielleicht in seinem Fall, aber nicht für das Bett des Königs!

Henry von Montfort verspürte einen bitteren Geschmack auf der Zunge. Er hatte Isabell in den vergangenen Wochen nicht oft gesprochen. Sie hatten immer nur im Vorübergehen ein paar Worte gewechselt, wenn sie in Versailles oder im Palais Royal zufällig zusammentrafen. Aber diese kurzen Augenblicke hatten genügt, um...

»Nun?« unterbrach der König seine Gedanken. »Wann werdet Ihr Mademoiselle Isabell Euren Antrag machen? Natürlich braucht sie bis zu ihrer Hochzeit Unterweisung in den höfischen Sitten, aber das wird nicht lange Zeit in Anspruch nehmen, denke ich. Mademoiselle Isabell besitzt eine rasche Auffassungsgabe und sehr viel natürliche Anmut...«

»Vergebung, Sire«, sagte Henry de Montfort mit einem tiefen Atemzug, »aber gibt es unter den Kavalieren Eures Hofes nicht einen anderen, der die Grafschaft St. Etienne und eine Leibrente von siebentausend Pfund mit Freuden aus Eurer Hand entgegennähme? Ich fürchte, ich bin nicht der richtige Mann für eine solche Heirat!«

»Ihr seid es!« erwiderte der König kalt. Er stand auf, zum Zeichen, daß er die Unterredung für beendet ansah. »Ich erwarte, daß Ihr in den nächsten Tagen Eure Werbung bei Mademoiselle Isabell anbringt. Denn dies ist Unser gnädiger Wille.«

Gegen diese offizielle Formel gab es kein Aufbegehren. Es war ein königlicher Befehl, dem man gehorchen mußte.

Henry verneigte sich stumm, mit bleichen Lippen. Dann ging er aus dem Zimmer.

5

»Aber nein, Mademoiselle Isabell, nicht so rasch! Eine Dame läuft niemals. Sie schreitet, oder sie schwebt!« Monsieur Caval hob anklagend die Arme zum Himmel. Er war ein dürres Männchen mit einem traurigen Affengesicht. Auf seinem Kopf thronte eine riesige Allongeperücke.

»Seht Ihr, so!« Er raffte geziert seine Rockschöße und tat ein paar Schritte über das spiegelnde Parkett. »Und nun macht mir das einmal nach.«

Isabell versuchte es, wurde aber sofort wieder von Monsieur Caval unterbrochen. »Mais non! Jetzt haltet Ihr Euren Rock, als müßtet Ihr durch knietiefen Schlamm waten. Mehr Grazie, Mademoiselle mehr Grazie! Und nicht auf die Füße schauen! Ihr müßt den Kopf hoch erhoben tragen. – Ja, so ist es schon besser!«

»Wirklich?« Isabell seufzte. »Ach, Monsieur Caval, ich fürchte, ich werde das nie richtig können. Man hat mir das Laufen beigebracht, als ich zwei Jahre alt war. Ich hätte nie gedacht, daß ich es noch einmal lernen muß.«

Monsieur Caval schüttelte mißbilligend den Kopf. »Was für ein Unsinn, Mademoiselle! Vorher konntet ihr nicht laufen, sondern Euch nur fortbewegen. Aber seid unbesorgt, ich war Hofmeister in den vornehmsten Häusern Frankreichs. Die jungen Damen, die ich unterwiesen habe, sind heute die Zierde des Hofes. Allons, versuchen wir es noch einmal. Reicht mir Eure Hand. Und nun stellt Euch vor, Ihr beträtet die Spiegelgalerie von Versailles. Durch das Spalier der Höflinge schreitet Ihr auf den König und die Königin zu. Ja, sehr gut. Nun noch ein kleines Lächeln, Mademoiselle. Nicht zuviel – lediglich die Andeutung eines Lächelns. Und jetzt die Verneigung. Mit dem rechten Fuß einen Schritt nach vorn, dann einen Bogen nach rückwärts beschreiben. Den Oberkörper gerade halten, während ihr in den Knien einsinkt. Magnifique! Magnifique! Genauso ist es richtig!«

Vor Begeisterung hüpfte Monsieur Caval von einem Bein auf das andere und warf Isabell entzückte Kußhände zu. Sie strich sich das Haar aus dem erhitzten Gesicht. »Puh, ich bin ordentlich ins Schwitzen gekommen... Oh, ich wollte sagen, mir ist sehr warm geworden!«

Wenig später verabschiedete sich Monsieur Caval mit vielen Komplimenten und Verbeugungen, und Isabell holte ihren Mantel, um einen Spaziergang zu machen. Ungesehen verließ sie das Palais Royal durch einen Nebenausgang.

Der Himmel hatte die zarte, blaßblaue Farbe des Vorfrühlings, und die Sonne hatte schon den ersten grünen Schleier auf die Bäume und Sträucher im Park gelockt. Langsam, mit gesenktem Kopf, schlenderte Isabell über die kiesbestreuten Wege.

In drei Wochen sollte sie Gräfin von Montfort werden. Manchmal, wenn sie des Morgens erwachte und darüber nachdachte, hatte sie das Empfinden, alles nur geträumt zu haben.

Madame Liselotte hatte ihr gesagt, daß Graf Henry de Montfort sie zu heiraten wünsche. Später war er dann selbst gekommen, um seinen Antrag zu wiederholen. Sein Ton war kühl und knapp gewesen, und Isabell hatte in seinen Augen vergebens nach ein wenig Wärme gesucht. Trotzdem hatte sie ja gesagt. Henry mußte sie doch lieben, wenn er sie heiraten wollte.

Und sie selbst? Sie hatte plötzlich das Empfinden gehabt, als sei Henry de Montfort der einzige Mann auf der Welt, der sie vor dem Aufruhr ihrer Gedanken und Gefühle schützen könnte, die der König in ihr geweckt hatte.

Nach jenem Ballabend im Palais Royal hatte Isabell die halbe Nacht wach gelegen. Sie wußte genau, daß sie den König nicht liebte. Aber er besaß irgendeine sonderbare Macht über sie, die sie willenlos machte, sobald sie in seinen Armen lag. Es war schrecklich und unverständlich zugleich.

Niemand hatte Isabell gesagt, daß Ludwig auf die meisten Frauen eine starke körperliche Anziehungskraft ausübte. Sie schämte sich dessen, fühlte sich ratlos und verwirrt und wußte nur eines mit aller Bestimmtheit: Sie wollte nicht die Geliebte des Mannes werden, den sie noch vor wenigen Wochen so glühend gehaßt hatte.

Aber sie hatte Angst vor einer neuen Begegnung mit dem König. Angst vor sich selbst...

Und da war Henry de Montfort gekommen und hatte gesagt, daß er sie heiraten wolle.

Isabell blieb stehen. Vor ihr flatterte ein kleiner Vogel aus der Buchsbaumhecke, die den Weg säumte. Sie blickte ihm nach, wie er davonflog, und lächelte.

Wie es wohl sein mochte, wenn Henry sie küßte? Er hatte es bis jetzt noch kein einziges Mal getan. Sie sah ihn überhaupt sehr selten – und wenn, dann waren sie nie allein. Aber noch immer erinnerte sich Isabell an jene glückliche Geborgenheit, die sie in seinen Armen empfunden hatte – damals auf der Landstraße nach Kehl.

Noch drei Wochen, dachte Isabell, dann bin ich Henrys Frau. Dann ist alles ganz einfach, ganz sauber und klar. Ich werde Henry gehören und niemandem sonst. Und der König wird keine Macht mehr über mich haben.

Als Isabell von ihrem Spaziergang zurückkehrte, hörte sie schon von weitem ihren Namen rufen. Lydie de Théobon, eine Hofdame Madame Liselottes, kam eilig mit gerafften Röcken auf sie zu. »Da seid Ihr ja, Mademoiselle Isabell! Dem Himmel sei Dank! Man sucht Euch schon im ganzen Haus!«

Das verstörte Gesicht der jungen Hofdame machte Isabell Angst. »Was ist denn geschehen?«

Lydie de Théobon begann zu weinen. »Oh, es ist schrecklich. *Madame* ist ganz außer sich. Graf de Montfort ist mit dem Chevalier de Lorraine und dem Marquis d'Effiat in Streit geraten. Warum, weiß noch niemand. Jedenfalls hat der Graf plötzlich den Degen gezogen und den Marquis angegriffen. De Lorraine ist ihm zu Hilfe gekommen und... Ach, Mademoiselle, Ihr müßt jetzt sehr tapfer sein. Der Graf ist schwer verwundet.«

Isabell hatte das Empfinden, als habe sich plötzlich der Himmel verdunkelt. Mit geweiteten Augen, fahl und erstarrt, blickte sie Lydie de Théobon an. Die Hofdame zog sie mit sich ins Haus. Sie hatten Henry de Montfort in der von Gold und Mamor strotzenden Eingangshalle auf ein Sofa gebettet. Er war ohne Rock, sein Hemd mit den weißen Spitzenmanschetten war von Blut durchtränkt. Und sein Gesicht war so bleich und leblos wie die antiken Götterstatuen in den Wandnischen.

Als Isabell durch die Gasse der Umstehenden zu ihm hinlief, sagte jemand hinter ihr: »Holt einen Priester. Seht ihr nicht, daß er stirbt!«

Isabell warf sich mit ihrer ganzen Kraft über Henry de Montfort und versuchte, ihn im Bett festzuhalten. Er hatte die Decken heruntergerissen. Sein Augen waren offen und starr.

»Bleib liegen, bitte, bleib doch liegen!« flehte Isabell, obwohl sie wußte, daß er sie nicht hörte. Sie versuchte, ihn zuzudecken, aber er warf sich so heftig hin und her, daß es unmöglich war. Isabell zitterte vor Anstrengung. »Angelique!« schrie sie. »Angelique, wo bist du? Komm her und hilf mir!«

Gleich darauf öffnete sich die Tür, und die junge Hausmagd kam herein. Sie trug eine Schale dampfender Bouillon, die sie sofort auf dem Tisch absetzte. »Guter Gott, fängt es schon wieder an!«

Gemeinsam gelang es den beiden Frauen, Henry in die Kissen zurückzudrücken. Er stöhnte und wollte die haltenden Hände abschütteln. Nur allmählich beruhigte er sich. Sein Atem ging flach und pfeifend.

Isabell hob die heruntergefallenen Decken auf und breitete sie über das Bett.

»Ich habe Euch eine Suppe gebracht«, sagte Angelique.

Isabell schüttelte müde den Kopf. »Ich kann nichts essen.«

»Aber Ihr müßt! Was hat es für einen Sinn, wenn Ihr auch krank werdet? Dann könnt Ihr den Grafen nicht mehr pflegen.«

Das sah Isabell ein. Sie setzte sich an den Tisch und zwang sich, die Schale auszulöffeln. Sie fühlte sich wie ausgehöhlt vor Erschöpfung. Seit Tagen war sie nicht aus den Kleidern gekommen. Selbst Madame Liselotte hatte sie nicht dazu bewegen können, Henrys Zimmer zu verlassen. Sie hatte ihm Tee eingeflößt und Rotwein mit verquirltem Ei. Sie hatte die tiefe Wunde gereinigt, die ihm der Degen des Chevaliers de Lorraine beigebracht hatte, die blutigen Verbände gewechselt und die Nächte in einem Lehnstuhl neben seinem Bett verbracht.

Am ersten Abend, nachdem man ihm die Sterbesakramente gereicht hatte, war Henry für eine Weile zu sich gekommen. Er hatte die Umstehenden erkannt, und sein Blick war an Isabell haftengeblieben. Um etwas zu sagen, war er zu schwach gewesen. Er hatte sie nur angeschaut, und sie war ganz sicher gewesen, daß in seinen Augen die Bitte gestanden hatte, sie möge bei ihm bleiben.

Irgend jemand hatte einen Arzt geholt, einen alten Mann in einem fleckigen schwarzen Talar, der nichts anderes vorzuschlagen wußte, als den Patienten zur Ader zu lassen. Isabell hatte sich heftig dagegen gewehrt. »Seid Ihr wahnsinnig!« hatte sie den Arzt angeschrien. »Hat er nicht schon genug Blut verloren? Er würde unter Euren Händen sterben!«

Sie hatte gesiegt; der Doktor hatte mit beleidigter Miene und der düsteren Prophezeiung, daß Henry de Montfort nun auf jeden Fall sterben werde, das Haus verlassen. In der darauffolgenden Nacht hatte der Kranke Wundfieber bekommen. Seitdem war er ohne Bewußtsein, delirierte oder lag völlig apathisch da. Madame Liselotte kam mehrmals täglich, um nach ihm zu sehen. Sie kam auch an diesen Tag gegen Mittag.

»Es geht ihm unverändert?« fragte sie halblaut.

Isabell nickte. »Glaubt Ihr, daß er am Leben bleiben wird, Madame?« Angst, Hoffnung, Tränen zitterten in dieser Frage.

Liselotte von der Pfalz hätte Isabell gern etwas Tröstliches gesagt. Aber angesichts von Henrys eingesunkenen, blutleeren Zügen, auf die nur das Fieber eine trügerische Röte gemalt hatte, fürchtete sie das Schlimmste. »Es liegt alles in Gottes Hand«, erwiderte sie und strich Isabell über das Haar. »Willst du nicht ein wenig an die Luft gehen, Kind?«

Isabell schüttelte stumm den Kopf. Es war unsinnig, aber sie hatte das Empfinden, sie dürfte Henry keine Minute allein lassen. Sie bildete sich ein, daß er nicht sterben würde, solange sie bei ihm war und auf ihn aufpaßte.

Gegen Abend stieg das Fieber. Henry murmelte ununterbrochen vor sich hin, manchmal stöhnte er. Isabell hatte mit Angelique die Bettwäsche gewechselt. Danach war das Mädchen schlafen gegangen. Isabell legte ein paar Holzscheite auf das Feuer im Kamin, denn die Nächte waren noch recht kühl, und tauschte die heruntergebrannten Kerzen gegen neue aus. Dann setzte sie sich in den großen Lehnstuhl neben Henrys Bett. Draußen heulte der Frühlingssturm um die dicken Mauern des Palais Royal. *Madame* und *Monsieur* waren ausgegangen. In der Reitschule fand eine Opernaufführung statt. Auch der König würde dort sein.

Der König... Isabell legte den Kopf gegen die gepolsterte Rückenlehne des Sessels. Wie fern war ihr Ludwig gerückt! So fern wie alles, was außerhalb dieses Zimmers lag. *Madame* hatte ihr erzählt, daß er sich sehr teilnehmend nach Henrys Befinden erkundigt habe. Doch das hielt Isabell für Heuchelei. Bestimmt hatte es den König sehr aufgebracht, daß sie Henry heiraten wollte.

Sie blickte zu ihm hinüber. Seit er so krank war, fühlte sie eine neue, schmerzvolle Zärtlichkeit für ihn. Die Angst, die sie seinetwegen litt, die langen Stunden, die sie allein bei ihm verbrachte, die vielen Handreichungen, die seine Pflege erforderten – all das hatte ihn ihr vertrauter werden lassen als jeder andere Mensch zuvor. Er durfte nicht sterben, er sollte leben – mit ihr!

Henry stammte aus der Provence. Vielleicht würde er froh sein, wenn sie ihm vorschlug, den Hofdienst zu quittieren und dort mit ihr zu wohnen. Die Provence mußte schön sein, ein reiches, fruchtbares Land, in dem der Wein gedieh und der Himmel blauer und die Sonne wärmer waren als hierzulande...

Über diesen Gedanken schlief Isabell ein. Als sie erwachte, mußte sehr viel Zeit vergangen sein, denn das Kaminfeuer war heruntergebrannt. Ein dumpfer Fall hatte sie geweckt. Henry lag stöhnend am Boden. Ob er versucht hatte aufzustehen, oder ob er sich so heftig bewegt hatte, daß er aus dem Bett gefallen war, wußte Isabell nicht. Sie stürzte zu ihm hin. Als sie ihn auf den Rücken drehte, stieß sie einen Schrei aus. Henrys Hemd war blutgetränkt. Die Wunde war aufgebrochen.

Ein paar Sekunden war Isabell völlig kopflos vor Schrecken. Sie starrte auf das hervorquellende Blut. »Nein, o nein«, stammelte sie und umfaßte Henrys Gesicht mit beiden Händen. »Mein Gott, warum bin ich nur eingeschlafen! Warum habe ich nicht besser achtgegeben!«

Sie sprang auf, um Hilfe herbeizuholen. Henrys Diener Camille schlief ein paar Zimmer weiter. Isabell hämmerte an seine Tür, wartete aber nicht, bis Camille herauskam, sondern lief gleich wieder zu Henry zurück. Als der Diener, nur mit Hemd und Hose bekleidet, erschien, half er Isabell, Henry auf das Bett zu legen.

Isabell riß Henrys Hemd auf und entfernte den von Blut und Eiter durchtränkten Verband. Sie wies Camille an, frisches Leinenzeug aus der Truhe zu holen und wischte das blutige Sekret auf, das unablässig weiter aus der Wunde lief.

Henrys Körper fühlte sich feucht und kalt an. Die Haut hatte eine fahle Farbe angenommen.

Er wird verbluten, dachte Isabell verzweifelt. Sie umklammerte seine Schultern mit all ihrer Kraft, als könne sie dadurch den Tod hindern, ihn ihr fortzunehmen.

Henry machte eine schwache Bewegung. Isabell hob den Kopf und sah, daß er sie anblickte. Nicht mit dem starren, weltfernen Blick, den er all die Tage über gehabt hatte, sondern aus fast klaren Augen. »Isabell...« Sie las ihren Namen eigentlich nur von seinen Lippen ab, aber sie begriff, daß er bei Bewußtsein war und sie erkannt hatte, und brach vor Erleichterung darüber in Tränen aus.

Camille hatte indessen noch mehr Leinentücher in Fetzen gerissen und auf Henrys Brust gelegt. »Ich glaube«, sagte er in seiner bedächtigen Art, »es ist gut, daß die Wunde aufgebrochen ist. Sie war nicht sauber, das sieht man an dem vielen Eiter, der heraus läuft. Man hätte sie sonst aufschneiden müssen oder ausbrennen. Seht, Mademoiselle, das Bluten läßt nach. Wenn die Wunde jetzt zuheilt, ist er über den Berg.«

»Aber er hat so viel Blut verloren.«

»Das wird er schon überstehen. Hauptsache, das vermaledeite Fieber geht zurück.«

Nach vier Tagen war es nahezu sicher, daß Henry am Leben bleiben würde. Aber er war dermaßen geschwächt, daß er wie ein Toter im Bett lag, zu matt, die geringste Bewegung zu machen. Man mußte ihn füttern und versorgen wie ein neugeborenes Kind.

Isabell war sehr erschöpft. Endlich gab sie Madame Liselottes Ermahnungen nach und überließ Angelique und

Camille den Hauptteil der Krankenpflege. Sie selbst nahm ihre Unterrichtsstunden wieder auf, ließ sich von Monsieur Caval in den höfischen Sitten unterweisen, lernte reiten, tanzen und ein wenig musizieren.

Noch immer wußte man nicht genau, weshalb Henry de Montfort mit dem Marquis d'Effiat und dem Chevalier de Lorraine in einen so heftigen Streit geraten war. Selbst, als es Henry besser ging, äußerte er sich nicht dazu, und de Lorraine hatte lediglich erklärt: »Es ging um eine Dame, über deren Tugend Montfort und wir geteilter Meinung waren.« Seitdem wurden im Palais Royal und bei Hof alle möglichen Vermutungen geäußert, wer diese Dame sei.

Und dann kam wenige Wochen später eines Vormittags Lydie de Théobon völlig aufgelöst zu Madame Liselotte.

Die Herzogin hatte nach der Messe einen ausgedehnten Spaziergang gemacht. Jetzt frühstückte sie in ihrem hellen, freundlich eingerichteten Salon, wie immer umgeben von ihren Hunden, denen sie ab und zu einen Bissen zuwarf. Mit tränenüberströmtem Gesicht fiel Lydie de Théobon vor Liselotte auf die Knie. »Madame, um Gottes willen, steht mir bei! Sagt meinen Verleumdern, daß ich nichts von dem getan habe, was man mir vorwirft!«

Mit einem Wink schickte Liselotte die beiden Lakaien hinaus, die ihr das Frühstück serviert hatten und die Szene neugierig beobachteten. »Aber so beruhigt Euch doch! Und steht bitte auf. Was ist denn passiert?«

Es dauerte eine Weile, bis sich die Hofdame so weit gefaßt hatte, daß sie zusammenhängend berichten konnte. Vorhin hatte ihr ein Kammerherr des Herzogs von Orléans die Nachricht überbracht, daß sie mit sofortiger Wirkung aus dem Dienst bei *Madame* entlassen sei. Es sei *Monsieurs* ausdrücklicher Befehl, daß sie noch heute ihre Sachen packe und Paris verlasse.

»Das ist nicht wahr!« rief Liselotte aus. »Das kann nur ein Irrtum sein. Wartet hier, ich werde auf der Stelle zu *Monsieur* gehen...«

»Ich war schon selbst bei ihm, Madame. Ich habe ihn angefleht, beschworen, daß nichts von dem wahr ist, was er von mir und Euch behauptet, doch er glaubt mir nicht.«

»Was glaubt er nicht? Wovon redet Ihr überhaupt?«

Lydie de Théobon wischte sich über die Augen. »Ich weiß jetzt, warum sich der Graf de Montfort mit dem Chevalier de Lorraine und dem Marquis d'Effiat geschlagen hat. Die Spatzen pfeifen es schon von den Dächern. Ich glaube, Ihr und ich sind die einzigen, die es bis jetzt noch nicht erfahren haben. Es war Euretwegen, Madame.«

»Meinetwegen?« fragte Liselotte fassungslos.

»Erinnert Ihr Euch noch an jenen Abend bei der Königin, als Madame de Grancey so sonderbare Fragen an Euch stellte? Es ging um den Chevalier de Sinsanct.«

Natürlich erinnerte sich Liselotte. »Die Grancey behauptete, der Chevalier habe sie durch irgendeine Bemerkung beleidigt...«

»Ganz recht. Und nun erzählt man sich überall, ihr hättet Sinsanct zu dieser Beleidigung veranlaßt, denn er sei Euer Geliebter. Der Marquis d'Effiat und de Lorraine haben es auch Montfort gegenüber erwähnt. Das war der Grund, weshalb er zum Degen gegriffen hat.«

Liselotte sprang auf. »Diese Schandmäuler! Mich zu verdächtigen.. Und Ihr sagt, man glaubt diese infame Geschichte?«

Lydie de Théobon fing wieder an zu weinen. »Selbst *Monsieur* hält sie für wahr. Der Chevalier und d'Effiat haben es sehr geschickt angestellt. Sie haben falsche Zeugen herbeigebracht, bestochene Dienstboten, Leute, die Euch angeblich bei einem Rendezvous mit Sinsanct gesehen haben wollen. Und von mir behauptet man, ich hätte Briefe zwischen Euch und ihm hin- und hergetragen und ihm erst kürzlich sogar ein Bild von Euch und einen Beutel mit Goldstücken überbracht.«

»Und deshalb hat *Monsieur* Euch Eures Amtes enthoben?«

»Er hat mir sogar verboten, noch ein Wort mit Euch zu sprechen. Aber Ihr müßt doch wissen, wessen man Euch beschuldigt, damit Ihr Euch wehren könnt!«

Liselotte blieb am Fenster stehen und blickte in den Park hinaus. Der blaue Himmel, die Blumenrabatten, das satte Grün der Bäume – all das erschien ihr plötzlich wie ein Hohn. »Ich bin müde«, sagte sie leise. »Meine gute

Théobon, Ihr könnt Euch gar nicht vorstellen, wie müde ich all dieser Lügen und Intrigen bin. Ich kam mit so viel gutem Willen in dieses Land, aber bis auf wenige Ausnahmen ist man mir nur mit Falschheit und Niedertracht begegnet. Warum? Wem habe ich etwas getan?«

»Man neidet Euch das Wohlwollen des Königs und die Liebe Eures Gemahls...«

Liebe? Liselotte lächelte bitter. Seit längerer Zeit schon behandelte *Monsieur* sie mit zunehmender Kälte. Er war fast ständig mit de Lorraine und dem Marquis d'Effiat zusammen. Daß diese beiden und die Grancey ihre Feinde waren, hatte Liselotte inzwischen begriffen. Aber daß Philipp den üblen Verleumdungen der drei Glauben schenkte, das tat so weh, daß Liselotte die Zähne aufeinanderbiß, um nicht laut herauszuschreien.

Sie wandte sich um. »Kommt her, Mademoiselle de Théobon. Ihr gehört zu den wenigen, die mich hier wirklich liebhaben. Ich werde nicht zulassen, daß man Euch von mir trennt. Ich werde...«

Die Tür wurde aufgerissen. Philipp stand auf der Schwelle, wie immer eingehüllt in eine Wolke von Parfüm, Bändern und Spitzen, mit wohlfrisierter Perücke, ein Schönheitspflästerchen auf der gepuderten Wange. Seine Stimme klang schrill. »Mademoiselle de Théobon, Ihr habt also gegen.meinen ausdrücklichen Befehl...«

»Vergebung, Monsieur«, unterbrach ihn Liselotte. Sie sah hinter ihm in der Tür den Chevalier de Lorraine und d'Effiat auftauchen. »Bevor ihr weitersprecht, möchte ich diese Herren bitten, meinen Salon zu verlassen.«

»Sie bleiben!«

»Dann erlaubt, daß ich mich mit Mademoiselle de Théobon entferne.« Liselotte wollte an Philipp vorbei, doch er hielt sie am Arm fest. »Nur einen Augenblick, Madame. Es ist nicht viel, was ich Euch zu sagen habe. Daß Mademoiselle de Théobon uns verläßt, wißt Ihr inzwischen. Ihr selbst haltet Euch bereit, morgen für einen längeren Aufenthalt nach St. Cloud abzureisen.«

»Und warum, Monsieur? Weder ich noch Mademoiselle de Théobon haben begangen, wessen man uns beschuldigt. Und ich muß Euch sagen...«

»Schweigt!« schrie Philipp, hochrot im Gesicht. Da er kleiner als Liselotte war, mußte er trotz seiner hochhackigen Schnallenschuhe zu ihr aufsehen, und das schürte seinen Zorn. »ich habe Beweise gegen Euch…«

»Die dieses Gesindel da gefälscht hat!« Nur mühsam bezwang Liselotte ihre tiefe Erregung. »Philipp, ich habe mehr als zehn Jahre mit Euch gelebt. Ich habe Euch drei Kinder geboren – und Ihr gebt mich solch schmutzigen Verleumdungen preis! Ein Fremder – Graf de Montfort – hat die Beleidigung, die man mir zugefügt hat, mit dem Degen in der Hand vergelten wollen. Doch Ihr schlagt Euch auf die Seite meiner Feinde.«

»Genug, Madame«, entgegnete Philipp von Orléans kalt. »Ich bin nicht hergekommen, um mich von Euch maßregeln zu lassen. Und hört auf, den Chevalier de Lorraine und meine anderen Freunde mit Eurem Haß zu verfolgen. Ich habe von dritter Seite von Eurer heimlichen Liebschaft Kenntnis erhalten und von den Kuppeldiensten, die Euch die Théobon geleistet hat. Eure Lügen nützen Euch nichts mehr. Morgen nachmittag brecht Ihr nach St. Cloud auf. Und Euch, Mademoiselle, wird in einer Stunde ein Wagen aus der Stadt bringen. Das ist alles, was ich noch zu sagen habe.« Er rief zwei Lakaien aus dem Vorsaal und befahl ihnen, Lydie de Théobon in ihre Zimmer zu begleiten. Für Liselotte hatte er keinen Blick mehr, als er ging. Sie blieb allein zurück in ihrem hellen, verspielten, blausilbernen Salon – blaß, starr und tränenlos.

Seit etwa zwei Wochen hielt sich Amélie de Montfort, Henrys Mutter, im Palais Royal auf. Sobald sie die Nachricht von der lebensbedrohenden Erkrankung ihres jüngsten Sohnes erhalten hatte, war sie nach Paris gekommen, um ihn zu pflegen. Amélie de Montfort mußte einmal eine sehr hübsche Frau gewesen sein. Aber sie hatte harte Augen und einen verkniffenen Mund. Isabell spürte, daß ihre zukünftige Schwiegermutter sie nicht mochte. Sie behandelte sie kühl und von oben herab, und die Blicke, mit denen sie Isabell ansah, wenn sie sich unbeobachtet glaubte, waren ausgesprochen feindselig.

»Ich fürchte, Eure Mutter hätte sich eine andere Braut für Euch gewünscht«, sagte Isabell eines Nachmittags zu Henry. Er durfte jetzt schon zeitweise aufstehen und saß im Park in der Sonne.

»Wie kommt Ihr darauf?«

»Das spürt man doch.« Isabell seufzte und malte mit ihrem Sonnenschirm Figuren auf den Kiesweg. Es war Zufall, daß sie einmal mit Henry allein war. Sonst war immer Amélie de Montfort dabei. Isabell schob es darauf, daß sich Henry, seit es ihm besser ging, so reserviert benahm, so übertrieben auf Abstand bedacht war.

»Henry, sagt mir die Wahrheit: Bin ich Eurer Mutter nicht gut genug? Ist sie enttäuscht, daß Ihr kein adliges Fräulein heiratet, sondern nur die Tochter eines Gastwirts?«

Wie sie ihn ansah mit ihren großen, schönen, bernsteinfarbenen Augen! Ihr Mund war ein wenig geöffnet und glänzte feucht. Die Lider mit den langen Wimpern flatterten.

Man hatte Henry gesagt, daß sie in den Tagen seiner schwersten Krankheit nicht von seinem Bett gewichen war. Und manchmal, wenn der Schleier seiner Fieberphantasien gerissen war, hatte auch er gewußt, daß sie bei ihm war. Er erinnerte sich an ihre kühlen Hände, die sie auf seine Stirn gelegt hatte, an die Wärme ihres Körpers, wenn sie ihn gestützt hatte, um ihm zu trinken zu geben. Damals war er wehrlos gewesen, zu schwach, um gegen sein Gefühl für Isabell anzukämpfen. Doch nun...

»Ihr antwortet mir nicht«, sagte Isabell leise. »Also ist es wahr.« Und dann, nach einer winzigen Pause: »Vielleicht denkt Ihr inzwischen ähnlich wie Eure Mutter? Dann müßt Ihr es mir sagen...«

»Und was dann?« fragte er hart. Er verspürte plötzlich den wilden Drang, ihr weh zu tun, wie sie ihm weh getan hatte. Die Maitresse des Königs... Vielleicht hatte sie in Ludwigs Bett gelegen, als er ihr vorgeschlagen hatte, Gräfin de Montfort zu werden...

»Hat Seine Majestät schon einen neuen Bewerber für Euch bereit, nachdem man ja lange Zeit an meinem Aufkommen zweifeln mußte? Dann beruhigt ihn, Mademoiselle. Die Hochzeit, die er befahl, findet statt. Und was meine Mutter anlangt, so werde ich ihr klarmachen, daß eine Braut, die der König selbst für mich bestimmt hat, gut genug ist, den Namen Montfort zu tragen. Nicht zu vergessen, daß mir diese Ehe eine ansehnliche Leibrente und die Grafschaft St. Etienne einbringt!«

»Der König?« flüsterte Isabell. Irgend etwas in ihr zerriß. Es tat so weh, daß sie kaum sprechen konnte. »Er hat befohlen, daß Ihr...«

»Ja, hat er Euch das nicht gesagt? Er will Euch durch eine adlige Heirat hoffähig machen und... Aber natürlich müßt Ihr das gewußt haben! Was, in aller Welt, hätte Euch sonst veranlaßt, meinen Antrag anzunehmen!«

»Ja, was...« sagte Isabell. Fast überdeutlich nahm sie die Schönheit dieses sonnenhellen Tages wahr, den Wind, der nach Gras und blühendem Lavendel duftete, das Zwitschern der Vögel, die glitzernden Kaskaden der Springbrunnen auf der abfallenden Gartenterrasse. Nichts hatte sich verändert – nichts, außer daß in ihr eine Illusion gestorben war. Man müßte lachen, dachte Isabell, lachen über so viel Dummheit und Naivität. Der König hatte ihre Ehe befohlen – aus Gründen, die sie nur zu gut begriff. Und Henry ließ sich dafür mit einer Grafschaft bezahlen und einer ansehnlichen Leibrente.

»Isabell«, hörte sie Henry unsicher fragen. »Habt Ihr es denn nicht gewußt?«

»Doch, natürlich«, erwiderte sie ruhig. »Der König sprach einmal davon. Ich wunderte mich nur, daß er Euch einen so hohen Gegenwert für diese Eheschließung zugesteht.« Sie lachte. »Es mußte ihm sehr viel an mir liegen, nicht wahr?«

Sie stand auf und spannte ihren Sonnenschirm auf. »Laßt uns ins Haus zurückkehren. Für heute wart Ihr lange genug an der Luft.«

Henry erhob sich sofort. Einen Augenblick sah sie ihn an und verspürte das heftige Bedürfnis, ihn anzuschreien, ihn zu schlagen, um ihre eigene bittere Qual zu mildern. Aber sie tat es nicht. Sie legte nur sehr anmutig und damenhaft ihre Hand auf seinen Arm und ließ sich von Henry zum Haus begleiten. Monsieur Caval hätte seine helle Freude an ihrem leichten Gang und der Grazie ihrer Haltung gehabt.

6

Der König speiste allein an seiner Abendtafel auf der Estrade des weiß-goldenen Salons. Soeben brachte man den vierten Gang herein, Poulardenfilets à la Vatel. Wie immer gingen drei Gardisten und ein Gefolge von zehn Höflingen neben der zugedeckten Platte her auf dem langen Weg von der Küche bis zum Speisesaal. Ein Kammerherr kostete alle Gerichte vor, ob sie nicht vergiftet seien. Ebenso prüfte der Mundschenk den Wein, bevor er das Glas des Königs füllte. Im Hintergrund spielte ein Orchester. Die Prinzen und Prinzessinnen von Geblüt und die Höflinge, die die Ehre hatten, am Souper des Königs teilzunehmen, saßen unterhalb der Estrade an einer hufeisenförmigen Tafel und unterhielten sich mit gedämpften Stimmen. Da näherte sich ein Lakai dem Tisch des Königs. Er verbeugte sich vor dem Kammerherrn Marquis de Chabois, der daraufhin seinen Platz hinter Ludwigs Stuhl verließ und die paar Stufen in den Saal hinunterging. Als er zurückkam, hatte er einen Brief in der Hand. »Ich bitte um Vergebung, Sire. Soeben ist den Wachen am Portal dieses Schreiben übergeben worden. Es trägt das Siegel von *Madame.*«

»Für mich? Dann gebt es her!« Ludwig lachte. »Seit wann schickt mir meine Schwägerin mitternächtliche Billetts?« Er erbrach den Brief.

> 'Vergebt mir, Sire, daß ich das Siegel von *Madame* heimlich und unrechtmäßig benutzt habe, aber ich wollte sichergehen, daß dieser Brief in Eure Hände gelangt. Da mich verschiedene Gründe zu der Annahme berechtigen, daß Ihr mir noch gewogen seid, werdet Ihr mir nicht die Gnade versagen, mich zu empfangen. Ich warte vor dem Portal.
>
> Isabell.'

Wenige Minuten später wurde Isabell von zwei Dienern abgeholt. Über lange, hallende Korridore, marmorhelle Treppen hinauf, in denen Musketiere reglos wie Standbilder Wache hielten, vorbei an wandhohen Gemälden und Gobelins ging der Weg. Eine Flucht von Zimmern und Vorsälen tat sich auf. Matt glitzerten die Ornamente auf Säulen und Gesimsen. Die kassettierten Decken leuchteten in Blau und Purpur, die Statuen in den Nischen erhielten im Flammenschein der Kerzen geheimnisvolles Leben. Vor einer weißen Flügeltür wartete ein älterer Mann. Seine kleinen, schwarzen Vogelaugen glitten rasch über Isabells Gestalt, bevor er sich verneigte. »Habt die Güte, hier auf Seine Majestät zu warten, Mademoiselle.«

Er ließ sie in einen kleinen, mit rosafarbenen Seidentapeten ausgeschlagenen Salon eintreten. Im Hintergrund auf einem Bronzesockel stand eine Büste Ludwigs.

»Übrigens – ich bin der Comte de Villeneuve«, erklärte der Mann. Er deutete auf Isabells dunklen Kapuzenmantel, den sie mit einer beinahe ängstlichen Geste zusammengerafft hielt.

»Wollt ihr nicht ablegen?«

»Nein, danke, Graf.«

Als sie allein war, trat sie vor einen der hohen Spiegel. Im Widerschein der Kerzen sahen ihre Augen dunkel aus. Ihre Nasenflügel bebten. Für einen Augenblick überkam sie der Drang davonzulaufen, einfach zu fliehen, dorthin zurückzukehren, woher sie gekommen war. Hinter sich im Spiegel sah sie die Marmorbüste Ludwigs. Ein leichtes Lächeln lag auf dem steinernen, weißen Gesicht. War es gütig? War es spöttisch?

Isabell warf den Kopf in den Nacken. Wieder ergriff diese sonderbare, kalte Gefaßtheit von ihr Besitz, die sie seit dem Nachmittag empfand. Nein, sie würde bleiben. Sie würde tun, was man von ihr erwartete.

Dann kam, der König. »Isabell«, sagte er leise, mit seiner dunklen Stimme. »Wir haben uns lange nicht gesehen...«

Sie versank in der vorgeschriebenen tiefen Verneigung. »Ja, Sire. Ich hätte eher kommen sollen, um Euch zu danken. Aber ich hielt es für meine Pflicht, den Grafen de Montfort zu pflegen.«

Sie wich seinem Blick nicht aus, als er ihr vom Boden aufhalf. »Ihr habt Euch verändert, Isabell...«

»Ja, Sire, das habe ich. Ich lerne sehr fleißig, was eine Dame von Stand wissen muß. Meine Lehrer sind zufrieden mit mir – und Ihr werdet es auch sein. Früher habt Ihr mich einmal eine hübsche kleine Rebeellin genannt. Das ist vorbei. Die künftige Gräfin de Montfort wird alle Voraussetzungen erfüllen, die man von ihr erwartet.«

Bestürzung trat in des Königs Züge. »Isabell, was ist geschehen?«

»Nichts, Sire. Ich sagte es doch, ich bin hergekommen, um Euch meine Dankbarkeit zu beweisen. Ihr habt Euch sehr viel Mühe um mich gemacht. Ein adliger Ehemann, eine Grafschaft und eine Leibrente als Morgengabe – und das alles für ein Mädchen, das Ihr ebensogut in einer Dienerkammer oder einem verschwiegenen Winkel des Parks hättet haben können...«

Sie verstummte, weil Ludwig ihre Schultern umfaßte. Er zog ihr Gesicht an seine Brust. »Hör auf, so zu reden! Du hast das alles vollkommen mißverstanden. Ja, ich wollte dich standesgemäß verheiraten, um dich bei mir zu haben. Aber nicht so, Isabell, nicht so... Verstehst du das!«

»Nein, Sire!« Und sie verstand es wirklich nicht. Sie war viel zu verletzt und gedemütigt, um zu begreifen, daß Ludwig sie liebte und daß er dieser Liebe hatte Zeit geben wollen... In Isabells Augen hatte der König Henry de Montfort gekauft, und Henry hatte sich kaufen lassen. Sie selbst aber war die Ware, die man hin- und herschob, ohne viel zu fragen. Nun gut, sie sollten beide bekommen, wonach es sie verlangte: Henry seine Grafschaft und der König sie selbst! Ludwigs Atem ging rascher. »Dann laß es mich dir erklären, Isabell.«

Sie lächelte, ein fernes, müdes Lächeln, das ihre Augen nicht er reichte. »Was gibt es viel zu erklären, wenn ein Mann eine Frau begehrt? Außerdem wißt ihr sehr genau, welche Macht Ihr über mich habt. Ihr müßt es gespürt haben an jenem Abend im Palais Royal, sonst wärt Ihr Eurer Sache nicht so sicher, daß die Gräfin de Montfort Euch geben würde, was die Kammerzofe Madame Liselottes Euch noch aus dummer Mädchenscheu verweigert hat. Ohne Henrys Verwundung wäre ich längst mit ihm verheiratet und längst Eure Geliebte, ist es nicht so, Sire? Ihr wart sehr geduldig, doch ich finde, man sollte Eure Langmut nicht über Gebühr ausnutzen.«

Er schob sie von sich. »Isabell, ich bin nur ein Mann. Geh jetzt nach Hause, geh rasch...«

»Nein«, sagte sie. Sie schlug ihren Mantel zurück. Darunter war sie nackt. Langsam ging sie auf den König zu.

»Isabell, o Isabell!« Fremd klang die Stimme des Königs, heiser vor unterdrückter Erregung. Nackt lag das Mädchen vor ihm auf dem Lager. Das Kerzenlicht warf zitternde Reflexe auf die goldbraune Haut.

Isabell hatte die Augen weit offen. Noch immer war sie von jener sonderbaren, starren Empfindungslosigkeit, die sie seit dem Nachmittag verspürte, als Henry de Montfort ihr gesagt hatte, warum er sie heiraten wollte. Ich hasse ihn! dachte Isabell. Und sie hatte nicht gewußt, daß Haß so schmerzen konnte. Nach dieser Nacht werde ich zu ihm gehen und ihm sagen: 'Eure Grafschaft ist Euch sicher, ich bin des Königs Geliebte geworden.' Ludwig umfaßte ihr Gesicht und sah, daß sie Tränen in den Augen hatte. »Isabell, ma petite, du hast doch nicht etwa Angst?«

Sie wandte den Kopf zur Seite. »Nein, Sire.« Und es war auch wirklich keine Angst, was sie weinen machte. Es war der Abschied von einer Illusion, das Wissen, daß nun unwiderruflich eine Tür hinter ihr zufiel und daß es keine Rückkehr mehr gab in das Land ihrer Mädchenträume. Sie weinte um ihren Haß auf Henry und ihre törichten, zerstörten Hoffnungen. Und sie weinte, weil sie plötzlich an ihre Mutter denken mußte.

Jeanne Raven war so stolz auf ihr schönes, fröhliches Kind gewesen. Seit Isabell den Kinderschuhen entwachsen war, hatte die Mutter so manchen Abend damit verbracht, feines Linnen zu säumen und Kissen und Decken für Isabells Brautausstattung zu nähen. 'Wenn du einmal heiratest', hatte sie gesagt, 'soll deine Aussteuer nicht schlechter sein als die irgendeiner anderen Bürgerstochter in Straßburg.' Und manchmal hatte sie noch hinzugefügt: 'Er muß nicht reich sein, der Mann, den du uns einmal bringst. Aber in Ehren halten muß er dich und von Herzen lieben.'

O Mutter, was würdest du sagen, wenn du mich jetzt sehen könntest! Du würdest nicht stolz darauf sein, daß es ein König ist, der deine Tochter zur Frau macht. Denn du hast mir die Liebe gewünscht, Mutter, und nicht das Begehren. Aber der Mann, den ich hätte lieben können, sieht in mir eine Ware, die ihm Gewinn einbringt. Das hat mein Herz hart gemacht, daß es mir wie ein scharfkantiger, kalter Stein in der Brust liegt. Und wenn du mir jetzt noch etwas wünschen willst, Mutter, dann dies: daß ich es lerne, nicht mehr um eine betrogene Hoffnung zu weinen...

Isabell schloß die Augen, als Ludwig sie küßte. Eine einzelne Träne rollte noch ihre Wange hinunter und hinterließ eine feuchte, glitzernde Spur. Der König wischte sie mit seinen Lippen fort. »Du mußt auch keine Angst haben, ma petite. Ich werde nichts tun, was nicht auch du willst.«

Und jetzt war es Isabell, die sich an ihn drängte mit verzweifelter Heftigkeit. Nicht mehr denken, nichts mehr fühlen außer dem Verlangen, das dieser fremde, kräftige, muskulöse Körper, der sich gegen den ihren preßte, in ihr weckte!

Man hat die widersprüchlichsten Behauptungen über Ludwigs Charakter aufgestellt. Die einen schildern ihn als einen gerechten, gütigen, großmütigen Mann, voller Humor und hoher persönlicher Tapferkeit. Andere behaupten, er sei anmaßend, rücksichtslos und egoistisch gewesen. Beides mag auf ihn zutreffen. Ein Mensch, der von Kind an als eine Art Halbgott verehrt wurde, mußte zwangsläufig schlechte Eigenschaften entwickeln. Es gibt viele Beispiele dafür, mit welcher Gefühllosigkeit er den Empfindungen anderer gegenüberstehen konnte. Aber Isabell gegenüber war er von Anfang an verständnisvoll und großmütig gewesen. Er liebte sie. Und er verstand genug von Frauen, um zu wissen, daß man in der Liebe ebensoviel empfängt, wie man selbst zu geben bereit ist.

In dieser Nacht lehrte er Isabell die Leidenschaft und die Zärtlichkeit, die Freude am eigenen Körper und die Lust der Erfüllung. Er war behutsam und geduldig. Er zügelte sein Verlangen, bis sie selbst ihm mit drängender Heftigkeit entgegenkam, und als er sie endlich nahm, schrie sie leise auf, preßte ihren Mund gegen seine Schulter und umschlang ihn mit beiden Armen. Die starre, kalte Gefaßtheit, mit der sie zu ihm gekommen war, war längst geschwunden. Und nun lösten sich auch Schmerz und Angst vor einer nie gekannten, bebenden, wilden Hingabe.

Später lagen sie eng beieinander. Der König küßte Isabells geschlossenen Augenlider und barg sein Gesicht an ihrer Halsgrube. »Meine Schöne«, sagte er leise, »ich bin sehr glücklich. Habe auch ich dich ein wenig glücklich gemacht?«

Seine Frage rührte sie. »Ja«, erwiderte sie. Und es war sogar wahr. Das Dunkel der Nacht, die Intimität des kleinen Raumes errichteten einen schützenden Wall vor den Problemen des neuen Tages. Es war schön, in den Armen eines Mannes zu liegen und nichts zu denken, nur diese fremde, süße Mattigkeit zu spüren, die ihr die Glieder schwer machte.

Durch die zugezogenen Samtportieren mit den eingestickten Lilien von Frankreich schimmerte zaghaft das Licht des neuen Tages, als sich Isabell leise erhob. Als sie vor dem Spiegel stand und ihr Haar zu einem schweren, dicken Zopf flocht, erwachte Ludwig. Er streckte die Hand nach ihr aus. »Isabell, mon amour, wann wirst du wiederkommen?«

»Ich weiß nicht, Sire. Ich kann nicht so oft abends aus dem Palais Royal fort. Madame Liselotte...«

»Du bist nicht mehr die Bedienstete von *Madame*. Du bist die künftige Gräfin de Montfort – und die schönste Geliebte des Königs von Frankreich. Ich werde dir morgen abend einen Wagen schicken. Und in ein paar Tagen werden wir nach Versailles übersiedeln. Dort werde ich dir eine Wohnung zuweisen lassen, nahe der meinen, damit ich dich so oft sehen kann, wie ich will.«

Als Isabell ihren Mantel umlegen wollte, hielt er sie zurück. »Warte, laß mich dich noch einmal ansehen.« Er betrachtete sie, wie sie vor ihm stand in ihrer vollkommenen Schönheit, und seine Augen wurden dunkel vor Leidenschaft. Er zog Isabell an sich und lehnte seinen Kopf gegen ihre Stirn. Dann schob er sie von sich. »Geh jetzt, mon amour, ehe ich vergesse, daß ich nicht nur ein verliebter Mann bin, sondern ein König, der jeden Morgen mit feierlichem Zeremoniell geweckt wird. Der Comte de Villeneuve wird dich ins Palais Royal zurückbegleiten.«

Um acht Uhr betrat Bontemps, der königliche Kammerdiener, Ludwigs Schlafzimmer und zog die Vorhänge vor den Fenstern zurück. Ihm folgte, wie es das Zeremoniell des *grand lever* vorschrieb, Ludwigs alte Amme, die vor ihm niederkniete und ihm mit einem Kuß einen guten Morgen wünschte. Pater La Chaise, der Beichtvater des Königs, sprach ein kurzes Gebet.

Auf einen Wink von Bontemps wurde ein Taburett mit einer silbernen Waschschüssel und Tüchern hereingebracht. Bontemps wusch den König und reichte ihm das Hemd. Nachdem Ludwig es übergestreift hatte, wurden die elfenbeinfarbenen Flügeltüren zum Vorsaal geöffnet. Draußen warteten die Gesandten der ausländischen Mächte, die Mitglieder der königlichen Familie, die Minister mit ihren Portefeuilles und die Kammerherren. Federhüte flogen von den Köpfen, Allongeperücken wallten in wohlfrisierten Locken über reichbestickte, juwelenbesetzte Röcke.

Die Ärzte erschienen, an ihrer Spitze Fagon und der Chirurg Félix. Sie erkundigten sich nach des Königs Befinden und erhielten die lächelnde Antwort, daß er sich ausgezeichnet fühle. Während der Oberkämmerer, der Hofmarschall und die Kammerherren dem König seine Kleidungsstücke reichten – die parfümierten Untergewänder, die weißen Escarpins, den blausamtenen Rock mit dem breiten Ordensband –, während der Hoffriseur ihm den Spiegel hielt und der Herzog von La Rochefoucault ihm die Perücke gab, unterhielt sich Ludwig mit seinem Sohn. Er befragte ihn ausführlich über das Befinden der Dauphine Maria Anna, die ihr erstes Kind erwartete und kurz vor der Niederkunft stand. Der einundzwanzigjährige Dauphin strahlte.

»Madame la Dauphine ist gesund, und ihr Zustand verursacht ihr wenig Beschwerden, Sire.«

»Nun denn...« Der König lächelte. »Das freut Uns zu hören. Dann wird es für Madame la Dauphine auch keine allzugroße Unbequemlichkeit bedeuten, Uns nach Versailles zu begleiten. Ich möchte, daß dieses Kind von Frankreich dort geboren wird.«

Philipp von Orléans hatte die letzten Worte seines Bruders gehört. »Ihr wollt Paris verlassen?« erkundigte er sich betreten.

»Gewiß. Was mißfällt Euch daran, mein Bruder?«

»Nichts. Nur *Madame* fühlt sich seit ein paar Tagen nicht wohl. Ich hatte vor, sie für einige Zeit nach St. Cloud zu schicken.«

»*Madame* ist krank?«

»Oh, nichts Ernstliches, Sire, nur eine vorübergehende Unpäßlichkeit. Ein paar Wochen der Ruhe in St. Cloud werden ihr guttun.«

Der König nahm vom Hofmarschall den mit Reiherfedern besetzten Hut entgegen. »Ich würde sehr ungern auf *Madames* Gesellschaft verzichten. Warum soll sie sich in Versailles nicht ebensogut erholen können wie in St. Cloud?«

Philipp preßte die Lippen zusammen. »Ich werde *Madame* Euren Wunsch mitteilen, Sire. Aber es ist möglich, daß sie es – mit Eurer gütigen Erlaubnis – trotzdem vorzieht, nach St. Cloud zu gehen.«

Sein Benehmen befremdete Ludwig. Im allgemeinen achtete Philipp streng darauf, daß seine Frau ihre repräsentativen Verpflichtungen als Zweite Dame Frankreichs gewissenhaft erfüllte. Warum beharrte er jetzt so eigensinnig darauf, daß sie sich nach St. Cloud zurückziehen sollte, auch wenn der Hof nach Versailles übersiedelte?

Den Grund für dieses sonderbare Verhalten erfuhr Ludwig eine Stunde später. Er hatte wie allmorgendlich mit seinem ganzen Gefolge die Messe besucht. Danach begab er sich in sein Kabinett, wo sich bereits die Minister versammelt hatten. Doch bevor er die Ratssitzung eröffnen konnte, hörte er im Vorsaal einen heftigen Wortwechsel. Unwillig über die Störung, bat Ludwig den Staatssekretär Marquis de Pomponne, nachzusehen, was es gäbe. Als Pomponne zurückkam, folgte ihm Madame Liselotte auf dem Fuß. Ihr Gesicht war blaß und verweint. »Vergebung, Sire, daß ich so formlos zu Euch vordringe. Aber ich weiß mir keinen anderen Rat. Seid so gut und schenkt mir für ein paar Minuten Gehör.«

Ludwig kannte seine Schwägerin lange genug, um zu wissen, daß sie nicht wegen einer Bagatelle eine Ratssitzung unterbrechen würde. Deshalb führte er sie in ein angrenzendes Zimmer und bat sie, Platz zu nehmen. Aber Liselotte war viel zu erregt, um sich zu setzen. Mit tränenerstickter Stimme berichtete sie dem König, was sich gestern im Palais Royal zugetragen hatte.

»Ich weiß nicht, was ich tun soll«, schloß sie. »*Monsieur* hält die schändlichen Lügen für wahr, die de Lorraine und seine Freunde verbreiten. Er hat Mademoiselle Théobon entlassen und mir befohlen, heute nachmittag nach St. Cloud abzureisen. Aber ich habe nichts Unrechtes getan, Sire! Bitte, glaubt wenigstens Ihr mir. Und erlaubt mir, daß ich mich ins Kloster Maubuisson zurückziehe. Meine Tante Louise Hollandine ist dort Äbtissin. Sie wird mich gern bei sich aufnehmen. Wenn ich dort ganz still und zurückgezogen lebe und auf alle Vergnügungen verzichte, wird *Monsieur* vielleicht einsehen, daß er mir Unrecht getan hat.«

»Das wird er auch so tun!« erklärte Ludwig. »Beruhigt Euch, ich werde mit meinem Bruder sprechen und ihm den Kopf zurechtsetzen. Euch eine Liebschaft anzudichten ist wirklich absurd! Geht jetzt nach Hause, Madame, und verlaßt Euch darauf, daß Philipp Euch noch vor Mittag um Verzeihung bitten wird. Ihr werdet weder nach St. Cloud noch nach Maubuisson gehen.«

Daß der König ihr vertraute, tröstete Liselotte ein wenig. Sie hatte die halbe Nacht wach gelegen, schwankend zwischen Verzweiflung und Zorn. Maubuisson, das stille Kloster in der Nähe von Paris war ihr in dieser Situation als einzige Zuflucht erschienen. Dort war sie sicher vor allen Verleumdungen, dort gab es weder Feindschaft noch Neid.

Liselotte wischte sich über die Augen. »Ich bin Euch sehr dankbar, Sire. Aber ich habe das Gefühl, als könnte ich hier an diesem Hof meines Lebens nicht mehr froh werden. Man wird neue Lügen, neue Intrigen erfinden, um mir zu schaden. Deshalb bitte ich Euch, laßt mich gehen.«

»Nein«, erwiderte Ludwig ruhig. »Ihr seid Madame Royale von Frankreich. Eure Stellung bringt Aufgaben mit sich, denen Ihr Euch nicht entziehen dürft, selbst dann nicht, wenn man Euch gekränkt hat. Ich habe Euch stets wegen Eurer Pflichttreue bewundert. Wollt Ihr mich jetzt enttäuschen?«

»Ach, Sire...« Liselottes Lippen zuckten. »Ich habe mir so viel Mühe gegeben, immer alles recht zu machen. Aber seht Ihr denn nicht, daß ich am Ende bin? Ich bin nur eine Frau. Mag sein, daß ein Mann in treuer Pflichterfüllung Genüge findet – mir bedeutet es mehr, glücklich zu sein.«

»Und ihr meint, ein Kloster wäre der rechte Ort dafür?« Ludwig lächelte. »Ach, Madame, wenn ich Euch nicht so genau kennte... Ihr seid zu impulsiv, in Eurer Freude wie in Eurer Traurigkeit. Sicher habt Ihr es nicht leicht. Aber wer hat das schon? Seht mich an. Ich bin ein König, und weil ich mein Land liebe, liegt mir seine Größe am Herzen.

Um sie zu erreichen, habe ich viele unpopuläre Maßnahmen ergreifen müssen. Ich habe hart gearbeitet, Madame, denn kein König ist gefährlicher als einer, der die meiste Zeit schläft, dann plötzlich aufwacht und anderen Leuten Vorwürfe wegen Mißerfolgen macht, die er nur sich selbst zuzuschreiben hat. Doch wegen meines Bestrebens, über alle wichtigen Vorgänge in Kanzleien und Ministerien informiert zu sein, hält man mich für einen machtbesessenen Tyrannen.

Meine Bemühungen um Frankreichs Wohlergehen legt man als Habgier aus. Man vergißt darüber, daß ich Tausenden Brot und Arbeit gegeben habe. Ich habe nicht nur Versailles gebaut, Madame. Ich habe große Werkstätten, Armeen, Festungen und Schiffe aus dem Boden gestampft, um Frankreich in diesen unruhigen Zeiten Sicherheit zu geben. Heute ist mein Land die mächtigste und blühendste Nation Europas. Und doch weiß ich, daß man mich deswegen nicht liebt.

Statt dessen murrt man über die Härte, mit der ich manchmal vorgehen mußte, über die Abgaben, die ich dem Volk aufgebürdet und die Kriege, die ich geführt habe. Ich habe nichts von dem leichten Herzens getan, sondern nur, wenn ich überzeugt war daß es keine andere Lösung gab. Und in jedem Falle habe ich meine Entscheidungen schwerer gefällt als meine Kritiker ihr Urteil über mich.«

Liselotte senkte beschämt den Kopf. »Mit den Kritikern – meint Ihr da auch mich? Es ist wahr, ich habe Euch manchmal recht böse Dinge gesagt, und sicherlich war ich oft genug vorschnell in meinen Reden. Aber nur, weil es mich aufbrachte, wenn Ihr selbst das Bild zerstörtet, das ich mir von Euch gemacht habe. Denn bei allem habe ich Euch doch immer sehr lieb gehabt...«

Er lächelte ihr zu. »Das weiß ich. Und ich war Euch auch niemals ernstlich gram, wenn Ihr wie ein teutonischer Gardekürassier auf mich losgegangen seid. Aber lassen wir das. Ich wollte Euch keinen Vortrag halten, was für ein hartes Geschäft es ist, König von Frankreich zu sein. Ich wollte Euch nur sagen, daß wir alle Ihr, Madame, und ich – gelegentlich Undank und Enttäuschungen hinnehmen müssen, ohne deshalb fahnenflüchtig zu werden. Was Euch anbelangt, so werde ich meinem Bruder erklären, daß ich mich für Euch verbürge und jeden streng bestrafen werde, der Euch Übles nachredet. Seid Ihr damit zufrieden?«

Sie nickte stumm, mit Tränen in den Augen. Er hatte ja recht, man durfte nicht einfach davonlaufen, nicht einmal vor einer Ehe, die längst keine mehr war. Bestimmt würde sich Philipp dem Wunsch seines Bruders beugen und sich nach außen hin mit ihr versöhnen. Aber an seiner grundsätzlichen Einstellung würde das nichts ändern. Er liebte sie nicht mehr, und seine üblen Freunde standen ihm näher als sie, seine Frau.

»Ihr seid sehr gütig, Sire«, sagte sie erstickt. »Wenn ich nur noch einen Wunsch äußern dürfte...«

»Jeden«, erwiderte er herzlich, »wenn ich mir dadurch Eure Freundschaft erhalte.«

»Es handelt sich um meine gute Théobon. Hierher zurückkehren wird sie nicht mehr wollen, nachdem *Monsieur* sie so schmählich davongejagt hat. Aber wenn man ihr vielleicht auf andere Weise helfen könnte... Ihre Familie lebt in recht dürftigen Verhältnissen.«

»Ich werde ihr eine Entschädigung zukommen lassen«, versprach der König. »Seid unbesorgt, Madame.«

Er hielt sein Versprechen. Noch vor dem Mittagessen erschien *Monsieur* bei Liselotte und erklärte reumütig, daß er in seinen Anschuldigungen zu weit gegangen sei. Es täte ihm sehr leid, und sie möge ihm sein Verhalten nicht länger nachtragen. Im übrigen solle sie alles für die Übersiedlung nach Versailles vorbereiten lassen.

Auch der Chevalier de Lorraine, Madame de Grancey und der Marquis d'Effiat mußten sich in aller Öffentlichkeit bei Liselotte entschuldigen. Aber sie wußte genau, daß die drei nur auf eine neue Gelegenheit warteten, ihr zu schaden. Doch das Gespräch mit dem König hatte ihr den Rücken gestärkt. Solange er ihr wohlgesonnen war, fühlte sie sich sicher.

7

Isabell und Henry heirateten am 14. Oktober 1682 in der Kapelle von Versailles. Amélie de Montfort nahm an der Trauung teil. Hinterher küßte sie Isabell zeremoniell auf beide Wangen, nannte sie 'meine liebe Tochter', aber ihre Augen waren kalt und ablehnend wie eh und je. Isabell atmete auf, als ihre Schwiegermutter am nächsten Tag abreiste.

Eine Woche später wurde die junge Gräfin de Montfort offiziell bei Hofe vorgestellt. Isabell war ein wenig blaß vor Erregung, als der Zeremonienmeister ihren und Henrys Namen aufrief und sie an der Seite ihres Mannes langsam durch das Spalier der Höflinge auf den König und die Königin zuschritt. Pomeranzenbäume in silbernen Kübeln säumten den Weg, die Wände schmückten Gemälde von Tizian und van Dyck, und vor den dreizehn Fenstern hingen Damastvorhänge, in die mit Goldfäden das Lilienwappen der Bourbonen eingestickt war. Das Licht der Kerzen, die Spiegel, die Pracht der juwelengeschmückten Staatsroben und Uniformen – all das verschwamm vor Isabells Augen zu einem Meer von Licht und Farben. Sie spürte die neugierigen Blicke, hörte das Getuschel hinter ihrem Rücken.

»Bei Gott, das ist ja eine Schönheit! Und so etwas soll Küchenmagd gewesen sein?«

»Unsinn! *Madame* hat das Mädchen auf der Straße aufgelesen. Wahrscheinlich ist sie eine vom fahrenden Volk. Unbegreiflich, daß der König dieser Mesalliance zugestimmt hat!«

Und dann eine sehr klare, helle Stimme: »Wer weiß, vielleicht hatte Seine Majestät sehr persönliche Gründe dafür!«

Isabell sah auf. Sah in ein paar harte, blaue Augen, aus denen ihr eine solche Feindseligkeit entgegenschlug, daß sie zusammenzuckte: Athénais de Montespan!

Einen Herzschlag lang kreuzten sich die Blicke der beiden Frauen wie zwei Degenklingen, dann ging Isabell weiter. Und das Getuschel, die abschätzenden, bewundernden, neugierigen Blicke folgten ihr. Es war ein Spießrutenlaufen, das erst vor Ludwigs silbernem Thron mit dem weißseidenen Baldachin ein Ende fand.

Isabell versank in einem tiefen Hofknicks. Der Rock ihres grün-goldenen Kleides bauschte sich, die schweren Smaragdohrgehänge klirrten leise, als sie den Nacken beugte. Wie aus weiter Ferne hörte sie Ludwigs Stimme. Dieselbe Stimme, die ihr noch in der Nacht leidenschaftliche Zärtlichkeiten zugeflüstert hatte.

»Mein lieber Graf de Montfort; ich kann Euch nur beglückwünschen zu Eurem Geschmack. Wir haben die Schönheit der Gräfin bereits rühmen hören, doch die Wirklichkeit übertrifft alle Unsere Erwartungen. Madame, wir sind entzückt, daß Unser Hof um eine so bezaubernde Frau bereichert worden ist.«

Dann die Königin. Wie immer wirkte sie völlig unscheinbar, trotz ihrer prächtigen Ballrobe – eine kleine graue Maus, die man mit Juwelen und Goldbrokat behängt hatte. Ihr Französisch war holprig, mit dem harten Akzent der Spanierin. Aber ihr Lächeln war voller Bewunderung für dieses hinreißende junge Geschöpf, das sich vor ihr verneigte. »Meine liebe Gräfin, ich freue mich sehr... Ich hoffe, man wird Euch öfter bei Hof sehen.«

Das war das Schlimmste – die arglose Herzlichkeit dieser kleinen, pummeligen Frau, über deren hoffnungslose Liebe zum König der ganze Hof mehr oder minder offen lachte. In diesem Augenblick schämte sich Isabell. Sie wünschte sich, nie nach Frankreich gekommen, nie dem König begegnet zu sein. Doch wer kann schon den Weg, den er einmal beschritten hat, wieder zurückgehen und alles auslöschen, was geschehen ist, als sei es nie gewesen?

Isabell konnte es nicht. Aus dem Mädchen aus der *Silbernen Rose,* das vor französischen Marodeuren bettelarm aus Straßburg geflohen war, war die Geliebte des mächtigsten Herrschers von Europa geworden. Eine gefeierte Schönheit am Hof von Versailles, die elegante Kleider besaß, Schmuck, eine eigene Equipage, Bedienstete und eine Schar von Bewunderern.

Im Treibhausklima des Hofes blühte der Klatsch. Es war, wie Liselotte von der Pfalz einmal an ihre ehemalige Hofmeisterin, Frau von Marling, geschrieben hatte: Die Wände hätten nicht nur Ohren, sondern auch Zungen, um alles weiterzuerzählen, was sich hinter den weiß-goldenen Flügeltüren der prachtvollen Zimmerfluchten ereignete.

Man wußte, daß Madame de Maintenon nach einer langen Auseinandersetzung mit dem König die Erlaubnis erbeten hatte, in das Heilbad Bourbon zur Kur abzureisen. Man wußte von den hysterischen Wutanfällen der Montespan, die zwar noch in den Gemächern der Maitresse en titre lebte, aber mit der Ludwig nur noch bei öffentlichen Anlässen zusammentraf. Man wußte, daß der Graf de Montfort häufig die Nacht über fort war – wahrscheinlich zu einem Rendezvous – und daß er noch nie das Schlafzimmer seiner jungen Frau betreten hatte. Und man wußte auch, daß in diesem Schlafzimmer eine Tapetentür zu einer Treppe führte, über die man vom Adelsflügel aus in den südlichen Trakt des Schlosses gelangte. Dort befanden sich einige Räume, die sich an das *grand appartement* Seiner Majestät anschlossen. Es hieß, daß der König etliche Male zu nächtlicher Stunde gesehen worden sei, wie er eines dieser Zimmer betreten habe.

Natürlich erfuhr auch Liselotte von der Pfalz von diesem Gerede. *Monsieur* erzählte es ihr, und sie war wohl die einzige bei Hof, die nicht daran glaubte. Isabell, die Geliebte des Königs? Unsinn! Isabell liebte ihren Mann und niemanden sonst! Das hatte sie bewiesen, als Henry so schwer verwundet worden war.

Madame seufzte. Daß die Lästermäuler doch immer alles in den Schmutz ziehen mußten! Gewiß, der König war sehr freundlich zu Isabell. Und an der Wohnung, die dem jungen Paar im Versailler Schloß zugewiesen worden war, hatte an der Tür ein Kärtchen gesteckt mit dem berühmten *Pour la Comtesse e le Comte de Montfort.* Dieses *pour* bedeutete eine ganz besondere Auszeichnung des Königs, deren nur sehr wenige teilhaftig wurden.

Ziemlich abrupt erhob sich *Madame* von ihrem Teetisch. »Ah bah, Hoftratsch!« sagte sie verächtlich. »Ich bitte Euch, Monsieur, verschont mich in Zukunft mit solchen Geschichten. Sie sind allesamt erfunden. Und gerade Ihr solltet wissen, wie schnell man hier mit solchen Lügen bei der Hand ist, wenn man jemandem schaden will.«

Der Brief war unter der Tür durchgeschoben worden. Isabell sah ihn sofort, als sie ihr Boudoir betrat. Es war der vierte innerhalb der letzten Wochen, den sie erhielt – immer ohne Unterschrift, mit einfachem rotem Siegellack verschlossen und in verstellter Handschrift geschrieben. Vergeblich hatte Isabell ihre beiden Zofen Gilberte und Louise befragt. Sie beteuerten, keine Ahnung zu haben, wie diese Briefe in das Boudoir von *Madame la Comtesse* gekommen seien.

Isabell nahm den brennenden dreiarmigen Silberleuchter vom Kamin und stellte ihn auf ihren zierlichen Schreibtisch. Sie setzte sich und erbrach zögernd den Brief.

'Madame, wie ich Euch des öfteren wissen ließ, vergilt Euch Euer Gemahl Gleiches mit Gleichem. Er hat eine Geliebte, eine kleine, ungebildete Schlampe. Aber die Ehe mit Euch beweist ja, daß Graf de Montfort eine Vorliebe für das gemeine Volk hat. Wenn Ihr wissen wollt, wer das Mädchen ist, begebt Euch zu den Grotten der Thetis. Folgt Ihr danach dem linker Hand gelegenen Laubengang, so kommt Ihr zu einem Pavillon. Dort trifft sich Euer Gemahl in dieser Stunde mit seiner Geliebten.'

Wenige Minuten später verließ Isabell das Schloß durch einen Seitenausgang. Ein scharfer Wind wehte ihr entgegen, die Nacht war dunkel; nur ab und zu gaben die ziehenden Wolken eine schmale, bleiche Mondsichel frei.

Isabell lief rasch. Die nächtliche Einsamkeit des riesigen Parks erschien ihr plötzlich unheimlich, und fast bereute sie es, dem Rat des anonymen Briefschreibers gefolgt zu sein. Dennoch trieb ein dumpfer Zwang in ihrem Innern sie weiter. Sie wollte sehen, wie das Mädchen beschaffen war, das ein Henry de Montfort lieben konnte. War es wirklich eine kleine, ungebildete Schlampe?

Isabell biß sich auf die Lippen. Oh, wenn das so war, würde sie Henry ihren Spott und ihre Verachtung fühlen lassen. Vielleicht würde sie ihn damit endlich aus seiner kühlen, unangreifbaren Gelassenheit reißen, die sie mehr peinigte, als wenn er sie grob und unfreundlich behandelt hätte.

Am Ende der Allee sah sie die dunklen Umrisse der Grotte auftauchen. Der Wind zerrte an Isabells Haar. Sie schlug den Mantelkragen hoch und hörte im gleichen Augenblick das Geräusch von Schritten hinter sich. Als sie sich umwandte, stockte ihr der Atem. Zwei Männer mit breiten, tief in die Stirn gedrückten Hüten waren aus einem Seitenpfad aufgetaucht. Isabells Schreckensschrei erstarb ihr auf den Lippen, als ihr der eine den Lauf seiner schweren Reiterpistole in die Seite preßte.

»Madame, habt die Güte, uns zu folgen!« sagte er.

Es regnete. Der Reiter, der auf der nächtlichen Landstraße dahingaloppierte, beugte sich tiefer über den Hals seines Pferdes. Das Wasser troff ihm von der Hutkrempe und durchnäßte seinen Mantel.

Der junge Mann unterdrückte einen Fluch. Ich hätte bei diesem Wetter doch in Paris übernachten und mir morgen früh eine Kutsche nehmen sollen, dachte er.

Aber Carllutz Raugraf von der Pfalz wußte von früheren Besuchen her, daß man in Versailles selten vor zwei Uhr nachts zu Bett ging. Um diese Zeit mußte er längst dort sein. Was für Augen Liselotte machen würde, wenn er so unerwartet bei ihr auftauchte!

Seit September hatten weder er noch ihre Tante, die Herzogin Sophie, Nachricht von ihr erhalten. Und die letzten Briefe, in denen Liselotte von den üblen Lügen des Chevaliers de Lorraine und seiner Clique berichtete, hatten sehr verzweifelt geklungen.

'Wenn Ihr mich sehen solltet', hatte sie an Carllutz geschrieben, 'so würde ich Euch jammern, denn ich bin meiner Seelen betrübt. Ich bin doch zu nichts nutz, als denen Unglück zu bringen, so mich liebhaben. Drum, wenn Gott mich zu sich nehmen wollte, wäre es wohl am besten, denn ich bin des Lebens greulich müde und satt...«

Wie wenig paßten solche Worte zu der munteren, resoluten Liselotte. Deshalb hatten Sophie von Braunschweig-Lüneburg und ihr Mann – der nach dem Tode seines Bruders regierender Herzog von Hannover geworden war – beschlossen, den jungen Raugrafen als Hannoverschen Gesandten nach Frankreich zu senden. Vielleicht würde der Besuch des Stiefbruders Liselotte ein wenig aufheitern.

In den Abendstunden war Carllutz mit der Extrapost in Paris eingetroffen. Er hatte sich nicht lange im Palais Royal aufgehalten, sondern nur um ein Bad, einen Imbiß und ein Pferd gebeten. Dann hatte er sich auf den Weg nach Versailles gemacht. Sein Gepäck würde ihm morgen nachgeschickt werden.

Der Regen hatte sich verstärkt. Carllutz fror, sehnte sich nach einem wärmenden Feuer, einen Krug heißen Gewürzweins und einem guten Bett. Wie weit mochte es noch bis Versailles sein? Eine halbe Stunde oder mehr?

Da vernahm er vor sich auf der nachtdunklen Straße das Rasseln von Wagenrädern. Eine Kutsche tauchte wie ein Spuk aus den Regenschleiern auf. Der Mann auf dem Bock schlug auf die beiden schnaubenden Gäule ein.

Als die Kutsche in schneller Fahrt an Carllutz vorüberjagte, überschüttete sie ihn mit einer Fontäne schmutzigen, eiskalten Wassers.

Wütend wischte sich der junge Raugraf das Gesicht ab. Was für eine Unvernunft, bei dieser Finsternis so dahinzurasen, dachte er. Es soll mich nicht wundern, wenn die Kutsche an der nächsten Biegung im Straßengraben landet.

Fast im selben Augenblick hörte er hinter sich ein Krachen und Bersten und den erschrockenen Aufschrei einer Frau. Carllutz riß sein Pferd herum und galoppierte zurück. Die Kutsche lag umgestürzt halb im dichten Strauchwerk neben der Straße. Der Mann, der auf dem Bock gesessen hatte, rappelte sich fluchend aus dem Graben auf.

Carllutz sprang aus dem Sattel. Die verstörten Kutschpferde wieherten grell und bäumten sich im Geschirr auf. Mit fester Hand griff Carllutz in die Zügel und hatte alle Mühe, die vor Schreck halb toll gewordenen Tiere zu beruhigen. Als sie endlich mit bebenden Flanken und Schaum vor den Nüstern stillstanden, wandte er sich dem Kutscher zu. Der war zu dem umgestürzten Wagen hinübergehinkt und bemühte sich, die verklemmte Tür zu öffnen. »Wartet, ich helfe Euch!« rief Carllutz.

Der Mann fuhr herum. »Kümmert Euch um Eure Angelegenheiten. Los, los, schert Euch weg!«

Dem Raugrafen verschlug es den Atem über diese Unverschämtheit. Ehe er zu einer Erwiderung ansetzen konnte, hörte er aus dem Wageninnern eine Frauenstimme: »Um Gottes willen, bleibt! Ich bin die Gräfin de Montfort, und diese Banditen haben mich entführt!«

»Willst du wohl still sein, verdammtes Frauenzimmer!« Der Kutscher zerrte an der Tür. »Heh, Bertrand, warum stopfst du dem Weibstück nicht das Maul!«

»Hoppla, Freundchen!« Der Raugraf hatte seinen Degen gezogen. »Mir scheint, da bin ich gerade zur rechten Zeit gekommen!«

»Zur Hölle mit dir!« Der Kutscher griff an seinen Gürtel, um seine Pistole herauszureißen – und faßte ins Leere. Die Waffe war bei dem Sturz verlorengegangen. Mit einem Satz war Carllutz bei ihm und setzte ihm die Degenspitze an den Hals. »Los, Bursche, geh da 'rüber zu meinem Pferd! Und schön langsam, ohne faule Tricks, sonst kriegst du diese gute, scharfgeschliffene Klinge in die Gurgel.«

»Bertrand«, schrie der Halunke, »verdammt, komm heraus und hilf mir!« Er verstummte mit einem Wehlaut, denn Carllutz' Degenklinge hatte sich ein Stückchen in seinen Hals gebohrt. Es war nicht viel mehr als ein Ritzer in der Haut, aber es genügte, um Isabells Entführer klarzumachen, daß die Drohung des Raugrafen ernst gemeint war. Schritt für Schritt wich er vor Carllutz' Degen zurück.

»Dein Bertrand kann dir nicht mehr helfen!« rief Isabell aus der Kutsche. »Er liegt hier und rührt sich nicht!«

»Madame, seid Ihr verletzt?« Carllutz hatte den Banditen bis zu seinem Rappen getrieben, der ruhig unter den Bäumen stand.

»Nein.«

»Dann versucht, die Tür aufzubekommen.« Der Raugraf hörte, wie sich Isabell von innen gegen das Holz stemmte und mit den Fäusten dagegenhämmerte.

»Es geht nicht... Ich schaffe es nicht!«

»Geduldet Euch noch einen Augenblick!« Mit der freien Linken langte Carllutz in die Satteltasche seines Pferdes und riß seine Pistole heraus. Dann erst ließ er seinen Degen fallen. »So, und nun zurück zur Kutsche«, befahl er dem Banditen. »Mach die Tür auf. Vorwärts, gib dir ein bißchen Mühe!«

Splitternd gab das Holz nach. Isabell erschien in der Türöffnung. Diesen Moment nutzte der Bandit. Er faßte Isabell um die Taille und riß sie mit einem Schwung zu sich hinunter. Sie wie einen Schild vor sich haltend, zerrte er sie mit sich. »So, nun schieß doch, du Großmaul!« schrie er triumphierend. »Oder hast du Angst, daß diese hübsche Dame statt meiner deine Ladung Pulver in den Bauch bekommt?«

Er war schon ein ganzes Stück entfernt, im Schatten der Bäume. Da erst versetzte er Isabell einen Stoß, daß sie auf die Straße zurückflog und dort liegenblieb. Carllutz feuerte einen Schuß ab, aber er ging fehl. Die Nacht war zu dunkel und der Bandit schon zwischen den Bäumen verschwunden.

Carllutz lief zu Isabell und half ihr aufzustehen. »Habt Ihr Euch sehr weh getan?«

»Nein, nicht besonders«, erwiderte sie und brach dann in Tränen aus. »Verzeiht, es ist nur die Erleichterung. Ich habe schreckliche Angst ausgestanden.«

»Das kann ich Euch nachfühlen. Man hat Euch entführt?«

Sie nickte. »Plötzlich tauchten diese beiden Männer im Park von Versailles auf und zwangen mich mit ihren Pistolen, ihnen zu dieser Kutsche zu folgen.«

Ihre Worte erinnerten den Raugrafen daran, daß sich in der Kutsche noch ein zweiter Bandit befand. Aber der Mann war tot. Er hatte sich bei dem Sturz das Genick gebrochen. Mit einem Schaudern wandte Isabell sich ab, als Carllutz den schweren Körper ins Freie gezogen hatte. »Mein Gott, und mir ist gar nichts geschehen. Das ist beinahe wie ein Wunder.«

»Nicht nur beinahe«, erwiderte Carllutz und nahm sie beim Arm. »Kommt jetzt, ich bringe Euch nach Versailles zurück.«

Wie immer balgten sich in Liselottes Salon ein paar junge Wachtelhunde auf dem Savonnierteppich vor dem Kamin. In einem Käfig am Fenster zwitscherten zwei Kanarienvögel, in einem anderen kreischte ein bunter Papagei.

Als *Madame* mit ihrem Stiefbruder eintrat, erhoben sich die vier jungen Hofdamen von ihrem Kartenspiel und verneigten sich anmutig. In einer Ecke war der Teetisch gedeckt.

Liselotte entließ ihre Damen; sie hatte Lust auf ein vertrauliches Plauderstündchen mit Carllutz.

»O Schwarzköpfel«, sagte sie mit einem tiefen Seufzer. Es war der Kosename, bei dem sie den Stiefbruder schon in der Kindheit im Heidelberger Schloß gerufen hatte. »Ihr ahnt nicht, wie es mich freut, daß Ihr bei mir seid. Endlich jemand, mit dem ich deutsch reden kann! Ich glaube, ich verlerne es hier noch vor lauter französisch parlieren.« Sie nahm einen Schluck aus ihrer silbernen Teeschale und zog den Teller mit Gebäck und Confituren zu sich heran. »Ihr müßt mir viel erzählen von Hannover. Ist es wahr, daß Ihro Liebden, die Herzogin, das ganze Schloß Herrenhausen hat verändern lassen?«

»Es sind einige Umbauten vorgenommen worden. Alles ist jetzt größer und moderner. Vor allem der Park ist sehr schön, nach französischem Vorbild angelegt. Obwohl er den Vergleich mit Versailles natürlich nicht standhält.«

»Ach, Versailles... Gewiß, es ist atemberaubend schön. Aber was nützt das, wenn man hier nicht frei atmen kann. Manchmal, Schwarzköpfel, bin ich so grittlig wie eine Wandlaus«, fiel Liselotte in ihren Pfälzer Dialekt zurück. »Daß sie meine Briefe kontrollieren und meine Zofen und Ehrendamen nach allem ausfragen, was ich geredet oder getan habe, daran habe ich mich gewöhnt. Aber was ich nie lernen werde, ist, jemandem recht freundlich ins Gesicht hinein zu tun und mich dann umzudrehen und ihn schlechtzumachen. Heucheln muß man hier können, seine Bosheiten in zuckersüße Artigkeiten verpacken und Freude daran haben, über andere recht bissig herzuziehen. Mir aber ist es nur gegeben, jemandem von Herzen gut zu sein, wenn er es verdient oder grob zu werden, wenn er mich ärgert.«

Carllutz lächelte. Er wußte, daß Liselotte übertrieb. Natürlich wurde in Versailles intrigiert – aber du lieber Gott, an welchem Hof wurde das nicht! Seit Ludwig im Mai 1682 Versailles zum Regierungssitz erklärt hatte, lebten über zweitausend Menschen in der riesigen Schloßanlage. Bei offiziellen Feierlichkeiten stieg die Zahl manchmal sogar auf fünftausend. Der König aber war der magische Pol, um den sich alles drängte. Von seiner Gnade war man abhängig wie vom Licht der Sonne. Wen nimmt es da wunder, daß es unter dieser großen Schar von Hofleuten welche gab, die das Wohlwollen des Königs durch unlautere Mittel zu erreichen suchten? Es war wie überall, wo so viele Menschen unter einem Dach lebten: Gutes wohnt neben Bösem, Falschheit neben Aufrichtigkeit, Häßliches neben Schönem.

»Ich glaube«, sagte Carllutz, »Ihr malt das alles zu schwarz. Ihr habt doch auch Freunde hier. Der König macht gar keinen Hehl daraus, daß er Euch zugetan ist, und erst gestern abend hat mir die Königin das gleiche versichert. Nicht zu vergessen die Gemahlin des Dauphins, von der Ihr in Euren Briefen so viel Gutes berichtet.«

»Die Dauphine, ja!« Liselotte nickte lebhaft. »Ohne sie wäre hier alles noch viel trostloser. Übrigens – wißt Ihr, daß sie an ihrem ersten Kind beinahe gestorben wäre? Die Ärmste hat zwei Tage entsetzlich gelitten. Es war glühend heiß, und das Zimmer war voller Menschen. Familienmitglieder, ausländische Gesandte, Kavaliere vom Hof – ein schreckliches Durcheinander. Der König hat eine ganze Nacht bei der Dauphine gewacht und sie sogar gefüttert, weil sie zu schwach war, selbst zu essen. Als er dann endlich in den Vorsaal rief, daß der kleine Herzog von Burgund geboren sei, erschien es uns wie ein Wunder. Wir hatten alle nicht mehr mit dem Aufkommen der Dauphine gerechnet.«

Sie lachte ein wenig. »Aber das Verrückteste kommt noch. Inzwischen hatte sich im Schloß und in den Höfen eine riesige Menschenmenge angesammelt. Sobald sich die Nachricht der glücklichen Geburt verbreitete, wurden die Leute halb toll vor Freude. Der König wurde umarmt und geküßt. Man hob ihn hoch und trug ihn hinaus ins Freie. In der Spiegelgalerie haben sie das Baugerüst heruntergerissen und die Parkettböden aufgebrochen. Die Sänfte der Dauphine, Vorhänge, Kleider – alles wurde draußen zusammengetragen und zu einem Freudenfeuer angezündet. Der König hat nur darüber gelacht. Aber die arme Dauphine litt währenddessen noch immer Höllenqualen. Auf Befehl ihres Arztes hat man einem lebendigen Schaf das Fell abgezogen und sie darin eingewickelt. Man ließ sie mehrere Stunden nicht schlafen, weil das nach einer so schweren Entbindung schädlich wäre – wie dieser Idiot von einem Arzt behauptete. Und dann wurde ihr Zimmer verschlossen, die Fenster verhängt, und so mußte die Arme es neun Tage im Stockfinstern aushalten.«

Liselotte unterbrach sich und gab einem ihrer Wachtelhündchen, das seit ein paar Minuten kläffend an ihrem Rock zerrte, weil es auf den Schoß genommen werden wollte, einen Klaps.

»Jetzt gib aber Ruhe, Titi!«

Titi hockte sich mit runden, erschrockenen Augen auf sein kleines Hinterteil, so daß Liselotte lachen mußte und ihn schließlich doch auf den Schoß nahm. »So machen sie's immer mit mir, meine Hundcher! Nur gut, daß ich in der Erziehung meiner Kinder nicht so nachgiebig bin. Bei Philipp mag es ja noch angehen. Er ist mir manchmal sogar ein bißchen zu vernünftig für einen Buben. Aber Elisabeth Charlotte – du lieber Himmel! Sie ist genauso eine wilde Hummel, wie ich es war. So wird man später für die Sünden der Kindheit bestraft!«

Doch dann wurde sie unvermittelt ernst. »Ach, Schwarzköpfel, manchmal habe ich rechte Angst um die beiden. Ich wollte sie lieber nach Herrenhausen zu ma chere tante Sophie schicken, als daß sie hier aufwachsen, wo sie so viele schlechte Beispiele vor Augen haben. Ich will doch nicht, daß sie verdorben werden.«

»Das werden sie auch nicht«, meinte Carllutz. »Ich bin überzeugt, daß beide Kinder Eure Wesensart geerbt haben.«

Sie seufzte. »Dann werden sie hier nicht glücklich sein – und das wünsche ich ihnen auch nicht.«

8

Am Abend fand eine Theateraufführung in Versailles statt. Man spielte *Tartuffe,* eine Komödie des vor neun Jahren verstorbenen Molière, die wegen der darin angeprangerten Heuchelei zu *Madames* Lieblingsstücken zählte. Nach dem Souper fand man sich im *grand appartement* des Königs zusammen. Es wurde musiziert, man tanzte Gavotte und Menuett, und ein italienischer Tenor sang Arien aus Cavallis Oper *Jason.*

Trotz der abfälligen Worte seiner Schwester genoß es Carllutz, in Versailles zu sein. Er bewunderte die von Gold, Silber und kostbaren Malereien strotzenden Räume, die Eleganz, mit der man sich hier bewegte, und die prachtvoll gekleideten Kavaliere mit ihren Damen. Und er war jung genug, um sich an der Beachtung zu freuen, die man ihm zollte.

Die Geschichte von Isabells Entführung hatte natürlich überall die Runde gemacht. Der König hatte Carllutz sogar in einer Audienz empfangen und ihm für den Beistand gedankt, den er der Gräfin de Montfort hatte angedeihen lassen. Warum und von wem Isabell entführt worden war, wußte man nicht, ebensowenig, ob die beiden Männer in irgend jemandes Auftrag oder auf eigene Faust gehandelt hatten, um ein Lösegeld zu fordern. Und Isabell, die vielleicht ein wenig Licht in die geheimnisvolle Angelegenheit hätte bringen können, verschwieg den anonymen Brief, der sie bei Nacht in den Park gelockt hatte. Es erschien ihr plötzlich unmöglich einzugestehen, daß sie Henry bei einem galanten Abenteuer hatte überraschen wollen.

Henry... Isabell, die mit der Marquise de Sévigné und einigen anderen vor dem Kamin im Salon des Krieges saß, verspürte einen schmerzhaften Stich, als sie daran dachte, mit welcher Gleichgültigkeit er ihr Abenteuer aufgenommen hatte. Nur für einen winzigen Moment hatte sie in seinen Augen den Ausdruck tiefen Erschreckens zu sehen geglaubt. Aber dann hatte Henry gesagt: 'Wie ich sehe, Madame, ist Euch nichts weiter geschehen. Was Ihr jetzt braucht, ist Ruhe. Geht zu Bett; morgen werdet Ihr Euch besser fühlen.'

Der König freilich war völlig außer sich gewesen. 'Isabell, mon amour, wie konnte so etwas Entsetzliches passieren! Versprich mir, daß du niemals mehr so leichtsinnig sein wirst, allein auszugehen. Nicht einmal bei Tag!'

Er hatte sie an seine Brust gezogen, ihr Haar, ihre Augenlider, ihre Stirn geküßt. Und es war wie immer gewesen, wenn Ludwig bei ihr war: Isabell hatte sich in seine Umarmung geflüchtet, die ihr Zuflucht war vor allem, was sie quälte. Es tat ihr wohl, daß er sich um sie sorgte. Er schenkte ihr die Wärme, nach der sie hungerte – und immer wieder von neuem weckte er ihr Verlangen, jene dunkle Unruhe des Blutes, die sie von Anfang an zu ihm hingezogen hatte.

Isabell war nicht mehr das junge, unerfahrene Mädchen von ehedem. Versailles mit seinem Luxus, seinen tausend Lockungen, seiner Atmosphäre der Sinnenlust hatte sie verändert. Ihr Gesicht war schmaler geworden, ein wenig blasser, wie zartes Elfenbein, aber gerade das hob die tiefe Leuchtkraft der bernsteinfarbenen Augen hervor. Augen waren es, in denen eine verborgene Glut schwelte, das Wissen um den Rausch des Begehrens und den schweren, dunklen Abgrund der Wollust. Ihr Körper war fraulicher geworden, weicher, und er barg tausend Verheißungen.

Wenn Isabell durch die Säle und Zimmerfluchten von Versailles schritt, spürte sie die Blicke der Männer wie ein Brennen auf ihrer Haut. Sie sah das Verlangen in ihren Augen, aber niemals entdeckte sie den gleichen Funken in Henrys Blick. Nie hatte sie das Empfinden, daß er ihre Schönheit überhaupt bemerkte.

Die Marquise de Montespan kam in den Salon, zusammen mit ihrem Bruder, dem Herzog von Vivonne, und dem jungen Raugrafen von der Pfalz. Athénais hatte ihre Hand auf Carllutz' Arm gelegt und erzählte lachend, daß sie gestern beim Hocca tausend Pfund verloren habe.

»Hocca, was ist das?« erkundigte sich Carllutz. »Ein Kartenspiel?«

»Nein, eine Art Roulette, das unser hochverehrter Polizeichef de La Reynie in Paris verboten hat.« Die Montespan zog eine belustigte Grimasse. »Er behauptet, es verleite zu sehr zum Falschspiel, und außerdem seien die Einsätze viel zu hoch.« Sie blieb vor Isabell stehen. »Was für ein reizendes Kleid Ihr anhabt, Madame. Diese gestickte Taille – wirklich, ganz bezaubernd! Nur die Farbe steht Euch nicht. Ein kräftiges Rot würde besser zu Euch passen, meint Ihr nicht auch, Monsieur?«

Die Frage galt Carllutz, der sich leicht verneigte. »Ich widerspreche ungern, Madame, aber ich finde, die Gräfin von Montfort sieht immer wunderschön aus, gleichgültig, was für eine Farbe sie trägt.« Er lächelte Isabell zu, seine hübschen, dunklen Augen waren voller Bewunderung. »Ich bin sehr froh, daß Ihr Euch von dem ausgestandenen Schrecken Eurer Entführung völlig erholt habt.«

»Die Geschichte liegt ja auch schon ein paar Tage zurück«, sagte Athénais verärgert. »Deswegen erstaunt es mich, daß die Gräfin immer noch recht blaß ist. Wie man sich erzählt, habt Ihr zu viele Lilien in Eurem Schlafzimmer, Madame. Ihr solltet sie daraus entfernen, wenn der Duft Euch nicht bekommt.«

Isabell verstand die Anspielung. Lilien, das Wappen der Bourbonen... Sehr ruhig sah sie die Marquise an. »Es stimmt, was man Euch berichtet hat, Madame. Ich liebe Lilien, genau wie Ihr. Nur hört man leider, daß sie bei Euch nicht mehr gedeihen wollen.« Sie klappte ihren Fächer zu und stand auf. »Lieber Raugraf, wollt Ihr mich nach nebenan begleiten? Ich habe dort gerade *Madame* gesehen und möchte ihr etwas erzählen.«

Bleich vor Wut starrte die Montespan ihr nach.

Es war kurz vor Weihnachten, als Henry de Montfort, nachdem er angeklopft hatte, das Boudoir seiner Frau betrat. Mitternacht war schon vorbei. Isabell saß vor dem Spiegel in einem Negligé aus zartviolettem Musselin; ihre Zofe Gilberte bürstete ihr das schwere Haar.

»Ich bitte um Vergebung für die Störung, Madame«, sagte Henry steif. »Aber ich verlasse morgen früh Versailles und wollte Euch adieu sagen.«

Isabell sah die runden, neugierigen Augen der Zofe und schickte sie hinaus. »Ich brauche Sie nicht mehr, Gilberte, Sie kann schlafengehen.« Dann erst stand sie auf. Es war das erstemal, daß Henry in Isabells Boudoir kam, und dieser Umstand machte sie befangen. »Ihr geht fort?«

»Ich möchte nach meinen Besitzungen in St. Etienne sehen. *Madame* war so gütig, mich zu beurlauben.«

»Und wann werdet Ihr zurückkehren?«

»Das ist ungewiß. Es kann länger dauern. Aber Ihr werdet mich wohl kaum vermissen.«

»Nein«, erwiderte sie kalt. »Ihr habt mir ja keine Veranlassung dazu gegeben. Aber wie ist es mit Eurer Geliebten? Wird sie nicht untröstlich sein? Oder nehmt Ihr sie mit?«

Für einen Augenblick schien er betroffen. Dann antwortete er ruhig: »Nein, Mireille bleibt hier.«

»Ah, Mireille heißt sie also, die kleine Schlampe, mit der Ihr Euch des Nachts im Pavillon hinter den Grotten der Thetis trefft!«

»Ihr wißt...«

Sie lachte gezwungen. »O ja, Monsieur. Aber bildet Euch nicht ein, daß ich Euch nachspioniert habe. Ich habe von dritter Seite erfahren, wo Ihr Eure Nächte verbringt. Wundert Euch das? Ihr müßtet doch wissen, daß in Versailles sehr wenig verborgen bleibt. Ich wette, Gilberte erzählt in diesem Augenblick schon überall herum, daß Ihr Euch in meinem Boudoir aufhaltet. Vielleicht macht Euch Eure Mireille deswegen noch eine hübsche kleine Eifersuchtsszene, weil sie aus unserem Beisammensein falsche Schlüsse zieht.«

Sein Blick wurde zornig. »Laßt das! Zynismus steht Euch nicht besonders gut zu Gesicht, Madame.«

»Nein? Und was stünde mir Eurer Meinung nach besser an? Den ganzen Tag mit gesenktem Kopf herumlaufen, weil Ihr mich Eure Verachtung so unverhüllt spüren laßt?« Jäh schoß die heiße, rote Flamme der Wut in ihr hoch. Es hatte sich viel in ihr angestaut, viel an Empörung, Bitterkeit und Enttäuschung. »Ihr seid ein Heuchler, Henry de Montfort, wißt Ihr das? Ihr schlaft mit irgendeiner billigen kleinen Hure...«

Sie verstummte, weil er sie an den Schultern gepackt hatte. Einen Augenblick glaubte sie, er werde sie schlagen, aber sie empfand keine Angst bei dieser Vorstellung.

Das Triumphgefühl, ihn endlich aus seiner peinigenden Gleichgültigkeit gerissen zu haben, überwog alles andere.

Aber da ließ Henry sie unvermittelt wieder los. Er ging zum Kamin und starrte schweigend in die Flammen. »Ich verbiete Euch, von Mireille in diesem Ton zu sprechen«, sagte er nach einer Weile leise. »Es ist wahr, sie ist ein einfaches Mädchen, und sie ist auch nicht so schön wie Ihr, Madame. Aber sie ist gut und warmherzig und fröhlich. Und sie liebt mich. Das bedeutet mir etwas, Madame, versteht Ihr? Denn die Liebe dieses Mädchens, das Ihr eine Hure nennt, gibt mir einen Teil meiner Selbstachtung zurück, die ich verloren habe, als ich Euch meinen Namen gab.«

Isabell schossen Tränen des Zorns in die Augen. »Verloren? Verkauft habt Ihr sie, Eure angebliche Selbstachtung – für eine Grafschaft und eine Leibrente. Und darum wiederhole ich, daß Ihr ein Heuchler seid. Denn ich bin es schließlich, der Ihr dieses einträgliche Geschäft verdankt. Und welcher Bauer straft die Kuh, die ihm die beste Milch gibt, mit Verachtung, oder die Henne, die die meisten Eier legt...«

»Ich verachte Euch nicht.«

»Ach – und was ist es dann, was Euch durch mich hindurchsehen läßt, als sei ich aus Glas? Seid Ihr so hochmütig, daß Euch nicht gut genug erscheint, was der König liebt? Oder habt Ihr Furcht, ein Lächeln von Euch, ein wenig Freundlichkeit für mich könne Euch den Zorn Seiner Majestät zuziehen? So ängstlich sind andere Männer nicht...«

Er fuhr herum. Mit zwei Schritten war er bei ihr. Isabell schrie unterdrückt auf, als er sie am Haar packte, ihren Kopf zurückbog und sie so zwang, ihn anzusehen. »Ich habe mich schon die ganze Zeit gefragt, was Ihr in jener Nacht, in der man Euch entführte, im Park wolltet«, sagte er gefährlich leise. »Es war stürmisch und kalt, und es regnete. Eure Behauptung, Ihr hättet nur einen Spaziergang machen wollen, wirkt angesichts dieser Tatsache recht unglaubwürdig.«

»Laßt mich los«, sagte Isabell schwach. »Ihr tut mir weh...«

»Ihr hattet eine Verabredung im Park, nicht wahr? irgendein Mann, den Ihr im Schloß nicht zu empfangen wagtet...«

»Und wenn es so wäre – was geht es Euch an?«

Sein dunkles Gesicht war dicht über ihr. Es war verzerrt wie von einem unerträglichen Schmerz und so zornig und grausam, wie Isabell es noch nie gesehen hatte. Wieder schrie sie auf, als er ihre Schultern packte und sie schüttelte. Ihr Negligé öffnete sich. Sie wollte es über der Brust zusammenraffen, doch Henry faßte den dünnen Schleierstoff und riß ihn mit einem Ruck auseinander.

»So schamhaft, Madame? Aber doch wohl nur bei mir? Jeder andere kann dich haben, was? Jeder, wenn er nur charmant genug um dich herumscharwenzelt und dir schmachtende Komplimente macht. Aber ich, bei Gott, ich werde dich auch so bekommen!«

Isabell wehrte sich keuchend, als er sie mit einem Ruck hochhob und zum Bett trug. »Nein, nicht! Laßt mich...«

Doch dann erstarb ihr Stammeln unter seinen Lippen. Er öffnete ihren Mund mit einem brutalen, gewalttätigen Kuß. Seine Hände glitten über ihre glatte, samtige Haut. Es war keine Zärtlichkeit in seiner Umarmung, er tat ihr weh mit seiner rasenden, zerstörerischen Leidenschaft, mit der er sie zu erniedrigen suchte – und die doch plötzlich eine atemlose, wilde, nie gekannte Lust in ihr weckte.

Ihr war, als habe sie mit einemmal alles begriffen: Henrys Kälte, seine Schroffheit – all dies war nichts als nur ein Schutzwall gewesen, den er vor seinem eigenen Verlangen errichtet hatte. Er liebte sie, er mußte sie lieben, es war die einzige Erklärung für alles, und das Glück dieser Erkenntnis machte Isabell schwindlig und atemlos.

Als Sie erwachte, war das Zimmer vom grauen Dämmerlicht des Wintermorgens erhellt. Noch schlafbefangen streckte Isabell die Hand zur anderen Seite des Bettes aus, wo sie Henry wußte. Aber sie fühlte nur kühles Linnen. Henry war nicht mehr da.

Eine kleine Weile blieb Isabell reglos liegen, mit geschlossenen Augen und lächelndem Mund. Er wird aufgestanden sein, dachte sie, um Camille und den anderen zu sagen, daß er nicht nach St. Etienne reist. Jedenfalls nicht heute. Wir werden gemeinsam gehen, sobald ich mit dem König gesprochen habe.

Sie schlug die Decken zurück und stand auf. Ihr Lächeln vertiefte sich, als sie das zerrissene Negligé am Boden sah. Sie holte ein anderes aus dem Schrank und streifte es über. Dann verließ sie das Zimmer. Im angrenzenden Salon zog Gilberte gerade die Vorhänge zurück. Sie knickste. »Ihr seid schon auf, Madame? Gerade wollte ich kommen und Euch wecken.«

»Wo ist mein Mann, Gilberte?« fragte Isabell.

»Aber Madame!« Die Zofe machte ein erstauntes Gesicht. »Ihr wißt doch, daß Seine Gnaden heute nach St. Etienne wollten. Vor zwei Stunden ist er aufgebrochen.«

Isabell tastete nach einem Halt. Henry war fort. Er hatte sie ohne ein Wort verlassen.

Eine gedemütigte Frau ist zu vielem fähig. Sie kann hart und bitter werden, rachsüchtig und voller Haß auf alles, was mehr Glück erfahren hat als sie. Herzlichkeit wandelt sich in Mißtrauen, Lebensfreude in Resignation, Ausgeglichenheit in zänkische Launenhaftigkeit. Es gibt Frauen, die eine Demütigung in ihrem ganzen Leben weder vergessen noch verzeihen. Immer wieder beschwören sie die Erinnerung daran herauf, um ihren Haß zu nähren und sich selbst damit zu quälen. Denn eine Demütigung ist wie ein Brandmal für jemanden, der Blut und kein Wasser in den Adern hat.

Ein solches Brandmal hatte Henry de Montfort Isabell aufgedrückt.

Rein äußerlich verlief ihr Leben – nachdem ihr Mann nach St. Etienne abgereist war – in den gleichen Bahnen wie zuvor. Des Morgens, wenn Gilberte oder Louise sie weckten, frühstückte sie in ihrem seidenbezogenen Bett mit dem Baldachin aus apfelgrünem Damast. Sie ließ sich ankleiden, schminken und frisieren, empfing währenddessen die ersten Besucher oder Händler, die ihre Waren – duftige Stoffe, Bänder und Spitzen – vor ihr ausbreiteten. Sie besprach mit Monsieur l'Herminot, einem wahren Künstler in seinem Fach, die Perlenstickerei für ein neues Kleid. Sie besuchte die Messe, wo der König als einziger mit dem Gesicht zum Altar saß und die Höflinge mit dem Gesicht zu Ludwig, als sei er der Gott, den sie anbeteten. Sie ritt auf die Jagd, sie tanzte in der von tausend Kerzen erhellten Spiegelgalerie – und sie teilte die Nächte des Königs.

Es war alles dasselbe wie zuvor – nur Isabell selbst war nicht mehr dieselbe.

Sie weinte über das, was Henry ihr angetan hatte, nicht einmal an jenem ersten entsetzlichen Morgen. Und sie vermochte nicht einmal, ihn deswegen zu hassen. Es war schlimmer: Sie haßte sich selbst. Sie haßte ihre eigene Torheit, die sie hatte glauben lassen, Henry empfinde etwas für sie, das über eine flüchtige Begierde hinausging. Und sie haßte ihren Körper, der auf die Umarmung ihres Mannes mit einem so überwältigenden Entzücken reagiert hatte.

Die Erinnerung an jene Nacht saß wie ein Stachel in ihr. Immer wieder erlebte sie selbstquälerisch jenen Augenblick von neuem, da Henry nach genossener Leidenschaft schwer atmend neben ihr gelegen hatte, den dunklen Kopf in der Armbeuge vergraben. »Henry«, hatte Isabell leise geflüstert, und er hatte geantwortet: »Sag nichts, sei still... Sei jetzt um Gottes willen still!«

Und sie hatte geschwiegen, weil sie gedacht hatte: Er hat ja recht. Wozu jetzt reden? Morgen werden wir über alles sprechen und übermorgen – wir haben alle Zeit der Welt dafür...

Was für ein entsetzlicher, beschämender, unverzeihlicher Irrtum! Henry hatte sie genommen wie ein Mädchen von der Straße und sie danach verlassen, um ihre Erniedrigung vollkommen zu machen. Konnte man so etwas jemals vergessen?

Isabell kämpfte darum, kämpfte auf die einzige Art, die ihr im Augenblick möglich war: Sie versuchte, sich zu betäuben. Der König, verliebter denn je, überschüttete sie mit Geschenken. Außerdem wagte Isabell beim Spiel die höchsten Einsätze und gewann fast immer. »Macht Euch das nicht Angst, meine Liebe?« erkundigte sich die Marquise de Montespan einmal mit einem verkniffenen Lächeln. »Es heißt doch: Glück im Spiel, Unglück in der Liebe!«

Isabell warf den Kopf in den Nacken, daß die goldenen Ohrgehänge klirrten. »Ich habe in allem Glück...«

Zu Beginn des Jahres 1683 war die schöne Gräfin de Montfort der strahlende Mittelpunkt von Versailles. Es war ein wahrer Verschwendungsrausch über sie gekommen. Sie kaufte sich Schmuck, Kleider, Pferde, eine neue Equipage, auf deren Türen das Montfortsche Wappen aus massivem Gold, mit Brillanten besetzt, angebracht war. Die Extravaganz ihrer Toiletten wurde sprichwörtlich. Sie trug die gewagtesten Dekolletés, und einmal erschien sie auf einem Maskenball als Aphrodite, in einem fast durchsichtigen Schleiergewand, mit unzähligen rosafarbener Perlen bestickt.

Man fing an, Isabell Liebesaffären anzudichten. Es hieß, der Herzog von Vendôme habe ihr ein Blumenbukett aus Diamanten und Rubinen geschickt, die Blätter und Stengel aus Gold. Der junge Prinz von Soubise schriebe ihr täglich glühende Liebesbriefe, und der Marquis d'Antin habe ihre Zofen bestochen, ihn heimlich in Isabells Schlafzimmer zu lassen. Dort habe er eine ganze Nacht vergeblich auf sie gewartet.

Natürlich kamen solche Gerüchte auch dem König zu Ohren, und er erkannte betroffen, daß er zum erstenmal in seinem Leben wirklich eifersüchtig war. Er begann, Isabell zu beobachten – mit wem sie sprach, wem sie zulächelte, mit wem sie am meisten tanzte. Und als sie eines Tages während einer Parforcejagd längere Zeit verschwunden war, machte ihr Ludwig deswegen leidenschaftliche Vorwürfe.

Isabell begriff zuerst gar nicht, worauf er hinauswollte. »Es tut mir leid, wenn Ihr Euch Sorgen gemacht habt. Aber ich hatte mich verirrt. Ich bin drei Stunden kreuz und quer durch den Wald geritten, bis ich zum Sammelplatz zurückfand. Dem Chevalier de Guyon ist es genauso ergangen.«

»Seltsamerweise!« höhnte der König. »Er verschwindet zur selben Zeit wie du – und zur selben Zeit trifft man euch wieder an.«

»Aber Ihr glaubt doch nicht etwa... Ich weiß nicht, wo Guyon während der Jagd war. Ich habe ihn erst hinterher getroffen.«

»Der Chevalier ist in dich verliebt!«

»Das sind viele.« Sie lachte. »Soll ich sie Euch aufzählen?«

»Gestern hast du dich lange mit Guyon in einer Fensternische unterhalten. Ich habe es gesehen...«

»Ja, und? Ich rede mit allen möglichen Leuten.«

»Mit Guyon hast du kokettiert! Und er ist nicht der einzige...«

»Nein«, entgegnete sie lachend, »wahrhaftig nicht. Ich finde es lustig, wenn sie sich wie verliebte Hähne aufführen und sich gegenseitig mit Blicken erdolchen, wenn ich zu einem freundlicher bin als zu dem anderen. Es sind alles Narren! Sie verdienen es nicht besser, als daß man sie an der Nase herumführt.«

Der König forschte in ihrem Gesicht. »Sag mir die Wahrheit, Isabell. Ist wirklich alles nur ein Spiel für dich? Ich könnte es nicht ertragen, von dir belogen zu werden.«

Sie erwiderte seinen Blick. »Ich würde Euch auch nicht belügen, Sire. Wenn es einen Mann gäbe, den ich liebe und der mich liebt, würde ich Euch seinetwegen verlassen.«

Ludwig lehnte die Stirn gegen ihr Haar. »Und es gibt ihn nicht, diesen Mann?« fragte er stockend.

»Nein, Sire.« Und es gab auch wirklich keinen. Da war nur die Erinnerung an eine Nacht, die Isabell wie der Anfang aller Seligkeit erschienen war, und einen Morgen, der diese Seligkeit grausam zerbrochen hatte. Aber kann man über so etwas reden?

9

Und wieder wurde es Frühling in Versailles. Ein warmer, sonnenheller Frühling, der dem Sommer schon brüderlich die Hand gereicht hatte. Lau waren die Nächte, Blütenduft wehte von den Terrassen, Tausende von Fackeln erhellten die Dunkelheit.

Auf den Kanälen, die den Park durchzogen, glitten die Gondeln dahin. Leise klatschend tauchten die Ruder ins

Wasser, im Fackelschein eine Spur wie aus flüssigem Gold hinter sich herziehend. Auf einem riesigen Floß folgte ein Orchester.

Carllutz Raugraf von der Pfalz blickte in den Nachthimmel und lauschte der Musik. Der Zauber dieser Stunde nahm ihn gefangen. Undenkbar, sich vorzustellen, daß sich zur selben Zeit im fernen Österreich Truppen sammelten unter dem Oberbefehl des Herzogs Karl V. von Lothringen, dem Schwager Kaiser Leopolds, um die aus den weiten Ebenen Ungarns gewaltig andrängende Türkenflut aufzuhalten. Achtzigtausend Mann waren aufgeboten worden und scharten sich um das Banner des Heiligen Römischen Reiches Deutscher Nation. Achtzigtausend – eine lächerlich kleine Zahl gegen dreihunderttausend Türken, Tataren, Janitscharen, Moldauer und Walachen. Freilich hatte sich Kaiser Leopold um Hilfe gewandt an die Kurfürsten von Sachsen und Bayern und den Polenkönig Johann Sobieski. Aber bis deren Truppen eintrafen, würde es Hochsommer werden.

Jetzt hatte die türkische Armee von Konstantinopel aus schon Belgrad erreicht. Dort hatte Sultan Mehmed IV. nach einer gewaltigen Heerschau seinem Großwesir Kara Mustafa die grüne Fahne des Propheten anvertraut, auf daß er sie siegreich nach Wien trage. Und Versailles tanzte...

Carllutz wandte sich an den neben ihm sitzenden Prinzen Conti: »Ist es wahr, daß der Papst den König aufgefordert hat, dem Bündnis gegen die Türken beizutreten, und eine abschlägige Antwort erhielt?«

Conti zuckte die Achseln. »Es wird davon geredet.«

»Seine Heiligkeit, Innozenz XI., müßte ein Narr sein, wenn er ernstlich geglaubt hat, Ludwig würde die Habsburger gegen die Osmanen unterstützen«, mischte sich Prinz Eugen von Savoyen ein. »Bisher waren sie seine Kettenhunde, die er immer dann losließ, wenn er den Kaiser im Osten seines Reiches beschäftigt haben wollte. Hier und dort kleine Plänkeleien der habsburgischen Truppen mit den Türken, die Ludwig Gelegenheit gaben, seinerseits Gebiete des deutschen Reiches zu annektieren. Und jetzt, sage ich Euch, wird er ruhig zusehen, wie die Türken Wien erobern. Erst dann wird er eingreifen –

als Retter des Abendlandes und der Lohn wird die Kaiserkrone sein.«

Conti pfiff durch die Zähne. »Seid lieber vorsichtig mit solchen Behauptungen! Wenn sie dem Falschen zu Ohren kommen...«

Prinz Eugen machte eine wegwerfende Handbewegung. »Der König nimmt mich sowieso nicht ernst. Was auch immer ich gegen ihn sage – ihm wird es vorkommen, als ob ein Spitz den Mond ankläfft.« Er wandte sich an den Raugrafen. »Ein Bruder von mir ist schon vor Jahresfrist in die Dienste des deutschen Kaisers getreten. Ich hätte Lust, es ihm gleichzutun.«

Prinz Conti lachte. »Vielleicht begleite ich Euch. Ein Feldzug gegen die Türken wäre eine hübsche Abwechslung nach diesen ewigen Festen, Feuerwerken und Ballettaufführungen. Meint Ihr nicht auch, verehrter Raugraf?«

Carllutz blickte auf die vielfarbig beleuchteten Kaskaden der Springbrunnen am Ufer. »Versailles ist wundervoll. Aber ich bin schon viel zu lange hiergeblieben. Ihr habt recht: Vielleicht sollte man sich wirklich den kaiserlichen Truppen anschließen...«

Später tanzte ein Ballett auf dem *tapisvert,* jenem großen, langgestreckten Wiesenplan, auf dem in der warmen Jahreszeit die Theateraufführungen des Hofes stattfanden. Carllutz hielt sich etwas abseits im Schatten einer Baumgruppe und schaute dem Reigen der als Nymphen verkleideten Tänzerinnen zu. Wehmut beschlich ihn. Es stimmte, was er zu Conti gesagt hatte: Er war schon viel zu lange in Versailles geblieben. Und der Grund dafür waren nicht *Madames* Bitten, nicht der Glanz des Hofes und die zauberhaften Feste, der Grund war eine Frau.

Sie stand ganz in Carllutz' Nähe. Im Fackelschein sah er ihr Geschmeide aufblitzen. Der Prinz von Soubise war bei ihr und redete drängend auf sie ein.

Carllutz hörte Isabell spöttisch lachen. »Ich schwöre Euch, mon prince, wenn Ihr nicht aufhört, mir täglich ellenlange Episteln zu schicken, werde ich sie beim nächsten *jour d'apparcement* öffentlich vorlesen. Dann sind Eure langweiligen Liebeserklärungen wenigstens zur allgemeinen Erheiterung gut.« Sie versetzte dem Prinzen mit dem Fächer einen spielerischen Schlag auf die Wange und ließ ihn dann stehen. Soubise blickte ihr nach, ehe er wie ein geprügelter Hund davonschlich. Carllutz trat aus dem Schatten der Bäume. »Warum tut ihr das?« fragte er.

Ein wenig erschrocken hob Isabell den Kopf. »Ach, Ihr seid es... Was meint Ihr? Was tue ich denn?«

»Ich habe Eure letzten Worte gehört. Der Prinz tut mir leid. Er ist in Euch verliebt. Ihr solltet Euch nicht darüber lustig machen.«

»Nein? Und warum nicht – wenn es mir Spaß macht?«

»Es macht Euch keinen Spaß. Ich habe Euch beobachtet. Seit ich hier bin, habe ich Euch immer wieder beobachtet. Und ich habe versucht zu begreifen, warum Ihr Euch so ganz anders gebt, als Madame Liselotte Euch geschildert hat. Ihr seid wie eine Schauspielerin, die eine Rolle spielt. Warum?«

»Ich bin, wie ich bin«, erwiderte Isabell kühl. »Vielleicht war ich früher anders, als ich noch bei *Madame* lebte. Die Menschen verändern sich von Zeit zu Zeit. Aber Ihr müßt viel Langeweile haben, daß Ihr nichts Besseres zu tun fandet, als Euch über mich den Kopf zu zerbrechen.« Sie war neben ihm hergegangen, die breite Allee hinunter, die den *tapisvert* säumte. Musik, Tanz und Lichter blieben hinter ihnen zurück. »Nein«, antwortete Carllutz leise, »ich fand nichts Besseres zu tun. Ich glaube, es hat schon angefangen, als ich Euch zum erstenmal traf – auf der regennassen Straße. Damals habe ich mich schon in Euch verliebt. Wißt Ihr noch, wie Ihr geweint habt? Ihr wart so hilflos, so schutzbedürftig – und gleichzeitig so tapfer. Ihr wart eine ganz andere Frau als die, die man in Versailles kennt. Irgend jemand muß Euch sehr weh getan haben, daß Ihr Euch so verändert habt.«

»Mir weh getan?« wiederholte sie in jäher Heftigkeit. »Wie kommt Ihr auf so eine absurde Idee?«

Sie trat einen Schritt auf ihn zu. »So schaut mich doch an! Sehe ich vielleicht aus wie eine unglückliche Frau? Und das müßte ich doch sein, wenn Ihr recht hättet mit Eurer Vermutung!«

»Ihr seid es auch«, erwiderte er ruhig. »Ihr verbergt es nur hinter Eurer scheinbaren Ausgelassenheit. Wenn Ihr lacht, tut Ihr es, um nicht weinen zu müssen. Und wenn Ihr herzlos seid, so nur, um Eure eigene Verletzlichkeit zu verbergen. Ihr benehmt Euch wie jemand, der vor sich selbst auf der Flucht ist.«

»Ihr seid verrückt!« rief Isabell. »Ich – und unglücklich! Ich war es einmal, als ich Straßburg verließ – bettelarm, ohne Eltern, ohne Freunde. Jetzt bin ich die Gräfin de Montfort. Ich habe alles, was ich mir wünsche. Ich lebe am Hof von Versailles, ich werde beneidet und bewundert. Und ich bin glücklich! Hört Ihr? Glücklich... glücklich... glücklich!« Ihre Stimme brach. Einen Moment starrte sie Carllutz beinahe haßerfüllt an. Dann drehte sie sich um und lief mit einem Aufschluchzen davon.

Carllutz kam am nächsten Nachmittag zu ihr – mit einem Strauß Margeriten. »Es sind keine besonders vornehmen Blumen. Aber ich wollte weder die Blumenbeete noch die Treibhäuser des Königs plündern. Die hier habe ich selbst gepflückt. Sie wachsen auf einer Wiese, ein Stück außerhalb der Schloßgärten. Wenn Ihr wollt, gehen wir einmal zusammen dorthin.«

»Ich denke nicht daran«, sagte Isabell kühl. »Ich nehme an, Ihr seid gekommen, um Euch für Eure albernen Reden zu entschuldigen.«

»Ist es albern, in Euch verliebt zu sein?«

»Ihr wißt sehr genau, was ich meine.«

Er lachte und griff nach ihren Händen. »Seht mich nicht so böse an! Stellt lieber die Blumen ins Wasser. Die armen können nichts dafür, daß Ihr Euch über mich geärgert habt.«

Von da an kam er jeden Tag und brachte ihr Margeriten. Isabell begann, sich an seine Besuche zu gewöhnen. Und als er einmal später als sonst erschien, ertappte sie sich dabei, daß sie ungeduldig auf ihn wartete. Seine fröhliche, unkomplizierte Art tat ihr wohl. Er war heiter, aber niemals oberflächlich. Er war offen, ohne geschwätzig zu sein, und die Art, wie er ihr seine Zuneigung zeigte, wärmte ihr Herz. Es rührte sie, wie er sein Verlangen nach ihr zügelte. Sie hatte nicht gewußt, daß Liebe auch so sein kann ohne Fordern und Wägen, eine sanfte, stetige Zärtlichkeit, die sie einhüllte wie ein schützender Mantel.

Isabell war sicher, daß Ludwig von ihrem häufigen Beisammensein mit Carllutz wußte. Aber er sprach nie darüber, und Isabell tat es auch nicht, solange er nicht fragte. Im Grunde gab es ja auch nicht viel darüber zu sagen. Vielleicht nur dies:

Ich war krank, Sire, krank an meiner Seele, und niemand hat es gemerkt – außer diesem Mann. Und jetzt brauche ich ihn, wie ein Patient seinen Arzt braucht. Er hat mich gelehrt, daß man mit seinen Erinnerungen leben lernen muß, mit den guten wie den schlechten, und daß man nicht bitter darüber werden darf. Denn Haß und Bitterkeit ändern nichts an dem, was geschehen ist, doch sie vergiften jeden Tag wie eine ätzende Säure. Ich habe dies alles zuerst nicht einmal vor mir selbst zugeben wollen, und ich habe es dem Raugrafen gewiß nicht leichtgemacht, mir zu helfen. Daß er es trotzdem unbeirrbar immer weiter versucht hat – seht Ihr, Sire –, deswegen muß ich ihm doch gut sein. Und das hat nichts mit Euch und mir zu tun...

Ja, das würde Isabell dem König sagen, und es wäre die Wahrheit. Sie war wie jemand, der allmählich von einer schweren Krankheit genest und die tiefgreifende Veränderung, die diese Genesung mit sich bringt, noch gar nicht begriff. Doch dann kam jener Tag, an dem Carllutz ihr sagte, daß er abreisen müsse...

Sie, Isabell und er, hatten einen Spaziergang zu der Wiese gemacht, auf der die Margeriten wuchsen. Es war schön, im hohen Gras zu liegen, den Geruch der sonnenwarmen Erde zu riechen, einen träge dahingaukelnden Schmetterling zu beobachten und die Sonne auf der Haut zu spüren.

Carllutz saß mit angezogenen Knien neben Isabell und blickte einem Bussard nach, der in der Himmelsbläue kreiste. »Wißt Ihr schon, daß der König noch in diesem Monat Versailles verläßt? Er sagte es mir gestern. Er will seine Truppen an den Ostgrenzen inspizieren, und natürlich werdet Ihr ihn begleiten. Wenn Ihr zurückkommt, bin ich nicht mehr hier.«

Ein dunkler Schatten war plötzlich auf den hellen Frieden dieses Tages gefallen. »Ihr reist ab? Ihr wollt mich verlassen?«

»Ihr wußtet doch, daß ich nicht ewig bleiben kann. Ich gehe nach Wien, um dem kaiserlichen Heer beizutreten.«

»Ihr wollt in den Krieg?«

Sein Lachen klang nicht ganz echt. »Das Soldatenhandwerk ist das einzige, was ich erlernt habe. Wißt Ihr nicht, daß ich schon 1676 im Holländischen Krieg gekämpft habe? Und gegen die Türken braucht der Kaiser jeden Mann.«

Isabell umklammerte seinen Arm. »Euch braucht er nicht! Ich bitte Euch, bleibt hier. Ein Krieg ist kein Abenteuer, und ich will nicht, daß Euch etwas geschieht. Ich will keine Angst um Euch haben!«

»Das müßt Ihr auch nicht. Mir geschieht nichts.«

»Das haben viele gesagt, und in jedem Krieg sind Tausende gestorben.« Sie weinte fast, ihre Brust unter dem Mieder aus dünner, geblümter Seide hob und senkte sich in raschen Atemzügen. »Bitte, bleibt! Ich werde mit dem König sprechen. Er soll Euch irgendeinen Posten bei Hof geben...«

»Das werdet Ihr nicht tun!« Einen Augenblick war er versucht, ihr zu sagen, wie sein gestriges Gespräch mit Ludwig wirklich verlaufen war. Der König hatte ihn, Carllutz, aus halbgeschlossenen Augen angesehen. »Wie lange seid Ihr jetzt an Unserem Hof? Seit Oktober vergangenen Jahres, wenn ich nicht irre. Nun, dann wird selbst *Madame* begreifen, daß sie nicht so egoistisch sein darf, Euch noch länger hier festzuhalten. Wenn wir von Unserer Reise zurückgekehrt sind, wird es Uns freuen, Nachricht von Eurer glücklichen Heimkehr zu erhalten.«

Von Isabell war kein Wort gefallen, aber Carllutz hatte begriffen, daß Ludwig ihn ihretwegen nicht länger in Versailles duldete. Doch warum sollte er Isabell das erzählen?

»Ich verspreche Euch, nicht zu sterben«, sagte Carllutz mit zärtlichem Spott. »Was soll ich Euch denn mitbringen aus dem Türkenfeldzug? Perlenbestickte Schnabelschuhe? Ein goldenes Kaffeegeschirr? Oder ein Reitkamel mit silbernem Zaumzeug?«

»Ihr sollt keine Scherze machen!« rief Isabell. Und jetzt weinte sie wirklich. »Ich will nicht, daß Ihr geht! Oh, ihr Männer seid einer wie der andere! Ihr denkt nur an euch...«

»Ja«, unterbrach er sie, und seine Augen waren ganz dunkel geworden. »In diesem Fall denke ich wirklich einmal an mich. Glaubt Ihr nicht, daß es besser für mich ist, wenn ich Euch nicht mehr sehe? Ich bin auch nur ein Mann...«

Ihre Heftigkeit erlosch augenblicklich. »Verzeiht«, murmelte sie beschämt. Sie nahm seine Hand und legte sie gegen ihre Wange. »Ihr habt ja recht. Ich bin es, die immer nur an sich gedacht hat. Ihr habt mir so viel gegeben und ich Euch so wenig...«

Er zog seine Hand zurück und stand auf. »Wir sollten zurückgehen.«

Ein paar Herzschläge lang standen sie sich schweigend gegenüber. Isabells Lippen zitterten. »Wißt Ihr«, sagte sie sehr leise, »wenn ich mit Euch zusammen war, wurde ich jedesmal ein wenig mehr zu dem Mädchen, das ich früher einmal gewesen bin. Und dieses Mädchen hätte Euch lieben können...«

»Isabell...« Carllutz' Stimme klang heiser. Die Beherrschung zu der er sich so viele Wochen gezwungen hatte, zerbrach. »Isabell, wenn das wahr ist... dann komm mit mir! Wir werden zusammen Frankreich verlassen. Ich werde nicht in den Krieg ziehen, wenn du es nicht willst. Irgend etwas anderes wird sich finden, wovon wir leben können. Wenn wir nur zusammen sind...«

Sie lehnte sich an ihn. Und für einen Augenblick stieg die Vision eines Lebens mit Carllutz vor ihr auf. Jemanden zu haben, der ganz zu einem gehörte. Jemanden, vor dem man nicht lachen mußte, wenn einem nach Weinen zumute war. Jemanden, dem man vertrauen konnte, der Halt und Wegkamerad war in diesem verwirrenden, grausamen, schönen und erschreckenden Dschungel, der sich Leben nannte... O ja, Carllutz war all das, was Isabell sich einmal von Henry de Montfort erhofft hatte. Er hätte ihre erste wirkliche Liebe sein können – doch dafür war es nun zu spät.

Sie weinte heftiger. »Seid still, seid um Gottes willen still! Ihr verdient es nicht, daß ihr so unglücklich werdet.«

»Unglücklich? Isabell – ich liebe dich doch!«

Störrisch schüttelte sie den Kopf. »Begreifst du denn nicht? Vielleicht würdest du eine kleine Weile mit mir glücklich sein. Aber ich werde niemals deine Frau sein können. Und wenn wir Kinder miteinander haben, werden sie als Bastarde aufwachsen. Ich kenne dich – ein Mann wie du würde sich auf die Dauer nicht damit abfinden. Eines Tages würdest du in mir eine Fessel sehen. Du würdest dir wünschen zu heiraten, irgendein junges Mädchen aus guter Familie – und nur deine Anständigkeit würde dich veranlassen, bei mir zu bleiben. Du würdest unzufrieden werden und mich am Ende sogar hassen.«

»Niemals! Wer so liebt wie ich...«

»Du wirst mich nicht immer lieben. Genausowenig, wie du immer um mich leiden wirst, wenn du Versailles verlassen hast. Wenn eine Liebe keine neue Nahrung bekommt, stirbt sie, ich weiß es. Und man kann verschiedene Menschen auf eine ganz verschiedene Weise lieben. Auch das wirst du erfahren.«

»Ich will nur dich! Seit ich dich zum erstenmal gesehen habe, wollte ich nichts anderes.«

»Aber es ist zu spät, sieh das doch endlich ein! ich bin verheiratet, ich bin die Gräfin de Montfort, das Geschöpf des Königs und seine Hure!«

»Isabell!«

Sie machte sich aus seiner Umarmung frei, von Schluchzen geschüttelt. Es war, als sei ein Damm in ihr eingerissen, und nun brach alles aus ihr heraus, was sich so lange in ihr angestaut hatte. »Ich weiß, man sagt so etwas nicht. Man nennt die Geliebte des Königs Maitresse. Aber was ist der Unterschied? Liegt er in meinen schönen Kleidern, meinem Adelstitel, meinen Equipagen und meinem Schmuck? All das habe ich nur bekommen, weil ich mit dem König geschlafen habe. Und auch das wirst du mir eines Tages vorwerfen. Du wirst dir sagen: Warum konnte sie nicht bleiben, was sie war, die Zofe von *Madame*? Warum konnte sie nicht warten? Aber kann man auf jemanden warten, von dem man nicht einmal weiß, daß es ihn gibt?

Vielleicht hätte ich mich wehren sollen, als ich begriff, daß man mich verheiratete, um mich in das Bett des Königs zu bringen. Vielleicht hätte ich kämpfen sollen. Aber ich war nur ein Mädchen, und ich hatte nicht sehr viel Kampfgeist. Ich war nur verletzt und ratlos und enttäuscht...«

»Wer hat dich enttäuscht?« fragte Carllutz. »Henry de Montfort?«

Sie nickte und wischte sich die Tränen ab. »Geh jetzt, Carllutz. Laß mich eine Weile allein – bitte!«

Er gehorchte. Aber nach ein paar Schritten wandte er sich um. »Morgen werde ich dich noch einmal fragen, ob du mit mir kommen willst. Und übermorgen auch und alle Tage, die ich noch hier bin. Ich werde dich schon noch davon überzeugen, daß wir sehr glücklich miteinander sein werden.«

Isabell erwiderte nichts darauf. Sie blickte ihm nur nach, als er davonging. Seine Gestalt wurde kleiner und kleiner und verschwand schließlich am nahen Waldrand.

Und plötzlich erschien Isabell der Gedanke, Carllutz nie mehr wiederzusehen, so unerträglich, daß sie ihm nachlief. Sie rannte über die Wiese. Der Rock schlug ihr um die Beine. Im Laufen raffte sie ihn hoch. »Carllutz!« rief sie. »Carllutz – warte!«

Er hörte es nicht mehr. Trotzdem lief sie weiter. Ihr war, als hinge ihr Leben davon ab, daß sie ihn einholte, um ihm zu sagen, daß sie mit ihm gehen wollte – noch heute, gleichgültig, wohin. Sie erreichte den Wald, atemlos, mit wirrem Haar. Ihr Fuß verfing sich in einer Baumwurzel. Sie stolperte und stürzte.

Ein paar Sekunden blieb Isabell liegen und wartete, daß der Schmerz nachlassen würde. Das Blut dröhnte ihr in den Ohren, ihr war schwindlig, keuchend rang sie nach Luft. Aus einem Seitenweg näherten sich rasche Schritte. Isabell dachte nichts anderes, als daß Carllutz ihr Rufen gehört hätte und zurückgekommen sei. Mit einem erlösten Lächeln hob sie den Kopf.

Vor ihr stand Henry de Montfort.

Einen Moment starrten sich Isabell und Henry schweigend an. Dann machte er eine Bewegung, um ihr vom Boden aufzuhelfen. Sie wich ihm aus und stand allein auf.

Sein unvermutetes Auftauchen hatte sie wie ein Schlag getroffen. Mit einemmal war alles wieder lebendig geworden, was er ihr angetan hatte. Das Blut schoß Isabell in einer heißen Woge ins Gesicht.

»Ihr... seid zurückgekommen?«

»Nicht für lange, beruhigt Euch, Madame«, erwiderte er mit einer spöttischen Verbeugung. »Ich habe den Hofdienst endgültig quittiert und bleibe in St. Etienne. Als ich Euch davon unterrichten wollte, sagte man mir, daß ich Euch wahrscheinlich hier irgendwo finden würde.«

»Wer sagte Euch das?« Ihre Stimme klang hart, metallisch.

Er hob die Schultern. »Ist das wichtig? Eure Amouren sind nicht so geheim, wie Ihr vielleicht hofft.. In Versailles bleibt kaum etwas verborgen, habt Ihr mir das nicht auch einmal gesagt – vor meiner Abreise?«

Isabell wurde leichenblaß. Daß er es wagte, die Erinnerung an jene Nacht heraufzubeschwören, erschien ihr ungeheuerlich.

»Ihr hättet Euch nicht herbemühen zu brauchen, um mich Eure Zukunftspläne wissen zu lassen. Früher oder später hätte ich sie auch so erfahren.«

»Gewiß. Aber da ich nun einmal hier bin, darf ich Euch wohl zum Schloß zurückbegleiten.«

Sie duckte sich wie eine sprungbereite Katze. »Ihr dürft gar nichts – außer mir aus den Augen gehen!«

»Ach ja...« Er machte eine lässige Handbewegung. »Ich verstehe. Ihr seid wütend auf mich, weil ich mich nach unserer letzten Begegnung nicht von Euch verabschiedet habe. Ich gestehe, es war äußerst unhöflich. Aber die Zeit drängte, und Ihr schlieft so fest, daß ich es nicht übers Herz brachte, Euch zu wecken. Im übrigen wart Ihr eine hinreißende Geliebte, Madame. Man könnte den Mann beneiden, der jetzt den Vorzug Eurer Gunst genießt...«

Isabells letzte Beherrschung zerbrach unter seinem Spott. Halb besinnungslos vor Zorn hob sie die Hand, um Henry ins Gesicht zu schlagen. Doch er ergriff ihren Arm und hielt ihn fest.

»Aber Madame – so wenig Contenance?«

In diesem Augenblick kam Carllutz zurück. Obwohl er Isabells Rufen nicht mehr gehört hatte, war er auf halbem Weg umgekehrt, um nach ihr zu sehen. Sie war so erregt gewesen; er hätte sie nicht allein lassen dürfen.

Isabell sah ihn zuerst und riß sich von Henry los. »Carllutz!«

Mit einem Aufweinen lief sie zu ihm hin. Der Raugraf legte den Arm um sie. »Was ist geschehen, Isabell? Was hat er dir getan?«

»Nichts«, erwiderte Henry. »Ich habe der Gräfin nur ein Kompliment gemacht, das ihr mißfiel.« Er lächelte mit steifen Lippen.

»Ihr habt sie beleidigt!« Sprühender Haß stand in Carllutz' dunklen Augen. »Isabell, sag es mir, und ich werde ihn zur Rechenschaft ziehen.«

Sie senkte den Kopf. Das Gefühl einer grenzenlosen Leere war plötzlich über sie gekommen. »Es ist nichts. Laß es gut sein, Carllutz. Ich möchte ins Schloß zurück.«

Henry de Montfort verließ noch am gleichen Abend Versailles. Er ritt die ganze Nacht hindurch und trieb sein Pferd beinahe zuschanden.

Am nächsten Vormittag erreichte er, taumelnd vor Müdigkeit, St. Etienne.

Vor dem Portal des alten, aus dicken Quadern erbauten Schlosses glitt er aus dem Sattel, warf einem herbeieilenden Pferdeknecht die Zügel zu und betrat die kühle, dämmrige Halle. Sein Gesicht war staubverkrustet, die Augen lagen tief in den Höhlen.

Sein Diener Camille kam die Treppe heruntergeeilt. »Ich habe Euch vom Fenster aus gesehen, Herr, aber ich wollte meinen Augen nicht trauen. Ihr seid wirklich schon zurück aus Versailles? Ihr wolltet doch mindestens eine Woche bleiben!«

Henry warf sich in einen Sessel. »Bring mir etwas zu trinken, Camille. Einen Krug Wein...«

Er leerte den Krug, ohne ihn abzusetzen, und verlangte nach einem zweiten. Als der Diener ihn brachte, sagte Henry:

»Bleib hier, Camille. Ich kann jetzt nicht allein sein. Ich muß mit jemandem reden, weißt du. Setz dich zu mir.«

»Ja, Herr.«

Henry betrachtete den grauhaarigen Mann aus rotgeränderten Augen. »Wie alt bist du eigentlich? Sechzig?«

»Ich werde es im nächsten Jahr, Herr.«

»Und du warst nie verheiratet... Aber irgendwann hast du doch bestimmt einmal ein Mädchen gern gehabt.

Dann sag mir doch – aber du mußt ganz ehrlich sein –, ob du es fertiggebracht hättest, dieses Mädchen mit einem anderen Mann zu teilen.«

»Ich glaube nicht. Wenn man liebt, will man sein Mädchen doch für sich haben!«

Henry trank einen Schluck Wein und setzte den Krug mit einer unsicheren Bewegung auf den Boden. Der Wein war herb und schwer; Henry spürte, wie er rasch betrunken wurde, und das war gut so. Er wollte betrunken sein...

»Du würdest also nicht teilen können – nicht einmal mit einem König?« fragte er mit schwerer Zunge.

Der Diener wich seinem Blick aus. »Ich weiß nicht. Der König...«

»Der König ist auch nur ein Mann. Der einzige Unterschied besteht darin, daß man ihm nichts wegnehmen kann, wenn er es behalten will. Siehst du, und deshalb bin ich damals fortgelaufen. Ich hätte es nicht mehr ausgehalten nach dieser Nacht... Zu wissen, daß sie wieder bei ihm ist... Ich dachte, wenn ich hier bin würde ich es schaffen, sie mir aus dem Kopf zu schlagen. Und dann habe ich hier gesessen und mit einem Schatten gekämpft.

Ich hab' sie überall gesehen, verstehst du das, Camille? Sie war immer da... Beim Frühstück hat sie mir gegenübergesessen. Wenn ich ausgeritten bin, war sie neben mir – und in der Nacht hat sie neben mir gelegen.«

Er trank wieder und wischte sich über den Mund.

»Ja, Camille, und dann habe ich mir eingebildet, daß das vielleicht Wirklichkeit werden könnte. Ich habe gedacht: Damals, in jener Nacht, war sie so, wie eine Frau eigentlich nur sein kann, wenn sie einen Mann liebt. Vielleicht wartet sie darauf, daß ich zu ihr komme und ihr sage: 'Verlaß den anderen, bleib bei mir! Und wenn ich alles verliere, wenn ich für dich stehlen und betteln gehen müßte – es ist mir egal, wenn ich dich habe!'

Darum bin ich noch einmal nach Versailles. Ich habe plötzlich gedacht, daß es ein furchtbarer Fehler gewesen war davonzulaufen, und ich wollte diesen Fehler wieder gutmachen. Kannst du begreifen, daß ein Mann so dumm sein kann, Camille?«

Der Diener antwortete nichts darauf. Mitleid stand in seinen alten Augen, als er Henry den leeren Krug abnahm und sagte: »Ich bringe Euch einen neuen, Herr. Und dann müßt Ihr schlafen. Ihr seid zu Tode erschöpft.«

Henry barg den Kopf in den Händen. »Ja, Camille, das bin ich.«

10

Isabell sah Carllutz nach jenem Nachmittag nicht mehr wieder. Ludwig beschleunigte seinen Aufbruch aus Versailles, und bis dahin schützte Isabell eine leichte Unpäßlichkeit vor, um nicht bei Hof erscheinen zu müssen. Sie blieb in ihren Zimmern und ließ Carllutz durch die Dienerschaft abweisen, sooft er auch kam.

Sie konnte nicht mit ihm nach Wien gehen. Alles, was sie dagegen vorgebracht hatte, war richtig gewesen; ihr Impuls, ihm nachzulaufen, falsch. Henrys überraschendes Auftauchen hatte es ihr vor Augen geführt.

Hatte Carllutz nicht selbst gesagt, man könne vor seiner Vergangenheit nicht davonlaufen, man schleppe sie mit sich herum? Und diese Vergangenheit mußte früher oder später Carllutz' Liebe zu ihr zerstören.

Isabell war sicher, daß sie nichts anderes mehr für ihn tun konnte, als ihm und sich die Schmerzlichkeit des Abschieds zu ersparen.

Die Reise, die Ludwig am 26. Mai 1683 antrat, erschien Isabell wie eine einzige, unerträgliche Anstrengung. Sie fühlte sich matt und litt häufig unter Übelkeit. Das Fahren auf schlechten Straßen durch Sonne und Staub ermüdete sie, ebenso die glanzvollen Festlichkeiten und Truppenparaden, die überall zu Ehren des Herrschers abgehalten wurden.

Hinzu kam, daß sie in der Kutsche der Königin reiste.

Von ihrer ersten Begegnung an hatte Isabell dieser unbeholfenen, stillen Frau gegenüber Schuldgefühle empfunden, die nicht einmal Ludwig hatte zerstreuen können. Natürlich hatte er vor ihr andere Maitressen gehabt, natürlich hatte Maria Theresia sich damit abgefunden und würde sich auch weiterhin damit abfinden – aber das änderte nichts an der Tatsache, daß sie darunter litt.

Wenn die Königin Isabell schlecht behandelt hätte, wäre alles einfacher gewesen. Aber Maria Theresia konnte wahrscheinlich zu keinem Menschen ihrer Umgebung unfreundlich sein; dazu war sie viel zu gutherzig.

Sie unterhielt sich mit Isabell, holte manchmal in Toilettenfragen ihren Rat ein und bewunderte sie neidlos, wenngleich sich in diese Bewunderung ein wenig Traurigkeit mischte, daß sie nicht ebenso schön war...

Das alles bedrückte Isabell, und sie war unsagbar erleichtert, als man endlich Ende Juli wieder in Versailles eintraf. Madame Liselotte war die erste Besucherin, die bei ihr erschien.

Sie umarmte Isabell, fand, daß sie blaß und abgemagert aussähe, und händigte ihr schließlich einen Brief von Carllutz aus. Er enthielt nur ein paar Zeilen:

'Ihr habt mich nicht mehr sehen wollen, aber ich kann nicht abreisen, ohne Euch noch einmal zu sagen, wie sehr ich Euch liebe und daß weder Vergangenes noch Zukünftiges etwas daran ändern. Ich weiß, daß Ihr in Versailles nicht glücklich seid, darum will ich die Hoffnung nicht aufgeben, daß Ihr es verlaßt. Ich werde in Wien auf Euch warten, solange es mir möglich ist.'

Langsam, mit gesenktem Kopf faltete Isabell den Briefbogen zusammen. Es war kein Tag vergangen, an dem sie nicht an Carllutz gedacht, an dem sie ihn nicht vermißt hatte. Im Geist hatte sie jede Etappe seiner Reise verfolgt.

Heute muß er die französische Grenze überschritten haben, hatte sie gedacht. Oder: Heute ist er vielleicht in Frankfurt. Wie lange wird er von dort aus bis Passau brauchen?

Und manchmal hatte sie sich gewünscht, sie wäre bei ihm. Das Leben am Hof erschien ihr so hohl, so schal. Ihr graute vor den kommenden Wochen, den Schmeicheleien, den Lügen, den Intrigen, der Neugier und der Oberflächlichkeit.

»Ich weiß, was dieser Brief enthält«, sagte Liselotte von der Pfalz in die Stille hinein. »Carllutz hat es mir erzählt. Mir scheint, wir Pfalzgrafenkinder haben nicht viel Glück in der Liebe.«

Isabell kam an den Tisch und setzte sich. »Er wartet in Wien auf mich... Mein Gott, warum habt Ihr ihm das nicht ausgeredet! Oder seid Ihr der Meinung, daß ich hätte mit ihm gehen sollen?«

»Wenn du ihn liebhast – ja.« Liselotte sprach jetzt deutsch und fiel unwillkürlich in das vertraute Du der früheren Zeit zurück. »Freilich bin ich mir dessen nicht sicher. Ich irre mich oft, wenn ich die Gefühle anderer Menschen beurteilen soll. Ich bin wohl zu naiv. Bestimmt war ich die letzte in ganz Versailles, die begriff, daß du und der König...« Sie wurde rot und verstummte.

»War das der Grund, daß Ihr mir eine Zeitlang aus dem Weg gegangen seid, Madame?« fragte Isabell. »Verurteilt Ihr mich?«

»Nein«, erwiderte Liselotte zögernd. »Aber du hattest dich verändert. Du warst so... so widerwärtig *à la Versailles* geworden – wenn du verstehst, was ich meine. Carllutz allerdings behauptet, du wärest nur unglücklich. Stimmt das?«

Isabell schwieg und sah auf ihre Hände.

»Also hat er recht«, stellte Madame fest. »Und warum, um alles in der Welt, willst du dann hierbleiben? Um des Königs willen? Oder um deines Mannes willen, der sich keinen Deut um dich kümmert?«

»Wenn Euer Bruder Euch alles erzählt hat, muß er Euch auch gesagt haben, warum ich nicht mit ihm gehen wollte.«

»Das hat er, und zuerst war ich derselben Meinung wie du. Inzwischen denke ich anders darüber, Isabell.«

Liselotte stand auf und kam um den Tisch herum. »Carllutz ist der beste Mensch der Welt. Und wenn ich mir vorstelle, daß du mit ihm in Deutschland leben kannst... Sag, hast du nicht manchmal Heimweh?«

»Doch, Madame. Aber der König – er ist immer sehr gut zu mir gewesen.«

»Man kommt im Leben nie ganz daran vorbei, anderen Menschen weh zu tun, Kind. Ludwig ist ein reifer Mann. Er wird damit fertig werden. Er hat so viel anderes, was ihn ausfüllt. Doch du...« Mit einer mütterlichen Bewegung strich sie Isabell über das Haar. »Eigentlich sind wir Menschen wirklich schrecklich hilflose Geschöpfe. Wir bilden uns so viel auf unseren Verstand ein – und oft genug wissen wir gar nicht, was richtig und was falsch ist. Ich weiß es auch nicht.

Ich meine nur, daß man nicht viel Glück im Leben geschenkt bekommt. Deshalb sollte man es festhalten, wenn man kann. Denk einmal darüber nach, ja?«

Am nächsten Morgen verbreitete sich in Versailles wie ein Lauffeuer die Nachricht, daß die Königin schwer erkrankt sei. Maria Theresia hatte schon auf der Heimreise über Schmerzen im linken Arm geklagt. Ein Geschwür hatte sich dort gebildet, über dessen Behandlung die Ärzte in einen heftigen Disput geraten waren.

Der Chirurg Clément bestand darauf, es zu öffnen. Aber Ludwigs Leibarzt Fagon schlug seine üblichen Behandlungsmethoden vor – Aderlässe, Brechmittel und Klistiere.

Er siegte. Trotz ihrer Schmerzen und des ständig steigenden Fiebers mußte Maria Theresia alle paar Stunden die widerliche Prozedur über sich ergehen lassen. Sie widersprach nicht und klagte nicht. Und sie starb drei Tage später so, wie sie gelebt hatte: still und gottergeben.

Als es zu Ende ging, lief Ludwig selbst in die Kapelle, um die Sterbesakramente für sie zu holen. Dann saß er wieder an ihrem Bett.

Maria Theresia war bei klarem Bewußtsein. Ihre Hände umklammerten ein abgegriffenes, schwarzes Kruzifix, das sie als junges Mädchen aus ihrer spanischen Heimat mitgebracht hatte. Manchmal fiel sie in die Sterbegebete ein. Dann verstummte sie wieder und schaute Ludwig an.

Es war ein rührender Blick, in dem alles lag, was sie für ihn empfand: Liebe und Trauer, weil sie nun von ihm Abschied nehmen mußte; Glück, daß er bei ihr war – und die Bitte um Verzeihung, daß sie ihm durch ihren Tod Kummer bereitete.

Als alles vorüber war, verließ Isabell den Vorsaal vor dem Schlafgemach der Königin, in dem sie mit vielen anderen gewartet hatte. Sie war blind vor Tränen.

Bontemps, Ludwigs Kammerdiener, holte sie auf der Treppe zu ihrer Wohnung ein. »Madame...«

Isabell blieb stehen. »Laßt mich. Ich will allein sein. Ich will niemanden sehen!« wehrte sie ab.

»Aber der König wird Euch brauchen, Madame! Ihr solltet ihn jetzt nicht sich selbst überlassen.«

»Ich will allein sein!« wiederholte Isabell heftig. Sie ergriff den grauhaarigen Mann beim Arm.

»Bontemps, ich stand nahe bei der Tür, als sie starb. Habt Ihr auch den Blick gesehen, mit dem sie den König angeschaut hat? Ich werde ihn in meinem ganzen Leben nicht vergessen, diesen Blick! Sagt das Eurem König, wenn er fragt, warum ich nicht zu ihm kommen will. Jetzt nicht und nie mehr! Sie hätte die letzten Monate ihres Lebens glücklicher sein können, wenn es mich nicht gegeben hätte... Das kann ich mir nicht verzeihen.«

»Um Gottes willen, Madame!« Bontemps führte sie rasch die Treppe hinauf. »Ihr seid außer Euch. Verständlich, sehr verständlich, wir alle sind ja zutiefst erschüttert. Ich werde Seiner Majestät sagen, daß Ihr Ruhe braucht. Morgen sieht alles anders aus – wenn wir nach Fontainebleau übergesiedelt sind.«

Sie starrte ihn an. »Nach Fontainebleau? Wir verlassen Versailles? Warum?«

»Der König von Frankreich bleibt niemals in einem Haus, in dem ein Todesfall eingetreten ist«, erwiderte der Kammerdiener.

Sie beugte sich nach vorn. Ihr Mund war halb geöffnet, als bekäme sie nicht genug Atem. »Er bleibt nicht... nicht einmal bei seiner Frau, nachdem sie so gestorben ist... mit diesem Blick! O mein Gott!«

Isabell riß sich von Bontemps los, rannte den Korridor mit seinen kostbaren Wandmalereien und vergoldeten Konsolen entlang und schloß sich in ihrem Schlafzimmer ein.

Sie schlief nicht in dieser Nacht. Angekleidet lag sie auf dem Bett und starrte in die Dunkelheit. Deshalb hörte sie auch sofort das leise tappende Geräusch, das sich ihrem Zimmer näherte.

Isabell setzte sich auf. Kein Zweifel, das waren Schritte. Sie verstummten vor der Tapetentür, durch die Isabell so oft über unbenutzte, staubige Gänge und dunkle Treppen ihre Wohnung verlassen hatte, um sich mit dem König zu treffen.

Wer wußte außer ihm von diesem geheimen Weg? Oder kam er selbst?

Das flackernde Licht eines Öllämpchens erhellte das Zimmer, als die Tür aufgestoßen wurde.

»Ah, Ihr seid wach«, sagte Athénais de Montespan. »Das trifft sich gut. Ich rede nicht gern mit verschlafenen Leuten.«

Sie wandte den Kopf zurück. »Warte draußen, Grand Jacques, ich werde dich rufen, wenn ich dich brauche.« Dann ging sie zum Tisch und setzte die Lampe ab. »Ihr wißt doch, wer Grand Jacques ist?«

Isabell nickte. Wer in Versailles kannte nicht den riesigen Normannen, der zur Dienerschaft der Montespan gehörte. Es hieß, er sei ein ehemaliger Galeerensklave, ein Ungetüm von einem Mann, der mit bloßen Händen ein Hufeisen zusammendrücken konnte und der seiner Herrin hündisch ergeben war. Für Isabell hatte er stets etwas Unheimliches gehabt mit seinem pockennarbigen Gesicht und den tiefliegenden Augen.

»Hat Euch mein Erscheinen sprachlos gemacht?« fragte Athénais. »Oder dachtet Ihr, diese hübsche kleine Tür sei Euer alleiniges Geheimnis?« Sie sah sich um. »Reizend habt Ihr es hier. Freilich sind die Zimmer der Königin sehr viel schöner. Träumt Ihr schon davon, sie zu bewohnen?«

»Was für eine unglaubliche Geschmacklosigkeit!« Isabell sprang auf. »Und was fällt Euch überhaupt ein, mitten in der Nacht...«

»Ludwig ist fünfundvierzig Jahre alt«, fuhr Athénais ungerührt fort, als hätte sie Isabells Einwand gar nicht gehört. »Also viel zu jung, um für den Rest seines Lebens Witwer zu bleiben. In absehbarer Zeit wird er wieder heiraten wollen – und im Augenblick sieht es so aus, als ob Ihr ihn dazu herumkriegen könntet, vorausgesetzt, Euer Ehemann segnet ganz unvorhergesehen das Zeitliche. Aber so etwas hat sich noch immer einrichten lassen, nicht wahr?«

»Madame de Montespan, ich muß Euch bitten, auf der Stelle mein Zimmer zu verlassen!«

»Nur nicht so hochtrabend, meine Kleine!« Athénais' sonst so liebenswürdige Stimme klang auf einmal vulgär. »Hast du dich eigentlich nie gefragt, wer dir damals die anonymen Briefe schrieb und dir die Falle stellte, in die du prompt hineingetappt bist? Ich war es. Ich wollte dich entführen lassen, um dich aus dem Weg zu haben. Leider ist die Sache schiefgegangen, und hinterher wagte ich nicht sofort, etwas Neues zu unternehmen. Doch jetzt, nach dem Tod unserer vielgeliebten Königin, bleibt mir nicht mehr viel Zeit. Denn die Frau, die Ludwig einmal heiratet, wirst nicht du sein, sondern ich!«

»Ihr? Das könnt Ihr nicht im Ernst erwarten...«

»Und warum nicht? Ich hab ihm vier Kinder geboren. Meine Familie gehört zu den ältesten Frankreichs... Du wirst doch wohl zugeben, daß sich daneben eine Gastwirtstochter geradezu lächerlich ausnimmt.«

»Vielleicht«, gab Isabell zu. »Doch warum habt ihr dann solche Angst, daß der König mich heiratet?«

»Ich habe keine Angst. Aber verliebte Idioten sind zu allem möglichen fähig. Deshalb mußt du ihm aus den Augen. Draußen wartet ein Wagen, und die Männer, die ihn begleiten, sind nicht solche Dummköpfe wie die, die ich damals ausgesucht habe. Man lernt aus seinen Fehlern.«

»Ihr seid wahnsinnig«, erwiderte Isabell. »Ihr könnt mich doch nicht gewaltsam aus dem Schloß bringen, ohne daß es jemand bemerkt!«

»Ich nicht – aber Grand Jacques. Er versteht sich meisterhaft darauf, jemandem die Kehle zuzudrücken, bis er keine Luft mehr zum Schreien hat. Aber ich nehme an, du wirst gutwillig mitkommen. Du möchtest doch gern noch eine Weile leben, oder? Also, paß auf: Du wirst Frankreich verlassen. Der Wagen draußen bringt dich zuerst zu mir nach Clagny. Dort wirst du einen Brief an den König schreiben, in dem du ihm erklärst, daß du einen anderen liebst und deshalb nach Deutschland geflohen bist...«

»Und wenn ich mich weigere?«

Athénais lächelte grausam. »In Clagny gibt es Kellerräume mit dicken Mauern. Man wird dich nicht schreien hören, wenn Grand Jacques dir den Brief auf seine Art diktiert. Und laß dir nicht einfallen, eines Tages wieder hierher zurückzukehren. Ich würde dich umbringen lassen. Vor Gift oder einem Messerstich aus dem Hinterhalt kann sich niemand völlig schützen.«

Sie brach ab, weil Isabell plötzlich den Kopf zurückwarf und zu lachen begann, metallisch, hart, mit einem hysterischen Unterton.

»Was ist? Warum lachst du?«

»Der Brief...« – stieß Isabell, noch immer von diesem unaufhaltsamen, schrecklichen Gelächter geschüttelt, hervor. »Der Abschiedsbrief an den König... Ich habe ihn gestern abend geschrieben! Dort liegt er – auf dem Toilettentisch!«

Grand Jacques stieß die Tapetentür auf. Breit, drohend, mit einem bösartigen Grinsen kam er auf Isabell zu. »Soll ich sie still machen, Herrin?«

»Nein, warte!« Athénais hatte den Brief aufgenommen. Hastig überflog sie ihn. Dann wandte sie sich zu Isabell um. »Ihr wollt fliehen?« fragte sie ungläubig.

Isabell strich sich das Haar aus dem heißen Gesicht. »Eure ganze Mühe war umsonst, Madame. Ihr wärt morgen sowieso von mir befreit gewesen. Es ist alles vorbereitet. Meine einzige Sorge war nur, daß der König meinen Brief vorzeitig erhalten könnte. Ich brauche ein paar Stunden Vorsprung. In dem Durcheinander des Aufbruchs nach Fontainebleau wird er mein Verschwinden nicht vor dem Abend bemerken. Wenn Ihr dann die Güte haben wollt, ihm diesen Brief zuzuspielen...«

»Das werde ich«, erklärte Athénais. Einen Augenblick betrachtete sie Isabell schweigend. »Ich habe Euch mehr gehaßt, als Ihr wert seid«, sagte sie dann. »Ich dachte, Ihr wärt wie ich, eine ebenbürtige Gegnerin, die mit Klauen und Zähnen um das kämpft, was sie besitzt. Aber Ihr seid nur eine sentimentale Gans.«

Isabell lächelte. Athénais' Spott konnte sie nicht mehr verletzen. Sie hatte Versailles schon hinter sich gelassen.

Und da war plötzlich wieder der Geruch der sonnenwarmen Wiese um sie, auf der sie mit Carllutz gesessen hatte, da waren die blühenden Margeriten, und von irgendwoher klang der Schrei eines Bussards auf, der in der tiefen Himmelsbläue kreiste. Und die Luft schmeckte nach Freiheit...

»Lebt wohl, Madame«, sagte Isabell mit einem tiefen Aufatmen. »Ich wünsche Euch viel Glück – falls Ihr wißt, was das ist.«

Die Vorhänge im Kabinett des Königs waren zurückgeschlagen. Vor den Fenstern stand blauschwarz die Nacht.

Ein leichter Lufthauch bewegte die Kerzenflammen in dem silbernen Kandelaber, als ein Lakai die Flügeltüren für Madame Liselotte öffnete. »Die Herzogin von Orléans, Sire«, meldete er mit einer Verbeugung.

Der König, der bis dahin am Fenster gestanden und in den dunklen Park hinausgestarrt hatte, wandte sich um. Liselotte erschrak vor seinem Gesichtsausdruck. Die Augen brannten in einem düsteren Feuer, tiefe Falten zogen sich von den Nasenflügeln zu den Mundwinkeln.

Liselotte machte ein paar Schritte auf ihn zu. »Sire, um Gottes willen, was ist geschehen?«

Der König starrte sie einen Moment schweigend an. Dann ging er zum Tisch und nahm einen Brief auf. »Lest das...« Seine Stimme klang hölzern und abgehackt.

Mit über der Brust verschränkten Armen wartete er, bis Liselotte den engbeschriebenen Bogen sinken ließ. »Sie ist also fort... Seit wann wißt Ihr es?«

»Seit einer halben Stunde.« Der starre Ausdruck in Ludwigs Gesicht zerbrach, machte einer so grenzenlosen, hilflosen Verzweiflung Platz, daß sich Liselottes Herz zusammenkrampfte. »Ein Page brachte den Brief. Ich habe Euch sofort rufen lassen. Sie schreibt, daß sie dem Mann folgt, bei dem sie Ruhe und Glück zu finden hofft. Sie kann nur Euren Bruder damit gemeint haben. Wo ist er?«

»In Wien«, murmelte Liselotte.

»Wien!« Der König spuckte das Wort aus, als sei es ein Schimpfname. »Alle jungen Taugenichtse zieht es anscheinend dorthin. Erst Euer Bruder – und vor ein paar Tagen Conti und Prinz Eugen von Savoyen...«

Liselotte hatte von der Flucht der beiden jungen Männer gehört. Wie es hieß, war der König sehr aufgebracht darüber gewesen, weniger Prinz Eugens als seines Schwiegersohnes wegen. Conti war mit einer Tochter Ludwigs von Louise de La Vallière verheiratet.

Der König nahm Liselotte den Brief ab. Ein paar Sekunden blickte er darauf, seine Hände zitterten. Dann warf er ihn mit einer heftigen Bewegung auf den Tisch. »Sie muß gestern nacht geflohen sein«, sagte er mit abgewandtem Gesicht. »Also hat sie vierundzwanzig Stunden Vorsprung. Aber ich habe schon Contis wegen die Schließung der Grenzen angeordnet und ihm Sonderkuriere nachgeschickt. Er muß zurückkommen – und Isabell auch.«

»Ihr wollt sie verfolgen lassen?« fragte Liselotte beklommen.

»Natürlich! Sie muß den Verstand verloren haben. Die Türken sind im Anmarsch auf Wien. Wenn Isabell ihnen in die Hände fällt...« Er brach ab und ballte die Fäuste. »Daß sie mir das antun konnte! Aber ich werde sie zurückholen, und wenn ich sie in Ketten legen lassen muß.«

»Und was habt Ihr damit gewonnen?« fragte Liselotte langsam. »Habt Ihr ihren Brief denn nicht begriffen? Sie ist für Euch verloren, Sire, selbst wenn Ihr sie mit Gewalt festhaltet.«

»Schweigt!« schrie der König. Sein Mund war verzerrt. »Wenn sie wieder hier ist, werde ich sie zur Vernunft bringen. Sie gehört mir... Ich lasse sie mir nicht fortnehmen! Alles, was sie ist, ist sie durch mich geworden. Sie ist mein Geschöpf!

Oh, ich weiß schon, Madame, Ihr steht auf der Seite Eures Bruders, und vielleicht empfindet Ihr sogar noch dummen, schwesterlichen Stolz, daß er, der nichts besitzt als seine Jugend und ein Paar hübsche schwarze Augen, einen König ausgestochen hat. Aber freut Euch nicht zu früh. Ich werde meine diplomatischen Vertretungen im Ausland einschalten. Die Gräfin de Montfort ist Bürgerin dieses Landes. Sollte es ihr wider Erwarten gelingen, die Grenze zu passieren, so werde ich verlangen, daß man sie mir ausliefert. Und Euer Bruder wird es zu spüren bekommen, was es heißt, den König von Frankreich zum Feind...«

Er brach ab, weil Liselotte zur Tür gegangen war. »Tut, was Ihr wollt, Sire. Aber zwingt mich nicht länger mitanzusehen, wie Ihr Euch selbst herabwürdigt. In meinen Augen wart Ihr immer so groß, und jetzt macht Ihr Euch so klein. Das ist unerträglich.«

»Ihr bleibt, Madame! Ich habe Euch noch nicht erlaubt, Euch zu entfernen.«

»Ich gehe!«

»Madame de Orléans, ich befehle Euch...«

Die Tür fiel hinter Liselotte zu. Im Vorsaal holte Ludwig sie ein. »Bitte, bleibt«, sagte er, und seine eben noch so zornige Stimme klang beinahe demütig. »Ich kann jetzt nicht allein sein. Ich brauche einen Menschen, dem ich vertrauen kann. Ich kenne Euer ehrliches Herz, und ich weiß, wenn Ihr mich schwach seht und verzweifelt, so werdet Ihr das nicht lächerlich finden.«

»Nein, Sire, gewiß nicht.« Liselotte wischte sich über die Augen und ließ sich von Ludwig ins Zimmer zurückführen. »Euer Kummer tut mir weh, und ich wünschte, ich könnte Euch helfen. Es ist wahr, ich habe meinen Bruder sehr lieb... Aber deswegen habe ich Isabell bestimmt nicht geraten, ihm nachzureisen...«

»Ihr habt ihr dazu geraten?«

»Ja, Sire.« Tapfer erwiderte Liselotte des Königs Blick. »Sie war hier nicht glücklich. Habt Ihr das nie bemerkt? Und darum hättet Ihr sie eines Tages in jedem Fall verloren – an einen anderen Mann oder auch nur ganz einfach an das Leben.«

Sie verstummte und wartete auf eine heftige Entgegnung. Aber Ludwig sagte nur mit einer sonderbar fremden, kalten Stimme: »Redet weiter, Madame.«

»Nun ja...« Liselotte holte tief Atem. »Isabell und ich, wir sind uns in vielen Dingen ähnlich. Deshalb verstehe ich sie auch so gut. Wißt Ihr noch, Sire, wie auch ich einmal davonlaufen wollte? Damals habt ihr mir ins Gewissen geredet. Ihr habt mich an meine Pflichten und Aufgaben gemahnt, und Ihr hattet recht damit. Aber Isabell? Woran hätte ich sie mahnen sollen, als ich spürte, daß sie unter dem ihr aufgezwungenen Dasein litt? Ihre Pflichten bestanden darin, schön und heiter zu sein, und ihre Aufgaben, auf Euch zu warten und die Zeit dazwischen mit allerlei Vergnügungen totzuschlagen.

Am Anfang mag ihr das alles neu und wunderbar erschienen sein. Aber Ihr wißt doch selbst, wie leicht man solcher Dinge überdrüssig wird. Erinnert Euch nur, wie sie war, bevor Ihr sie in das Korsett einer hübschen, mit Gold behangenen Zierpuppe gesteckt habt – so klug und lebhaft, so zupackend und erfrischend...«

Der König schloß die Augen. O ja, er erinnerte sich! Tausend Bilder stiegen vor ihm auf. Isabell im Park von Versailles, als er sie zum erstenmal geküßt hatte... Jener Ballabend im Palais Royal, wo er sie gelehrt hatte, Gavotte zu tanzen... Ihre erste Nacht und all die anderen Nächte, die darauf gefolgt waren. Isabells glatte, seidige Nacktheit in seinen Armen, ihr im Augenblick der Wollust gleichsam entrücktes Gesicht, ihre schläfrige Zärtlichkeit, wenn der Rausch abgeebbt war: 'Küßt mich noch einmal...'

Was wußte *Madame*, die gute, redliche Seele, davon!

Ludwig bedeckte das Gesicht mit den Händen. »Ich kann sie nicht verlieren! Begreift doch, ich liebe sie! Warum habt Ihr das nicht gesagt, als sie fortwollte? Warum habt Ihr sie nicht daran erinnert, daß ich sie brauche?«

»Weil es nicht wahr gewesen wäre«, erwiderte Liselotte sanft. »Ihr seid stark, Sire, Ihr braucht niemanden. Isabell nimmt nur einen kleinen Teil in Eurem Leben ein. Der weitaus größere gehört anderen Dingen.«

Ludwig schwieg. Hatte er nicht ganz ähnliche Worte schon einmal gehört – vor beinahe fünfundzwanzig Jahren? Kardinal Mazarin hatte sie zu dem Jüngling Ludwig gesprochen, um ihm den Verzicht auf Marie Mancini abzuringen.

Marie Mancini, die erste große Liebe des jungen Königs...

Auch damals hatte er, halb wahnsinnig vor Schmerz, darum gekämpft, zu behalten, woran sein Herz hing. 'Ich will nicht ohne sie sein. Was bedeutet mir ein Leben, in dem es sie nicht gibt?' hatte er gesagt.

Und Mazarin hatte geantwortet: 'Ihr seid ein König, Sire, und darum müßt Ihr stark sein. Ihr könnt es auch, denn tief in Eurer Seele steht das Wissen, daß Ihr Euch nicht allein gehört, sondern vor allem anderen Frankreich. Die Krone, die Ihr tragt, wird Euer Leben ausfüllen, nicht die Liebe. Für sie bleibt nur ein kleiner Teil, wenn Ihr die Hoffnungen erfüllt, die ich und Euer Volk in Euch setzen.'

Der Kardinal hatte gesiegt. Ludwig hatte Marie Mancini der Krone geopfert. Sie war in die Verbannung nach La Rochelle gegangen, und Maria Theresia, die Sanfte, Stille, Unscheinbare, hatte seinen Thron geteilt.

Fast ein Vierteljahrhundert war seitdem vergangen. Jahre, in denen Frankreich zum vollen Strahlenglanz der Macht aufstieg, in denen der Ruhm seines Königs alle anderen Monarchen Europas auf einen Schattenplatz verwies – und doch... Der Schmerz, den der Jüngling Ludwig empfunden hatte, als er seine erste Liebe verlor, war der gleiche, der den reifen Mann jetzt erfüllte, als seine letzte Liebe ihm entglitt.

O ja, Ludwig wußte es mit völliger Klarheit: Isabell war die letzte große Liebe seines Lebens. Nach ihr würde nichts mehr kommen. Nichts, außer der Resignation, dem Alter. Und da sagte *Madame*: 'Isabell nimmt nur einen kleinen Teil in Eurem Leben ein...'

»Was bleibt mir, wenn ich sie verliere?« flüsterte der König erstickt.

»Viel, Sire«, entgegnete Liselotte. »Euch bleibt Frankreich, die Liebe Eures Volkes, die Freude, Eure Kinder und Enkel heranwachsen zu sehen. Euer Leben ist reich, Sire, trotz allem. Doch Isabells Leben ist arm, wenn sie nicht glücklich sein darf. Und darum bitte ich Euch, seid großmütig, wenn Ihr sie wirklich liebt. Laßt sie den Weg weitergehen, den sie gewählt hat. Gebt sie frei!«

Isabell, mon amour! dachte der König. Und noch einmal sah er sie vor sich in all ihrer Schönheit. Goldbraunes Haar, bernsteinfarbene Augen, ein warmer, weicher, zärtlicher Mund. Er hörte ihr Lachen, er meinte, ihre Haut unter seinen Fingerspitzen zu spüren. So glatt war sie gewesen, so jung... Isabell, mon amour, wirst du jemals begreifen, was du mir warst? Wirst du jemals erfahren, wie bitter der Verzicht schmeckt, den du mir aufgebürdet hast? Du warst die Endsumme all dessen, was ich mir je von einer Frau erträumt habe. Und niemals mehr wird mir ein Mensch so weh tun können wie du. Aber ich lasse dich gehen, weil ich begriffen habe, daß mir die Kraft fehlt, dich zu halten.

»Ihr habt gesiegt, Madame«, sagte der König schließlich, ohne die Hände vom Gesicht zu nehmen. »Die Gräfin de Montfort mag Uns verlassen. Wir werden nichts tun, um sie zurückzuhalten. Aber ich weiß nicht, Madame, ob ich Euch jemals vergeben kann, daß Ihr mich zu diesem Entschluß bewogen habt. Man sagt das so einfach dahin: Seid großmütig! Wer kann ermessen, was Großmut manchmal kostet...«

Er wandte sich ab. Und dann geschah etwas, das Liselotte erschütterte wie nichts zuvor in ihrem Leben: Der König weinte.

11

Da lag Wien, die alte Kaiserstadt am Strom. Einst heiterer Mittelpunkt Europas, Residenz des mächtigen Habsburgerreiches, eine Stätte des Frohsinns, der Künste und der Schönheit.

Jetzt, im Sommer des Jahres 1683, war der Himmel über Wien schwarz von Pulverdampf. Kanonendonner erfüllte die Luft. Auf dem Kahlenberg hatte die türkische Artillerie ihre Laufgräben errichtet und bombardierte die Stadt. In den Vororten standen ganze Häuserzeilen in Flammen, in der Stadt herrschten Hunger, Seuchen und Verzweiflung.

Seit Mitte Juli war Wien eingeschlossen von der Übermacht des türkischen Heeres. Am rechten Donauufer lagerten die Angreifer. Eine Stadt von Zelten erhob sich dort, ausgestattet mit allem orientalischen Prunk. Und noch immer wälzten sich Karawanen aus der ungarischen Tiefebene heran, um Nachschub für die Armeen Kara Mustafas zu liefern.

Kaiser Leopold I. hatte Wien schon Anfang Juli verlassen und sich nach Passau begeben. Die Verteidigung der Stadt hatte Rüdiger Graf von Starhemberg übernommen, ein Mann von hohem persönlichem Mut und militärischer Begabung. Noch hatte er mit seiner kleinen, tapferen Armee allen Angriffen der Türken standgehalten. Noch hatte er das fast Unmögliche möglich gemacht: über geheime Kuriere Verbindung zu halten mit dem Herzog Karl von Lothringen, der mit seinen Truppen am linken Donauufer lagerte und verzweifelt auf die versprochene Entsatzarmee aus Polen, Bayern und Sachsen wartete. In blutigen Gefechten mit den Türken hielt Karl von Lothringen die Zugangswege für die Verbündeten frei.

Und über Wien dröhnten die Türkenglocken. Die Bevölkerung hungerte. Vor vielen Häusern und Gassen standen bewaffnete Posten. Dort lagen die Cholerakranken, abgesondert, fast ohne Pflege, dem Tod preisgegeben. Und die schreckliche Seuche griff um sich, raffte die

Soldaten Starhembergs dahin und die Männer der Bürgerwehr, die täglich und stündlich die heftigen Angriffe der Türken gegen Bastionen und Vorwerke zurückschlugen.

In solch schweren Zeiten zieht es die Menschen zu Gott. Wiens Kirchen waren überfüllt. Sie schienen den Bedrängten die einzige Zuflucht in dieser irdischen Hölle der Angst. Und während über Wien der Donner der Kanonaden dahinrollte, während die Verteidiger mit dem Mut der Verzweiflung um jeden Fußbreit Boden kämpften, predigte im Stephansdom auf der Kanzel aus Gold und Elfenbein ein schwergewichtiger Mann im Ordenskleid: Pater Abraham a Santa Clara.

Dröhnend hallte seine Stimme über die gebeugten, dicht an dicht stehenden Menschen: »Auf, auf, ihr Christen. Von vielen Jahren her ist das römische Reich schier römisch arm geworden durch stete Kriege. Von etlichen Jahren her ist Niederland noch niederer geworden – durch stete Kriege. Elsaß ist ein Elendfaß geworden, durch lauter Krieg. Der Rheinstrom ist ein Peinstrom geworden, durch lauter Krieg. Und andere Länder sind in Elender verkehrt worden, durch lauter Krieg...«

Ein Stöhnen ging durch die Menge, ein Aufseufzen, in dem Ohnmacht und Klage mitschwangen. O ja, der Krieg! Nun stand er vor den Toren Wiens und hielt grausame Ernte. Wer konnte wissen, ob nicht morgen oder übermorgen die Türken die Stadt überrannten? Wer konnte wissen, ob er nicht morgen oder übermorgen tot oder in die graue Schar der Sklaven eingereiht war, die in langen Kolonnen in das Innere des Osmanenreiches getrieben wurden. Unglückliche, die niemals mehr die Luft der Freiheit schmecken, niemals mehr die Heimat wiedersehen würden.

In einem Seitengang des riesigen Kirchenschiffes stand Carllutz Raugraf von der Pfalz. Sein junges Gesicht war ernst und hager, gezeichnet von der Anstrengung der vergangenen Wochen. Carllutz hatte sich in Wien dem Regiment Graf Starhemberg angeschlossen und an der Burgbastei und dem Ravelin gekämpft. Der Raugraf trug den linken Arm in der Schlinge. Vor zwei Tagen hatten die Türken einen Sturmangriff auf die Bastionen des Ravelins unternommen. Dabei war es zu einem erbitterten Kampf Mann gegen Mann gekommen. Ein Janitscharensäbel war Carllutz in den Oberarm gedrungen und hatte eine tiefe Fleischwunde gerissen.

Ein paar Schritte von Carllutz entfernt stand eine junge Frau. Sie hatte ein Kind auf dem Arm, das plötzlich zu weinen anfing. Die junge Frau hatte goldbraunes Haar. Und etwas in ihrer Haltung, die Art, wie sie die Wange an das Kind schmiegte, erinnerte Carllutz an Isabell.

Ein schmerzliches Zucken lief über sein Gesicht. Kurz nachdem er in Wien eingetroffen war, hatte er Isabell noch einen Brief geschrieben. Er hatte sie darin beschworen, um ihrer Sicherheit willen in Versailles auszuharren.

'Ich muß wahnsinnig gewesen sein, als ich Euch den Vorschlag machte, mir hierher nachzufolgen. Meine einzige Entschuldigung ist, daß ich nicht ahnte, was mich hier erwartet. So Gott will, werden wir uns im Frieden wiedersehen, doch nicht in diesen entsetzlichen Zeiten. Täglich hört man neue Meldungen von türkischen Greueltaten. Ganze Dörfer sind niedergebrannt, ihre Bewohner ermordet und verschleppt worden. Die Vorstellung, Ihr könntet dieses grauenvolle Schicksal teilen, läßt mich nicht schlafen...'

Carllutz hoffte aus tiefster Seele, daß Isabell dieser Brief erreicht hatte – oder daß sie ohnehin entschlossen gewesen war, in Frankreich zu bleiben. Er hätte es sich nie verziehen, wenn sie seinetwegen in Gefahr geraten wäre.

Von draußen hörte man den Schall der Trommeln und Trompeten. Er verkündete, daß die Türken sich zu einem neuen Angriff sammelten, und rief die Bürger zu den Waffen.

Abraham a Santa Clara hob die Arme. Sein Gesicht leuchtete in ekstatischer Verzückung. Es galt, dem Sturm der Heiden standzuhalten. Man kämpfte nicht nur um sein Leben, man kämpfte vor allem für den Glauben. Einst waren die Märtyrer singend für diesen Glauben in den Tod gegangen und hatten die Seligkeit dafür gewonnen. Warum sich also fürchten?

»Daher laßt sterben den Leib im Feuer oder in der Luft oder im Wasser oder in der Erden! Was liegt daran! Dieses sechs Schuh lange Nichts laß sterben, laß verderben. Es ist nicht zu bedauern...«

Carllutz schloß die Augen. Er hatte den Tod oft gesehen in diesen letzten Wochen. Es war ein häßlicher, schmutziger, sinnloser Tod auf beiden Seiten, für Muselmanen und Christen. Ein Tod ohne Würde und Glorie. Man fürchtete ihn, weil man das Leben liebte. Und man tötete, weil man nicht sterben wollte. Mit Gott oder Allah hatte das wenig zu tun. Denn was wäre das für ein Gott, der seinen Kindern den Krieg befahl?

Über dem palastgleichen Zelt des Großwesirs Kara Mustafa flatterte die Heilige Fahne des Propheten. Hier waren der Diwan, die Raststätte der Osmanen, umgeben von den Prunkgemächern, hier befanden sich der Harem und die Schatzzelte. Davor erhob sich weithin sichtbar der Hinrichtungsplatz.

Der Großwesir liebte es, der Vollstreckung seiner Urteile beizuwohnen. Die Angst der zum Tode Verurteilten, ihr Schreien und Wimmern verlieh ihm das Gefühl einer ungeheuren Macht. War er nicht von Allah auserwählt, über Tod und Leben zu gebieten? Stand er nicht im Schein seiner Gnade?

Kara Mustafa lächelte. Es war ein grausames, furchteinflößendes Lächeln. Er saß auf einer erhöhten Estrade unter freiem Himmel. Um ihn standen seine Würdenträger, der Aga der Janitscharen, der Pascha Achmed von Temesvar, der Pascha von Damaskus, der Khan der Krim und die Fürsten der Walachei und Moldau.

Bei einem Scharmützel an der Löbelbastei waren den Janitscharen sechs christliche Soldaten in die Hände gefallen. Sie gehörten zum Infanterieregiment des Grafen Scherffenberg und wurden nun zur Hinrichtung geführt.

Fünfmal hatte der Henker schon nach einem gewaltigen Schwertstreich unter dem triumphierenden Gebrüll der Janitscharen einen abgeschlagenen Kopf in die Höhe gehoben. Jetzt wurde der sechste Gefangene zum Richtblock gezerrt. Kara Mustafa lachte, als er die himmelschreiende Angst in den Augen des jungen Burschen sah. Die aufgeplatzten, blutverkrusteten Lippen murmelten Gebete.

In diesem Augenblick erhob sich in den entfernter liegenden Zeltstraßen des Heerlagers wildes Freudengeschrei. Tatarische Reiter sprengten auf den freien Platz vor der Hinrichtungsstätte. Sie sprangen aus den Sätteln und warfen sich vor dem Großwesir zu Boden. »Ein großer Sieg ist uns geschenkt worden, erhabener Feldherr, und reiche Beute! Allahs Gnade hat uns eine stark befestigte Palanke der Christen einnehmen lassen.«

Mit unbewegter Miene wartete Kara Mustafa auf die Vollstreckung des sechsten Todesurteils. Dann erst wandte er sich an den Anführer der tatarischen Reiter. »Berichte!«

Der Tatar kroch auf den Knien näher, ergriff den Mantelsaum des Großwesirs und küßte ihn demütig. »Seit mehreren Tagen haben wir einen Ort berannt, den die Giauren Petersdorf nennen. Aus Angst vor den Heerscharen des Islams hatten sich seine feigen Bewohner mit all ihrem Hab und Gut in der Kirche eingeschlossen, wohin ich ihnen eine Botschaft senden ließ.«

Der Großwesir runzelte die starken schwarzen Brauen. »Du warst so töricht, mit den Christenhunden zu verhandeln? Weißt du nicht, daß die Zeit der Gnade und Langmut vorüber ist?«

»Nur zum Schein, großmächtiger Feldherr, nur zum Schein habe ich das getan! Sie beschossen uns von ihrer Kirche aus und töteten viele der Unseren. Darum ließ ich ihnen durch einen Dolmetscher sagen, daß ich Gnade vor Recht ergehen lassen wolle. Die große Stadt Wien werde sich in wenigen Tagen unseren siegreichen Waffen ergeben. Also bliebe ihnen keine andere Wahl, als es auch zu tun. Wenn sie es aber jetzt und freiwillig täten, sich jeder Mann seines Gewehrs entledigen und sie uns sechstausend Gulden zahlten, um der Brandschatzung zu entgehen, würde ich sie als Untertanen des islamischen Reiches ansehen und beschützen.«

Kara Mustafa brach in schallendes Gelächter aus. »Habt ihr das gehört? Als Untertanen des islamischen Reiches! Die Fußabtreter für die Hufe unserer Pferde werden sie sein. Die Spucknäpfe für den gemeinsten unserer Soldaten!«

Er nickte dem Tataren zu. »Rede weiter!«

»Nun, Erhabener, Allah hat die Hirne der Giauren vernebelt. Sie glaubten meiner List und kamen beim Morgengrauen aus der Kirche. Ich selbst habe dem Marktrichter den Kopf abgeschlagen, nachdem er mir die sechstausend Gulden ausgehändigt hatte. Über die anderen fielen meine Leute her und machten ihnen den Garaus. Wir haben ihnen die Kleider ausgezogen, ihr Gold und Silber, ihre Waffen und Pferde fortgenommen und ihre Weiber und Kinder geraubt.«

Kara Mustafas Augen funkelten. »Wo sind sie? Ich will sie sehen – und auch die Beute, die ihr gemacht habt.«

Der Tatarenführer berührte mit der Stirn den Boden. »Was Ihr von allem begehrt, Erhabener, soll Euer Eigentum sein!«

Man hatte die gefangenen Frauen und Kinder am Eingang des Heerlagers zurückgelassen. Sie waren aneinandergefesselt mit Stricken und Ketten. Die Tataren umritten sie mit ihren schnellen, wendigen Pferden und schlugen beim Nahen des Großwesirs mit den Peitschen auf sie ein. »Werft Euch nieder vor dem großmächtigen Kara Mustafa, dem Feldherrn Allahs. Werft Euch nieder und küßt den Staub der Erde, über die er wandelt.«

Kara Mustafa hatte zunächst keinen Blick für sie. Er, der für seine Habgier berüchtigt war, ließ sich zuerst die erbeuteten Wertsachen zeigen. Mit gierigen Händen wühlte er in den Truhen und Kisten voller Goldstücke, Schmuck und kostbarem Altargerät.

»Wie heißt du?« fragte er den Tatarenführer, der ihn begleitet hatte.

»Guru Chingai, Erhabener.«

»Nun, Guru Chingai, ich bin dir sehr gewogen. Darum wird dir die Gnade zuteil, daß ich deine Geschenke annehme. Den Inhalt dieser Truhe da und dieser, sowie die zehn besten Pferde, die ihr erbeutet habt.«

Guru Chingai war ein ehrgeiziger junger Mann. Er legte keinen Wert auf Schmück und Geld. Sein Ziel war es gewesen, dem Großwesir aufzufallen. Wenn es dem Erhabenen gefiel, konnte er ihn mit einem mittleren Ehrengewand bekleiden und ihm ein größeres Kommando in der Armee erteilen.

Er fiel vor dem Großwesir auf die Knie. »Eure Güte macht mich glücklich. Erlaubt mir, Euch noch ein Geschenk anzubieten...«

»Noch eins? Was ist es?«

Der Tatarenführer winkte zwei Soldaten, die vor dem Eingang eines kleinen Zeltes Wache standen. »Bringt sie her!« Dann wandte er sich wieder an den Großwesir. »Ich habe sie nicht unter den anderen Weibern gelassen, weil ich nicht wollte, daß ihre Haut unter den Strahlen der Sonne leidet, und weil die Blicke meiner Männer nicht das Eigentum des Erhabenen beschmutzen sollen.«

»Eine Frau?« entgegnete Kara Mustafa gedehnt. »Und das hältst du für ein besonderes Geschenk, du Narr! Weißt du nicht, daß in meinem Harem über tausend der schönsten Sklavinnen aus allen Provinzen des Osmanenreiches leben?«

»Ich weiß es, großer Feldherr. Aber diese Frau ist etwas Einmaliges. Sie sagt, sie sei eine französische Gräfin, auf der Reise nach Wien begriffen. Unterwegs habe sie Furcht angefallen vor den sieghaften Heeren des Islams. Sie habe umkehren wollen, doch dabei ist sie dem Tatarenhauptmann Achmed Bator in die Hände gefallen, von dem ich sie vor wenigen Tagen für viele hundert Aspern gekauft habe.«

Der Vorhang vor dem Zelt wurde zurückgeschlagen. Die Soldaten führten eine dichtverschleierte Frau heraus. Sie war nach muselmanischer Art in weite Pluderhosen gekleidet, an den Fesseln und Handgelenken klirrten goldene Reifen. »Seht sie Euch an, Erhabener!« Guru Chingais schräge Augen funkelten. »Seht sie Euch an, sie ist so schön wie eine Huri des Paradieses.«

Mit einem raschen Griff riß er die Schleier herunter. Die Frau blickte Kara Mustafa an. Sie hatte große, bernsteinfarbene Augen und goldbraunes Haar. Es war Isabell.

Die Nacht war dunkel und von drückender Schwüle. Kein Lufthauch regte sich.

Isabell setzte sich auf, als der Zeltvorhang zurückgeschlagen wurde. Eine dunkel gekleidete Gestalt huschte herein. »Ihr habt geschrien, Herrin?«

Es war Aisha, die alte Sklavin. Eigentlich hieß sie Madeleine Bertucci. Sie war gebürtige Französin, mit einem Venezianer verheiratet gewesen und bei einer der zahlreichen Belagerungen von Kandia in türkische Gefangenschaft geraten. Das war fast dreißig Jahre her. Aber da Aisha ihre französische Muttersprache noch immer nicht verlernt hatte, hatte sie der Obereunuch Ibrahim Murad für die persönliche Bedienung der braunhaarigen Christensklavin bestimmt, die Kara Mustafa vor zwei Wochen zum Geschenk erhalten hatte.

Isabell ließ sich auf ihr Lager zurücksinken. »Es ist nichts, Aisha. Ich habe schlecht geträumt und bin von meinem eigenen Schreien erwacht.« Sie fuhr sich über die Stirn. »Es ist unerträglich heiß. Bring mir etwas zu trinken. Und bleib eine Weile bei mir. Ich kann jetzt sowieso nicht mehr schlafen.«

Die alte Dienerin entzündete eine Öllampe und setzte sie auf ein Taburett. »Ich werde Euch einen Tee kochen, der Euch beruhigt, Herrin. Es dauert nicht lange.«

Leise, wie sie gekommen war, schlüpfte sie hinaus. Isabell blieb noch ein paar Augenblicke liegen. Dann stand sie auf, warf sich einen leichten Mantel über und trat ins Freie.

Die Zeltburg, in der der Harem Kara Mustafas untergebracht war, war eine riesige, streng bewachte Anlage im Trautsonschen Garten, mit Schlafgemächern, prunkvollen Wohnräumen und Behausungen für Dienerinnen und Eunuchen. Da und dort schimmerte noch Licht hinter den purpurfarbenen, blauen oder schneeweißen Zeltbahnen. Von irgendwoher klangen die klagenden Töne einer Flöte auf, begleitet vom monotonen Rhythmus eines Tamburins.

In den ersten Tagen ihres Hierseins hatte Isabell noch gehofft, in einem unbeobachteten Augenblick fliehen zu können. Inzwischen wußte sie, daß das unmöglich war. Sie konnte keinen Schritt tun, ohne daß ihr nicht die schwarzen Eunuchen des Großwesirs folgten.

Auch jetzt tauchten drei von ihnen auf, kaum daß Isabell ihr Zelt verlassen hatte. Sie sprachen sie nicht an, sondern hielten sich in einiger Entfernung und ließen die schöne Gefangene des Großwesirs nicht aus den Augen.

Sie war von wildem, unberechenbarem Temperament, diese Frau, das wußten die Eunuchen. Die Tataren, von denen sie gebracht worden war, hatten erzählt, daß man sie in den ersten Tagen sogar in Ketten habe legen müssen, um sie zu bändigen. Sie habe sich wie eine Rasende gebärdet, geschrien, geweint, Essen und Trinken verweigert und die Kleider zerrissen, die man ihr gebracht hatte. Erst nachdem Guru Chingai sie gekauft und ihr an gedroht hatte, er werde sie seinen Soldaten überlassen, damit sie sich mit ihr vergnügten, sei sie gefügiger geworden.

Aber diese Nachgiebigkeit konnte trügerisch sein, das hatte Ibrahim Murad seinen Haremswächtern eingeschärft. »Wenn jene Christensklavin entkommen sollte, wird Euch der erhabene Großwesir den Kopf abschlagen. Also hütet sie wie euren Augapfel.«

Die Eunuchen lockerten ihre Krummsäbel in der Scheide und folgten Isabell lautlos, immer im gleichen Abstand, wachsam wie gut dressierte Spürhunde.

Auf einer kleinen Anhöhe blieb Isabell stehen. Sie blickte zum Himmel hinauf, dessen tiefe Dunkelheit in unregelmäßigen Abständen von grellweißen Raketengarben durchbrochen wurde.

Dort, wo man die Raketen abfeuerte, lag Wien. Aisha hatte es Isabell erklärt: Die eingeschlossene Stadt sandte auf diese Weise Hilferufe an die Truppen des Herzogs von Lothringen, die am linken Donauufer lagerten und noch immer verzweifelt auf das Eintreffen der Entsatzarmee warteten.

Mit brennenden Augen verfolgte Isabell die Bahn der Raketen. Wien... Da lag die Stadt vor ihr, nicht einmal eine Reitstunde entfernt – und doch so unerreichbar, als befände sie sich auf einem anderen Stern.

Ich war wahnsinnig, dachte Isabell. Warum habe ich alle Warnungen in den Wind geschlagen und bin nicht in Passau geblieben?

Nach ihrer Flucht aus Frankreich hatte sie sich zuerst dorthin gewandt, um am kaiserlichen Hof nach Carllutz zu forschen. Aber niemand hatte ihr Genaues über seinen Verbleib sagen können. Der Graf von Lamberg, der Wien kurz vor der endgültigen Einschließung verlassen hatte, war ihm dort zwar noch begegnet. Aber auch er wußte nicht, ob der Raugraf in Wien zurückgeblieben war oder sich in letzter Minute dem Herzog von Lothringen angeschlossen hatte. Lamberg hatte Isabell eindringlich vor einer Weiterreise gewarnt. »Nach Wien kommt keine Maus mehr ungesehen hinein oder hinaus. Und der Versuch, sich zu den Lothringischen Truppen durchzuschlagen, auf den bloßen Verdacht hin, der Raugraf halte sich dort auf, ist ebenso gefährlich. Ihr wißt ja nicht einmal, ob er noch am Leben ist.«

Entmutigt und verzweifelt war Isabell fast schon bereit gewesen, seinem Rat zu folgen. Doch da war ein Kurier des Herzogs von Lothringen am kaiserlichen Hof eingetroffen. Und er hatte behauptet, Carllutz habe, ebenso wie Prinz Eugen von Savoyen, zum Dragonerregiment Graf Kuefstein gehört, sei aber bei einem Gefecht mit den Türken schwer verwundet worden und liege jetzt in Korneuburg im Spital. Der Weg dorthin sei noch frei von streifenden türkischen Soldaten und absolut ungefährlich.

Zwei Tage später hatte sich Isabell einem Fouragetransport angeschlossen, der ebenfalls nach Korneuburg gehen sollte. In der Gegend von Linz waren sie dann in die Hände der Tataren gefallen...

Die grausigen Bilder des Kampfes, die Schüsse, das Schreien der Verwundeten und Sterbenden verfolgte Isabell noch jetzt bis in ihre Träume. Und wenn sie schweißgebadet, mit wild hämmerndem Herzen daraus erwachte, erschien ihr die Wirklichkeit noch viel schrecklicher.

Sie war gefangen im Harem! Sie war der Besitz eines Mannes der für seine Brutalität ebenso berüchtigt war wie für seine Habgier und Skrupellosigkeit. 'Die Geißel der Menschheit' – so hatte Isabell in Passau Kara Mustafa oft nennen hören, und zweifellos trug er diesen Namen zu Recht. Sie hatte ihn nur einmal beim Zelt Guru Chingais gesehen, bevor man sie in den Serail gebracht hatte. Aber dieser eine Blick hatte genügt, um ihr ein unausrottbares Entsetzen vor diesem Mann einzuflößen. Die scharfe Hakennase, die wulstigen Lippen, die schwarzen, fanatischen Augen – es war das böseste Gesicht, das Isabell je gesehen hatte, gezeichnet von allen Lastern und Grausamkeiten.

Seitdem zitterte sie vor dem Moment, da Kara Mustafa sie zu sich rufen lassen würde. Denn daß dieser Moment kommen würde, dessen war sie gewiß. Sie hatte es in

Kara Mustafas Augen gelesen, als Guru Chingai ihr den Schleier vom Gesicht gerissen hatte.

Etwas Schreckliches wird geschehen, wenn er mich anrührt, dachte Isabell. Ich werde ihn töten oder mich selbst...

Aisha kam den Weg hinaufgelaufen. »Kommt zurück, Herrin, der Tee ist fertig.«

Im Osten zog das erste fahle Grau der Morgendämmerung auf. Ein neuer Tag begann, ein neuer Kampf. Die Erde würde beben vom Donner der Kanonen und den Einschlägen der Granaten und Flatterminen und der Himmel sich verdunkeln vom Pulverdampf.

»Aisha«, sagte Isabell erstickt, »ach, Aisha, wann hat dieses Grauen ein Ende?«

Mitleid glomm in den Augen der alten Frau auf. »Die Entscheidungsschlacht ist nicht mehr fern, Herrin. Ich habe es gestern gehört. Der Khan der Tataren hat die christlichen Entsatztruppen aus Polen und Deutschland ungehindert über die Donau gehen lassen. Morgen oder übermorgen werden sie den Kriegern des Islams gegenüberstehen.«

»Morgen oder übermorgen? Und das sagst du mir erst jetzt, Aisha?«

Die alte Sklavin senkte den Kopf. »Macht Euch keine Hoffnungen, Herrin. Wenn der erhabene Großwesir siegt, werden wir sein Eigentum bleiben, solange wir leben. Und wenn er unterliegt, so wird er uns alle töten lassen, damit wir nicht in die Hände der Christen fallen. Tod oder Sklaverei – eine andere Wahl haben wir nicht.«

Sie durchschritt vor Isabell den mit Kissen und Teppichen verschwenderisch ausgestatteten Vorraum des Zeltes und schlug den Vorhang zum Schlafgemach zurück. Gleich darauf stieß sie einen unterdrückten Schrei aus und warf sich zu Boden. Vor Isabells Lagerstatt stand Kara Mustafa.

Der Großwesir trug einen rotseidenen Turban, dessen Stoffbahnen mit einer Diamantagraffe zusammengehalten waren, und ein bodenlanges Gewand mit einem breiten, juwelenbesetzten Gürtel.

»Großmächtiger Feldherr«, stammelte Aisha, das Gesicht am Boden. »Vergebt, daß wir nicht hier waren, um Euch zu empfangen. Aber ich wußte nicht...«

Kara Mustafa versetzte ihr einen Fußtritt. »Verschwinde, Weib!«

Sie stand auf, warf Isabell einen raschen, beschwörenden Blick zu und drängte sich an ihr vorbei ins Freie. Isabell war wie zu Stein erstarrt. Sie blickte auf die vollen Lippen des Großwesirs, seinen Bart, in den sich schon die ersten grauen Fäden mischten, seine breiten, behaarten Hände mit den spitz zugefeilten, lackierten Nägeln, und sie dachte: Ich kann es nicht ertragen! Mein Gott ich kann es nicht...

»Komm her!« befahl Kara Mustafa auf türkisch. Seine Stimme klang dumpf, kehlig. Isabell hatte von Aisha ein paar Brocken der fremden Sprache gelernt. 'Komm her', verstand sie. Trotzdem rührte sie sich nicht von der Stelle. Der Großwesir machte ein paar Schritte auf sie zu und packte sie am Arm. Er roch nach Ambra und Rosenöl; der schwere, süßliche Duft verursachte Isabell Übelkeit.

Kara Mustafa zog sie zu der Lagerstatt. »Ich habe dich lange warten lassen, aber ich habe dich nicht vergessen, wie du siehst.« Er lächelte – ein Lächeln, das Isabell einen Schauder über den Rücken jagte. »Hast du Angst vor mir?«

Sie schwieg, weil sie ihn nicht verstand.

»Du hast Angst. Aber das gefällt mir. Außerdem bist du nicht die einzige. In dieser Nacht...«, er machte eine weitausholende Handbewegung, »in dieser Nacht zittern Tausende und Abertausende vor mir. In wenigen Stunden, wenn die Sonne aufgegangen ist, wird es eine große Schlacht geben – und einen großen Sieg. Ich habe gewartet, bis sich alle Christenhunde gegen mich zusammengeschart haben wie blökende Lämmer, um sie alle auf einmal vernichten zu können. Wenn morgen der Abend hereinbricht, wird mein Ruhm den Glanz der Sterne überstrahlen.«

Unvermittelt versetzte er ihr einen Stoß, daß sie auf das Bett fiel. »Zieh dich aus.«

Sie kauerte auf den seidenen Decken, die Beine angezogen, und rührte sich nicht. Kara Mustafa lachte. »Du mußt Türkisch lernen, du kleine Hure.« Er griff nach ihrem Mantel und riß ihn mit einem Ruck herunter. Darunter trug Isabell nur noch ein Nachtgewand aus hauchdünnem Musselin. Die Brüste, die sanft geschwungenen Hüften, die langen, schlanken Schenkel schimmerten durch den durchsichtigen Stoff.

»Bei Allah, du bist schön«, sagte Kara Mustafa heiser. »Du bist die schönste Frau, die je einem Mann gehört hat.«

Isabells Starre löste sich, als er sich über sie warf. Sie schrie auf, hell und gellend. Das Gewicht seines Körpers drückte sie nieder. Sie versuchte, sich unter ihm hervorzuwinden. Und noch immer schrie sie, bis ihre Stimme unter seinen Lippen erstickte.

Es war unerträglich – seine Küsse, seine Hände, die gierig ihren Körper abtasteten, sein keuchender Atem, der ihr Gesicht streifte. Rote Nebel wallten vor Isabells Augen. Sie war halb ohnmächtig vor Angst und Abscheu.

Kara Mustafa spürte, wie ihr Körper unter ihm schlaff wurde. Für ihn war es das Zeichen, daß sie sich ergeben hatte. Er ließ Isabell los und richtete sich auf, um sich seiner Kleider zu entledigen. Als er den Gürtel seines Übergewandes löste, fiel ein kleiner, gebogener Dolch auf das Bett. Der Großwesir fegte ihn hinunter. Klirrend schlug er auf dem Boden auf.

Die roten Nebel vor Isabells Augen zerrissen. Sie konnte plötzlich wieder klar denken, mit einer kalten, kristallenen Schärfe. Ein Dolch...

Isabell öffnete und schloß die Finger, als spüre sie schon den Griff der tödlichen Waffe in ihrer Hand. Irgendwie mußte es ihr gelingen, sie zu erreichen, ohne daß Kara Mustafa es bemerkte. Und dann...

Isabell spürte, wie ihre Kehle trocken wurde. Ich muß ihn töten, dachte sie. Sie dachte es ganz ruhig, noch immer erfüllt von jener sonderbar gläsernen Klarheit, die alles Gefühl auslöschte, bis auf das eine: den wilden, unbezähmbaren Drang, diesen Mann zu vernichten wie ein ekelerregendes Tier.

Keuchend vor Gier warf sich Kara Mustafa wieder über sie. Sie drehte sich ein wenig zur Seite, ließ sich dann, scheinbar bezwungen, zurücksinken und preßte seinen Kopf mit dem linken Arm gegen ihre Brust.

Das Lager war niedrig, Isabell konnte ohne Mühe mit der freien Rechten den Boden abtasten. Kara Mustafa merkte es nicht. Er war blind und taub vor Verlangen und vergrub mit einem Aufstöhnen sein Gesicht in der schwellenden Nacktheit ihrer Brüste.

Da – Isabells Finger berührten die Spitze des Dolches. Ihr Körper spannte sich. Keuchend vor Anstrengung versuchte sie, den Griff zu fassen.

Ihre Hand schloß sich um das ziselierte Metall. Ihr Arm schnellte hoch, doch in derselben Sekunde hob Kara Mustafa den Kopf. Er sah das Aufblitzen der niedersausenden Klinge und warf sich mit einem jähen Wutschrei zur Seite. Die stählerne Spitze bohrte sich in seinen Oberarm.

Im nächsten Augenblick hatte der Großwesir Isabell die Waffe entrissen. Er kniete über ihr, und Isabell dachte nichts anderes, als daß er sie nun töten würde. Sein Gesicht war verzerrt, die Augen quollen ihm fast aus den Höhlen vor Wut.

Aber dann sprang Kara Mustafa plötzlich mit einem Satz vom Bett und stürzte zu dem Gong neben dem Türvorhang. Laute, hallende Schläge riefen die Eunuchen herein. Sie kamen fast augenblicklich, wahrscheinlich schon durch Kara Mustafas Schreien alarmiert. Fünf oder sechs waren es, mit Lederpeitschen an den Gürteln und Krummschwertern an der Seite.

Isabell wurde vom Bett gerissen. Man schleifte sie vor die Füße des Großwesirs. Sie hörte, wie Kara Mustafa auf türkisch einige Befehle gab. Und dann spürte sie die ersten Peitschenhiebe auf ihrem Rücken, den Schultern, den Beinen.

Der Schmerz war wie eine grellweiße Flamme, wurde unerträglich. Blut rann warm und klebrig über ihre Haut. Dann schwanden ihr die Sinne.

12

Etwas Ungeheuerliches, Unfaßbares war geschehen. Eine Frau, eine christliche Sklavin hatte es gewagt, Hand anzulegen an den mächtigsten Feldherrn des Islams, den Auserwählten Allahs und seines Propheten. Zwar hatte die Güte Allahs das Schlimmste vereitelt. Der erhabene Großwesir lebte, und die Verletzung, die er davongetragen hatte, war eine harmlose Fleischwunde – aber das änderte nichts an dieser verabscheuungswürdigen Tat jener Frau. Sie konnte nur durch alle Martern des Höllenfeuers gerächt werden.

Die Eunuchen des Harems überboten. sich gegenseitig in den Schilderungen der Qualen, die Isabell bevorstanden. Man werde sie foltern, mit glühenden Zangen peinigen. Man werde sie an ein Pferd binden und zu Tode schleifen lassen oder mit siedendem Öl übergießen, bis ihre verfluchte Seele ausgehaucht wäre.

Indessen lag Isabell in ihrem Zelt, an Händen und Füßen gebunden. Als sie aus ihrer Ohnmacht erwacht war, war Kara Mustafa fortgewesen. Zwei Eunuchen waren zu ihrer Bewachung zurückgelassen worden. Wie steinerne Götzenbilder standen sie neben dem Türvorhang; in den dunklen Gesichtern mit den silbrig geschminkten Lidern zuckte kein Muskel.

Isabell schloß die Augen. Sie war sicher, daß man sie töten würde. Ein Mann wie Kara Mustafa kannte keine Gnade. Ihre Haut brannte wie Feuer von den Peitschenhieben, der Schmerz machte sie matt und elend, er lähmte das Denken.

Verschwommene Erinnerungsbilder tauchten vor ihr auf – ein wenig verzerrt, als sähe sie alles durch einen Schleier, den der Wind hin und her bewegte.

Versailles... die Spiegelgalerie, in der sie so oft getanzt hatte. Der König, der sich über sie beugte: 'Isabell, mon amour...' Die Wiese mit den Margeriten, Carllutz' zärtliche Augen: 'Komm mit mir, Isabell..

Und dann Henry de Montfort. Sein spöttisches Lächeln: 'Ihr wart eine hinreißende Geliebte, Madame. Man könnte den Mann beneiden, der jetzt den Vorzug Eurer Gunst genießt.' Seltsam, daß es so weh tat, daran zu denken – selbst jetzt noch, im Angesicht des Todes...

Der König, Carllutz, Henry: drei Männer, die ihr Leben bestimmt hatten. Ludwig hatte sie zur Frau gemacht. Er hatte ihren Körper geweckt und das Verlangen ihres Blutes gestillt. Carllutz hatte sie zu sich selbst zurückfinden lassen. An seiner zärtlichen, geduldigen Liebe war ihr Herz aufgeblüht. Doch Henry – das gestand Isabell in diesem Augenblick zum erstenmal voll ein – Henry hätte beides besitzen können: ihr Herz und ihren Körper. Ihm hätten ihre Zärtlichkeit und ihre Leidenschaft gehört, ihr

Lachen und Weinen, ihre Träume und Gedanken, ihre Schwäche und ihre Stärke. Alles, was geschehen war, hatte letztlich seinen Ursprung in ihm.

Weil sie Henry nichts bedeutete, war sie des Königs Geliebte geworden. Und später hatte sie sich an Carllutz geklammert, weil er ihr die Wärme geschenkt hatte, nach der Henry sie hatte hungern lassen.

Warum habe ich ihm das nie gesagt? dachte Isabell. Warum ist menschlicher Stolz so dumm und läßt uns schweigen, wo man reden müßte, oder lügen, wo man wahrhaftig sein sollte? Die Wahrheit hätte alles so viel einfacher gemacht.

Es ist keine Schande zu lieben – auch wenn man kein Echo findet. Und es ist keine Schuld, jemanden nicht zu lieben.

Zu spät... Sie würde Henry nicht wiedersehen. Eines Tages würde er von ihrem Tod erfahren. Vielleicht würde er gleichgültig darüber hinweggehen. Vielleicht würde er auch ein wenig Mitleid mit ihr empfinden. Aber wer die Frau wirklich gewesen war, die er in der Kapelle von Versailles geheiratet hatte, würde er niemals wissen. Seltsam, daß es so weh tat, daran zu denken – selbst jetzt noch, im Angesicht des Todes!

Sich nicht rechtfertigen können. Nicht sagen können: 'Nun habe ich dir alles erklärt, verstehst du mich jetzt besser? Begreifst du jetzt, daß ich nicht so schlecht, nicht so oberflächlich, nicht so verachtenswert bin, wie du immer geglaubt hast?'

Eine Träne lief über Isabells Wangen. Sie konnte sie nicht fortwischen mit ihren gefesselten Händen. Vor dem Zelt erklangen Schritte und Stimmen. Der Vorhang wurde zurückgeschlagen. Es war soweit. Man kam, um Isabell zu holen. Als die Eunuchen sie ins Freie zerrten, ging gerade die Sonne auf.

Im Scharfrichterzelt hatten sich die Frauen und Sklavinnen des Harems eingefunden. Umgeben von waffenstarrenden Eunuchen saßen sie auf einer durch ein Gitter abgeteilten Estrade, verschleiert und wie erstarrt in Furcht und dumpfem Schweigen.

Kara Mustafa thronte auf einem erhöhten Sitz. Seine Miene war undurchdringlich. Ihm zu Füßen kauerte der Diwansdolmetscher, ein Grieche namens Alexander.

Man hatte Isabell an einen Holzblock gebunden. Eben noch war sie ganz ruhig gewesen, von der Ruhe eines Menschen, der mit seinem Leben abgeschlossen hat. Aber jetzt spürte sie, wie eine würgende, kreatürliche Angst in ihr hochkroch, Angst vor den Qualen, die sie erwarteten. Sie schloß die Augen, um die Folterwerkzeuge nicht sehen zu müssen, die in der Nähe auf einem Tisch ausgebreitet waren, und nicht das große Becken mit glühenden Holzkohlen, das drei Henkersknechte hereintrugen.

Da ertönte plötzlich von draußen ein furchtbares, langgezogenes Heulen. Entsetzt wandte Isabell den Kopf und sah, wie drei Eunuchen eine Frau hereinschleppten. Es war Aisha. »Nein!« schrie sie. »Nein... Laßt mich leben! Ich habe nichts getan! Um Gottes Barmherzigkeit willen, Gnade!« Sie versuchte, sich vor Kara Mustafa auf die Knie zu werfen, aber die Eunuchen rissen sie hoch und schleiften sie zu einem zweiten Block, der dem Isabells gegenüberstand. Dort banden sie die alte Sklavin fest.

Kara Mustafa gab dem hinter ihm stehenden Ibrahim Murad ein Zeichen. Der Obereunuch trat nach vorn. »Hört alle, was der erhabene Großwesir beschlossen hat!« Mit einer weitausholenden Geste deutete er auf Isabell. »Dieses Weib dort, von dessen ungeheuerlicher Freveltat ihr alle wißt, hat hundertfach sein Leben verwirkt. Dennoch hat der großmächtige Kara Mustafa in seiner unendlichen Güte beschlossen, es zu schonen. Es mag weiterleben in dem täglichen Bewußtsein, daß es ein Nichts ist in der Hand seines Herrn. Etwas, das er fallenlassen und zertreten kann, wenn es ihm beliebt.«

Unruhe breitete sich aus. Die Haremsfrauen steckten die Köpfe zusammen. Hatte man richtig gehört? Der Großwesir schenkte dieser Christin das Leben? Das war unbegreiflich...

»Aber«, fuhr der Obereunuch mit erhobener Stimme fort, »deswegen wird diese Frau nicht straflos ausgehen. Hinfort wird sie belastet sein mit den fürchterlichsten Gewissensqualen und ständig in der Angst leben, den Unwillen des erhabenen Großwesirs von neuem auf sich zu ziehen. Denn ihretwegen wird eine andere sterben. Und die Christin möge dabei zusehen und wissen, daß auch in Zukunft für den geringsten Ungehorsam jedesmal eine andere an ihrer Stelle gefoltert und getötet wird. Der Großwesir in seiner Weisheit ist der Meinung, daß dies den frevelhaften Starrsinn jenes Weibes brechen wird.«

Da der Obereunuch türkisch gesprochen hatte, hatte Isabell nichts von seiner Rede verstanden. Erst, als ihr der Diwansdolmetscher die Worte übersetzte, begriff sie, was geschehen sollte. Aisha, die arme, alte, unschuldige Aisha sollte ihretwegen sterben. Es war die teuflischste Rache, die ein Mensch sich ausdenken konnte! Zusehen zu müssen, wie eine alte Frau, die nichts begangen hatte, durch ihre Schuld zu Tode gefoltert wurde.

Tränen stürzten Isabell aus den Augen. »Nein«, schrie sie, »nein! Das ist unerträglich! Sagt dem Großwesir, er möge mir verzeihen! Ich werde alles tun, was er will. Aber schont Aisha!«

Kara Mustafa lächelte grausam. O ja, er hatte die Mentalität der Christin richtig eingeschätzt. Sie hatte ihn töten wollen und hätte dafür stolz und schweigend selbst den Tod erlitten. Doch was hätte er, Kara Mustafa, dabei gewonnen? Sie war so schön, diese Frau, schöner als alle, die er je zuvor gesehen hatte. Er wollte sie besitzen. Er wollte ihre Demut, ihre Unterwerfung, nicht ihr Ende. Und er wollte, daß ihre Schönheit unzerstört blieb. Es war klüger, ihre Seele zu zerstören, ihr Gewissen mit Schuld und Angst zu belasten. Das würde sie fügsam machen.

Kara Mustafa hob die Hand. »Man möge mit der Folterung beginnen!«

Was nun kam, war das Entsetzlichste, was Isabell jemals erlebt hatte. Hilflos mußte sie mitansehen, wie Aisha ausgepeitscht wurde. Die Schreie der alten Sklavin gellten ihr in den Ohren, brannten sich in ihre Erinnerung. Es war ein Alptraum: die halbnackten, braunen, muskulösen Körper der Henkersknechte, die mit unbewegtem Gesicht in einem grausigen, gleichmäßigen, klatschenden Rhythmus auf die alte Frau einschlugen.

Isabell riß und zerrte an ihren Fesseln. »Hört auf!« schrie sie. »Hört auf, ich kann es nicht ertragen! Ich bekenne mich schuldig, ich bereue! Hörst du mich, Kara Mustafa, ich bereue! Binde mich los, und ich werde mich vor dir in den Staub werfen. Ich werde dir die Füße küssen! Was auch immer du von mir verlangst, ich werde es tun!«

Und da geschah das Unfaßbare. Aisha, die arme, alte Aisha, die eben noch vor Angst halb wahnsinnig gewesen war, ein jammervolles, zerschlagenes Bündel Mensch, hob den Kopf. »Schweigt, Herrin!« Sie wand und krümmte sich unter den Schlägen, aber sie sprach weiter mit der letzten Kraft, die ihr noch geblieben war. »Bittet diesen Teufel nicht um Gnade! Erniedrigt Euch nicht vor ihm, laßt es nicht zu, daß er triumphiert! Dreißig Jahre war ich eine Gefangene, geduckt, kriecherisch, voller Furcht... Jetzt, in der Stunde meines Todes, bin ich frei! Darum schlagt nur zu schlagt! Solange noch Atem in mir ist, werde ich es hinausschreien: Kara Mustafa, du Ungeheuer in Menschengestalt... Verflucht sollst du sein! Hundertmal, tausendmal verflucht!«

Es ist schon so, daß in der Sterbestunde offenbar wird, was ein Mensch wirklich ist. Es kann einer sein Leben lang großartig und heldenmütig getan haben – ist er im Herzen ein Schwächling, so wird es im Tod offensichtlich. Der Feige winselt um sein entfliehendes Leben. Der Gierige kämpft darum, weil er nichts zurücklassen, nichts versäumen möchte. Dem Boshaften, dem Spötter, dem Heuchler – ihnen allen wird die Maske vom Gesicht gerissen. Die anderen aber, die wahrhaft Tapferen, die Stillen, die Gütigen, die Bescheidenen, die Weisen – sie sterben voller Mut und Würde.

Und da war nun Aisha, die eigentlich Madeleine Bertucci hieß. Ihr Haar war grau, ihr Rücken krumm geworden in der Sklaverei. Man hatte sie gezwungen, Muselmanin zu werden. Dreißig Jahre hatte sie ihr Gesicht verschleiert und täglich die vorgeschriebenen Gebete zu Allah verrichtet. Dreißig Jahre war sie nichts als eine Ware gewesen, die man kaufte und verkaufte. Dreißig Jahre hatte sie die Hand geküßt, die nach ihr geschlagen hatte, ein Geschöpf, das keinen eigenen Willen kannte und seinem Herrn folgte wie ein Hund. Doch jetzt, in den letzten Augenblicken ihres irdischen Daseins, fiel dies alles von ihr ab wie ein zu lange getragener, zerschlissener Mantel. Aisha, die alte Sklavin, die eigentlich Madeleine Bertucci hieß, starb ohne Furcht.

Noch einmal wandte sie ihr blutiges, geschundenes Gesicht Isabell zu. »Erniedrigt Euch nicht, bittet nicht um Gnade!« Und dann betete sie die Gebete ihrer Kindheit und Jugendzeit, während ihr Körper unter den Peitschenhieben der Henkersknechte zuckte, während man ihr die Fußsohlen versengte und ihr glühende Nadeln in das Fleisch stieß.

Der Schmerz wurde unerträglich, er überrollte sie in wilden Wogen und riß sie mit sich fort. Die Gesichter um sie verschwammen. Fern wurde alles, fern und klein und armselig. Und Madeleine Bertucci dachte: Gleich ist es vorüber. Ich habe es durchgestanden, ich bin nicht schwach geworden. Ich habe gesiegt!

Als das Ende kam, wurde es im Lager plötzlich laut von Pferdegetrappel und Kriegslärm. Dumpf dröhnten die Pauken, die die Männer zu den Waffen riefen. Von den Höhen des Kahlenberges und des Wienerwaldes hörte man das Donnern der Kanonen.

Der Großwesir schickte Ibrahim Murad hinaus, um nachzufragen, was es gäbe. Als der Obereunuch zurückkam, hatte seine Haut einen fahlgrauen Schimmer. »Es ist soweit, Erhabener! Wie Ihr es vorausgesehen habt, haben sich die Giauren zu einer großen Schlacht formiert. Von überallher kommen sie aus den Wäldern und von den Höhen. Soeben ist ein Meldereiter von Kara Mehmed Pascha eingetroffen. In seinem Abschnitt wird schon gekämpft.«

»Man bringe mich dorthin!« Kara Mustafa erhob sich. »Der Kethüda Bey mag mir voranreiten mit der Heiligen Fahne. Mein Gefolge, alle Sipah und Silihdar sollen mich begleiten. Sie alle mögen sehen, wie die Heere des Islams die Christenhunde besiegen. Am Abend reiten wir in Wien ein.«

Er warf noch einen Blick auf die tote Aisha. Dann befahl er, Isabell loszubinden und in ihr Zelt zurückzubringen. Als man ihre Fesseln löste, sank ihr Körper schlaff zu Boden. Sie war ohnmächtig geworden.

Dies geschah in den Morgenstunden des 12. September 1683. Die Entscheidungsschlacht um Wien hatte begonnen.

Diese Schlacht war gleichzeitig die Feuertaufe des knapp zwanzigjährigen Prinz Eugen von Savoyen. Nachdem die Sonderkuriere Ludwigs von Frankreich ihn und Conti in Frankfurt eingeholt und letzterer sich hatte zur Heimkehr bewegen lassen, war Prinz Eugen allein weiter nach Passau gereist, um in die Dienste Kaiser Leopolds zu treten. Man hatte ihn dem Dragonerregiment Graf Kuefstein zugeteilt, das wenige Monate zuvor sein Bruder kommandiert hatte, der dann bei Petronell gefallen war.

Der 12. September war ein strahlend klarer Spätsommertag. Kurz nach Sonnenaufgang hatte Pater Markus von Aviano auf dem Kahlenberg eine Feldmesse zelebriert und noch einmal das Heer gesegnet. Der Polenkönig Johann Sobieski hatte eine Ansprache an seine Offiziere gehalten, und dann hatten fünf Kommandoschüsse allen Verbündeten den Beginn des Anmarsches verkündet.

Im roten Rock mit schwarzen Aufschlägen ritt Prinz Eugen in seiner Schwadron auf Nußdorf zu. Es folgte die fast unabsehbare Zahl der Infanterieregimenter, die Artillerie und die grün-weiß gekleideten Reiter des Kurfürsten von Sachsen. Die polnischen Ulanen und Lanzenreiter, die weiß-blau uniformierten Bayern, die Österreicher unter Karl von Lothringen – sie alle waren mit heißem Herzen bereit, das Türkenjoch nach jahrhundertelanger Drohung abzuschütteln oder im vergeblichen Ringen unterzugehen.

Standarten flatterten im Wind, Hörner schmetterten, die Obristen hoben ihre Degen und ritten zur Attacke an, als die Schanzen von Nußdorf auftauchten. Von Wien herüber grüßten die Belagerten mit Raketen, die sie so lange als verzweifelte Hilferufe ausgesandt hatten. Die Glocken dröhnten. In den Kirchen lag das Volk auf den Knien und betete um Sieg und Rettung. Auf den Wällen und Basteien wurde aus allen Rohren geschossen.

Am späten Nachmittag war alles entschieden. Zwar hatten die Türken anfangs heftige Gegenwehr geleistet und in zahllosen Sturmangriffen immer wieder versucht, die kaiserlichen Truppen zurückzuschlagen. Aber schon am Mittag mußte das türkische Heer aus Grinzing und Heiligenstadt weichen. Nußdorf war eingenommen, und das Dragonerregiment Graf Kuefstein war das erste, das sich bis zum Wiener Schottentor durchschlug und von dort aus mit den Belagerten einen Ausfall wagte.

Die Soldaten Karls von Lothringen hatten indessen von der anderen Seite her Döbling erreicht und standen am Eingang des fünfzehntausend Zelte umfassenden türkischen Lagers. Mit unaufhaltsamer Gewalt stürmte die polnische Kavallerie vom Kahlenberg her gegen Janitscharen und Sipahis und überflutete die türkischen Stellungen in Hernals mit ihrem alten Kampfruf, der aus Tausenden von Kehlen aufstieg: »Jesus Maria hilf!«

Bis in die frühen Nachmittagsstunden hatte Kara Mustafa das Kampfgeschehen von einem Hügel aus verfolgt. Dann, als er sah, daß überall die Türken zu weichen begannen und sich teilweise in regelloser Flucht zum Lager zurückwandten, ließ er die grüne Fahne des Propheten dem Feldprediger Wani übergeben und befahl allen, die bei ihm waren, ihm zu folgen. Obgleich die Niederlage sich schon abzeichnete, konnte und wollte er nicht daran glauben. Zu nahe war ihm der Sieg schon gewesen.

Kara Mustafa war ein Mann, dem es keineswegs an persönlichem Mut fehlte. An der Spitze seines Gefolges stürzte er sich in den Kampf, und sein Erscheinen bewirkte, daß die Türken neuen Mut faßten und noch einmal einen Gegenangriff wagten.

Aber alles war vergeblich. Wie eine Wand aus dunkelblauem Erz stürmten die gepanzerten polnischen Reiter vor, eine Flut, die niemand aufhalten konnte. Voller Entsetzen sah Kara Mustafa, wie rechts und links von ihm die Paschas mit ihren Truppen abermals zurückgeschlagen wurden. Er schrie wie ein Wahnsinniger, während unablässig ein Geschoßhagel aus Flinten und Geschützen über die Flüchtenden dahinrollte. »Haltet ein, ihr Feiglinge, ihr Hunde! Allah ist mit uns! Tötet die Giauren, tötet sie...«

Seine Stimme verhallte ungehört im Donnern der Geschütze und dem Schreien der Sterbenden und Verwundeten. Da warf auch der Großwesir sein Pferd herum und jagte zur Zeltburg zurück, während am anderen Ende des Lagers schon die ersten christlichen Reiter eindrangen.

Als Kara Mustafa davon hörte, wollte er noch einmal – mit der Lanze in der Hand – in den Kampf eingreifen. Er wußte, daß alles verloren war. Aber er wollte lieber zugrunde gehen, als diesen Tag überleben. Es war Osman, der Aga der Sipah, der ihn mit Tränen in den Augen beschwor: »Herr, seid gnädig. Euer Leben ist die Seele des Heeres. Wenn Ihr Euch opfert, muß das Heer des Islams zugrunde gehen. Darum laßt uns fliehen, solange noch Zeit dazu ist.«

»Fliehen?« Kara Mustafas Gesicht verzerrte sich. Einen Augenblick sah es so aus, als wolle er sich auf Osman Aga stürzen und ihn mit bloßen Händen erwürgen. Doch dann wandte er sich plötzlich ab und schlug mit einem Aufstöhnen die Hände vor das Gesicht. »Es ist wahr, Allah hat uns verlassen. Oh, ich wünschte, ich wäre im Mutterleib gestorben, daß ich diesen Augenblick nicht hätte erleben müssen.«

Berittene Janitscharen kamen angesprengt. »Die Giauren kommen!« schrien sie. »Fort, nur fort!«

Kara Mustafa fuhr herum. Seine Augen glühten vor Haß. Er sah sich um, sah die mächtige Zeltburg mit all ihren Kostbarkeiten, die er aufgehäuft hatte. Alles würde in die Hände der Sieger fallen. Der Harem, der Tierpark mit seinen Pferden, Kamelen, Maultieren und Büffeln, die kostbaren Straußenvögel, das Kriegsgerät, die Juwelen und Tausende von Sklaven.

Der Großwesir schwang sich in den Sattel seines Pferdes.

»Nehmt mit, was ihr könnt!« schrie er mit überschlagender Stimme seinen Begleitern zu. »Und was ihr zurücklassen müßt an Tieren und Menschen – tötet es! Tötet, solange euch noch Zeit dazu bleibt. Die verfluchten Giauren sollen nicht alles haben!« Er hieb seinem Pferd die Sporen in die Seiten und galoppierte die Lagerstraße hinunter. Nein, dachte er, nicht alles. Eine nehme ich mit!

Er nahm sich nicht die Zeit, vor Isabells Zelt aus dem Sattel zu springen. Mit dem Säbel schnitt er die Zeltbahn auf und sprengte in den Vorraum.

Isabell war allein. Die Eunuchen, die sie bewachen sollten, hatten sie gefesselt und waren dann geflohen. Sie hatte es kaum wahrgenommen – wie alles, was seit Aishas Tod geschehen war. Sie hatte den Donner der Kanonaden gehört, den immer näher kommenden Schlachtenlärm, das Schreien und Fluchen der türkischen Soldaten, die in panischer Hast alles, was sie mitnehmen konnten, zusammenrafften und dann die Flucht ergriffen.

Aber dies alles hatte Isabell nicht mehr berührt. Stumpf und apathisch hatte sie in einer Ecke gekauert, die Hände vor die Augen gepreßt, als könne sie damit die Schreckensbilder der Erinnerung verdrängen. Erst Kara Mustafas Auftauchen riß sie in die Wirklichkeit zurück. Sie stieß einen gellenden Schrei aus, als sie ihn erkannte. Dann versuchte sie, mit gefesselten Händen und Füßen, auf ihn zuzukriechen.

»Gnade, Herr, Gnade! Seht mich vor Euch am Boden, Eure Dienerin, Eure Sklavin. Tut mit mir, was Ihr wollt! Nur tötet niemanden mehr um meinetwillen...«

Mit einem gewaltigen Ruck hob Kara Mustafa sie vor sich in den Sattel, riß sein Pferd auf der Hinterhand herum und jagte den Weg zurück, den er gekommen war. Janitscharen, Türken, Osman Aga mit seinen Sipahs, die Reste seiner Leibwache folgten ihm in wilder Flucht.

Im Reiten versuchte Kara Mustafa, Isabells Fußfesseln zu durchschneiden. Da scheute sein weißer Hengst vor einer Hecke. Wiehernd bäumte das Tier sich auf, ehe es mit einem gewaltigen Sprung das Hindernis nahm. Isabell wurde aus dem Sattel geschleudert und geriet unter die Hinterhufe des Hengstes. Der Großwesir sah, wie ihr Körper in den Staub rollte und reglos in verkrümmter Haltung am Wegrand liegenblieb.

Kara Mustafa wollte zurückreiten, aber es war zu spät. Die Flut der andrängenden Pferdeleiber riß ihn mit sich fort.

13

Schmerzen, Dunkelheit, die ab und zu von dem grellen Blitz der Erkenntnis zerrissen wurde: Ich bin krank, sehr krank. Vielleicht muß ich sterben. Flüsternde Stimmen an ihrem Bett. Schemenhafte Gestalten, auftauchend aus dem zähen Nebel der Bewußtlosigkeit, eine Hand, die ihren Nacken stützte und ihr irgend etwas einflößte. Jede Bewegung tat weh, eine bohrende Qual, die sich ins Unerträgliche steigerte. Isabell schrie auf. Ihr Körper brannte vor Hitze. Es war, als hätte man siedendes Öl in ihre Adern gegossen. Dann – beinahe übergangslos – wurde ihr kalt. Schauer überliefen ihren Körper, ihre Zähne klapperten. Sie hatte das Gefühl, in eisigem Wasser dahinzutreiben, rasch, immer rascher. Die Kälte ließ ihre Glieder erstarren. Eine Welle schwappte über ihren Kopf. Sie bekam keine Luft mehr. Und das Brausen des Wassers schwoll an, dröhnte in ihren Ohren, bis es schließlich irgendwo verebbte und eine grenzenlose Stille um sie war...

Carllutz ließ Isabells Hände los. »Sie ist wieder bewußtlos. Mein Gott, kann man denn gar nichts mehr tun?« Er wandte sich um und blickte den Mann, der am Fußende des Bettes stand, aus verzweifelten Augen an.

Doktor Jacobus Weinzierl, rotgesichtig, mit prallen Hamsterbäckchen und einem stattlichen Bauch, hob die Hände. »Man muß abwarten, Ihro Gnaden, nix als abwarten. Bedenkt die Schwere der Verletzungen, das Fieber, das zweifellos durch eine tiefe seelische Erschütterung hervorgerufen wurde... Aber die Patientin ist jung und kräftig. Das gibt Anlaß zur Hoffnung.«

Er stülpte den Federhut auf die graue Allongeperücke, versprach, morgen um die Zeit des Mittagläutens wiederzukommen, und verabschiedete sich mit vielen Kratzfüßen und 'Habe die Ehre, Ihro Gnaden'.

Carllutz setzte sich wieder an Isabells Bett. Sie lag jetzt ganz still in den Kissen. Ihr Atem ging flach und unregelmäßig. Mit einem Ausdruck unendlichen Kummers und unendlicher Zärtlichkeit blickte Carllutz sie an. Da hatte er sie nun wieder, die Frau, die er liebte – aber wie wenig hatte die Wirklichkeit mit seinen früheren Träumen und Wünschen gemein!

Es war Prinz Eugen gewesen, der Isabell vor zehn Tagen in einem der zahlreichen, hastig errichteten Behelfsspitäler Wiens entdeckt hatte. Graf Kollonitsch, der Bischof von Wiener Neustadt, der sich aufopfernd um die seelsorgerische Betreuung der zahllosen Verwundeten und Sterbenden kümmerte, die man in Kara Mustafas verlassenem Zeltlager gefunden hatte, hatte den Prinzen auf Isabell aufmerksam gemacht.

»Da ist eine junge Frau, die anscheinend unter die Hufe eines Pferdes geraten ist. Sie hat schwere Kopfverletzungen davongetragen. Außerdem weist ihr Körper die Spuren von Peitschenhieben auf. Sie deliriert – manchmal in deutscher Sprache, manchmal in Französisch. Auf jeden Fall kann man ihren Fieberreden entnehmen, daß sie in Versailles gelebt hat. Es wäre gut, wenn Ihr die Ärmste einmal ansehen würdet – vielleicht wißt Ihr, wer sie ist.«

Prinz Eugen war nicht oft am französischen Hof gewesen, Isabell hatte er höchstens drei- oder viermal gesehen. Deshalb war er nicht sicher, ob es sich bei der unbekannten jungen Frau, der man die Haare abrasiert hatte, um ihre tiefen Kopfwunden behandeln zu können, um die Gräfin de Montfort handelte. »Aber ich kenne jemanden, der häufig in Versailles mit ihr zusammengekommen ist. Er müßte es genau wissen«, hatte der Prinz zu Kollonitsch gesagt und einen Boten zu Carllutz geschickt.

Eine Stunde später hatte der Raugraf an Isabells Bett gestanden. Sie war nicht bei Besinnung gewesen. Die Schreckenswelt ihrer Fieberträume, wechselnd mit tiefer Bewußtlosigkeit, hielt sie umfangen. Sie hatte auch nichts davon gemerkt, daß Carllutz sie zwei Tage darauf in die eilig gemietete Wohnung in der Annagasse geholt hatte. Es war ein behäbig-freundliches Wiener Bürohaus, in dem Carllutz die erste Etage bewohnte. Die Besitzerin, eine verwitwete Frau Nanette Sedlmair, im Parterre beheimatet, nahm regen Anteil am Ergehen der 'armen gnädigen Frau Gräfin'. Sie hatte Carllutz auch das junge Mädchen aus ihrer Verwandtschaft besorgt, das sich um das Hauswesen kümmerte und den Raugrafen bei Isabells Pflege unterstützte.

Carllutz hatte, seit Isabell bei ihm war, den Dienst im Regiment Starhemberg quittiert. Seine Schulterverletzung war längst verheilt. Er hatte an den letzten Kämpfen um Wien teilgenommen, und die Kriegsbeute, die er gleich allen anderen Soldaten und Offizieren gemacht hatte, ermöglichte es ihm, eine Zeitlang sorglos zu leben.

Tagelang hatte Wien im Festtaumel geschwebt. Überall im Reich und in den Erblanden wurden Dankgottesdienste abgehalten und Viktoria geläutet. Eine jahrhundertelange Bedrohung war abgewendet worden, und die Türkenglocken im Heiligen Römischen Reich Deutscher Nation waren für immer verstummt. Das nächste Ziel war nun die Rückeroberung Ungarns. Am 18. September verließen die polnischen und österreichischen Truppen die Hauptstadt und nahmen die Verfolgung der Türken auf. Meldungen von neuen, blutigen Kämpfen bei Gran, dem einstigen Bischofssitz, drangen nach Wien. Aber an Carllutz glitt dies alles vorüber, als trüge es sich auf einem anderen, fernen Planeten zu. Seine Welt war zusammengeschrumpft auf die vier Wände des kleinen, hellen Zimmers in der Annagasse, in dem Isabell lag und mit dem Tod kämpfte.

Dr. Weinzierl kam zweimal am Tag, verordnete fiebersenkende Mittel, erneute die Verbände und wiederholte im übrigen bei jeder seiner Visiten: »Ich tu', was ich kann. Das andere liegt in Gottes Hand.«

In Gottes Hand... Carllutz hatte diesen Satz inzwischen hassen gelernt. Gab es etwas, das deutlicher seine eigene Hilflosigkeit zum Ausdruck brachte?

Die Tage und Nächte glichen einander in hoffnungsloser Monotonie. Des Morgens kam Hetty, die junge Bedienerin. Sie wusch Isabell, wechselte die Leintücher und kümmerte sich um das Hauswesen. Sie war still, unaufdringlich und hilfsbereit. Einmal erzählte sie Carllutz, sie bete jeden Abend auf dem Heimweg in der Augustinerkirche drei Vaterunser für die Frau Gräfin. Seitdem hatte er das dralle blonde Ding gern, das er bisher kaum beachtet hatte.

Die Nächte verbrachte er auf einem Sofa in Isabells Zimmer. Immer wieder schreckte er aus unruhigem Schlummer hoch und lauschte in die Dunkelheit auf Isabells Atemzüge. Unzählige Male stand er auf, entzündete ein Licht und starrte in ihr so entsetzlich verändertes, spitzes Gesicht in den weißen Verbänden, gab ihr zu trinken, wischte ihr den Schweiß ab und hielt ihre unruhigen Hände, wenn das Fieber stieg und das Zimmer mit Schreckgespenstern bevölkerte, die nur Isabell allein sah.

Erlebtes mischte sich mit Fieberphantasien. Da waren wieder die Tataren, die sie gefangengenommen hatten. Aber ihr Anführer hatte die Züge der Montespan: »Habe ich Euch nicht gesagt, daß ich Euch töten lassen werde, wenn Ihr nach Frankreich zurückkehrt? Ihr habt mir das Herz des Königs gestohlen...«

Isabell warf sich wimmernd hin und her. Man zerrte sie zum Scharfrichterzelt, wo statt Kara Mustafa Ludwig XIV. auf seinem silbernen Thron saß. »Du mußt sterben, Isabell. Hast du zuvor noch einen Wunsch? Um der Liebe willen, die ich für dich gehegt habe, will ich ihn dir erfüllen.«

»Henry...« flüsterte sie mit fieberheißen Lippen. »Henry soll kommen.«

Es war wie damals, als sie gefesselt im Harem Kara Mustafas gelegen und auf ihre Hinrichtung gewartet hatte: Ihr war, als gäbe es nichts Wichtigeres mehr auf der Welt für sie, als noch einmal mit dem Mann zu sprechen, dessen Namen sie trug und der doch so wenig von ihr wußte wie irgendein Fremder, der zufällig auf der Straße ihren Weg kreuzte.

Furcht ergriff sie, daß er nicht kommen würde. Vielleicht hoffte er auf ihren Tod? Vielleicht gab es längst eine andere, die er heiraten wollte? »Nein«, stammelte sie, »ich will nicht sterben... Nicht, bevor ich die Wahrheit gesagt habe.«

Sie versuchte, sich aufzusetzen. Und da war plötzlich ein Arm, der ihren Nacken stützte, eine Stimme, die sagte: »Ruhig, mein Herz, sei ganz ruhig, ich bitte dich...«

Sie öffnete die Augen. Verschwommen erkannte sie ein Gesicht, das sich über sie beugte. Ein Mann war es mit dunklem Haar. Es tat so wohl, an seiner Brust zu liegen und hin und her gewiegt zu werden wie ein Kind. Isabell lächelte. »Du bist da«, sagte sie mit einem tiefen Aufseufzen. »Das ist gut.«

Carllutz, der von ihrem Wimmern erwacht und aufgestanden war, um sie zu beruhigen, starrte sie an. Konnte es sein, daß Isabell ihn erkannte, zum erstenmal nach so vielen Tagen und Nächten?

Als er sie danach fragte, nickte sie. Ihre Augen waren groß und glänzend. »Aber natürlich erkenne ich dich, Henry. Ich bin froh, daß du so rasch gekommen bist. Ich muß dir viel erzählen, weißt du...«

Und dann begann sie zu sprechen, stockend zuerst und dann immer hastiger, als bliebe ihr nicht mehr viel Zeit. Es war plötzlich so einfach, diesem Henry, der sie in den Armen hielt und sie mit keinem Wort unterbrach, alles zu sagen. Es gab keinen falschen Stolz mehr, keine Mißverständnisse. Nur noch den überwältigenden Drang, sich alles vom Herzen zu reden, was sich so lange darin eingekapselt hatte wie ein scharfkantiger, spitzer Stein.

»Begreifst du mich jetzt?« fragte sie. »Alles wäre anders gekommen, wenn du mich geliebt hättest. Damals, nach jener Nacht, glaubte ich, es würde alles gut. Ich wollte mit dir fortgehen und mit dir leben... Aber dann hast du mich allein gelassen. Es hat sehr weh getan, Henry, und manchmal dachte ich, ich müßte dich deswegen hassen. Sie liegen so nahe beieinander, der Haß und die Liebe...«

Sie redete und redete, oft genug war es nur ein kaum verständliches Flüstern, von Schluchzern unterbrochen. Und Carllutz hörte ihr zu, strich über ihre mageren Schultern und hielt ihre heißen Hände.

Und er begriff alles. Es half ihm nichts, daß er sich anfangs einzureden versuchte, Isabell spräche im Fieber, und ihre Worte hätten nichts zu bedeuten. Er wußte, daß es nicht so war. Es war, als wenn man ein Mosaiksteinchen zum anderen fügt, bis schließlich daraus das ganze Bild entsteht. Das Bild einer Frau, die sich im Grunde ihres Herzens immer nur nach einem einzigen Mann gesehnt hatte und nie darüber hinweggekommen war, daß er sie nicht liebte.

Als wäre es gestern gewesen, erinnerte sich Carllutz plötzlich an den Tag in Versailles, an dem er zum letztenmal mit Isabell gesprochen hatte. »Wißt Ihr«, hatte sie gesagt, »wenn ich mit Euch zusammen war, wurde ich jedesmal ein wenig mehr zu dem Mädchen, das ich früher gewesen bin. Und dieses Mädchen hätte Euch lieben können.«

Wie sehr hatte er diese Worte mißverstanden. Er hatte geglaubt, nur die Tatsache, daß sie verheiratet und die Maitresse des Königs war, hindere sie daran, mit ihm zu gehen. Aber sie hatte es ganz anders gemeint. Die Isabell von früher, das war ein Mädchen gewesen, das Henry de Montfort noch gar nicht gekannt hatte...

Zu ihm, Carllutz, hatte sich Isabell nur geflüchtet wie ein verirrtes Kind, das anderswo die Wärme und Geborgenheit sucht, die es daheim nicht findet.

Er schloß die Augen und wünschte sich, taub zu sein, um nicht mehr die klagende, von mühsamen Atemzügen unterbrochene Stimme Isabells zu hören, die von Henry sprach, immer wieder nur von Henry.

Aber er fuhr fort, sie in seinen Armen zu halten und ihre Hände zu streicheln. Und vielleicht hatte er sie niemals tiefer und schmerzlicher geliebt als in diesen Stunden.

»Hörst du mir noch zu, Henry?« fragte Isabell. »Verstehst du nun, warum alles so gekommen ist?«

Und Carllutz antwortete: »Ja, mein Herz, ich verstehe alles. Verzeih mir, daß ich so blind gewesen bin und dir so viel Kummer bereitet habe.«

Irgendwann schlief sie in seinen Armen ein. Carllutz bettete sie in die Kissen zurück und blieb bei ihr sitzen.

Am Morgen, als Doktor Weinzierl kam, schlief sie immer noch, den totenähnlichen Schlaf grenzenloser Erschöpfung. Der Arzt legte seine Hand auf ihre Stirn und fühlte ihren Puls. Sein Gesicht mit den rosigen Hamsterbäckchen erhellte sich. »Das Fieber ist gefallen, Ihro Liebden! Überzeugt Euch selbst, um wieviel kühler ihre Haut sich anfaßt! Und der Puls – er ist zwar schwach, aber vollkommen regelmäßig. Ich glaub', wir haben es geschafft! Die Frau Gräfin ist über den Berg!«

»Ja«, sagte Carllutz heiser. »Ja, das glaube ich auch.« Er wandte sich ab und legte die Hände über die Augen.

14

Das trübe Licht eines Januarnachmittags fiel durch die Fensterscheiben in Liselottes Salon. *Madame* saß an ihrem zierlichen, mit Intarsien eingelegten Schreibtisch und versiegelte gerade einen Brief an Carllutz, in dem sie dem Stiefbruder wieder einmal ihr Herz ausgeschüttet hatte. Freilich wußte sie, daß der Brief – wie ihre ganze andere Post – von fremden Augen, vielleicht sogar vom König selbst gelesen werden würde, bevor er nach Wien gelangte, aber das war ihr gleichgültig.

Ludwig mochte ruhig wissen, wie ihr zumute war und was sie von den Veränderungen hielt, die das Leben in Versailles in Liselottes Augen unerträglicher denn je machten.

Madame seufzte und stand auf. Fröstelnd rieb sie sich die Hände. Trotz des prasselnden Holzfeuers in dem weiß-goldenen Kamin war es kalt und in dem hohen Raum mit der kassettierten Decke in Rot und Blau. Versailles mit seinen riesigen Sälen, Treppenhäusern und Zimmerfluchten war schwer zu heizen. Die Kälte nistete in den Mauern, durch Türen und Ritzen pfiff der Wind.

Liselotte trat ans Fenster. Trübsinnig blickte sie in den winterlich kahlen Park. Auf der großen Mittelallee tauchte eine Sänfte auf, begleitet von einer Schar Lakaien. An einer Seite waren die Vorhänge zurückgeschlagen. Ein dunkler Frauenkopf beugte sich heraus: Françoise de Maintenon. Und neben ihr ging der König in einem schlichten blauen Tuchrock, einen schwarzen Kutschermantel um die Schultern gelegt.

Liselotte ballte die Fäuste. Der König... Da lief er neben der Maintenon her wie ein Diener, ehrerbietig den Hut in der Hand. Sah er denn nicht, wie lächerlich er sich machte!

Ach ja, Ludwig hatte sich sehr verändert seit Isabells Flucht. Griesgrämig war er geworden und von übertriebener Sittenstrenge. Wo waren die Zeiten geblieben, da Versailles Nacht für Nacht im Lichterglanz gestrahlt hatte, erfüllt von Musik und dem Lachen und Plaudern einer festlich gestimmten Gesellschaft!

Heute galt es schon als etwas Besonderes, wenn einmal eine Theateraufführung oder ein Konzert stattfand. Da Ludwig selbst keinen Wert mehr auf elegante Kleidung legte, sondern diejenigen sogar rügte, die ihm allzu aufgeputzt erschienen, waren golddurchwirkte Seidenstoffe, Spitzen und Schmuck plötzlich verpönt. Man kleidete sich schlicht und dunkel – genau wie Madame de Maintenon.

Seit Isabells Verschwinden war die ehemalige Erzieherin und Witwe des Komödiendichters Scarron sprunghaft in der Gunst des Königs gestiegen. Spätere Geschichtsschreiber, ja, selbst Zeitgenossen Ludwigs haben sich immer wieder verwundert gefragt, was diese zwar kluge, aber unscheinbare, ältliche Frau an sich hatte, daß sie einen so großen Einfluß auf Ludwig ausübte. Man hat die tiefgreifende Veränderung, die innerhalb weniger

Monate mit ihm vorging, für die Wandlung eines alternden Mannes gehalten, der durch Frömmigkeit und innere Einkehr die wilden Jahre seiner Jugend wiedergutmachen wollte.

Aber dies mag nur zum Teil zutreffen. Die Hauptursache liegt zweifellos in seiner enttäuschten Liebe. Ludwig litt; er fühlte sich gedemütigt und verbittert und flüchtete sich deshalb in den Trost, den ihm Madame de Maintenon, die Fromme, Mütterliche, zu geben vermochte.

Natürlich war diesem Gesinnungswandel auch Athénais de Montespan zum Opfer gefallen. Die Rechnung der schönen Marquise war nicht aufgegangen. Der König hatte schon lange zuvor aufgehört, sie zu lieben – warum sollte er jetzt zu ihr zurückkehren?

In Versailles erzählte man sich, daß die Marquise de Montespan und Françoise de Maintenon einander kürzlich auf der Treppe der Königin begegnet seien. 'Nun, Madame', habe die Maintenon in ihrer trockenen, ironischen Art gesagt, 'wie ich sehe, geht Ihr die Treppe hinunter. Ich gehe sie hinauf.' An diese Geschichte erinnerte sich Liselotte, während sie dem König und Madame de Maintenon nachschaute. Sie biß sich auf die Lippen. Wie hochmütig diese Person geworden war, wie unverschämt!

Liselotte hatte Madame de Maintenon nie leiden können. Sie hielt sie für eine ehrgeizige Heuchlerin. Eine Frau, die sich den Fünfzigern nähert, weiß, daß weder Schminke noch schöne Kleider ihr Alter verbergen können. Darum, und nur darum versuchte Françoise, nach Liselottes Meinung, den König zur Tugendhaftigkeit zu bekehren. Sie sprach von der Notwendigkeit eines frommen Lebenswandels und meinte damit, daß der König keinen Blick mehr für Hübschere und Jüngere haben sollte.

Und Madame de Maintenon hatte ihr Ziel erreicht. Ludwig stand völlig unter ihrem Einfluß, und sie, Liselotte, war in Ungnade gefallen.

Tränen schossen Liselotte in die Augen, wenn sie daran dachte, wie kühl, wie unfreundlich Ludwig sie seit Monaten behandelte. Er hatte ihr ihre Fürsprache für Isabell nicht vergeben. Und seit dem Ende des vergangenen Jahres redete jedermann in Versailles davon, Ludwig habe die Maintenon sogar heimlich geheiratet. Liselotte hatte sich lange geweigert, das zu glauben. Inzwischen allerdings zweifelte auch sie nicht mehr daran. Zu viele kleine Einzelheiten bestätigten das Gerücht.

Beispielsweise bestand Ludwig plötzlich darauf, daß Madame de Maintenon in einem Armstuhl saß – eine Auszeichnung, auf die sonst nur die Königin von Frankreich Anspruch hatte. Bei der Messe hatte die Maintenon ebenfalls den Platz der Königin inne, außer in Versailles bewohnte sie in allen anderen königlichen Schlössern deren Gemächer, und bei inoffiziellen Zusammenkünften residierte sie an der Tafel, wie einst Maria Theresia es getan hatte.

Ein Kratzen an der Tür ließ Liselotte sich umwenden. Man klopfte nicht am Hof von Frankreich, das war unfein. Man kratzte nur mit dem kleinen Finger, dessen Nagel man zu diesem Zweck extra lang wachsen ließ, an das Holz.

Wie meine Wachtelhundchen, wenn sie vor einer verschlossenen Tür stehen, dachte Liselotte spöttisch. Dann rief sie »Herein!«

Ein Lakai erschien und meldete, Graf Henry de Montfort bäte um den Vorzug in einer äußerst dringenden Angelegenheit zu *Madame* vorgelassen zu werden.

Liselotte hatte Henry de Montfort früher sehr gern gehabt. Erst seine Haltung Isabell gegenüber hatte ihre Sympathie für ihn ins Wanken gebracht. Trotzdem hatte sie ihm nie vergessen, daß er sich ihretwegen mit de Lorraine und d'Effiat duelliert hatte. Und als Henry jetzt vor ihr stand, streckte sie ihm in einer herzlichen Aufwallung beide Hände entgegen. »Graf de Montfort, ich freue mich, Euch wiederzusehen.«

Henry verneigte sich. Er sah nicht gut aus – wie jemand, der ständig zuviel arbeitete und zuwenig schlief. Sein Gesicht war kantig geworden, und er lächelte so mühsam, als habe er es seit langer Zeit verlernt.

»Vergebt mir, Madame, daß ich so formlos zu Euch vordringe. Aber ich bin vor wenigen Stunden erst in Versailles eingetroffen, um einige persönliche Angelegenheiten zu regeln. Und da erfuhr ich, daß Isabell...«

Er stockte und kämpfte um Fassung. Kleine Schweißperlen standen plötzlich auf seiner Stirn. »Man behauptet, sie sei in türkischer Gefangenschaft gewesen und nach der Befreiung Wiens mit lebensgefährlichen Verletzungen aufgefunden worden.«

»Ja«, sagte Liselotte, »das ist wahr.«

»Und jetzt?« Henrys Stimme klang heiser. »Wie geht es ihr jetzt? Ich habe alle möglichen Leute gefragt, doch niemand wußte etwas Genaues. Ihr müßt es wissen, Madame, wenn Ihr mit dem Raugrafen von der Pfalz einen Briefwechsel unterhaltet. Sie ist doch bei ihm...«

»Ja«, sagte Liselotte wieder. Sie setzte sich auf ein Sofa und bedeutete Henry gleichfalls Platz zu nehmen. »Ich habe erst vor ein paar Tagen einen Brief aus Wien erhalten. Isabell war sehr lange krank. Doch inzwischen geht es ihr besser.«

»Sie wird also am Leben bleiben?« Henry sah aus wie ein Mensch, der eben der Hölle entronnen war.

»Gewiß. Mein Bruder schreibt, daß sie Weihnachten das erstemal den ganzen Tag über aufgeblieben ist. Freilich wird sie lange brauchen, um das Entsetzliche, das sie erlebt hat, zu vergessen. Aber sie ist jung, und mein Bruder wird alles tun...« Verwirrt brach Liselotte ab. Was für eine verrückte, widersinnige Situation! Isabell lebte mit Carllutz zusammen, und sie, Liselotte, sprach mit ihrem Ehemann darüber.

Plötzlich erinnerte sie sich wieder an die Trauung der beiden. Es war so schön gewesen, so feierlich, und Liselotte hatte vor Rührung sogar ein wenig geweint. Damals hatte sie ja noch nicht gewußt, wie diese Ehe zustande gekommen war, und die Vorstellung, daß sich hier zwei Menschen gefunden hatten, die sich aufrichtig liebten, hatte ihr so wohlgetan.

Mein Gott, mehr als drei Jahre war das jetzt her, und alles war so ganz anders gekommen, als Liselottes gutes, redliches Herz es gehofft hatte. Aber was hatte es jetzt noch für einen Sinn, darüber traurig zu sein. Isabell lebte in Wien und Henry in St. Etienne. Und die Worte des Priesters, der sie damals zusammengegeben hatte – '... so seid ihr nun Mann und Frau vor Gott und den Menschen, bis daß der Tod euch scheidet' – diese Worte galten nichts mehr.

Sie hatten von Anfang an nichts gegolten, und trotzdem hatte *Madame* auf einmal das Empfinden, als müsse sie Isabell und Carllutz vor Henry verteidigen.

Sie holte tief Luft. »Offen gestanden erstaunt mich Eure plötzliche Besorgnis. Bislang habt Ihr Euch doch herzlich wenig um Isabells Wohlergehen gekümmert. Ich will Euch deshalb keinen Vorwurf machen; das steht mir nicht zu. Aber ebensowenig steht es Euch zu, nun, wo Ihr ihren Aufenthaltsort kennt, womöglich ihre Rückkehr zu verlangen. Ihr kennt mich, Graf de Montfort, ich bin nicht leichtfertig, und im allgemeinen habe ich für Frauen, die ihren Männern davonlaufen, nicht das geringste Verständnis. Mit Isabell ist das anders, denn Ihr habt Euch keinen Pfifferling um sie geschert, und Eure Eheschließung war eine Farce. Aber mein Bruder liebt Isabell. Und ich sehe nicht ein, warum die beiden nicht miteinander glücklich sein sollen, nur weil sie – dem Namen nach – Eure Frau ist.«

Henry schwieg eine Weile. Er wirkte jetzt wieder ruhig und gefaßt, aber sein Gesicht war noch immer sehr blaß. Dann nickte er. »Ihr habt recht, Madame. Ihr müßt die Sache ja so ansehen, obwohl...«

»Was – obwohl?« fragte Liselotte, als er nicht weitersprach.

Er hob die Schultern und griff nach seinem Hut. »Schreibt Eurem Bruder, daß er nichts von mir zu fürchten hat. Ich werde nichts unternehmen, um Isabell zurückzuholen. Aber schreibt ihm auch – ich bitte Euch sehr darum –, daß er gut sein soll zu ihr...«

Ein verzerrtes Lächeln huschte über sein Gesicht. »Vergeßt es nicht, Madame, es liegt mir sehr am Herzen. Und nochmals Dank, daß Ihr mich empfangen habt. Ich war wirklich außer mir vor Sorge, so sonderbar es Euch auch vorkommen mag.«

Damit ging er rasch hinaus.

Liselotte blickte eine Weile auf die Tür, die sich hinter ihm geschlossen hatte. Ihr Gesicht war sehr nachdenklich. Dann kehrte sie zum Schreibtisch zurück und erbrach noch einmal das Siegel, mit dem sie den Brief an Carllutz verschlossen hatte. Sie griff nach einem neuen Blatt Papier und berichtete dem Raugrafen ausführlich und ein wenig umständlich, wie es ihre Art war, von Henrys Besuch.

Carllutz erhielt diesen Brief vierzehn Tage später. Es war nun schon Februar, ein klarer, milder Tag, der den nahen Frühling ahnen ließ.

Isabell saß am Fenster. Das einfallende Sonnenlicht malte zitternde goldene Reflexe auf ihr Haar. Einst war es so lang gewesen, eine schwere, goldbraune, seidige Flut. Wegen ihrer schlimmen Kopfverletzungen hatten die Ärzte es abschneiden müssen. Inzwischen war es nachgewachsen und ringelte sich in kurzen Locken um das blasse Gesicht. Wie ein junger Page sah sie aus, so schmal und so ernsthaft mit ihren übergroßen Augen und dem herben Mund.

Carllutz schaute sie an, und das Herz tat ihm weh, weil er sie so sehr liebte. Er zerknüllte Liselottes Brief zwischen den Fingern. Isabell wandte den Kopf. »Was schreibt *Madame* denn?«

»Oh, nichts Besonderes. Es scheint wahr zu sein, daß der König die Maintenon geheiratet hat. Um so unvorsichtiger sind die Namen, mit denen Liselotte die neue Gemahlin des Königs von Frankreich belegt. Ich werde ihr in meinem nächsten Brief eindringlich ans Herz legen, sich in Zukunft mehr zurückzuhalten.«

Isabell lächelte, ein fernes, müdes Lächeln »Sie wird nicht auf dich hören. Frau von Maintenon und *Madame* – das ist wie Feuer und Wasser. Und *Madame* läuft eher mit dem Kopf gegen die Wand, als daß sie ihre Meinung verschweigt, das weißt du doch.«

Sie schwieg und dachte an den König. Es war sonderbar, sich vorzustellen, daß er nun Madame de Maintenon liebte... Er, der die Heiterkeit geliebt hatte, die Schönheit, das zärtliche Spiel. Françoise war ernst und herb. Sie war so, wie Ludwig Isabell niemals gestattet hätte zu sein. Wahrhaftig, er mußte sich sehr verändert haben.

Oder ich habe ihn verändert, dachte Isabell. Hatte sie es nicht selbst erfahren, wie sehr der Kummer, den man zugefügt bekommt, einen Menschen verwandeln kann?

Carllutz kam zu ihr und zog ihren Kopf an seine Brust. »Denkst du noch oft an Versailles? Vermißt du es manchmal?«

»Nein«, sagte sie. Aber es gab anderes, an das sie dachte, immer und immer wieder. Körperlich hatte sie sich erholt. Mit jedem Tag kehrten die verlorengegangenen Kräfte ein wenig mehr zurück. Aber ihre Seele wollte sich nicht erholen. Aisha, das Türkenlager, Kara Mustafa – konnte man so etwas jemals vergessen?

Neulich war die Nachricht nach Wien gedrungen, daß Kara Mustafa nicht mehr lebte. Am Weihnachtstag des vergangenen Jahres war er auf Befehl Sultan Mehmeds IV. wegen seiner Niederlage vor Wien erdrosselt worden. Carllutz hatte es Isabell erzählt. Doch der Tod ihres Peinigers hatte nicht auch ihre Erinnerungen ausgelöscht. Sie waren von schrecklicher Lebendigkeit und verdunkelten die Gegenwart.

Das äußere Leben glitt in ruhigen, friedlichen Bahnen dahin. Aber alles – die behagliche Wohnung in der Annagasse, Hettys stille Fürsorge, Carllutz zärtliches Bemühen, sie abzulenken, zu zerstreuen – blieb gleichsam an der Oberfläche und vermochte nicht, das tief in ihr haftende Grauen zu zerstören.

»Du siehst blaß aus.« Carllutz streichelte über ihr Haar. »Laß uns ein wenig ausfahren, magst du? Die frische Luft wird dir guttun.«

Isabell verließ nur ungern die stille Wohnung. Die Welt da draußen, die Menschen, der Lärm und die Betriebsamkeit verstörten sie. Aber als sie Carllutz' erwartungsvolle Augen sah, nickte sie. »Das ist eine gute Idee. Ich wollte dich schon selbst darum bitten.«

Er lief fort, um eine Kutsche anspannen zu lassen. Als er zurückkam, hörte Isabell ihn im Vorzimmer mit Hetty sprechen.

»Die Frau Gräfin macht eine Spazierfahrt mit mir. Wir sind in drei Stunden zurück, denke ich.«

Wie froh seine Stimme klang! Immer war er so froh, wenn er meinte, einen Wunsch von Isabell erraten zu haben. Sie würde also tun, als mache ihr die Ausfahrt Freude. Es war das mindeste, das sie ihm schuldig war...

Sie fuhren ins Helenental. Die Bäume waren noch kahl, ohne Knospen, aber die Sonne zauberte dennoch einen Hauch von Frühlingsseligkeit auf die Landschaft. An einem Waldweg ließen sie die Kutsche stehen und gingen ein Stück zu Fuß. Carllutz hatte den Arm um Isabell gelegt. Einmal küßte er sie auf die Wange. »Geht es dir gut?« Und sie lächelte und nickte. »Aber ja...«

Es dunkelte schon, als sie die Heimfahrt antraten. Hetty hatte im Speisezimmer die Kerzen entzündet und den Tisch gedeckt. Sie gab sich immer sehr viel Mühe mit dem Essen. Die kräftige Rindsuppe war ausgezeichnet, ebenso die Kalbsfilets in Rahmsauce und das Dessert.

Später saßen sie, Carllutz und Isabell, noch eine Weile im Salon. Hetty räumte die Küche auf. Als es zehn Uhr schlug, klopfte sie und fragte, ob die gnädige Frau Gräfin oder der Herr Graf noch einen Wunsch hätten. Sonst würde sie jetzt nach Hause gehen.

»Geh Sie nur, Hetty«, sagte Carllutz. »Und komm Sie gut heim.« Er lächelte Isabell an. »Du wirst auch müde sein. Leg dich ruhig schlafen. Ich bleibe noch eine Weile auf.«

Ein nervöses Zucken flog über Isabells Gesicht. Einen Augenblick war sie versucht zu sagen: 'Komm mit. Ich hab' Angst, allein zu sein. Bleib bei mir.'

Aber sie sagte nichts.

Vor ein paar Tagen war es gewesen, als sie spät am Abend noch einmal aufgestanden und zu Carllutz gekommen war. Er hatte schon im Bett gelegen und beim Schein einer Kerze in einem Buch gelesen. Zitternd hatte Isabell ihn umarmt. »Ich hab' so schrecklich geträumt. Bitte, laß mich bei dir bleiben.«

Er hatte sie an seinem Leib gewärmt, sie gestreichelt und ihr zugeredet wie einem verstörten Kind. Allmählich war sie ruhiger geworden. »Danke«, hatte sie gesagt. »Ich dank' dir tausendmal. Du bist so lieb zu mir.«

Da war die so lange zurückgedrängte Sehnsucht in ihm wach geworden. In all den vergangenen Wochen hatte er Isabell nicht angerührt, weil er begriff, daß sie noch Schonung brauchte. Nichts als geduldige Zärtlichkeit hatte er für sie gehabt. Doch als sie nun in seinen Armen lag, so nahe, daß er ihren Herzschlag spüren konnte, hatte er den Kopf verloren.

Anfangs hatte sich Isabell nicht gewehrt. Sie hatte ja gewußt, daß dies einmal geschehen würde. Doch dann, von einer Sekunde zur nächsten, war alles ganz anders geworden. Sie ertrug es plötzlich nicht mehr, die Hände eines Mannes auf ihrer Haut zu spüren. Die Leidenschaft, mit der es ihn nach ihr verlangte, weckte kein Echo, sondern jagte Schauer der Angst, des Abscheus über ihren Rücken. Carllutz' gutes, vertrautes Gesicht verschwamm. Es war wie damals, in jener Nacht mit Kara Mustafa. Ein Fremder begehrte sie, ein Fremder wollte ihr seinen Willen aufzwingen. Und sie konnte es nicht ertragen. Isabell hatte aufgeschrien, hell und gellend: »Nein – nicht! Ich will nicht...«

Carllutz hatte sie sofort losgelassen, tiefe Verstörtheit im Gesicht. »Isabell, was ist denn?«

Sie hatte nicht antworten können. Mit einem wilden Aufweinen hatte sie sich herumgeworfen und das Gesicht in die Kissen gewühlt. Sie hatte gehört, wie Carllutz aufgestanden war. Lange Zeit hatte er schweigend am Fenster gestanden, während sie noch immer geweint hatte, als könne sie nie wieder aufhören.

»Sei ruhig, ich bitte dich«, hatte Carllutz schließlich gesagt. »Ich verstehe dich ja. Es ist nicht deine Schuld.« Er war gut und rücksichtsvoll gewesen, wie immer. Trotzdem wußte Isabell, wie enttäuscht er war und wie weh sie ihm getan hatte.

Von draußen hörte man das Zufallen der Wohnungstür. Hetty war gegangen. Isabell stand auf. »Du hast recht«, sagte sie, »ich bin wirklich müde.« Sie kam zu Carllutz und küßte ihn leicht auf die Wange. »Gute Nacht. Schlaf wohl.«

Als der Raugraf allein war, stützte er den Kopf in die Hände. Eine ganze Weile saß er so, zerquält und von widerstreitendsten Gedanken bedrängt. Dann holte er den Brief Liselottes von der Pfalz aus der Tasche und las noch einmal, was sie ihm über den Besuch Henry de Montforts mitgeteilt hatte.

Er hatte sich also nach Isabell erkundigt. Und nicht nur das: Er schien, nach *Madames* Worten, vor Sorge und Aufregung völlig außer sich gewesen zu sein.

'Ich habe ihm freilich gesagt, daß mir dieses plötzliche Interesse gar sonderbar vorkommt. Er hat nichts darauf zu erwidern gewußt. Er meinte nur, daß ich die Dinge wohl so sehen müsse. Und zu guter Letzt hat er mir noch versichert, daß Ihr, mein liebes Schwarzköpfel, absolut nichts von ihm zu fürchten habt. Also seid getrost und sagt auch Isabell, daß sie es sein darf. Graf de Montfort ist kein solcher Tyrann, daß er sie wider ihren Willen zurückzuholen gedenkt. Im Gegenteil, er hat mich in der eindringlichsten Weise gebeten, daß ich Euch ermahnen möge, ja gut zu Isabell zu sein. Als ob es dessen bedürfe! Ich kenne Euch doch und weiß, daß Ihr gar nicht anders könnt, als voller Lieb' und Güte...'

Carllutz blickte sehr lange auf diesen Brief. Und plötzlich war ihm, als hörte er wieder Isabells heisere, fiebrige Stimme wie in jener Nacht, als er an ihrem Bett gesessen hatte: »Henry... Henry soll kommen...«

Carllutz hatte die Erinnerung daran zu verdrängen versucht. Er war so sicher gewesen, kraft seiner Liebe den Schatten Henry de Montforts zu besiegen. Ein Mann, der Isabell niemals geliebt, der nicht einmal Sympathie oder Achtung für sie empfunden hatte...

Sie wird ihn vergessen, hatte der Raugraf gedacht. Ich werde es sie lehren. Er hatte gehofft und gewartet, und darüber waren Tage, Wochen und Monate hingegangen. Und mit jedem verrinnenden Tag war seine Hoffnung um ein weniger geringer und das Gefühl der Resignation stärker geworden. Er hatte Isabell dem Tod entrissen, doch er vermochte nicht, ihre Seele aus dem Kerker ihrer Erinnerungen zu befreien. Liebe, wenn sie nicht in gleichem Maß erwidert wurde, vermochte eben doch nicht alles. Vermochte es Henry de Montfort?

Ach, Liselotte, dachte Carllutz, du Liebe, Ehrliche, Ahnungslose, warum hast du mir nur diesen Brief geschrieben! Ich war so sicher gewesen, Henry de Montfort liebe Isabell nicht. Und diese Gewißheit gab mir das Recht, sie zu behalten. Doch nun?

Ich soll gut zu ihr sein, hat Henry zu Liselotte gesagt. Es klingt wie der Wunsch eines Menschen, dem das Glück des anderen höher steht als das eigene. Oder war es nur eine Floskel gewesen, die nichtssagende, hohle Geste scheinbarer Großmut? Aber warum war Montfort dann so außer sich gewesen, als er von Isabells Krankheit erfahren hatte?

Das Feuer im Kamin war längst heruntergebrannt. Carllutz achtete nicht darauf. Er saß da, Madame Liselottes

Brief in den Händen und kämpfte den schwersten Kampf seines Lebens.

'Henry... Henry soll kommen...' Wie hartnäckig sich diese Worte in sein Gedächtnis eingebrannt hatten! Sie und alles andere, was in jener Nacht geredet worden war.

Mit einer jähen Bewegung schleuderte Carllutz Liselottes Brief in das glimmende Kaminfeuer. Aber das machte nichts besser. Herrgott, daß der Mensch so zwiespältig und im Grunde so unvollkommen ist, dachte Carllutz. Warum ist man nicht wie ein Tier, das sich nimmt, was es will, und nicht einmal ahnt, daß es damit vielleicht Böses tut. Tiere sind unschuldig, weil sie nicht wissen, was Unrecht ist. Doch der Mensch weiß es. Die Erkenntnis von Gut und Böse, von Pflicht und Recht und Eigennutz ist ihm mitgegeben worden – gleichzeitig mit dem Drang, gegen jede Einsicht das behalten zu wollen, woran er sein Herz gehängt hat. Man konnte seiner Eigenliebe nachgeben – doch ja, das konnte man. Aber wie wurde man dann das Wissen um versäumte Rechtlichkeit und Güte los?

Carllutz verbrachte drei Tage voller Zweifel und zermürbender Grübeleien. Am vierten Tag sagte er zu Isabell ganz beiläufig während des Essens: »Habe ich dir eigentlich schon erzählt, daß Henry de Montfort sich nach dir erkundigt hat?«

Sie hatte gerade einen Schluck Wein trinken wollen. Jetzt setzte sie das Glas mit einem harten Ruck zurück, daß die rote Flüssigkeit überschwappte. »Erkundigt? Wo? Bei wem?«

»Bei Madame Liselotte. Sie hat es mir geschrieben. Montfort hatte von deiner Krankheit gehört und wollte wissen, wie es dir ging.«

»Ach«, sagte Isabell, nichts weiter. Sie stellte keine Frage. Aber als Carllutz sie ansah, wußte er, daß er den Ausdruck ihrer Augen nie im Leben vergessen würde.

'Ich glaube, es ist an der Zeit, Euch die Wahrheit zu sagen. Die Wahrheit, wie ich sie von Isabell erfahren habe. Was Ihr danach tun werdet, ist eine Sache, die Ihr mit Euch selbst abmachen müßt. Ich kann Euch nur um eines bitten: Vergeßt, was ich Euch geschrieben habe, wenn Euer Gefühl für Isabell nicht ausreicht, um sie glücklich zu machen...'

Dieser Brief verließ Wien am 16. Februar des Jahres 1684. Im Morgengrauen des gleichen Tages rumpelte eine Kutsche über die Brücke, die den Schloßgraben von St. Etienne überspannte. Im Wageninnern saß Henry de Montfort. Er war auf dem Weg nach Brest, wo er sich auf der *La Hirondelle* nach Amerika einschiffen wollte. Sein Ziel war Louisiana, das weite, fruchtbare Land am Mississippi, das vor einigen Jahren von französischen Auswanderern besiedelt worden war.

Es war kein Augenblicksentschluß, der Henry aus Frankreich trieb. Er trug ihn mit sich herum seit dem vergangenen Sommer, als er Isabell das letzte Mal in Versailles gesehen und begriffen hatte, daß sie für ihn verloren war. Es war auch nicht Abenteuerlust. Sehnen sich nicht die Glücklosen seit eh und je hinaus, irgendwohin, wo es vielleicht einen neuen Anfang für sie gibt, Arbeit, die alle Kräfte fordert, eine Aufgabe, die den Sinn von Vergangenem ablenkt und Befriedigung verleiht?

Henry hatte seinem ältesten Bruder Jean-Baptiste die Verwaltung von St. Etienne übertragen. Jean-Baptiste war fröhlich, zupackend, seit zwei Jahren verheiratet, und seine Frau Corinne erwartete ihr erstes Kind. Gewiß würden sie viele Kinder haben, eine Schar kleiner, braunäugiger, dunkelhaariger Montforts. Und das war richtig so. Das Schloß von St. Etienne war leer und kalt ohne Kinderlachen und ohne den ganzen fröhlichen Lärm des Familienlebens.

Carllutz' Brief traf Ende Februar in St. Etienne ein. Jean-Baptiste de Montfort erhielt ihn, als er in den Vormittagsstunden von der Wildentenjagd zurückkam.

Henry hatte seinem Bruder gesagt, daß er, falls Post für ihn einträfe, sie ruhig öffnen solle. Es würde sich vermutlich um nichts Wichtiges oder Persönliches handeln, sondern nur um Dinge, die Jean-Baptiste an seiner Statt erledigen könne. Dieser Brief freilich war wichtig, das begriff Jean-Baptiste de Montfort sofort, nachdem er ihn gelesen hatte.

Sein Bruder hatte ihm nicht viel über seine Ehe mit Isabell erzählt. Aber hatte Corinne nicht erst neulich behauptet, gerade das sei sonderbar und verriete, daß der arme Henry tiefunglücklich sei?

Es ließ sich nicht bestreiten, Corinne war neugierig und ging den Dingen gern auf den Grund. Deshalb hatte sie sich auch nach Henrys Abreise seinen alten Diener Camille vorgeknöpft, der Isabell ja noch gekannt hatte. Und Camille hatte Corinnes Vermutung bestätigt. Sein Herr habe Isabell zwar auf Befehl des Königs geheiratet, es gäbe aber nicht den geringsten Zweifel daran, daß er von Anfang an leidenschaftlich in sie verliebt gewesen sei.

Jean-Baptiste rief nach seiner Frau. Sie kam aus der Küche – wo sie die Mägde beim Brotbacken überwacht hatte –, mit heißen, roten Wangen, eine große Schürze über dem gestreiften Morgenkleid. Als ihr Gemahl ihr Carllutz' Brief zeigte, stieß sie einen kleinen Schrei aus. »Mon dieu, warum ist dieser Brief nicht früher eingetroffen! Ihr müßt ihn Eurem Bruder nachsenden, Jean-Baptiste, heute noch, auf der Stelle! Schickt einen zuverlässigen Boten nach Brest. Er soll Tag und Nacht reiten, damit er Henry noch erreicht. Denn wenn die *Hirondelle* Frankreich schon verlassen hat, ist alles verloren.«

»Ich reite selbst«, sagte Jean-Baptiste de Montfort. »Und Gott gebe, daß ich noch rechtzeitig komme.«

Isabell saß im Garten unter dem blühenden Apfelbaum. Der weite Rock ihres blauen Kleides bauschte sich um ihre Füße. Auf dem Kopf trug sie einen flachen, runden Strohhut mit einer breiten Satinschleife.

Isabell hatte ein Buch auf dem Schoß, aber sie las nicht, sondern schaute einer einzelnen, träge am blauen Himmel dahinsegelnden Wolke nach.

Schön war es hier, schön und friedlich. Der Garten hinter dem Haus hatte Isabell von Anfang an ein wenig an daheim, an Straßburg erinnert. Auch dort hatte ein alter, knorriger Apfelbaum gestanden und manchmal, wenn der Wind ging, mit seinen Ästen an die Fensterscheibe von Isabells Mädchenkammer geklopft. Auch dort hatte es Fliederbüsche gegeben, deren Blütendolden im Mai dufteten und schwer über den Holzzaun hingen, und ein Schwalbennest unter dem Dach.

Im vergangenen Monat war es gewesen, daß Carllutz Isabell mit der Neuigkeit überrascht hatte, er habe ein kleines Haus in Badert gemietet und sie solle dorthin übersiedeln.

»Die Ruhe wird dir guttun. Du wirst viel spazierengehen können, im Garten sitzen, und ich komme dich ab und zu besuchen.«

»Besuchen?« hatte sie verständnislos wiederholt. »Ja, kommst du denn nicht mit?«

»Hetty wird dich begleiten«, hatte er erwidert und sich angelegentlich mit dem Reinigen seiner Meerschaumpfeife beschäftigt. »Ich muß hierbleiben. Graf Lamberg – du kennst ihn ja – will sich dafür verwenden, daß ich eine Stelle im Ministerium bekomme. Ich weiß noch nicht genau, worum es sich handelt, das erfahre ich alles in nächster Zeit. In jedem Fall muß ich mich zur Verfügung halten.«

»Aber ich will nicht allein nach Baden«, hatte Isabell erwidert. »Wenn du in Wien bleibst, bleibe ich auch hier.«

Da war Carllutz zum erstenmal, seit sie ihn kannte, zornig geworden. Das Haus sei bereits gemietet, es sei behaglich und wunderschön gelegen, und er habe gedacht, ihr damit eine Freude zu machen. Jedermann in Wien, der es sich leisten könne, verbringe jährlich ein paar Wochen in Baden. Sie würde also dort die interessantesten Leute kennenlernen. Außerdem sei Baden ja nicht aus der Welt; in knapp drei Stunden könne er bei ihr sein, wenn sie Verlangen nach seiner Gesellschaft hätte.

Er war inzwischen ein paarmal nach Baden gekommen, aber jedesmal am Abend wieder nach Wien zurückgekehrt. Und obwohl er liebevoll und zärtlich war, wie immer, fand Isabell ihn dennoch verändert. Er sah nicht gut aus. Er war magerer geworden, und auf dem Grund seiner Augen glaubte sie, eine sonderbare Unrast zu entdecken, die ihr neu und fremd war.

»Ich glaube, dir würden ein paar Wochen in Baden wohler tun als mir«, hatte sie bei seinem letzten Besuch gesagt. »Kannst du es nicht einrichten, für längere Zeit zu bleiben?«

Seine Antwort war ihr sonderbar und geheimnisvoll erschienen. »Vielleicht – ich weiß es noch nicht. Es hängt nicht von mir ab, Isabell. Aber die Entscheidung muß in der nächsten Zeit fallen.«

Als sie etwas hatte fragen wollen, hatte er sie mit einer unvermutet heftigen Bewegung an sich gezogen. »Sei still, ich bitte dich! ich will nicht darüber reden. Es ist so schön, bei dir zu sein. An etwas anderes mag ich jetzt nicht denken.«

Isabell schreckte aus ihren Gedanken auf, als Hetty auf dem Gartenweg erschien. »Ihro Gnaden, es ist Besuch gekommen. Ein Herr, der Euch zu sprechen wünscht. Ich hab' ihn in den Salon geführt.«

»Was für ein Herr? Kennst du ihn nicht?«

Das Mädchen schüttelte den Kopf. »Nein, es ist ein Ausländer, ein Franzose, glaub' ich. Ich konnt' kaum verstehen, was er sagte.«

Der fremde Besucher stand mit dem Rücken zur Tür, als Isabell den Salon betrat. Er war in Reisekleidung und hatte seinen Hut und die Stulpenhandschuhe auf den Fenstersims gelegt.

Isabell wußte, wer es war, noch bevor er sich umwandte, und es traf sie wie ein Schlag.

Nein, dachte sie, nein... Es soll nicht wieder von neuem beginnen. Ich will nicht... Ich will endlich vergessen, was früher war.

»Guten Tag, Isabell«, sagte Henry de Montfort. Er kam auf sie zu. Sie stand immer noch auf der Türschwelle, wie angewurzelt, zu kraftlos, um irgend etwas zu sagen oder zu tun. Ihr Herz schlug so rasch, daß sie meinte, er müsse es hören.

Henry nahm ihre Hand und zog sie von der Tür fort. Dann schloß er die Tür hinter ihr. Sonnenlicht fiel in breiten Bahnen in den Raum. Isabell stand wie in einer kleinen Lichtinsel, und sie war so blaß, als habe sie alles Blut aus ihrem Körper verloren.

»Wie... wie habt Ihr mich gefunden?« fragte sie schließlich mühsam, mit steifen Lippen.

»Der Raugraf hat mir geschrieben. Sein Brief erreichte mich in Brest. Ich bin Tag und Nacht gefahren. Heute morgen traf ich in Wien ein, und der Raugraf sagte mir, wo ich Euch finden würde.«

»Carllutz? Das ist nicht wahr...« Es war nur ein Flüstern. Warum sollte Carllutz etwas so Ungeheuerliches, Unverständliches tun? Er liebte sie doch! Aber noch während sie das dachte wurde ihr klar, daß Henry so etwas unmöglich erfunden haben konnte. Er hätte ja genausogut sagen können: Madame Liselotte hat mir erzählt, wo Ihr Euch aufhaltet – oder Prinz Eugen oder irgend jemand sonst, der Henry und sie kannte.

»Und was wollt Ihr von mir?« Abwehr lag in Isabells Stimme Angst. Die Lider mit den langen, gebogenen Wimpern flatterten.

»Dich«, sagte Henry de Montfort, und sie sah an seinen Augen, daß er genau das meinte, was er sagte. Nie, niemals zuvor hatte er sie so angesehen. »Ich liebe dich, Isabell! Gott allein weiß, wie sehr ich dagegen gekämpft habe. Ich habe mich verflucht deshalb, gehaßt, verachtet, ich habe dich meine eigene, gallenbittere Qual entgelten lassen – doch all das hat nicht vermocht, mein Gefühl für dich zu töten. Es wird erst sterben, wenn auch ich sterbe.«

Isabell starrte ihn an. Langsam nur drang in ihr Bewußtsein, was er gesagt hatte. Er, der Stolze, Unbeugsame, dieser verschlossene, spöttische, so schwer zu durchschauende Mann, der ihr so weh getan hatte. Einmal, in einer einzigen Nacht war sie eine glückliche Frau gewesen – durch ihn. Einmal hatte sie erkannt wie Liebe sein konnte – durch ihn. Einmal hatte sie ihm gehört, wie sie niemandem sonst gehört hatte – und danach hatte er sie verlassen.

Und nun sagte er: Ich liebe dich.

Das Zimmer schien plötzlich in einen wilden Wirbel gerissen. Alles drehte sich vor ihren Augen, und sie meinte, daß sie fallen werde.

Aber da war Henry bei ihr. Er hielt sie fest, und sie spürte sein Herz an dem ihren schlagen, so laut und kräftig, als schlüge es in ihrer eigenen Brust.

Und sie begriff, wie schwach sie noch immer ihm gegenüber war, wie verletzlich, und daß es keinem anderen Manne gegeben war, sie in gleichem Maße glücklich oder unglücklich zu machen wie er.

»Willst du mit mir kommen, Isabell?« Daß eine Frage so weh tun und gleichzeitig so viel Seligkeit wecken konnte!

Sie weinte plötzlich. »Nein«, sagte sie, »nein, ich kann nicht. Das müßt Ihr doch verstehen. Oh, warum seid ihr nur hergekommen!«

»Ich habe den Brief mitgebracht, den der Raugraf mir geschrieben hat«, sagte Henry. »Bitte, lies ihn. Er erklärt alles.«

Carllutz' Handschrift verschwamm vor Isabells Augen. Immer wieder wischte sie die Tränen fort, während sie las, und als sie geendet hatte, saß sie lange Zeit ganz still da, ohne ein Wort herauszubringen.

»Hat er die Wahrheit geschrieben?« fragte Henry nach langem Schweigen.

Sie nickte stumm, ohne ihn anzusehen. Sie dachte an Carllutz. Er war so gut, so groß. Er hatte ihr so viel gegeben und sie ihm so wenig. Nie würde sie diese Schuld begleichen können.

»Ich habe lange mit dem Raugrafen gesprochen, bevor ich herkam«, hörte sie Henry sagen. »Er läßt dir ausrichten, daß du frei bist, Isabell, und ihm nichts schuldest. Liebe, so sagt er, wägt nicht und rechnet nichts auf. Nur um eines läßt er dich bitten: Du möchtest ihm den Abschied ersparen. Er verläßt Wien in den nächsten Tagen.«

»Er will fort? Wohin?«

»Er hat wieder Kriegsdienste angenommen. Prinz Eugen ist Kommandeur des Dragonerregiments Graf Kuefstein geworden, und der Raugraf von der Pfalz reitet mit ihm. Wien gleicht im Augenblick einem Heerlager. Die Truppen sammeln sich, um Ofen aus türkischer Hand zu befreien.«

Sie weinte heftiger. »Er zieht in den Krieg... Und das soll ich zulassen? Mein Gott, ich muß zu ihm! Ich muß ihm sagen, daß ich bei ihm bleibe, um ihn von diesem Wahnsinnsvorhaben abzubringen.«

Henry de Montfort senkte den Kopf. »Er verdient deine Liebe mehr als ich, Isabell. Aber gerade darum darfst du ihn nicht betrügen. Mitleid, Dankbarkeit, Pflichtgefühl, das sind Almosen für einen Liebenden, und sie schmerzen mehr als ein harter, scharfer Schnitt. Wenn du bei ihm bleibst, Isabell, dann nur, wenn du ihn wirklich liebst.«

Man kommt im Leben nicht daran vorbei, anderen Menschen weh zu tun... Wer hatte diesen Satz einmal zu ihr gesagt? Isabell wußte es nicht mehr. Aber wer auch immer es gewesen war – er hatte recht gehabt. Und Henry hatte recht: Carllutz war nicht der Mann, dem man ein Almosen schenken konnte für sein ganzes Herz.

Jetzt begriff sie auch, weshalb er sie nach Baden geschickt hatte. Er hatte es ihr und sich selbst leichter machen wollen. Er hatte die Trennung schon vollzogen, noch ehe sie davon wußte. Mein Gott, wie sicher war er gewesen, daß sie mit Henry gehen würde.

Isabell hob den Kopf. Sie sah Henry an, wie er da vor ihr stand, und sie sah, daß auch er gelitten hatte. Durch seine Schuld? Durch ihre Schuld? Liebe wägt nicht und rechnet nicht auf... Und nur in den Märchen gab es ein vollkommenes, schattenloses Glück. Das Leben war anders. Es schenkte dem einen alles und dem anderen nichts. Und man kam nicht daran vorbei, anderen Menschen Schmerz zuzufügen.

»Willst du mit mir kommen, Isabell?« fragte Henry de Montfort noch einmal. Und Isabell nickte.

»Ja«, sagte sie. So, wie sie damals in der Kapelle von Versailles ja gesagt hatte, als der Priester sie fragte, ob sie Henry de Montfort zum Manne nehmen und bei ihm bleiben wolle in guten und in bösen Tagen, solange ihr Leben währte. Sie ging auf Henry zu und legte ihre Hände gegen seine Brust. »Aber du mußt mir helfen und Geduld mit mir haben. Es ist nicht einfach für mich.«

Er lehnte die Stirn gegen ihr Haar. »Ich weiß es, mein Herz, und ich werde es nie vergessen.«

Und wieder war es Sommer in Versailles. Über die Terrassen wehte betäubend der Rosenduft, die Springbrunnenkaskaden schimmerten wie Silber im Mondlicht, und in der Spiegelgalerie waren tausend Kerzen entzündet.

In einem angrenzenden Zimmer spielte ein Orchester. Man unterhielt sich mit gedämpften Stimmen, bemerkte, daß *Madame* seit langer Zeit wieder einmal zu einer Hofgesellschaft geladen worden war, scharte sich um Françoise de Maintenon oder Pater La Chaise, des Königs Beichtvater, und erzählte sich wie eh und je hinter vorgehaltener Hand den neuesten Klatsch.

Aber alle Gespräche rissen mit einem Schlag ab, als der Zeremonienmeister dreimal mit seinem weißgoldenen Stab auf den Boden klopfte und »Graf und Gräfin de Montfort!« in den Saal rief. An Henrys Seite trat Isabell ein.

Und es war wie damals, als sie zum erstenmal an den Hof von Versailles gekommen war. Sie spürte die neugierigen Blicke, hörte das Getuschel hinter ihrem Rücken, als sie durch das Spalier der Höflinge den endlos langen Weg auf den König zu schritt.

»Es ist also wahr, sie ist zurückgekehrt! Aber daß sie die Stirn hat, hier zu erscheinen...«

»Sie ist nicht aus freien Stücken gekommen. Der König hat sie zur Audienz befohlen. Warum er das wohl getan hat? Um sie noch einmal wiederzusehen?«

Jemand kicherte versteckt. »Schaut Euch nur diese Haare an. Gerade bis zur Schulter reichen sie – wie bei einem Knaben. Nun ja, man soll ihr in türkischer Gefangenschaft den Kopf geschoren haben!«

Bei Gott, es war ein Spießrutenlaufen, und Isabell wußte, daß ihr das Schwerste noch bevorstand: Das Wiedersehen mit Ludwig.

Die Schwätzer hinter ihrem Rücken waren richtig informiert. Er hatte sie und Henry tatsächlich hierherbefohlen, sobald er von ihrer Rückkehr erfahren hatte.

Und dann standen sie vor den Stufen seines Thrones. Sie versank in der vorgeschriebenen tiefen Verneigung, beugte den Nacken und wartete, daß Ludwig sie ansprach.

Er schwieg lange, und Madame de Maintenon, die im Hintergrund stand und keinen Blick von ihm ließ, sah, wie für einen Sekundenbruchteil die Beherrschung seines Gesichts zerbrach. Der Mund preßte sich in jähem Zorn zusammen – oder war es Schmerz? Und seine Augen schlossen sich, als könne er den Anblick der vor ihm knienden Frau nicht ertragen. Dann war auch dies vorüber, und des Königs Miene war wieder so unbewegt und glatt wie seine Stimme:

»Ihr wart sehr lange fern von Unserem Hof, Madame de Montfort, und wie man Uns zugetragen hat, ist Euch die Abwesenheit nicht wohl bekommen. Zweifellos habt ihr sehr gefährliche Abenteuer erlebt, und dies veranlaßt Uns, Euch zu vergeben, daß Ihr Frankreich ohne Unsere ausdrückliche Erlaubnis verlassen habt.«

»Ihr seid sehr gnädig, Sire«, sagte Isabell. Sie hob den Kopf und blickte Ludwig an. Fremd waren seine Augen und so kalt wie gefrorene Teiche an einem Wintermorgen. Und sie begriff, daß er ihr nicht vergeben hatte, was immer er auch sagen mochte.

Denn sie hatte ihn gedemütigt – und das verzieh ein König nicht.

»Wir nehmen an, daß Ihr Euch nach Ruhe und Zurückgezogenheit sehnt«, fuhr Ludwig fort. »Auch dafür haben Wir Verständnis. Es sei Euch also gestattet, auch in Zukunft Uns und Unserem Hofe fernzubleiben und in St. Etienne auf den Besitzungen Eures Gemahls zu leben.«

»Danke, Sire«, murmelte Isabell. Es schmerzte sie, daß er so hart, so unversöhnlich war, doch als sie später an Henrys Seite das Schloß verließ, war auch dies vorbei.

Er hatte den Arm um ihre Schulter gelegt, sein Atem streifte ihre Wange. »Habe ich dir heute schon gesagt, daß ich dich liebe?«

Sie lächelte ein wenig. »Erst dreimal...« Henry blieb stehen und küßte sie. »Genügt das?«

»Nicht ganz«, sagte sie und schlang die Arme um seinen Hals.

So standen sie auf dem Marmorhof von Versailles, und ihre Gestalten verschmolzen im Dunkel der Nacht zu einer einzigen, ehe sie eng aneinandergeschmiegt weitergingen.

Kurze Zeit nach Henry und Isabell verließ auch Madame Liselotte die Spiegelgalerie und zog sich in ihre Zimmer zurück. Sie hatte Isabell umarmt und ihr mit Tränen in den Augen gesagt:

»Ich verstehe dich ja, Kind, ich verstehe dich wirklich...« Aber als sie nun allein war in ihrem Schlafzimmer, dachte sie an Carllutz, und das Herz tat ihr weh.

Die Welt kennt die Briefe Liselottes von der Pfalz, die sie am französischen Hof an ihre Lieben daheim geschrieben hat. Aber das, was *Madame* in jener Nacht, als sie keinen Schlaf fand, zu schreiben begann, ist lange ein Geheimnis geblieben.

Es ist die Geschichte von Henry und Isabell. Die Geschichte von der letzten großen Liebe eines Königs – und die Geschichte eines Mannes, der das Lebensglück der geliebten Frau höher stellte als sein eigenes.

Carllutz Raugraf von der Pfalz sah Isabell nicht wieder. Er starb vier Jahre später, am 12. August 1688 auf dem Türkenfeldzug, während der Belagerung von Negroponte.

Er war bei klarer Besinnung, als das Ende kam, und bis zuletzt hielt er einen Brief und ein Medaillon in den Händen. Das Medaillon enthielt das Bildnis einer wunderschönen Frau mit bernsteinfarbenen Augen und goldbraunem Haar. Isabell hatte es Carllutz geschickt, nachdem ihr erstes Kind geboren worden war. Und in dem Brief stand:

'Ich werde nie vergessen, was du für mich – für uns getan hast. Sei gewiß, daß ein Teil meines Herzens immer bei dir ist. Gott segne dich.'

Beides, der Brief und das Medaillon, wurde mit Carllutz begraben.